Dierk Breimeier

Leb wohl, meine Königin

Roman

Ferntrost

Dir reißt das Herz
Und du reist dahin
Weg von deinem Schmerz
Zu suchfinden neuen Sinn.

Wo mag der liegen
Wo mag der sein?
Tauch achtsam ein
Und du wirst es spüren –

Dein neu … Daheim.

Carolin Kretzinger

Bibliografische Information der Deutschen Nationalbibliothek:
Die Deutsche Nationalbibliothek verzeichnet diese Publikation in der
Deutschen Nationalbibliografie; detaillierte bibliografische Daten sind im
Internet über dnb.dnb.de abrufbar.

© Copyright 2024: Dierk Breimeier
Lektorat und Mitarbeit: Carolin Kretzinger
Coverdesign: Dierk Breimeier
Coverfoto: Junges Mädchen in den Slums von Puerto Rico
Alle Fotos. © Copyright Dierk Breimeier
Verlag: BoD · Books on Demand GmbH, In de Tarpen 42,
22848 Norderstedt, bod@bod.de
Druck: Libri Plureos GmbH, Friedensallee 273, 22763 Hamburg
ISBN: 978-3-7693-1975-0

Inhalt:

Erstes Buch: Stephen

Zweites Buch: Maria

Erstes Buch

Stephen

Der Hurricane

Stephen Tremaine stand am Ruder, während sich die „Glenfalloch" gegen einen steifen Wind aus West-Süd-West durch die aufgebrachte See des Südatlantik kämpfte. Gerade eben rollte wieder eine bedrohlich wirkende Welle von wenigstens acht Metern Höhe auf sie zu. In dem Augenblick, da sie schräg von Steuerbord auf den Steven traf, brach sie sich in einer gewaltigen Schaumkrone und schlug mit all ihrer Kraft über das Vorderschiff hinweg. Die Gischt spritzte hoch bis an die Brücke. Unwillig wich das Schiff mit seinem Steven dem Schlag der Welle ein Stück nach Backbord aus, streckte ihren Bug aber unmittelbar darauf kampfeslustig wieder in den Wind. Das gesamte Vorschiff wurde von einer weiteren der heranrollenden Wellen meterweit in die Höhe gehoben, um gleich darauf mit voller Wucht erneut in das darauffolgende Wellental zu fallen.

„Stütz Ruder!", kommandierte der Zweite Offizier, der rechts nahe am Brückenfenster stand.

„Aye, aye, Sir", gab Stephen zurück und blickte grinsend zu seinem Zweiten hinüber.

Dieser grinste zurück.

Stephen hatte natürlich längst reagiert und beide wussten es. Es war ein Ritual, das sie hier zelebrierten. Stephen spürte die See in seinem großen Steuerrad und nahm sie gefühlsmäßig in sich auf. Niemand sonst von den Matrosen an Bord war derartig mit der See verwachsen wie Stephen Tremaine und niemand wusste dies besser als Matthew Longfellow, der Zweite Offizier. Stephen Tremaine war ein Kind der See. Seit seinem sechsten Lebensjahr war er auf dem Kutter seines Vaters mit hinausgefahren. Branok Tremaine galt als der kühnste Fischer in Mevagissey. Branok Tremaine fischte in der Biskaya. Keiner fuhr so weit hinaus wie er.

„Ein hübsches Lüftchen, Steve", wandte sich Longfellow jetzt an jenen.

Dieser grunzte nur und starrte weiter konzentriert auf
den Steven des Schiffes. Die „Glenfalloch" war
Stephens erstes Kommando, nachdem er etwa sechs
Monate zuvor, zusammen mit vier weiteren
Besatzungsmitgliedern, von philippinischen Fischern
von einem kieloben im Pazifik treibenden
Rettungsboot gezogen worden war. Sie waren die
einzigen Überlebenden der „Ajax" gewesen, nachdem
diese in einem Hurricane vor Manila gesunken war.

***

Es geschah auf Stephens fünfter Ostasienfahrt, auf der
„Ajax".

Sie war ein schönes stolzes Schiff, mit ihrem hohen
runden Schornstein, rot und mit einem schwarzen
Streifen am oberen Rand. Diesen Schiffen der „E&O
Line" begegnete man seinerzeit sehr häufig in den
indischen und ostasiatischen Seegebieten. Die „Ajax"
war, von Colombo kommend, auf dem Weg nach
Manila auf den Philippinen.

Dieses Mal aber sollte alles anders kommen.

Zwei Tagesreisen vor Manila geriet das Schiff in einen
ungewöhnlich heftigen Hurricane. Natürlich waren sie
wie üblich über Funk gewarnt worden und der Kapitän
hatte daraufhin den Kurs geändert, volle Kraft voraus
gegeben, um dem Wirbelsturm, wenn auch nicht ganz
zu entkommen, so doch wenigstens nur noch die
Ausläufer zu streifen.

Allerdings gab es einen Haken an der Sache, den
niemand hatte voraussehen können: Der Hurricane
hatte seinen Kurs ebenfalls geändert und die „Ajax"
war nun direkt in ihn hineingefahren. Er hatte bereits
tüchtig an Fahrt aufgenommen, aber das raubte den

Menschen, die sich auf der Brücke befanden, noch nicht die Zuversicht. „Die „Ajax" war ein wind- und wettererprobtes Schiff, sie hatte schon so manchen schweren Sturm abgeritten und so würde sie es wohl auch dieses Mal schaffen.

Allerdings, dieses Mal unterlief dem Kapitän ein fataler Fehler.

Zu spät erkannte er, dass sein Plan nicht aufgehen würde. In dem Augenblick, als er realisierte, dass er sich unerwartet mitten im Hurricane befand, hätte er spätestens jetzt sein Schiff in den Wind drehen müssen. Wie stets bei besonders schwerer See hatte der Dritte Offizier Stephen auf die Brücke gerufen, obgleich dieser eigentlich gerade wachfrei hatte. Die beiden kannten sich seit ewig langer Zeit und mit ihm am Ruder glaubte er, sogar die Hölle durchreiten zu können.

Matthew Longfellow war zu dieser Zeit Dritter Offizier auf der „Ajax".

Neben dem Kapitän, Longfellow und Stephen befanden sich noch der Erste und ein Matrose auf der Brücke.

Stephen, den so leicht nichts aus dem Gleichgewicht brachte, zeigte jedoch Zeichen von Unruhe.

‚Warum dreht der Captain nicht endlich in den Wind?', dachte er.

Er war von allen Anwesenden der Einzige, der zu diesem Zeitpunkt bereits ahnte, dass es noch viel ärger kommen würde, sehr viel ärger.

Seine Erfahrung durch lange Jahre am Ruder sagte ihm, dass die Elemente durchaus nicht so völlig zügellos daherkamen, wie es manchmal schien.

„Alles hat ein System!", pflegte er zu sagen.

Nach Stephens Beobachtungen war jede siebte heranrollende Welle eine besonders hohe und nach sieben weiteren Wellen-Perioden war die neunundvierzigste Welle in aller Regel eine ganz besonders gewaltige. Bei einem außerordentlich schweren Sturm, einem Taifun oder einem „Hurricane", wie die Amerikaner diese Art eines alles zerstörenden Wirbelsturmes nannten, konnte diese besonders hohe Welle sogar zu einer sogenannten, von allen Seeleuten gefürchteten Monsterwelle auflaufen. Überlebende solcher Monsterwellen berichteten von welchen die fünfundzwanzig, ja, sogar über dreißig Meter Höhe erreichen konnten.

In der Regel hatte ein Wirbelsturm allerdings, nachdem er sich ausgetobt und sein „Opfer gefordert" hatte, mit seiner Monsterwelle den Zenit erreicht und ebbte anschließend ab.

Dieser Hurricane aber, und das wusste Stephen ganz bestimmt, hatte seinen Zenit noch längst nicht erreicht, und mit jedem Zaudern, das Schiff in den Wind zu drehen, würde dieses Manöver gefährlicher oder aber sogar am Ende unmöglich werden. So entschloss sich Stephen nach einigem Zögern, seinen Kapitän diesbezüglich anzusprechen, gleichwohl er wusste, dass dieser so etwas absolut nicht schätzte.

Er räusperte sich einige Male: „Nichts für ungut, Captain, aber ich würde es für ratsam halten, jetzt in den Wind zu drehen."

Der Kapitän erstarrte prompt, drehte sich zu Stephen und blickte diesen wie ein lästiges Insekt an.

„Ach ja?", entgegnete er mit beißendem Sarkasmus. „Würden Sie das?" Mit erhobener Stimme und schneidendem Tonfall fügte er hinzu: „Matrose Tremaine, hätten Sie vielleicht die Güte, die Führung des Schiffes mir zu überlassen?"

„Aye, Captain", erwiderte Stephen ungerührt und fuhr fort, die Brecher zu zählen.

Jetzt jedoch hielt es Matthew Longfellow, der Dritte, für angebracht, seinem Rudergänger beizuspringen.

„Entschuldigung, Captain", sagte er, „gestatten Sie mir, darauf hinzuweisen, dass Tremaine vielleicht doch recht haben könnte, mit seinem Rat. Er ist einer der erfahrensten Seeleute, die ich jemals kennengelernt habe."

Der Kapitän lief rot an. „Es reicht! Mister Longfellow, Sir. Noch führe ich hier das Kommando!"

Es war allerdings nicht mehr zu leugnen, der Wind hatte noch einmal deutlich zugenommen und pfiff mit um die zweihundert Stundenkilometern um das Brückenhaus.

Die „Ajax" ächzte unter dem Druck des Sturms, der jetzt mit entsprechender Heftigkeit das Achterschiff traf.

Der Steven tauchte mit jedem Brecher immer wieder tief und noch tiefer in die kochende See und jedes Mal ragte am Heck wild schäumend die Schraube aus dem Wasser, sodass das Schiff von einem heftigen Zittern ergriffen wurde.

Stephen hatte nicht abgelassen vom Zählen der Wellen und so, wie es seiner Erfahrung entsprach, verhielt sich auch dieser Sturm. Jede siebente Welle war heftiger als die vorhergehenden. Er zählte jetzt die siebenundvierzigste Welle der Periode. Ihm, der mit dem Kutter seines Vaters die heftigsten Stürme abgeritten hatte, trat der kalte Schweiß auf die Stirn.

‚Guter Gott im Himmel, beschütze uns', betete er im Stillen.

Und ausgerechnet in diesem Moment wandte sich der Kapitän an seinen Ersten:

„Ich denke, wir sollten jetzt doch langsam in den Wind gehen."

‚Das wird das Schiff nicht überleben', befürchtete Stephen, einen schlimmeren Zeitpunkt hätte sich der Kerl nicht ausdenken können.

Während der Erste nun den Hörer des Telefons abhob, um dem Ersten Ingenieur, der sich im Maschinenraum befand, das Manöver anzukündigen, wandte sich Stephen zu seinem Dritten hinüber und gestikulierte verzweifelt.

Der aber zuckte nur hilflos mit den Schultern.

„Klar zur Wende!", kommandierte jetzt auch schon der Kapitän.

„Um Himmels willen, nein!" Stephen konnte nun nicht mehr an sich halten. „Nicht jetzt! Um Gottes willen, nicht jetzt!"

„Führen Sie gefälligst meine Befehle aus, Matrose Tremaine!", brüllte der Kapitän und dann an den Dritten Offizier gewandt: „Volle Fahrt voraus!", und: „Ruder hart Backbord!", an Stephen.

„Heilige Mutter Maria, steh uns bei", betete dieser leise, obwohl er eigentlich Anglikaner war. „Das schaffen wir niemals."

Die „Ajax" hatte da schon begonnen, sich schwerfällig in die tosende See zu drehen.

Der nun vor ihr turmhoch aufsteigende Brecher traf das Schiff mit seiner gesamten Wucht von der Seite und ging fast über es hinweg. Es hatte sich weit auf die Steuerbordseite gelegt und nur unendlich langsam und mit allergrößter Mühe versuchte es sich wieder aufzurichten. Der folgende Brecher geriet ein wenig milder, sodass es schien, als könnte das Schiff es schaffen, aber das, was jenem auf dem Fuß folgte, ließ den auf der Brücke Versammelten das Herz stillstehen. Was da jetzt himmelhoch aufragte, war kein Brecher, sondern eine Wand, mindestens fünfundzwanzig Meter hoch, und sie kam mit rasender Schnelligkeit auf sie zu.

Die „Ajax", erst zur Hälfte wieder aufgerichtet, fiel in ein abgrundtiefes Wellental, und die Monsterwelle, die nur wenige Sekunden darauf mit aller Wucht über das Schiff hinwegging, fegte gnadenlos alles nieder, was ihrer gewaltigen Wut nicht standzuhalten vermochte.

Es war der Todesstoß für das Schiff.

Die „Ajax" richtete sich nicht wieder auf. Sie blieb mit nahezu achtzig Grad Schlagseite in der tosenden See liegen, ein Spielball für den tobenden Ozean.

Sie kämpfte nicht mehr. Sie hatte sich aufgegeben.

Ihr hoher, roter Schornstein war weg, abgerissen und hinfortgespült von der Wucht der entfesselten Gewalten. Dort, wo er einst so stolz in den Himmel geragt hatte, klaffte nun ein Loch, in das das Wasser ungehemmt hineinströmte.

Der Großmast war abgeknickt, als bestünde er aus dünnem Blech statt aus starkem Eisenrohr, und der Schwergutbaum, an seiner oberen Befestigung abgerissen, hing wie am seidenen Faden und zerschlug bei seinem wilden Hin- und Herpendeln die Abdeckung von Luke Zwei, bevor er schließlich gänzlich abriss und über Bord ging.

Auch der Flaggenmast auf dem Peildeck samt all seiner Antennen war fort.

Die Monsterwelle hatte beide Türen des Brückenhauses durchschlagen, als wären sie aus Papier, war einfach durch das Brückenhaus gerauscht und hatte den Kapitän mit seinem Ersten Offizier mit sich fortgenommen.

Stephen erinnerte sich später, wie er instinktiv die Arme durch die Speichen des Steuerrades gesteckt und ineinander verschränkt hatte. Jetzt hing er plötzlich, festgeklammert an den Speichen seines Steuerruders, frei im Brückenraum. Der Boden, auf dem das Ruder gestanden hatte, war zu einer Seitenwand und die Öffnung zur Steuerbordnock zu einer Luke oben an der Decke geworden.

***

Unter allergrößten Mühen war es Stephen, Longfellow und dem Matrosen der Wache gerade noch gelungen, dem Ruderhaus zu entkommen. Eine Zeitlang waren sie, an einen Rettungsring geklammert, in der tosenden See umhergetrieben, bis sie unverhofft auf ein kieloben treibendes Rettungsboot gestoßen waren, auf dem sich bereits rittlings zwei Matrosen befanden, die sich ebenfalls hatten retten können.

Zwei Tage waren sie auf dem Ozean getrieben, als sie, völlig entkräftet, von einem zufällig vorbei kommenden philippinischen Fischerboot aufgenommen wurden. Die fünf waren die einzigen Überlebenden der „Ajax".

Einige Monate waren seither vergangen und nun standen Stephen Tremaine und Matthew Longfellow, gemeinsam auf der Brücke der „Glenfalloch". Longfellow war inzwischen zum Zweiten Offizier befördert worden, er hatte bei seiner Reederei darauf bestanden, dass Stephen ebenfalls auf sein neues Schiff kommandiert werden würde.

Und kaum, dass sie wieder zusammen auf See waren, erwischte sie dieser heftige Atlantiksturm. Sie stimmten jedoch in ihrer Einschätzung überein, dass dieser Sturm, dessen „Tosen" sie halbwegs gelangweilt von der Brücke aus zusahen, ein lindes Lüftchen war, im Vergleich zu ihrem schrecklichen Schiffbruch vor gerade einmal sechs Monaten.

Die „Glenfalloch" bediente, anders als die auf so tragische Weise geendete „Ajax", den Linienverkehr der Häfen Westindiens: Jamaika, Antigua und Trinidad sowie weitere.

Je nachdem, für welchen der unzähligen Häfen dieses Seegebietes sie gerade Ladung hatte. Sie ähnelte im Aussehen der „Ajax", war etwas kleiner, aber hatte einen ebenso hohen, runden Schornstein, der nun allerdings blau statt rot war. Die „Glenfalloch" war ein Schiff der „P&C Company", die wiederum zur „E&O Line" gehörte.

„Warst du schon einmal auf Trinidad, Steve?", fragte Matthew, sie nannten sich seit dem furchtbaren Unglück ganz selbstverständlich beim Vornamen.
Stephen schüttelte den Kopf.
„No, Sir!", sagte dieser scherzhaft ins Dienstliche fallend.
„Auf jeden Fall anders als Ostasien", meinte Matthew.
„Genauso heiß, aber nicht so aufregend."
Jedoch der letzte Teil dieser Aussage sollte sich für Stephen als ein großer Irrtum herausstellen.

Stephen Tremaine

Pünktlich um 20 Uhr erschien die Wachablösung auf der Brücke der „Glenfalloch".

„N'Abend, Matthew", grüßte der Erste Offizier, der jetzt die Wache von Matthew Longfellow übernahm.

„N'Abend, Mr. Tremaine", wandte der Erste sich nun auch an Stephen.

Dem anderen Matrosen, der auf seinem Posten Ausguck stand, nickte er lediglich wortlos zu.

„N'Abend, Mr. Bush, Sir", erwiderte Stephen.

Zusammen mit dem Ersten waren die zwei Matrosen der nächsten Wache erschienen.

„Irgendetwas Besonderes?", fragte Mr. Bush den Zweiten Offizier.

Dieser schüttelte den Kopf.

„No, Sir", sagte er, „Mr. Tremaine ist der Ansicht, dass der Wind eher noch auffrischen wird.

„So, ist er das?", entgegnete der Erste und blickte zu Tremaine hinüber, der inzwischen das Ruder seiner Ablösung übergeben hatte. „Dann wird es wohl auch so sein", setzte er daraufhin hinzu.

Die Mannschaft der „Glenfalloch" war offiziell nicht über den Schiffbruch Longfellows und Tremaines informiert worden, aber auf welchem Wege es auch immer geschehen sein mochte, die gesamte Besatzung wusste alles über deren tragisches Schicksal und welche Rolle Stephen dabei gespielt hatte.

Nicht einmal der Erste hegte die geringsten Zweifel am Seeverstand Tremaines.

Als sich die Männer der Zweiten Wache nun anschickten, die Brücke zu verlassen, rief ihnen der Erste Offizier noch hinterher:

„Kann sein, dass ich Sie noch brauchen werde, Mr. Tremaine!"

„Aye, Sir", erwiderte dieser, schon halb durch die Tür zur Brücke.

Tremaine suchte nun als Erstes die Mannschaftsmesse auf, um zu Abend zu essen. Alle anderen hatten das natürlich schon lange hinter sich, aber ein Großteil der Decks-Hands hielt sich noch dort auf.

Tremaine begrüßte sie alle und dann kam auch schon der Steward geeilt, um ihm sein Abendessen zu servieren, das dieser für ihn warmgehalten hatte.Stephen blickte sich in der Messe um.

„Wo steckt denn Jimmy?", wollte er wissen.

Jimmy war der Schiffsjunge der „Glenfalloch". Es war erst seine zweite Reise.

„Der ist seit zwei Stunden auf der Toilette", grinste Hugh, ein Matrose aus Kingston auf Jamaika.

‚Der Arme!', dachte Stephen.

Er selber war noch niemals seekrank gewesen, aber er konnte es gut nachempfinden. Seit er hier an Bord war, hatte er sich des Knaben angenommen. Er wusste ja nur zu gut, wie die Schiffsjungen gemeinhin behandelt wurden, und hatte seinen Kollegen daher gleich klargemacht, dass dieser unter seinem Schutz stand. Einige hatten gemurrt, es passte ihnen nicht. Schließlich war es ihnen selber ja auch nicht besser ergangen und schließlich sollte ja einmal ein „richtiger Mann" aus ihm werden. Aber niemand wagte es, Tremaine zu widersprechen. Von dem Moment an, als er an Bord gekommen war, Stephen als eine Autorität anerkannt worden. Selbst der Kabel-Ede, der ja in der Hierarchie noch über ihm stand, hätte es sich zweimal überlegt, Stephen in allem, was Seemannschaft betraf, zu widersprechen.

Stephen galt an Bord als der Held von Manila und so nannten sie ihn auch, allerdings nur, wenn er nicht dabei war. Er selber hätte sich das nämlich verbeten. Denn er war von Grund auf eine unaufdringliche, bescheidene Person. Er war anders als die meisten anderen. Wohl trank auch er gern einmal eine Flasche

Ale oder auch zwei mit seinen Kumpels, aber die üblichen Saufereien machte er nicht mit. Auch mochte er ganz und gar nicht die Grobheiten, die gemeinhin unter der Besatzung üblich waren. Da er sich aber vom ersten Tage an als ausgesprochen kameradschaftlich erwies, lernten ihn seine Kollegen sehr schnell schätzen. Neben dem heldenhaften Ruf, der ihm ungewollt vorausgeeilt war, war es aber noch etwas, was den Leuten gebührenden Respekt vor Stephen einflößte. Er gehörte optisch dem Typus Mensch an, der in Cornwall zwar recht häufig anzutreffen, aber im Übrigen Königreich eher selten wahrzunehmen war. Stephen hatte eine auffallend helle, schier weiße Haut, die nicht einmal in den Tropen dunkler wurde, dazu aber pechschwarze Haare und unter seinen ebenfalls pechschwarzen Augenbrauen leuchteten zwei Augen, blau wie das Mittelmeer an einem wolkenlosen Sommertag.

Groß geworden war er in dem damals noch recht kleinen Fischerdorf Mevagissey, gelegen an oder vielleicht besser gesagt in der wild zerklüfteten Küste der Grafschaft Cornwall. Sein Großvater war noch einer jener berüchtigten Schmuggler dort gewesen. Angeblich war er niemals erwischt worden.

Es war ein harter Menschenschlag, der dort seit jeher lebte. Die Fischer waren auf ihren kleinen, aber äußerst seetüchtigen Booten, die damals noch unter Segel fuhren, bei jedem Wetter hinaus auf Fang gefahren. Und wenn das Wetter ganz besonders scheußlich war – hohe See, dichter Nebel oder eine mondlose Nacht – war es für sie Zeit, auf Schmuggel zu fahren. Sie hatten es verstanden, trotz heftigsten Seegangs jede noch so kleine Einfahrt in dem Felsengewirr der cornischen Küste zu finden und hindurchzuschlüpfen, ohne dabei auf die Felsen geworfen zu werden. Und am Ende waren sie zielgenau in der Bucht gelandet, in deren Höhlen sie das Schmuggelgut zu verstecken pflegten.

Man sagte, dass Branok Tremaine, Stephens Vater, selber noch in seinen jungen Jahren Schmuggler gewesen sei.

Stephen war sechs Jahre alt gewesen, als der Vater begann, ihn und den älteren Bruder mit aufs Meer hinauszunehmen. Natürlich besuchte der Junge wie alle anderen Gleichaltrigen die Schule, aber nicht selten fehlte er einfach einmal für einige Tage.

Branok war der Meinung, dass das, was ein Mann zum Leben brauche, nicht auf der Schule zu erlernen sei, sondern ausschließlich auf See.

Niemand fragte danach, was die Mütter dieser Kinder jedes Mal für Todesängste ausstanden, wenn ihre Knaben wieder und wieder mit hinausfuhren.

Aber so war es nun einmal, es war das Meer, das den Menschen hier an der Küste das Leben gab – und manchmal auch nahm. Das Meer ernährte sie alle und je mehr die Menschen sich mit diesem verbanden, desto mehr wurde es ihnen zum Freund.

***

Sowenna wohnte nur zwei Häuser von den Tremaines entfernt. Sie war ein auffallend hübsches Mädchen mit blonden halblangen Haaren und Augen, so türkisfarben wie das Wasser in einer tropischen Lagune. Stephen hatte es sich seit einiger Zeit angewöhnt, auch wenn er gar nicht in diese Richtung wollte, immer wie zufällig an ihrem Haus vorüberzugehen. Wenn er auf sie traf, grüßte er sie stets sehr freundlich und weil er ein schmucker Kerl war, wurden aus diesen Grüßen nach und nach kleine Gespräche.

Auf diese Weise wurden die beiden jungen Menschen im Laufe der Zeit immer vertrauter und es dauerte auch gar nicht lange, dass sie unzertrennliche Freunde geworden waren.

Die anderen Jungen hänselten ihn gerne ein wenig deswegen, aber das war ihm egal. Wenn sie es zu arg trieben, drohte er ihnen Prügel an, und dann ließen sie ihn in Ruhe. Er gehörte nicht zu denen, für die die üblichen Raufereien unter Jungen an der Tagesordnung waren, aber diejenigen, die es genau wissen wollten und ihn bedrohten, taten das nur einmal und dann nie wieder. Er schlug so schnell und so hart zu, dass ihnen fortan die Lust auf eine Rauferei mit ihm verging.

Als sie älter wurden, konnte man immer öfter hören, was für ein schönes Paar Sowenna und Stephen doch wären. Und so galt es auch bald als fest ausgemacht, dass, sobald sie das Erwachsenenalter erreicht hätten, für sie die Hochzeitsglocken läuten würden.

Aber zunächst einmal kam alles ganz anders. Als der Vater es für an der Zeit hielt, sein Erbe an seine Kinder zu übergeben, bekam Stephens älterer Bruder das Fischerboot.

Stephen liebte seinen Bruder, aber unter seinem Kommando fahren wollte er nicht. Also musste er sich etwas Anderes für seine Zukunft suchen.

Und so kam es, dass er sich eines schönen Tages auf den Weg nach Southampton machte, um dort auf einem Schiff der „E&O Line" anzumustern.

Sowenna weinte bittere Tränen bei seinem Abschied, aber er tröstete sie und versprach, so oft er nur konnte, zu schreiben, was er dann auch tat.

Und immer, wenn er einmal nach Hause kam und sie beide lange Spaziergänge miteinander machten, schmiedeten sie Pläne für ihre Hochzeit. Nur eine Reise noch wollte er machen, und sobald er wieder zurück wäre, abmustern und einige Wochen nach seiner Hochzeit mit Sowenna auf einem anderen Schiff anmustern.

Aber dann geschah es, dass Stephen nicht zu dem verabredeten Termin nach Hause kam. Sein Schiff sollte in die Werft und auf der zur gleichen Zeit im Hafen liegenden „Ajax" wurde händeringend ein Matrose gesucht. Er galt bereits als außerordentlich erfahren, und weil im Chinesischen Meer die Zeit der Wirbelstürme begann, bekniete ihn der Personalchef im Heuerbüro seiner Reederei inständig, seine Hochzeit um drei Monate zu verschieben.

Nur diese eine Reise noch. Man bot ihm sogar ein zusätzliches Monatsgehalt an.

Stephen war kein Mensch, der sich verweigerte, wenn er gebraucht wurde, und er sagte also zu. Er konnte, kaum dass er auf seinem neuen Schiff angekommen war, gerade noch einen Brief an seine gewiss todunglückliche Sowenna schreiben. Aber er schaffte es nicht mehr, ihn auch noch zur Post zu bringen. Er tröstete sich aber damit, den Brief in Port Said in die Schiffspost geben zu können.

Die „Ajax" sollte drei Wochen später und zwei Tage vor ihrem Einlaufen in den Hafen von Manila in einen dieser gefürchteten Wirbelstürme geraten und sinken.

Die Nachricht von ihrem Untergang schlug zu Hause in England ein wie eine Bombe. Es hieß, dass niemand von der Besatzung dieses Unglück überlebt habe. Niemand in der Heimat erhielt Kenntnis darüber, dass es fünf Überlebende gegeben hatte, die auf fast wundersame Weise von einem philippinischen Fischerboot entdeckt und an Bord genommen worden waren. Durch den Wirbelsturm war die „Ajax" so weit in das Chinesische Meer abgetrieben, dass die fünf halbverdursteten Schiffbrüchigen nach ihrer Rettung auf einer dieser winzig kleinen Inseln dort gelandet waren. Es stellte sich später heraus, dass es sich vermutlich um Amianan Island hatte handeln müssen, die zwar noch den Philippinen zugeordnet war, aber näher an Formosa als an Manila lag. Auf ihr gab es nichts außer fünf oder sechs mit Palmblättern gedeckte Fischerhütten und zwei mit einem schrägen dreieckigen Segel betriebene Fischerboote. Der Hafen von Manila lag, unerreichbar für jene, viele, viele Tagesreisen entfernt und natürlich gab es hier auch keinen Funk.

Die fünf Seeleute waren von den Eingeborenen freundlich aufgenommen worden und diese hatten alles das, was sie selber zum Leben erwirtschafteten, mit ihnen geteilt.

Jedes Mal, wenn eines der Boote hinaus auf Fischfang fuhr, nahmen sie einen der ehemaligen Besatzungs-mitglieder der „Ajax" mit an Bord. Es hätte ja sein können, dass sie irgendwo da draußen auf ein vorüberfahrendes Schiff trafen.

Und doch dauerte es fast volle zwei Monate, bis es den Überlebenden endlich gelang, sich einem fern am Horizont vorüberfahrenden Schiff bemerkbar zu machen.

In Southampton wurde die Nachricht von den Geretteten wie die Erfüllung all der verzweifelten Gebete der Angehörigen aufgenommen, wenngleich es auch nur fünf von den insgesamt neununddreißig der Besatzung waren.

Als diese endlich, nach so langer Zeit wieder zurück in die Heimat kamen, gab es von der Reederei fünf Wochen Sonderurlaub.

Dankbar gegenüber dem Schicksal und den Mächten, die ihn und vier seiner Kameraden das Unglück hatten überleben lassen, machte sich Stephen schließlich glücklich und voller froher Erwartungen auf den Weg nach Hause zu seiner Liebe.

Aber als er dann nach nunmehr über einem Jahr endlich in Mevagissey war, fand er dort seine Sowenna inzwischen mit einem anderen verheiratet vor.

Ohne noch ein weiteres Wort zu sagen, verließ Stephen seinen Heimatort wieder, um sich in Liverpool ein neues Schiff zu suchen.

Sein Freund, das Meer, hatte ihn zwar am Leben gelassen, aber es hatte Stephen seine Liebe genommen.

Zumindest dachte er so.

Für Stephen war seine Welt zusammengestürzt und nun musste er lernen, wie es wohl gehen sollte, trotz eines gebrochenen Herzens weiterzuleben.

Als er wenige Tage später das Heuerbüro der „P&C Line" betrat, stieß er fast mit einem anderen Manne zusammen, der gerade auf dem Weg hinaus war.

Es war Matthew Longfellow, sein ehemaliger Dritter Offizier.

Und so war er auf die „Glenfalloch" gekommen.

***

Stephen saß nun in der Mannschaftsmesse eben dieses Schiffes. Gerade hatte er seine Mahlzeit beendet und gedachte, vielleicht noch eine Weile hierzubleiben und den Abend zusammen mit seinen neuen Kollegen bei einer guten Flasche Ale zu beschließen.

Über all die Monate und Jahre hinweg, die er nun schon zur See fuhr, hatte er sich in der Regel von dieser Art Unterhaltungen ferngehalten, denn fast ausnahmslos drehte es sich bei den Gesprächen der Matrosen um Frauen. Wenn ihr Schiff nach Wochen auf See wieder in einem der zahlreichen Häfen festmachte, zogen sie zusammen los, in die Hafenkneipen aller Welt, wo stets willige Mädchen auf sie warteten. Stephen war das alles durchaus nicht fremd und manchmal war er sogar mit ihnen mitgegangen. Aber bei allem, was mit bezahlter Liebe zu tun hatte, war er stets enthaltsam geblieben.

Er hatte ja seine Sowenna gehabt. Nur das allein hatte für ihn gezählt.

Als die anderen nun hörten, dass dies Stephens erste Fahrt nach Westindien sei, begann alsbald eine wilde Schwärmerei von den Vorzügen der lateinamerikanischen Frauen. Von all den der Weiblichkeit Lateinamerikas zugeschriebenen, herrlichsten Attributen schwirrte Stephen bald der Kopf.

„In Port Limón gibt es die schönsten Frauen!", rief Brian.

„Komm du mal erst nach Puerto Barrios!", rief da Lars, der Schwede. „Da wirst du aber staunen."

„Nein, die schönsten und treuesten Mädchen gibt es im ‚Moulin Rouge Club', in Port of Spain", warf Hugh ein.

Und er, der selber aus Jamaika stammte, hielt nun eine flammende Rede über die Mentalität seiner weiblichen Landsleute.

„Es macht diese gewisse Mischung", sagte er. „Die Ureinwohner, die Indios, die sich mit den Nachfahren der spanischen Eroberer vermischt haben, die Kreolen, die Afrikaner, und in Port of Spain kommen dazu noch die Menschen indischer Herkunft. Das alles ergibt ein buntes Völkergemisch. Ich bin ja selber einer von ihnen", lachte er.

Er geriet regelrecht in Entzücken bei diesen Schilderungen der Vorzüge seiner weiblichen …: „Sagt man Landsmänninnen?", fragte er und alle lachten.

Stephen machte sich bei all diesen Lobpreisungen durchaus keine Illusionen. Um welchen Typ Frauen es sich bei all der Schwärmerei handelte, war ihm sehr wohl bewusst, er war schließlich lange genug Seemann. Natürlich ging es dabei um die Huren in den

Hafenkneipen. Dieses war nun mal die Welt der Seeleute: die Schiffe, die Hafenstädte und die Huren. Das alles gehörte zusammen und von nun an war es auch seine Welt.

„Leute!", sagte er schließlich. „Auch wenn ich vielleicht zum ersten Mal nach Westindien komme, so bin ich doch recht viel in der Welt herumgekommen. Und ich kann euch versichern, auch in anderen Teilen der Erde findet man prächtige Frauen, in Manila zum Beispiel."

„Das ist wahr!", mischte sich Michael ein. „In Manila ist es auch so, oder sagen wir mal, zumindest so ähnlich. Ich war auch ein paar Mal in Manila."

Naja jetzt ergriff Lars, der Schwede, wieder das Wort. „Kann alles sein, aber hört nun, was ich einmal in Formosa erlebt habe."

Und er begann zu erzählen:

„Es war in Kaohsiung, da war ich mit einem Mädchen einig geworden. Wir setzten uns in ein Taxi und fuhren zu ihr nach Hause.

Nach einer etwa zehnminütigen Fahrt kamen wir in immer trostloser wirkende Stadtviertel. Schließlich hielt das Taxi vor einem relativ großen, flachen Holzschuppen. Nachdem wir ausgestiegen waren, führte mich das Mädchen zur Tür dieser Bruchbude. Mir kam das alles nicht geheuer vor. Es soll ja schon vorgekommen sein, dass Seeleute in die heruntergekommenen Vororte gelockt und dort ausgeraubt wurden. Ich wurde misstrauisch, blickte mich hilfesuchend zum Taxifahrer um, aber der war bereits davongefahren. Das Mädchen nahm mich bei der Hand und zog mich förmlich hinter sich in diesen Schuppen hinein. Das machte mich noch misstrauischer. Ich fand mich wieder in einem großen ungeteilten Raum und zu meiner allzu großen Verblüffung fand ich dort eine ganze Familie

versammelt – Eltern, Geschwister, Großeltern und was
weiß ich noch alles, Onkel, Tanten, Nichten, Neffen.
Sie alle blickten mich freundlich an, ja, sie hießen
mich sogar mit höflichen Verbeugungen willkommen.
‚Hier?‘, fragte ich leicht entsetzt das Mädchen. Das
nickte eifrig, fasste mich mit beiden Händen und zog
mich zu einem Verschlag, nein, eigentlich war es nur
ein Vorhang, der uns vor dem Rest der Familie
notdürftig abschirmen sollte. Dahinter befand sich ein
Bett.

Ihr könnt euch vielleicht vorstellen, wie ich da meine
Beine in die Hand genommen habe! Ich lief zu Fuß bis
in die Innenstadt zurück."

Alle lachten und wieder übernahm Brian das Wort.

„Das ist gar nicht so ungewöhnlich," sagte er. Er
wandte sich an Lars, den Schweden:

„Wie viele Personen waren dort versammelt? Sechs,
sieben oder acht Leute? Einer davon, vermutlich der
Familienvater, hatte vielleicht, wenn überhaupt, eine
noch dazu sehr schlecht bezahlte Arbeit. So blieb nur
die Tochter, um Geld ins Haus zu bringen. Ich habe es
oft erlebt, dass es nur allein die Tochter war, die eine
ganze Familie ernährte. Moral allein rettet einen nicht
vor Hunger und Elend."

„Ja, da ist wohl etwas dran", räumte Lars ein,
„hinterher hat sie mir recht leidgetan. Sie war ein
liebes Mädel."

So verging der Abend und Stephen machte sich sehr
bald auf den Weg in seine Koje.

Als er wegen des Seeganges mühsam den Mittelgang
entlangtorkelte, hatte er das Gefühl, dass das Schiff
stärker arbeitete als noch vor zwei Stunden.

Er war gerade eingeschlafen, da wurde er auf die
Brücke gerufen.

Trinidad

Stephen kleidete sich hastig an. Im Grunde hatte er schon so halbwegs damit gerechnet, dass man ihn brauchen würde. Aber er war müde und hatte keine Lust.

„Das ist wohl der Preis einer zweifelhaften Berühmtheit", seufzte er für sich, „ich könnte gern darauf verzichten."

Er hatte Mühe, den Niedergang zur Brücke hinaufzukommen, so sehr arbeitete das Schiff in der rauen See. Als er die Brücke betrat, seine Augen mussten sich erst an die hier herrschende Dunkelheit gewöhnen, fand er die gesamte Schiffsführung versammelt. Eigentlich hätte jetzt der Dritte die Wache, aber der Erste Offizier wollte ihn bei diesem Wetter wohl nicht alleinlassen und in der Zwischenzeit war auch der Kapitän erschienen.

„Verzeihen Sie, Mr. Tremaine", sprach dieser ihn nun an, „wir hätten Sie gerne Ihrem sicherlich verdienten Schlaf überlassen, aber mir scheinen die Umstände so, dass ich es für ratsam hielt, Sie auf die Brücke zu bitten."

Stephen grinste etwas schief.

„Ist schon okay, Captain"

Er torkelte zum Rudergänger hinüber und wäre dabei fast auf die Nase gefallen.

„Hoppla!", rief er unwillkürlich aus. „Das scheint ein recht ungemütliches Lüftchen zu sein."

Der Rudergänger grinste und überließ ihm bereitwillig das Ruder.

„Kurs null-sechs-fünf."

„Danke, null-sechs-fünf", wiederholte Stephen.

Er brauchte einige Minuten, bevor er die Eigenarten dieses Seeganges in sich aufgenommen hatte, aber jeder der hier Anwesenden konnte sehr bald spüren, dass das Schiff sich kurze Zeit später deutlich stabilisierte. Es schlingerte allerdings immer noch stark.

Die einzige Beleuchtung auf der Brücke war der Widerschein des abgedunkelten Kompasses. Stephen hätte ihn am liebsten ganz dunkel gesehen – er störte seine Konzentration, aber das war natürlich nicht denkbar. Er sollte ja, wenn möglich, nebenbei auch den Kurs halten.

Auf der Brücke herrschte absolute Stille. Alle schauten angestrengt hinaus in die dunkle Nacht.

„Ich würde gern zwei, drei Grad stärker in den Wind gehen", meinte er nach einer Weile.

„Tun Sie das!", stimmte ihm der Kapitän zu.

Dieses unbedingte Vertrauen machte Stephen fast ein wenig verlegen.

„Neuer Kurs: null-sechs-acht", gab er daraufhin an.

Nach einer Weile ergriff der Kapitän wieder das Wort: „Was halten Sie von diesem Wind?"

„Kann ich noch nicht genau sagen", sagte Stephen, „geben Sie mir eine halbe Stunde, um die Lage einzuschätzen."

Nach einer scheinbar endlosen Zeit des Schweigens, in der allen Anwesenden das Heulen des Sturmes nur umso mehr bewusst wurde, setzte Stephen an:

„Es wird nicht weiter auffrischen. Schätze, der Wind wird bald etwas mehr nach Steuerbord drehen und vermutlich gegen morgen abflauen."

Der Kapitän blickte ihn eine ganze Weile zweifelnd an.

‚Das kann der Kerl doch unmöglich wissen', dachte er bei sich. Aber er sagte nichts.

Zwei Stunden später schien der Wind tatsächlich fast unmerklich etwas abzunehmen und mit dem Ende der Zwölf-Uhr-Wache wurden die Bewegungen der „Glenfalloch" langsam weicher. Der Sturm hatte seinen Höhepunkt überschritten.

Jetzt erschien die Vier-Uhr Wache in der Person Matthew Longfellows und zwei weiterer Matrosen auf der Brücke. Aber sollte Stephen etwa gedacht haben, dass auch er nun endlich abgelöst werden würde, hatte er sich geirrt.

„Ich wäre Ihnen sehr verbunden, Mister Tremaine, wenn Sie noch eine Weile weiter am Ruder bleiben würden", richtete sich Longfellow förmlich an Stephen.

„Aye, Sir!"

Kurz darauf meinte der Kapitän, seine Anwesenheit sei wohl jetzt nicht mehr vonnöten.

„Gehen Sie auch zu Bett, Mr. Bush", wandte er sich an den Ersten Offizier. „ich denke, wir können die Leute der Wache nun allein lassen", und mit einem „Danke, Mr. Tremaine", verließ er in Begleitung des Ersten und des Dritten Offiziers die Brücke.

In der Tür drehte er sich noch einmal zurück: „Ich weiß mein Schiff ja in guten Händen"

Matthew und Stephen schauten sich an, sie hatten zur gleichen Zeit denselben Gedanken:

‚Mit diesem Captain hätten wir die ‚Ajax' vor Manila vermutlich halbwegs ohne allzu große Schäden durch den Hurricane gebracht.'

Aber sie sagten nichts.

„Das sind die Tücken des guten Rufes", meinte Stephen trocken, „nur vier Stunden Pause und dann gleich zwei Wachen hintereinander. Kann ich gerne darauf verzichten, ich bin hundemüde."

Im Verlauf der folgenden Stunden war deutlich zu spüren, dass die Schläge der Brecher auf den Steven der „Glenfalloch" langsam an Härte verloren. Noch peitschte die Gischt des aufgewühlten Meeres zwar in Abständen bis über das Brückenhaus, aber das Schiff ritt den jetzt herrschenden Seegang mit der Eleganz eines routinierten Rennpferdes ab.

Am Ende ihrer Wache, als der Erste Offizier, Mr. Bush, mit seinen Mannen auf der Brücke erschien, um die Wache von ihnen zu übernehmen, hatte sich die See dann auch bereits weitgehend beruhigt.

„Und nun – ab in die Koje!", sagte der Erste, und an Stephen gewandt: „Selbstverständlich sind Sie heute vom Dienst befreit.

„Aye, aye, Sir!"

Am Mittag des nächsten Tages brach die Sonne durch die Wolken und so blieb es auch die kommenden anderthalb Wochen bis zu ihrer Ankunft in Port of Spain.

Der Atlantik zeigte sich von seiner besten Seite. Es wurde mit jedem Tag wärmer und zwei Tage, bevor die „Glenfalloch" die Insel Trinidad erreichte, konnte Stephen bereits das Land riechen.

Es war die Eigenart der tropischen Länder, dass man aufgrund des schweren feuchten Klimas ihren unverwechselbaren Duft, eine Mischung aus einer üppigen, alles überwuchernden Vegetation, in die sich der Geruch nach Verwesung mischte, Tage, bevor man das Land sah, bereits riechen konnte.

Für Stephen war es jedes Mal aufs Neue wie eine Verheißung. Wenn er sich den Tropen näherte, war er stets wie elektrisiert. Er liebte die Tropen über alles.

Sturmmöwen umkreisten jetzt die Masten des Schiffes – und die flinken Fregattvögel, die sich immer wieder mit angelegten Flügeln pfeilschnell ins Meer stürzten. Niemals tauchten sie ohne einen Fisch im Schnabel wieder auf, schwangen sich sodann mit einer bewundernswerten Leichtigkeit erneut in die Lüfte. Für sie bestand kein Unterschied zwischen den Elementen. Ohne ihren Flügelschlag auch nur ansatzweise zu unterbrechen, schienen sie unter der Wasseroberfläche ihren Flug einfach fortzusetzen.

Wenn, ja, wenn er nicht so unermesslich verzweifelt und niedergeschlagen gewesen wäre, weil seine Gedanken noch immer um Sowenna kreisten, hätte Stephen sich wohl jetzt recht glücklich gefühlt.

Nachdem die „Glenfalloch" an dem unendlich langen Kai von Port of Spain ihre Leinen übergeben hatte und fest vertäut worden war, machten sich diejenigen, die zu den Glücklichen gehörten, keine Lukenwache gehen zu müssen, landfein.

Stephen ging, wie nahezu immer und überall, allein an Land. Er war das erste Mal in der Region der Westindischen Inseln und abenteuerlustig, wie er war, erfüllt von einer unstillbaren Neugier auf jedes fremde Land und Kultur, freute er sich auf dieses für ihn immer wieder neue Erkunden eines neuen Hafens. Vielleicht war dies sogar ein Mittel gegen seine Schwermut.

Für den Abend hatten Michael, Lars, der Schwede, und Brian ihn aber geradezu genötigt, sie auf ihrer gemeinsamen Vergnügungstour zu begleiten, um ihn in das Etablissement einzuführen, von dem bereits die Rede gewesen war.

„Das musst du unbedingt erlebt haben", hatte Michael gesagt.

Stephen durchstreifte die Straßen von Port of Spain, aber das Geheimnisvolle, den Atem uralter Kulturen, all das, was ihn in den asiatischen Häfen immer so ganz besonders fasziniert hatte, vermisste er hier.

Zum Abendessen ging er zurück an Bord. Nach einer schnellen Dusche huschte er die Gangway hinunter, wo auf dem Kai bereits seine Kompagnons auf ihn warteten.

Stephen schloss sich ihnen mit durchaus gemischten Gefühlen an.

Das abrupte Ende seiner Verlobung hatte eine tiefe Wunde in seinem Inneren hinterlassen und nicht nur allein das, es war nichts weniger als der Verlust eines ganzen Lebensentwurfes, seines Lebensentwurfes.

Was sollte das Leben jetzt noch für ihn bereithalten – war er überhaupt bereit für ein anderes Leben? Gleichgültigkeit beherrschte ihn, wie er nun loszog mit seinen Kollegen, sich zu betäuben mit flüchtigen Freuden. Vielleicht half es ihm, zu vergessen, und vielleicht war er sogar ein wenig gespannt auf dieses so viel gelobte Etablissement.

Er war Seemann genug, um, auch wenn er in der Vergangenheit an den Zügen seiner Kollegen durch die Hafenkneipen eher selten teilgenommen hatte, Vorurteile gegen die bezahlte Liebe zu haben. Er wusste sehr wohl, das alles gehörte zu einem Seemannsleben dazu.

Aber dieses Verschwinden aufs Zimmer, für eine Stunde mit einem dieser käuflichen Mädchen, das mochte er irgendwie einfach nicht.

Schnelle Liebe? Gab es so etwas überhaupt?

Nein, aber wenn schon, dann wollte er mit der Frau, und sei es auch, dass er sie dafür bezahlte, in eine Art von Beziehung treten. Er wollte wissen, wie sie war, wie sie fühlte und wie sie dachte. Und natürlich musste sie ihn auch mögen.

All die Jahre zuvor mit der Vorstellung an ein Leben mit Sowenna hatte sich ihm etwas in dieser Art verboten. Allein der Gedanke daran war ihm fremd.

Aber natürlich wusste er, dass seine Kollegen auch hier in Port of Spain feste, wenn auch bezahlte Freundinnen hatten, genauso wie in allen anderen Häfen der Welt. Das war durchaus nichts Neues für ihn.

Und so war es auch früher mit seinen Kollegen in Manila gewesen. Bei diesem Gedanken kam ihm die

Erinnerung an seine Mannschaftskollegen der „Ajax"
in ihm hoch. Sie hatten ihr Leben in den Weiten des
Ozeans verloren. Ob die Hafenmädchen in Manila um
sie trauerten? Wo doch mit jedem neuen Schiff, das in
den Hafen einlief, immer wieder aufs Neue alte
Freunde zu ihnen kamen, um für wenige Stunden ihre
Einsamkeit zu vergessen und sich der Illusion von
Wärme und Geborgenheit hinzugeben.
Ja, und doch, Stephen war sich ganz sicher, dass auch
sie um seine toten Kameraden trauerten.
Er glaubte sicher, dass diese Mädchen auf ihre Art treu
waren, und aus diesem Grunde mochte er sie, auch
wenn er alles dies nur aus den Erzählungen seiner
Kollegen kannte.

Die kleine Gruppe der Matrosen nahm sich ein Taxi
und Lars, der Schwede, nannte dem Fahrer die
Adresse. Dass die „Glenfalloch" heute eingelaufen
war, hatte in der Hafenszene natürlich längst die
Runde gemacht. Über welche Kanäle diese
Neuigkeiten immer bekannt wurden, hatte Stephen
sich schon oft gefragt.
Das Etablissement, zu dem sie sich jetzt auf dem Wege
befanden, kannte jeder Westindienfahrer. Es lag nicht
im Hafenbezirk, sondern etwas außerhalb der Stadt. In
Port of Spain gab es offenbar nicht diese typischen
Hafenviertel, wie Stephen sie von den ostasiatischen
Häfen her kannte. Das wunderte ihn.
Das Taxi hielt schließlich vor einem großen
villenähnlichen Gebäude im Kolonialstil. Die Fenster
waren mit schweren roten Gardinen verhängt und
ließen keinen Einblick auf das zu, was sich hinter
ihnen verbarg. Sie waren überdies in einem hellen
Rosa angeleuchtet. Über der hohen zweiflügeligen
Eingangstür prangte auf dem Vordach, gestützt von
zwei griechischen Säulen, eine knallrote Neonschrift

mit dem etwas hochtrabenden Namen „Club Moulin Rouge". Und dahinter befand sich, wenn auch wesentlich kleiner als ihr Pendant in Paris, eine Nachbildung der in aller Welt bekannten „Roten Mühle".

Nachdem sie den Fahrer entlohnt hatten, sprangen die vier unternehmungslustigen Seeleute aus dem Taxi und stürmten, beide Flügel aufstoßend, durch die Tür. Der große hohe Raum mit der umlaufenden Galerie wirkte zu dieser Stunde noch recht leer. Es war früh und es schien, als wären sie tatsächlich die ersten Gäste. Eine Handvoll Mädchen lümmelte an der Bar und machte den Eindruck, sich zu langweilen.

Als sie jedoch die hereinstürmende Schar Seeleute erkannten, erwachten sie sehr schnell zum Leben. Sie begrüßten die Neuankömmlinge mit großem Hallo. Tatsächlich schien es Stephen, als ob sie sich wirklich über ihr Kommen freuten. Er staunte immer wieder aufs Neue darüber.

Es folgte ein langer Augenblick innigster Umarmungen, feuriger Küsse und alles das war begleitet von einem ununterbrochenen Plappern und Gekreisch.

In Stephens Gedanken drängte sich die Erinnerung an seine jüngste Rückkehr in seine Heimatstadt auf, nach einem Jahr voller Lebensgefahr und Verzweiflung, in dem einzig sein Band zu Sowenna und die Hoffnung auf ein gemeinsames trauliches Glück seinen Lebensmut befeuert hatten. Kein Jubel hatte ihn begrüßt, kein Glück auf ihn gewartet, nichts als Enttäuschung und Kälte hatten in empfangen.

Er hielt sich zunächst etwas im Hintergrund, aber als die ganze Schar sich nun daran machte, an einem der vielen Tische Platz zu nehmen, nahmen die Mädchen erstmalig Notiz von ihm.

„Oh, ein neues Gesicht!", rief die eine und: „Was für ein schöner Mann!", die andere.

Stephen machte das verlegen. Aber gleich darauf wandten sich wieder alle einander zu und es begann ein fröhliches Geplauder und Geplapper, an dem er keinerlei Anteil hatte. Er blieb außen vor.

Stephen merkte schnell, dass in dieser Runde für ihn kein Blumentopf zu gewinnen war und sein Blick wanderte einige Male unauffällig in Richtung Bar. Die Spielregeln beherrschte er und schließlich hatte er sich an diesem Abend darauf eingelassen.

Ein Zwinkern eines der Mädchen, aber Stephen fühlte sich zunehmend unbehaglich. Frauen als Ware zu betrachten, sich eine auszusuchen wie in einem Schaufenster, da sträubte sich in ihm alles.

Seine Freunde waren viel zu beschäftigt, gefangen-genommen von ihren Mädchen, als dass sie auf ihn achteten.

Stephen überlegte gerade, wie er möglichst unauffällig aus der Sache herauskommen könnte, als er einer jungen Frau gewahr wurde, die eben aus einer Tür neben dem Tresen heraustrat. Sie betrat nicht einfach nur den Raum, nein, sie wirkte wie eine Erscheinung. Sie trug ein leuchtend rotes, knöchellanges Kleid, eng geschnitten und geschlitzt, was Stephen ein wenig an Hongkong oder Singapur erinnerte.

Das neben diesem Kleid Auffallendste an ihr aber war ihr langes pechschwarzes Haar, das ihr über den Rücken bis zu ihren Hüften herunterhing. Sie schritt mit einem nicht übertrieben aufreizenden Gang zur Bar, setzte sich auf einen der Hocker, schlug ihre langen Beine übereinander und schickte einen scheinbar uninteressierten Blick zu der Gruppe um Stephen; schweifte achtlos über sie alle hinweg, verhielt für den Bruchteil einer Sekunde auf Stephen und kehrte zurück zu ihren Schuhspitzen. Stephen aber hatte das kurze Aufflackern in ihrem Blick, mit dem sie ihn streifte, durchaus bemerkt.

Die anderen hatten sie inzwischen nun auch entdeckt.

„Donnerwetter!", sagte Brian und Lars, der Schwede, pfiff anerkennend durch die Zähne und sofort erwachte Eifersucht in den Mädchen an ihrem Tisch.

„Die ist noch nicht lange hier bei uns", meinte eine von ihnen auf eine entsprechende Frage von Brian, „stammt auch nicht von hier."

„Sie hält sich für etwas Besseres", fauchte eine andere.

Stephen hörte schiere Missgunst aus ihren Worten heraus. Er schoss einen schnellen Blick zu der Rotgekleideten hinüber und wusste im selben Moment warum. Wenngleich er neu war in der Westindien- und Lateinamerikafahrt, schien es ihm, dass sie tatsächlich nicht von hier stammte. Sie mochte vom Festland sein, aus Mexiko oder Kolumbien. Zwar wies ihr Gesicht die weichen Züge der Indiofrauen auf, aber ihre Haut war sehr viel dunkler. Sie erinnerte Stephen an ein Mädchen, das er einst in Manila gesehen, und ihn ebenfalls vom ersten Augenblick an fasziniert hatte.

Inzwischen hatte die Neue ebenfalls Stephens Augenhuscherei bemerkt, machte allerdings keinerlei Anstalten, aktiv seine Aufmerksamkeit zu erlangen. Sie wandte sich ihm zu und schaute ihn nur ruhig an.

Da erhob er sich nach einer Weile und schritt zu ihr hinüber.

„Darf ich dich zu einem Drink einladen?"

Sie lächelte ihn freundlich an.

„Gerne!"

„Möchtest du dich vielleicht mit zu uns an den Tisch setzen? Ich möchte meinen Freunden gegenüber nicht unhöflich sein."

Der Barkeeper mixte ihre Getränke und mit den Gläsern in der Hand schlenderten sie zu seinen Kollegen hinüber. Sie gab ein kurzes Nicken in die

Runde und Stephen zog ihr einen Stuhl heran. Michael konnte es sich nicht verkneifen, zu frozzeln.

„Natürlich hat sich unserer Freund Stephen gleich die Schönste ausgesucht."

Stephen lächelte gutmütig, vergewisserte sich aber mit einem schnellen Blick, dass die Frau in Rot diese Bemerkung ebenfalls mit Wohlwollen aufgenommen hatte.

„Ich bin Stephen", stellte er sich ihr nun vor, „Stephen Tremaine."

Die Schöne nickte ganz leicht und lächelte.

„Und ich bin Mercedes", sagte sie und erzählte ihm, dass sie eigentlich aus Caracas stamme. Ihr Englisch hatte einen stark spanischen Akzent. Sie berichtete, dass sie von Kolleginnen von diesem Club hier in Port of Spain gehört habe und dass die Frauen hier zu besseren Bedingungen angestellt seien als drüben auf dem Festland.

„Und?", fragte Stephen. „Ist es so?"

„Ein bisschen besser", entgegnete sie und lachte. „Im Grunde sind diese Clubs alle gleich." Sie blickte ihn forschend an „Wir müssen leben."

Stephen spürte eine gewisse Zurückhaltung an ihr, noch mehr von sich preisgeben zu wollen.

„Ich komme aus England", begann er daher von sich selbst zu erzählen, „aus einem kleinen Fischerort in Cornwall, direkt am Meer."

„Ist es dort ebenso heiß wie hier?", fragte Mercedes und er konnte ihre Erleichterung über den Fortgang ihres Gespräches deutlich merken.

„Nein, es ist kalt dort", gab Stephen zurück und meinte damit nicht allein das Klima.

Sie begann nun, ihm allerlei Fragen zu stellen, wie dort, wo er herkam, das Leben sei, ob er auch aus einer Fischerfamilie stamme.

Während sie so plauderten, hörte man jetzt immer häufiger die großen Flügeltüren gehen und der Saal füllte sich nach und nach.

Zudem waren vier Musiker aufgetaucht, die sich nun auf ihrem Spielpodest einrichteten, das sich vor der Treppe befand, die zur Galerie führte. Es waren zwei Gitarristen, ein Violinist und ein Mann mit einer Harfe. Es dauerte eine Weile, bis sie ihre Instrumente gestimmt hatten, aber als sie nun loslegten, erhoben sich sogleich die ersten Paare, die rings um die Tanzfläche an den Tischen saßen. Da hielt es auch Mercedes nicht mehr auf ihrem Stuhl, sie erhob sich ebenso, streckte beide Arme nach Stephen aus und zog ihn mit sich fort auf die Tanzfläche. Die Band spielte eines dieser romantischen Lieder, an denen Lateinamerika so reich war, und Mercedes schmiegte sich beim Tanzen fest an ihn. Stephen fühlte sich nach langer, langer Zeit endlich einmal wieder leicht und frei. Natürlich machte er sich nichts vor, er war sich durchaus bewusst, wo er sich hier befand, aber es war so unsagbar schön, sich einfach gerade vollständig und bedingungslos der Wärme einer Frau in seinen Armen und einer träumerischen Stimmung hingeben zu können.

Dreimal hintereinander tanzten sie zu den traurig-schönen Liedern, bevor sie wieder ihren Tisch aufsuchten. Stephen holte neue Getränke für sich und Mercedes und versuchte sich darin, an der Unterhaltung teilzunehmen, die seine Freunde und die Mädchen fröhlich lachend führten. Es gelang ihm nur halbwegs und er merkte sehr bald, wie platt seine Reden klangen. Auch Mercedes nahm nur zögernd an ihrer Konversation teil, aber das war wohl kein Wunder.

Erstens war sie neu hier und zweitens war ja deutlich zu merken, dass das Englische nicht ihre

Muttersprache war. Stephen wurde einfach nicht warm in dieser Runde. Wieder einmal hatte er das Gefühl, außen vor zu sein. Es tröstete ihn ein wenig, dass es seiner Gefährtin auch nicht besser ging als ihm.

Als er sich ein wenig umschaute, stellte er fest, dass nun so nach und nach ein Paar nach dem anderen für eine längere Zeit verschwand. Stephen konnte beobachten, wie sie zu zweit zusammen die Treppe hinaufstiegen, die zur Galerie führte, und dort oben hinter einer der Türen verschwanden. Auch seine Kollegen taten dies, einer nach dem anderen, mit ihrer Begleitung. Am Ende befanden sich Mercedes und Stephen allein am Tisch. Er knetete seine Finger, während sie von Ratlosigkeit ergriffen wurde.

Die Anwesenheit in diesem Etablissement folgte klaren Regeln und Übereinkünften – worauf wartete er? Stephen suchte nach Worten, bis er sich schließlich durchgerungen hatte. Er neigte seinen Kopf dicht zu seiner Partnerin und flüsterte:

„Mercedes …", seine Stimme wurde ein wenig krächzend, „ich möchte gern eine ganze Nacht mit dir verbringen."

Sie blickte ihn ein wenig spöttisch an.

„Kannst du dir denn das auch leisten?"

Sie schaute ihm eine lange Weile in die Augen und nannte schließlich ihren Preis. Stephen musste nun doch schwer schlucken. Es würde nahezu seinen gesamten Vorschuss auffressen, den er sich beim Zahlmeister hatte geben lassen.

Andererseits, unbezahlbar war es nicht.

Er nickte.

Jetzt lächelte sie ihn warm an:

„Okay", sagte sie, „ich kann hier allerdings frühestens um elf weg. Normalerweise bleibe ich bis zwei. Aber wir sind hier relativ frei, ich kann auch mal drei Stunden früher gehen", sie machte eine

Pause, „… wenn die Einnahmen stimmen." Fragend blickte sie ihn an. „Und nun muss ich dich allerdings allein lassen. Ich bin hier schließlich angestellt, um Geld zu verdienen."

„Ich will's versuchen", erwiderte er ihr mit einem schiefen Grinsen.

Als seine Kollegen jetzt so nach und nach wieder eintrudelten, wunderten sie sich ein wenig, ihn allein am Tisch sitzen zu sehen.

„Ärger gehabt?", fragte Brian.

Stephen war bereits im Begriff, mit umständlichen Erklärungen zu beginnen, da sagte sein Kollege grinsend:

„Weiß schon Bescheid, Kumpel! Meine Güte, du gehst aber ran."

Obgleich Stephen Mercedes gerade einmal zwei Stunden kannte, bereitete es ihm Schmerzen, zusehen zu müssen, wie sie jetzt mit anderen tanzte. Auf keinen Fall wollte er es sich antun, auch zusehen zu müssen, wie Mercedes mit einem anderen aufs Zimmer ging. Er schob seinen Stuhl beim Aufstehen so heftig nach hinten, dass er ihn gerade eben noch auffangen konnte, und drängelte sich durch die Menge zum Ausgang.

Nervös lief er auf und ab, schaute immer wieder auf seine Uhr, aber es waren gerade einmal fünf Minuten vergangen. Ungerührt blinkte die Lichtreklame in ihrem Gleichtakt. So ging das etwa eine halbe Stunde, bis er schließlich zurück in den Saal kehrte. Seine Augen suchten lange Zeit in dem Gedränge der Tanzenden. Er konnte keine Spur von Mercedes entdecken. Sie war nicht da. Wortlos setzte er sich an den Tisch zu seinen Kollegen.

Lars, der Schwede, knuffte ihn in die Seite.

„Kopf hoch, Junge", ermunterte er ihn, „man gewöhnt sich daran."

Immer wieder schielte Stephen zum oberen Treppenabsatz hin. Schließlich sah er sie kommen, Arm in Arm mit einem dieser Männer. Er sah sie lachen. Abrupt wandte er den Kopf und beugte sich herunter, wie um sein Schnürband zu binden. Als er wieder aufschaute, sah er die beiden nicht mehr. Er erhob sich ein zweites Mal, um den Saal zu verlassen.

„Bleib hier, Stephen!", rief Michael ihm nach. „Wo willst du denn hin?"

Aber stur strebte er dem Ausgang zu und verschwand. Draußen angekommen folgte er zügigen Schrittes etwa hundert Meter dem ausgefahrenen Sandweg. Hier setzte er sich auf ein etwa kniehohes Mäuerchen und wartete. Nach einer scheinbaren Ewigkeit sah er seine drei Kollegen das Etablissement verlassen. Er blickte auf seine Uhr

Es war fünf Minuten nach elf.

Da schließlich erhob er sich und ging zu den wartenden Taxis hinüber.

Etwa zehn Minuten später kam Mercedes heraus. Sie lächelte ihm zu.

„Ah, da bist du ja! Musstest du lange warten?"

Stephen schüttelte den Kopf.

Sie gingen beide hinüber zu den Taxis. Einer der Fahrer öffnete ihnen einladend die Wagentür, sie stiegen ein, Mercedes nannte ihm eine Adresse und schon brauste der Fahrer davon.

Schweigend saßen sie nebeneinander auf der Rückbank, nah, aber nicht zu nah.

Die Fahrt schien Stephen eine Ewigkeit zu dauern. Der Mann fuhr in halsbrecherischem Tempo durch ein Gewirr von engen Straßen, um am Ende vor einem flachen Bungalow Halt zu machen.

Stephen bezahlte und Mercedes ging ihm voraus. In dem kurzen Flur brannte Licht. Zwei Türen auf der rechten Seite waren geschlossen. Mercedes deutete auf die erste:

„Bad und Toilette."

Die Tür gegenüber stand einen Spalt offen, Lichtschein drang heraus.

„Hi, Helen!", rief Mercedes hinein und: „Hi", kam es zurück.

„Wir wohnen zusammen", wandte sie sich an Stephen. Nun steuerte sie auf die zweite Tür linker Hand zu, öffnete sie, machte Licht und ließ ihn eintreten. In dem Zimmer standen ein relativ breites Bett, ein Schrank und eine Frisiertoilette mit einem Plüschhocker davor. In der Ecke stand ein kleiner Sessel. Das Bett, war ungemacht und auf der zerknautschten Decke lag ein Plüschbär.

„So!", sagte Mercedes. „Da wären wir. Fühl dich wie zu Hause."

Sie blieb eine Weile vor ihm stehen und blickte ihn an. Dann wandte sie sich wortlos ab und begann sich auszuziehen.

„Oje, bin ich müde!", konstatierte sie, Stephen schaute ihr wortlos dabei zu.

‚Mein Gott, wie schön sie ist!', dachte er.

Als Mercedes sich all ihrer Kleidung entledigt hatte, die sie achtlos auf den Boden fallen ließ, wandte sie sich splitternackt Stephen zu.

„Ich gehe nur kurz duschen", meinte sie und entschwand.

Stephen stand eine Weile unschlüssig vor ihrem Bett.

‚Soll ich mich jetzt auch ausziehen?', überlegte er.

Er war nun doch ein wenig verlegen geworden. Was aber sollte er sonst tun?

So zog er sich dann ebenfalls bis auf seine Shorts aus und ließ sich abwartend in den Sessel fallen.

Nach kurzer Zeit kam Mercedes zurück.

„Jetzt kannst du", sagte sie.

Stephen war ein wenig schwer von Begriff.

„Ins Bad!", ergänzte sie.

„Ach so!", entgegnete er. „Natürlich!", erhob er sich von seinem Sessel und verschwand.

„Kannst das grüne Handtuch nehmen!", rief sie ihm noch hinterher.

Als er nach kurzer Zeit zurück war, hatte sie das Licht bereits gelöscht und lag unter der dünnen Decke. Irgendwie hatte sich Stephen das alles romantischer vorgestellt. Aber nun gut, er machte sich nichts vor. Er war hier, weil er Geld dafür bezahlt hatte.

So schlüpfte er ebenfalls zu ihr unter die Decke und nach einer Weile kuschelte sich Mercedes in einer fast liebevollen Geste an ihn.

Die Liebe der Matrosen

Zum Glück besaß Mercedes einen Wecker und dieser klingelte Stephen um Punkt sieben aus einem tiefen Schlaf. Halb dösend spürte er ihren Arm, der halb über ihm lag. Ein kurzes Gefühl wohliger Wärme durchströmte ihn. Aber sie brummte nur verschlafen und drehte sich unwillig von ihm weg.

„Ich bin müde", murmelte sie nur und war im gleichen Augenblick bereits wieder weggedämmert.

Leise zog Stephen sich an. Als er damit fertig war, beugte er sich über sie und küsste sie auf die Stirn.

„Hasta la vista", sagte er sanft, „wir sehen uns erst wieder in zweieinhalb Monaten. Bleib mir treu. Ich schreibe dir rechtzeitig, wann ich wiederkomme."

„Si, te veo pronto", raunte sie.

Stephen drehte sich um, verließ ihr Zimmer und das Haus. Er musste um acht an Bord sein, wenn er noch etwas vom Frühstück abbekommen wollte. Um neun kamen die Schauerleute, da musste er an der Luke sein, denn heute hatte er Lukenwache. Er grüßte den Talleymann, mit ihm hatte er im Grunde nichts zu tun, für ihn war der Decksoffizier zuständig. Den Einweiser und den Winscher aber begrüßte Stephen ganz besonders herzlich, er war ja neu hier und wollte ihnen gleich zu Beginn des Ladens signalisieren, dass er sich als ihr Kollege und Freund betrachtete. Auf Wunsch des Winschers stellte er den Steuerbord-Ladebaum etwas weiter nach vorn und schwenkte den zweiten über die Pier. Der Talleymann blieb auf der Pier, er hatte die Aufgabe in seinem Block, jede Hieve abzuhaken, die aus der Luke kam.

Und dann ging es auch schon los. Eine Gruppe von etwa sechs Männern kletterte in die Luke, und er konnte gerade noch hinter ihnen herkommen. Sie betrachteten ihn mit prüfenden Augen. Würde er ein strenger Aufpasser sein oder jemand, der gern auch mal woanders hinschaute, wenn eine der Kisten beim Laden entzweiging? Stephen machte sich die Mühe, jeden einzelnen der Männer mit Handschlag zu begrüßen. Sie würden sich ja fortan jedes Mal begegnen, wenn die „Glenfalloch" regelmäßig in Port of Spain anlegte.

Stephens Aufgabe war es, darauf aufzupassen, dass es hier unten in der Luke nicht zu Diebstählen kam. Allerdings hatte auf fast allen Schiffen, auf denen er bisher gefahren war, ein Konsens geherrscht, es mit dieser Aufgabe nicht zu genau zu nehmen.

Und natürlich, kurz nach dem Start des Entladevorganges begann das Spiel, das sich wohl in allen Häfen der südlichen Breiten stets ereignete: Zwei der Schauerleute stellten sich vermeintlich so ungeschickt an, dass bereits bei der dritten Hieve einige Kartons herunterfielen und zerrissen. Stephen, der sich in diesem Moment gerade wegdrehte, hatte allerdings aus den Augenwinkeln noch genau gesehen, dass Absicht dahinter- steckte. Als er sich ihnen wieder zuwandte, gab er dennoch vor, nichts bemerkt zu haben. Der Inhalt der Kartons war dann auch schneller verschwunden, als er gucken konnte.

Weiß der Teufel, wie die Kerle das Zeug immer aus der Luke bekamen. Die Männer grinsten ihn nur an. Er war nun einer der ihren.

Und als sie dann alle zur Pause an Deck kletterten, drückten ihm sogar zwei, drei Männer stillschweigend die Hand. Ihm war allerdings klar, dass er künftig darauf achten müsste, dass das Ganze nicht überhandnahm. Seine Position als Besatzungsmitglied sollte deutlich bleiben, er würde sonst seine Autorität verlieren.

Am Abend, machten sich die Matrosen erneut landfein. Stephens drei Kollegen vom Vortag wollten ihn natürlich wieder mit in den Club nehmen. Sie gingen wie selbstverständlich davon aus, dass er sie begleiten würde, aber er sagte ihnen ab. Er habe etwas anderes vor und die drei nickten wissend.

„Geld alle?", fragte Brian mit einem gutmütigen Grinsen und Stephen nickte nur.

Es waren anständige Burschen und er wusste, dass er sich auf sie verlassen konnte. Mercedes galt fortan als seine Freundin und keiner von ihnen würde versuchen, sie ihm auszuspannen.

So schlenderte er denn alleine durch die Stadt. Er hatte sich ja bereits am Tag zuvor flüchtig umgeschaut. Am Woodford Square holte er sich eine Flasche Bier am Kiosk und setzte sich eine Weile zu einigen Leuten an den Tisch. Sie erkannten in ihm sehr schnell den Seemann und kamen mit ihm daher bald ins Gespräch.

„Seemann?", fragte ihn ein Mann, dem sein abgewetztes Hemd um die magere Brust schlotterte.

Stephen nickte.

„Hab ich's mir doch gedacht!" Der Mann lachte und zeigte ihm sein lückenhaftes Gebiss.

„Welches Schiff?"

‚Glenfalloch', antwortete Stephen.

„Ah, du bist aus England", ergriff daraufhin ein pechschwarzer hünenhafter Kerl das Wort. „Da haben wir ja dieselbe Königin!", fuhr er fort und wollte sich ausschütten vor Lachen. Er haute Stephen seine Pranke auf die Schulter, dass dieser fast vom Stuhl fiel.

„Nichts für ungut, Kumpel", meinte der andere gutmütig, „als Seemann bist du okay."

Er reichte Stephen die Hand, welche dieser freundschaftlich ergriff. Er drückte allerdings so hart zu, dass es dem Großen ein pfeifendes Geräusch entlockte.

„Donnerwetter!", rief der. „Du kannst zupacken!"

„Bist du das erste Mal hier?", mischte sich nun der Hagere wieder ein. „Wie gefällt dir Port of Spain?"

„Sehr schön hier bei euch", sagte Stephen.

Nun ergriff der Dritte am Tisch das Wort. Dieser war weder groß noch klein und auch nicht besonders dunkel.

„Wir haben richtige Sehenswürdigkeiten", meinte er wichtig und ließ damit eine gehörige Portion Lokalpatriotismus erkennen. „Hast du schon einmal von dem trockenen Fluss gehört?"

Stephen verneinte.

„Das ist ein Fluss mitten in der Stadt …", der Kerl drehte sich um und wies in westliche Richtung, „… gleich dort hinten, am Ende der Prince Street, mit richtigen Brücken darüber …", er brach in spontanes Lachen aus, „… aber es ist kein Wasser darin. Wir …", mit einer ausholenden Armbewegung schloss er seine Begleiter mit ein, „… haben niemals Wasser darin gesehen. Aber ganz früher soll es wohl mal ein richtiger Fluss gewesen sein. Niemand weiß, wo das Wasser geblieben ist. Es heißt, die Oil Company wäre schuld."

„Na, das muss ich mir wohl mal ansehen", meinte Stephen. „Aber erstmal trinken wir noch zusammen eine gute Flasche Ale!"

Er erhob sich, schlenderte zum Kiosk und kam mit vier Flaschen zurück. Er reicht jedem der Männer eine und stieß mit ihnen an. Mehr Sehenswürdigkeiten zu nennen, fühlten sich die drei offenbar nicht in der Lage. Und so fragte er sie, um das Gespräch in Gang zu halten:

„Wo kann man denn hier am Abend hingehen?"

Alle antworteten fast gleichzeitig:

„‚Pink Panther!'", „‚Barracuda Club!'", „‚Moulin Rouge!'", und daraufhin begann eine temperament-volle Diskussion, wo es denn wohl am besten wäre und wo man die hübschesten Mädchen finden würde.

Am Ende setzte sich der Große mit dem „Moulin Rouge" durch. Ohne jemals in einem der anderen beiden Lokalitäten gewesen zu sein, gab Stephen ihm im Stillen recht, er dachte an Mercedes.

Um das Thema zu wechseln, Stephen hatte das Gefühl, die drei würden sich nun an den Nachtlokalen festbeißen, brachte er die Rede auf eventuelle Wochenendfreuden.

Hier nun waren sich die Männer aber sehr einig. Wenn er mal einen ganzen Tag Zeit hätte, dann müsse er unbedingt zur Maracas Bay fahren. Stephen hatte bereits von seinen Kollegen davon gehört. Es sollte die schönste Bucht der ganzen Insel sein, zu der die Einheimischen an den Wochenenden in Scharen strömten, um sich in der Brandung des Atlantiks zu tummeln.

Inzwischen hatten sie alle weitgehend ihre Flaschen leergetrunken, und bevor es dazu kam, dass die drei wackeren Gesellen nunmehr nacheinander ihm ein Ale zu spendieren gedachten, dankte er ihnen und verabschiedete sich.

„Auf zum trockenen Fluss!", rief er und machte sich gemächlich von dannen.

Er hatte allerdings kein Geld mehr. Seinen gesamten Vorschuss hatte er ja für diese eine Nacht mit Mercedes hingegeben. Vom Zahlmeister hatte er gerade noch so viel bekommen, dass er auch am Tag darauf nicht an Bord bleiben müsste und es würde vielleicht sogar auch noch für ein Mittagessen reichen.

Am Tag darauf hatte die „Glenfalloch" die gesamte Ladung für Trinidad gelöscht und neue aufgenommen. Noch vor Mittag wurden die Ladebäume eingefahren. Die Luken wurden zugefahren und kurz darauf gab die „Glenfalloch" mit ihrem Typhon das Signal, dass alle, die noch an Land waren, nun schleunigst an Bord zurückzukommen hatten.

Am Nachmittag warfen sie die Leinen los und verließen den Hafen. Nun ja, ein Hafen in dem Sinne war es nicht einmal, sondern nur dieser ellenlange Kai, an dem etwa fünf bis sechs Schiffe in einer Reihe hintereinander festmachen konnten.

Stephen, der zur Ablege-Mannschaft auf dem Achterdeck gehörte, stand, nachdem alle Leinen aufgeschossen waren, noch lange am Heck. Die Arme auf das Schanzkleid gestützt, schaute er mit melancholischem Blick auf die Stadt zurück und ertappte sich nach einer Weile dabei, dass seine Gedanken um Mercedes kreisten.

Er gehörte nun ebenfalls zu den Matrosen, die, wenn auch nicht in diversen Teilen der Welt, so aber doch zumindest in einer dieser Hafenstädte eine Geliebte hatten, und diese Stadt war Port of Spain.

So ganz sicher war er sich allerdings irgendwie noch nicht.

Von Port of Spain ging es nun zunächst nach Antigua, später nach Santo Domingo und am Ende noch nach Kingston, Jamaika, bevor die „Glenfalloch" wieder ihren Bug Richtung Heimat drehte, um über den Atlantik nach Liverpool zurückzukehren.

Es wurde nun mit jedem Tag kühler und am Ende sogar richtig kalt. Stephen grauste es vor dieser trostlosen Stadt, der sie nun mit jedem Tag näherkamen.

Er dachte an eine Zeit, in der er es gar nicht hatte abwarten können, in sein Zuhause in Mevagissey zu kommen. Dieses Mal trieb ihn nichts dahin. Die Eine, die auf ihn wartete, gab es nicht mehr in seinem Leben. Seine Verletzung war nach wie vor tief.

Seinem Zweiten Offizier, Longfellow, fiel irgendwann auf, wie Stephen mit jedem Tag trübsinniger wurde.

„Was ist los mit dir, Steve?", fragte dieser ihn eines Tages.

Stephen schluckte, zögerte kurz und beschrieb, wie es ihm nach ihrer dramatischen Rettung ergangen war.

„Kein Happy End mit Hochzeitsglocken", sagte Stephen tonlos, „meine Braut war bereits mit einem anderen Mann verheiratet."

„Oh, mein Gott!", entgegnete Matthew. „Wie schrecklich! Davon wusste ich ja gar nichts."

Stephen, den normalerweise nichts umhauen konnte, der den schlimmsten Stürmen trotzte, der wie kein anderer mit dem Meer und den Elementen verbunden war, jetzt so niedergeschlagen zu sehen, dauerte den Zweiten.

Matthew schaute lange Zeit schweigend aufs Meer hinaus. Ruhig pflügte die „Glenfalloch" durch die spiegelglatte See. Nach einer scheinbar endlosen Weile räusperte er sich plötzlich und wandte sich zu Stephen um, der die ganze Zeit ebenfalls schweigend am Ruder gestanden hatte.

„Was hältst du davon Steve, wenn du für die Dauer unseres Aufenthaltes in Liverpool bei uns wohnen würdest?", fragte er. „Auf jeden Fall bist du herzlich eingeladen. Meine Frau und die Kinder würden sich freuen über deinen Besuch."

Stephen blickte zu ihm hinüber. Matthew sah, wie es in ihm arbeitete.

„Das ist lieb von dir, Math", sagte er dann zögernd, „aber ich möchte euch keine Umstände machen. Deine Frau und die Kinder möchten dich doch sicher nach so langer Zeit für ein paar Tage für sich alleine haben."

Matthew lächelte ihn an.

„Da mach dir mal keine Gedanken, Steve", beschied Matthew ihn, „du machst uns absolut keine

Umstände", und als er sah, wie Stephen weiterhin mit sich rang, forderte er ihn auf: „Nun komm schon, sag ja."

Stephen druckste noch eine Weile herum.

„Okay", meinte er schließlich, setzte aber sogleich hinzu: „Aber nur, wenn es euch wirklich keine Umstände macht."

Matthew lachte.

„Stephen!", wies er ihn zurecht. „Es *macht* uns keine Umstände!"

„Schon okay", sagte da Stephen, „danke, Math! Du bist wirklich ein guter Freund."

Der grinste ihn jetzt aufmunternd an.

„Also abgemacht?"

„Abgemacht."

Vier Tage später lief die „Glenfalloch" in Liverpool ein.

Kaum dass ihr Schiff festgemacht hatte, gingen Matthew und Stephen, die Reisetaschen geschultert, die Gangway hinunter. Am Kai wartete bereits Matthews Frau mit den zwei Kindern. Stephen hielt sich höflich ein paar Schritte zurück, bis Matthew seiner Frau die besonderen Umstände erklärt hatte, und als er gewahr wurde, wie ihre Züge während Matthews Rede zunehmend weicher und anteilnehmender wurden, wurde es ihm richtig warm ums Herz. Mit zwei schnellen Schritten kam sie nun lächelnd auf ihn zu und hieß ihn herzlich willkommen.

„Ich bin Maureen", stellte sie sich vor, ihm die Hand reichend. „Ich habe schon so viel von Ihnen gehört, Herr Tremaine", sagte sie, während sie sich zum Parkplatz begaben, wo das Familienauto stand.

Sie verstauten das Gepäck im Kofferraum des Vauxhall und stiegen ein, Stephen setzte sich hinten zwischen die beiden Kinder.

Es war eine längere Autofahrt bis zu Longfellows Zuhause in den nordöstlichen Außenbezirken von Liverpool, aber die beiden Kinder, das Mädchen, ungefähr fünf Jahre alt, und ein etwas kleinerer Junge bombardierten Stephen sogleich mit Fragen.

„Moment, Moment!", fing dieser ihren Redefluss ab.

„Wie heißt ihr denn eigentlich?"

„Ich bin Helen", antwortete ihm das Mädchen, „und das ist Thomas." Sie zeigte dabei mit dem Finger auf ihren Bruder.

„Und ich bin Stephen", stellte er sich selber vor.

„Ich weiß!", sagte die Kleine wichtig, „du bist Papas Rudergänger."

Stephen lachte.

„Naja, ganz so ist es nicht", gab er zurück, „aber es stimmt schon weitgehend."

So verging die Fahrt wie im Fluge. Irgendwann stoppte Matthew das Auto in einer endlosen Reihe von anderen völlig gleich aussehenden Reihenhäusern.

Während Maureen bereits zur Haustür eilte, um sie aufzuschließen, luden Matthew, Stephen und die Kinder das Gepäck aus. Stephen erwartete die klassische Aufteilung eines englischen Reihenhauses: Unten die Küche und das Wohnzimmer mit seinem Plüsch und dem „falschen" Kamin führte eine steile Treppe hinauf zu drei weiteren Räumen. Der größere von ihnen war das Schlafzimmer, einen der beiden kleineren bekam Stephen zugewiesen. Dieser lud sein Gepäck ab und richtete sich für die Dauer seines Aufenthaltes in Liverpool hier ein.

Sechs Tage durfte er zu Gast bei Matthew und seiner Familie sein, bevor die „Glenfalloch" sich wieder auf den Weg zurück nach Westindien machen würde.

Die Familie bemühte sich sehr herzlich um ihn, dennoch fühlte er sich wie das fünfte Rad am Wagen.

Als die Zeit gekommen war, da es hieß, zurück an Bord zu gehen, war er im Grunde froh.

Dankbarkeit und Schmerz lagen in diesen Tagen dicht beieinander und zwei Tage darauf befanden sie sich auch schon wieder auf hoher See. Für Stephen fühlte es sich an, als wäre er nach Hause gekommen, die Heimat des Matrosen war sein Schiff, so war es nun einmal, egal, in welchem Teil der Welt es sich gerade befand.

Wer von den Menschen, die da auf der tristen grauen Insel zurückblieben, hatte schon so ein Zuhause, das sich mit jedem neuen Tag in einem anderen Teil der Welt befand? Er konnte sein Zuhause überall finden, aber konnten das die Menschen der kalten grauen Insel, von der er gerade Abschied genommen hatte, nachempfinden?

Die „Glenfalloch" lief auf ihrer Reise eine andere Route als das Mal zuvor. Dieses Mal hatten sie neben Kingston und Port of Spain, wo sie ja regelmäßig festmachten, auch Ladung für Puerto Barrios, Puerto Limón und Cartagena und erst danach würden sie Trinidad anlaufen.

‚Auch gut', dachte Stephen, ‚so lerne ich wohl mit der Zeit alle Inseln Westindiens und sogar einige der Hafenstädte Lateinamerikas kennen.'

Die Hauptsache für ihn wäre es allerdings, dass er regelmäßig nach Port of Spain kam, überlegte er, und dann stutzte er plötzlich: Warum hatte er das jetzt gedacht? Hielten nicht all diese unbekannten Städte viele neue Eindrücke und Erlebnisse für ihn bereit?

Am allermeisten hatten seine Kollegen immer von den unvergleichlichen Mädchen in den Häfen von Puerto Barrios und Puerto Limón geschwärmt. Aber als sie dann sahen, dass Stephen in diesen Hafenstädten nur tagsüber an Land ging, es am Abend aber vorzog, allein an Bord zu bleiben, zeigten sie ihm schlicht einen Vogel. Stephen aber lachte nur gutmütig. Sie verstanden ihn nicht und sie würden ihn vermutlich niemals verstehen

Natürlich kannten sie aber den Grund, denn dieser hatte einen Namen ...

„Mein Gott, Stephen!", bestürmten sie ihn. „Sie ist eine Nutte! Für eine Nutte verzichtet man doch nicht auf all die vielen Freuden in anderen Häfen. Wir sind Seeleute!"

Aber Stephen blieb beharrlich.

„Du wirst es noch erleben", meinte Brian, „die Treue einer dieser Frauen gilt nur für die Zeit, die du im Hafen liegst. Und umgekehrt ist es ja bei uns nicht anders."

„Das ist – die Liebe der Matrooosen ..."stimmte da Michael einen beliebten Gassenhauer an.

Aber es nützte nichts, Stephen sah sich in beiden Hafenstädten einfach nur um, und tatsächlich gefielen ihm Puerto Barrios und Puerto Limón viel besser noch als Port of Spain.

Dennoch, die Zeit verging ihm viel zu langsam, er konnte kaum mehr abwarten, bis sie endlich wieder am Kai dieses, seines Sehnsuchtsortes festmachten. Wie versprochen hatte er Mercedes seine Ankunft mitgeteilt, aber: Würde sie ihn wirklich erwarten? Inzwischen war er jedoch etwas unsicher geworden. Sie kannten sich doch nur von einer einzigen zusammen verbrachten Nacht. Eine einzige Nacht, gegen Bezahlung. Und nebenbei war es nicht eben wenig gewesen, was er ihr dafür gegeben hatte.

Nach einer weiteren Woche war es endlich so weit. Als die „Glenfalloch" an der Pier von Port of Spain die Leinen rübergab, lag der Kai jedoch verlassen, lediglich die Festmacherleute gingen ihrer Arbeit nach.

Was hatte er denn erwartet?

Ein Taxi brachte die kleine Gruppe Matrosen am Abend zum „Club Moulin Rouge".

Stephen hatte weiche Knie, als sie den Saal durch die große Flügeltür betraten Aber seine Sorgen erwiesen sich als unbegründet. Er blickte schnell zur Bar hinüber und entdeckte Mercedes, zusammen mit all den anderen Mädchen am Tresen sitzen.

Immerhin war sie da.

Seine Aufregung stieg.

Es folgte das übliche überschwängliche Hallo, so als hätte man tatsächlich zweieinhalb Monate nichts anderes getan, als nur aufeinander zu warten. Stephen stimmte in den Lärm des Willkommen-Heißens jedoch nicht mit ein. Er suchte Blickkontakt zu Mercedes – ein kurzes Funkeln in ihren Augen und sie erhob sich lächelnd von ihrem Barhocker, um mit ausgestreckten Armen auf ihn zuzugehen. Sie umschloss ihn, hielt ihn aber sogleich wieder auf Abstand und blickte ihn prüfend an:

„Ich hatte schon fast vergessen, wie du aussiehst."

„Und?", fragte Stephen.

Sie lachte ein perlendes Lachen: „Buen, Señor!"

Und urplötzlich schnappte sie sich ihn und tanzte mit ihm einmal quer durch den ganzen Saal, obwohl noch gar keine Musiker da waren. Michael, Brian und Lars, der Schwede, fuhren begeistert herum und klatschten ihnen den Rhythmus.

Atemlos kam das Paar schließlich zurück, alle lachten völlig ausgelassen. Es folgte nun das Übliche: Man nahm Platz, Michaels Mädchen setzte sich frech auf seinen Schoß und es erhob sich ein Geplapper und Geplauder, das erst wieder aufhörte, als die Musiker, die inzwischen erschienen waren, zu spielen begannen.

Niemanden mehr hielt es jetzt auf seinem Platz. Übermütig schwenkten die sonst eher rauen Kerle ihre Mädchen durch den Saal. Auch Stephen und Mercedes erhoben sich nun. Aber im Gegensatz zu dem ausgelassenen Gehopse der anderen ging eine gewisse Eleganz von ihnen aus, man hätte meinen können, sie befänden sich in einem der Pariser Salons.

Sie waren ein auffallend schönes Paar.

War dieser sich anmutig in Mercedes' Armen drehende Tänzer wirklich derselbe Stephen, dieser eisenharte Seemann, wie er trotzig und wie festgewachsen hinter seinem Ruder stand und jedem Taifun die Stirn bot?

Und während sich Mercedes und er selbstvergessen, wie in einem ewigen Traum, umeinander drehten, entging es ihnen ganz, dass sich die Tanzfläche nach und nach leerte, bis sie zuletzt nur noch allein über den Boden glitten.

Die anderen Gäste standen inzwischen, fast wie im Zuschauerraum eines Theaters, fasziniert am Rand und sahen ihnen zu. Etwas in dieser Art hatte das „Moulin Rouge" der Karibik wohl schon lange nicht mehr erlebt, wenn überhaupt jemals.

Nachdem der letzte Ton verklungen war, das Paar hatte sich in einer eleganten Bewegung voneinander gelöst, nahm, sich an einer Hand haltend, den nun losbrechenden Applaus der Umstehenden huldvoll entgegen. Die Musiker verbeugten sich ebenfalls und grinsten geschmeichelt in die Runde. Sie wähnten sich in dem Glauben, dass es ihre Musik gewesen war, die diesen Solotanz der beiden ausgelöst hatte. Gleich darauf nahmen sie ihre Instrumente wieder auf und die Gäste kehrten zurück auf die Tanzfläche oder sie verschwanden mit ihren Damen in den Zimmern auf der Galerie.

Stephen hatte das Gefühl, dass sein Verhältnis zu Mercedes nun bereits wesentlich persönlicher geworden war als bei seinem letzten Besuch vor zwei Monaten. Sie ließ nach diesem Tanz keinen Zweifel aufkommen, dass sie ein Paar waren, wenn auch nur für wenige Tage.

Sie schlug ihm sogar eine Art Handel vor, um ihn nicht weiterhin dieser unerträglichen Situation auszusetzen, während seiner Anwesenheit hier im Club, mit anderen Freiern aufs Zimmer zu gehen. Sie bot ihm an, zweimal am Abend mit ihr aufs Zimmer zu gehen und das Geld, was es ihn kostete, ihm dafür für die Nacht gutzuschreiben. Stephen folgte diesem Vorschlag nur zu gern. Und da sie seinen Widerwillen gegen, wie die Seeleute das nannten: eine schnelle Nummer machen, kannte, setzten sie sich also nun stets nebeneinander auf die Bettkante und unterhielten sich nur.

Kurz nach elf verließen sie schließlich die Bar, setzten sich in eins der wartenden Taxis und fuhren zu ihr nach Hause. Stephen registrierte mit einiger Genugtuung, dass Mercedes das „Geschäftliche" nicht wieder erwähnte, und als er ihr das Geld für die Nacht zustecken wollte, gab sie ihm die Hälfte zurück.

„Für morgen", sagte sie und lächelte.

Stephens erster Arbeitstag in Port of Spain begann wieder mit Lukenwache. Er begrüßte die Schauerleute wie alte Bekannte und ganz besonders den „Winchman", wie der Winscher hier genannt wurde. Dieser war ein kräftiger, etwas untersetzter Fünfzigjähriger mit einem bereits ergrauten Kranz langer Haare, die er im Nacken zusammengebunden trug, und einem ebenfalls grauen Dreitagebart. Er liebte es, seine Leute auf Trab zu halten. Seine heisere Stimme, die klang wie die von Louis Armstrong und mit der er in die Luke hinunterbrüllte, war ununterbrochen und über das gesamte Deck zu hören. Stephen erinnerte sich, dass er sich beim letzten Besuch als Dick vorgestellt hatte. Er war einfach beeindruckend und Stephen mochte ihn vom ersten Moment an.

Er stellte ihm auf dessen Wunsch die Ladebäume in einen etwas anderen Winkel und kurz darauf begann das Entladen. Stephen, auch nicht eben ein ungeschickter Winscher, schaute Dick mit großem Respekt, ja, geradezu mit Begeisterung bei seiner Arbeit zu. Wenn Dick das Startsignal in die Luke brüllte, hielt er sich gar nicht erst mit langsamer Fahrt auf. Er zog beide Controller ganz zu sich heran und die volle Hieve sauste daraufhin mit einem Affenzahn aus der Luke empor und ohne im Tempo innezuhalten, steuerte er um und ließ sie in einem eleganten Bogen nur knapp zehn Zentimeter über dem Schanzkleid in Richtung Kai sausen. Erst einen halben Meter über dem Boden stoppte er sie ab und setzte sie butterweich auf. Das musste ihm erst einmal einer nachmachen! Und im gleichen Tempo ging es weiter; kaum hatten die Schauerleute auf dem Kai die Ladung ausgeklinkt, ging es auch schon in rasender Geschwindigkeit in die Luke zurück. Etwas wie das hatte Stephen nie zuvor gesehen und er war weiß Gott schon in vielen Häfen der Welt gewesen. Da es sich an diesem Tag um einen Sonnabend handelte, arbeiteten die Schauerleute nur bis Mittag und am Abend fuhren alle wieder zum „Moulin Rouge Club".

Stephen und Mercedes galten jetzt als festes, von allen anderen anerkanntes Paar, und weil der nächste Tag ja ein Sonntag war, verabredeten sie sich – Stephen, Brian, Michael, Lars, der Schwede, mit ihren vier Mädchen, Mercedes, Gloria, Rosie und Emily, für eine gemeinsame Fahrt zur Maracas Bay. Stephen freute sich sehr darauf. Seit seinem Schiffbruch vor Manila fühlte er sich nach langer Zeit frei und froh und sogar ein wenig ausgelassen.

So heilte dann die Zeit und mit ihr die Mädchen der Westindischen Inseln alle Wunden.

Ausflug zur Maracas Bay

Am Sonntagmorgen war es dann so weit. Mit Badezeug ausgestattet, trafen sich die vier Seeleute zur verabredeten Zeit unten an der Gangway. Zu ihrem heutigen Ausflug zur Maracas Bay hatte sich ihnen auch noch Hugh angeschlossen, der Mann aus Kingston Town. Zu Fuß machten sie sich auf den Weg zum Busbahnhof, wo sie bereits von ihren Partnerinnen erwartet wurden. Auf Hugh wartete allerdings niemand und er würde auch weiterhin solo bleiben.

Er begleitete seine Kollegen niemals bei ihren abendlichen Besuchen in den Hafenbars. Er hatte Frau und Kinder zu Hause in Kingston und von daher verboten sich diese Art von Vergnügungen für ihn.

So gab es nun ein großes Hallo auf dem Bahnhof und es dauerte auch nicht lange, bis der Bus vorgefahren kam und alle auf dem Bussteig Versammelten durch die zwei sich öffnenden Türen hineindrängelten. Es waren sehr viele, die sich hier zusammengefunden hatten, um den Sonntag mit Badefreuden im Atlantik zu verbringen: ein paar junge Paare, aber mehr noch ganze Familien mit einer Schar von Kindern unterschiedlichsten Alters. Und so herrschte die ganze lange Fahrt über ein unbeschreiblicher Lärm im Bus. Noch bevor er dort aber eintraf, hielt er hoch oben am Steilufer in einer Ausbuchtung, kurz hinter einer Kehre, um seinen Passagieren einen Ausblick über die ganze Bucht zu bieten. Die meisten der Insassen waren natürlich Einheimische, aber das hieß ja nicht, dass auch alle schon einmal hier gewesen wären.

Stephen war beeindruckt von dem herrlichen, von dichtem Regenwald eingeschlossenen Panoramablick weit über die azurblaue Fläche des Atlantiks.

Nach einer halsbrecherischen Fahrt mit vielen Haarnadelkurven kamen sie schließlich an.

Unter viel Gelärme und fröhlichem Lachen suchte sich das illustre Grüppchen von Matrosen samt ihren Begleiterinnen einen schön gelegenen Platz unter einem Palmenhain und alle legten dort ihre Sachen ab. Das Brausen der Brandung lockte sie so, dass sie es jetzt kaum noch abwarten konnten. Sie rissen sich förmlich ihre Kleider vom Leib und schon stürmten sie völlig ausgelassen über den feinen Sand des Strandes dem Wasser zu, wo sie sich voller Übermut in die Brandung warfen. Drei der Mädchen sowie Lars und Michael wurden von den meterhohen, brechenden Wellen allerdings unmittelbar wieder unsanft auf den Strand zurückgeworfen. Mercedes zögerte noch. Sie befand sich bis zu den Knien im Wasser und schaute sich nach Stephen um, ob er ihr auch folgte. Der aber stand nur da und lachte herzlich über das Missgeschick der anderen.

Er, der Mann aus Cornwall, das Kind der See, wie er einst in seiner Heimatstadt, Mevagissey, genannt worden war, fühlte sich nun aufgerufen, den anderen zu zeigen, wie man die Brandung überlistete.

„Ihr müsst die Welle beobachten", sagte er, „und genau in dem Augenblick, wo sie beginnt zu brechen, hechtet ihr hinein und taucht hindurch. Ganz wichtig dabei ist, ihr müsst schauen, dass sie eben erst anfängt zu brechen, sonst erwischt euch die zweite Welle, die euch ebenfalls gnadenlos auf den Strand zurückwirft. Die Wellen lieben das, es macht ihnen Spaß, euch immer wieder zurückzuwerfen, aber seid ihr erst einmal hinter ihnen, gestatten sie euch, sich auf ihnen ganz zu sanft wiegen. Nur wenn ihr wieder zurück zum Strand wollt, treiben sie erneut ihren Schabernack mit euch." Er lachte. „Passt auf!", rief er. „So geht es."

Er schloss, durchs Wasser watend, zu Mercedes auf die ihn immer noch erwartete. Hier fixierte Stephen scharf eine heranrollende Welle, die sich bedrohlich vor ihm auftürmte. In genau dem Augenblick, als ihr Kamm anfing zu brechen, um sich über ihn zu stürzen, hechtete er in einem kühnen Sprung in sie hinein und war verschwunden. Als er wieder auftauchte, war er bereits drei, vier Meter von den anderen entfernt. Er paddelte vergnügt auf den jetzt ganz sanften Wellen und winkte den anderen fröhlich zu.

„Jetzt ihr!", rief er über das Brausen der Brandung hinweg.

Zuerst probierten es Lars und Michael. Lars schaffte es auf Anhieb, aber Michael musste zwei Anläufe nehmen, bevor es ihm gelang.

Nun standen nur noch Brian und die Mädchen im kniehohen Wasser. Stephen schwamm mit kräftigen Zügen auf den Strand zu.

Die dort im seichteren Wasser Versammelten konnten freilich nicht sehen, wie er erneut in die große Welle hechtete, genau in dem Moment, als sie sich brach. Sie nahmen ihn erst in dem Augenblick wieder wahr, als sein Kopf und die ausgestreckten Arme in dem wild schäumenden Brecher sichtbar wurden, von dem er sich nahezu elegant zurück auf den Strand tragen ließ. Bevor das zurücklaufende Wasser ihn nun wieder mit sich zurückkriss, erhob er sich direkt vor ihnen wie Neptun aus den Fluten. Lachend und wassertriefend wandte er sich an die Mädchen:

„Nun ihr!"

Die winkten aber entschieden ab. Sie zogen es vor, sich in dem Streifen Wasser zu tummeln, wo es ihnen gerade noch bis zu den Knien oder auch dem Bauch reichte. Ausgelassen und kreischend, begannen sie, sich gegenseitig mit Wasser zu bespritzen. Die Männer standen ein wenig ratlos da und schauten dem Treiben der Mädchen zu, bis es denen schließlich zu bunt wurde. Sie machten Front gegen sie und bespritzten auch sie ausgelassen. Nun aber erwachten die Männer plötzlich zum Leben. Sie grabschten mit beiden Händen nach den Mädchen, warfen sie um, dass das Wasser nur so stob, und tauchten sie unter. Das war ein Gejohle und Gekreische, bis sie gewahr wurden, dass Mercedes und Stephen sich nicht so recht an alldem zu beteiligen schienen. Brian warf ihnen, atemlos vom Lachen und Toben, einen Blick zu.

„Nun, Mercedes", reizte er diese, „willst du nicht auch einmal versuchen, durch die Brandung zu tauchen?"

„Kein Problem", sagte sie, „ich bin eine Wassernixe. Wusstest du das nicht?"

Und kaum ausgesprochen, hechtete sie in einer Bewegung voller Eleganz in eine der anrollenden Wellen und verschwand. Die versammelte Schar hielt in ihrer Toberei abrupt inne und schaute ihr verblüfft hinterher, bis sie schließlich jenseits Brandungswellen wieder auftauchte und den Zurückgebliebenen fröhlich zuwinkte.

Diesen fiel vor Staunen fast die Kinnlade herunter, als sie weiter zusahen, wie Mercedes jetzt mit einigen kräftigen Schwimmzügen in den Ozean hinausglitt. Niemand hätte ihr diese tollkühne Geschmeidigkeit zugetraut, mit der sie, ohne groß zu überlegen, die tosende Brandung durchschnitten hatte. Nur Stephen zögerte nicht lange und hechtete hinter ihr her.

Es schien jetzt, als würde der weite Ozean auch die anderen erneut verlocken. Hugh und Michael warfen sich todesmutig in die Wellen, verschwanden in der Brandung. Sie gewannen den freien Ozean und schwammen hinaus ins offene Meer.

Stephen und Mercedes waren da allerdings bereits weit entfernt.

Er genoss es, neben Mercedes in dem sehr salzigen und sehr warmen Wasser dahinzugleiten. Es herrschte eine schwache Dünung, mal hob die See sie weit empor, wie um ihnen für kurze Zeit einen Blick weit über das Wasser bis hin zur Linie des Horizontes zu erlauben, und mal ließ sie sie in ein Wellental sinken, wo sie sich urplötzlich gar mutterseelenallein auf dem Ozean fühlten.

Als sie eine Weile so geschwommen waren, drehten sie sich auf den Rücken, um von hier aus einen Blick auf den palmengesäumten Strand und die ganze weite Bucht mit ihren grünen Bergen zu gewinnen. Nicht weit entfernt zog plötzlich Hugh mit kräftigen Kraulbewegungen wie ein Sprinter an ihnen vorbei. Auch ein Kind der See, dachte Stephen, vielleicht nur auf eine andere Weise.

Sie wendeten schließlich einvernehmlich in einem großen Bogen und steuerten wieder dem Land zu. Stephen erreichte als Erster den Strand, drehte sich nach Mercedes um, die just in diesem Augenblick von einer riesigen brechenden Brandungswelle auf den Strand gespült wurde und wie eine schwarze Aphrodite, triefend vor Nässe der schäumenden See entstieg. Stephen stockte fast der Atem, als er voller Bewunderung diesem schönen Schauspiel zusah. Er hatte zum ersten Mal das Gefühl, dass sie beide nun wirklich zusammengehörten.

Wie ein Liebespaar kehrten sie Hand in Hand zu ihrem Lager unter dem Palmenhain zurück.

Aber war das alles nicht nur eine schöne Illusion? War er nicht drauf und dran, sich in eine Illusion zu verlieben?, fragte er sich.

Nebeneinander streckten sie sich auf ihren Badehandtüchern auf dem heißen Sand aus.

So nach und nach trudelten dann auch die anderen ein. Als Letzter kam Hugh.

Als er Mercedes und Stephen nebeneinander auf ihren Handtüchern liegen sah, grinste er.

„Black and White!", sagte er und Stephen verstand sofort, was er meinte.

Wohl hatten beide die gleichen pechschwarzen Haare, aber so auffallend hellhäutig, wie er und wie dunkel sie war, boten sie vermutlich ein kontrastreiches Bild.

So nass, wie sie waren, suchten sich die Ankommenden einen schattigen Platz unter den Palmen. Hier in den Tropen kannte man nicht das Gefühl des Fröstelns – auch nicht nachdem man einige Zeit im Meer gebadet hatte.

Stephen gab sich, ebenso wie Mercedes, ganz dem Gefühl der Ruhe hin. Sie streckten sich wohlig auf ihren Handtüchern aus. Es war einfach nur schön, hier in der Wärme zu liegen und dem Rauschen der Brandung zu lauschen. Aus der Ferne drangen Stimmen zu ihm, fröhliches Kinderlachen, und er wünschte sich nichts anderes, als dass dies alles immer so bleiben mochte. Aber: Warum an die Zukunft denken?

Irgendwann wurde er aus seinen Träumen gerissen. Ein lautstarkes Debattieren hatte drüben, wo seine Freunde mit ihren Begleiterinnen lagen, eingesetzt. Einige von ihnen spürten offenbar Hunger und sie konnten sich nicht einigen, ob sie alle gemeinsam zum Kiosk hinübergehen sollten, oder nicht.

Stephen richtete sich auf.

„Hast du Hunger?", fragte er Mercedes.

Er vernahm zunächst nichts als ein unwilliges Grunzen. Aber nach einer Weile kam Mercedes dann doch hoch, schaute zu den anderen hinüber und gleich darauf zu Stephen.

„Warum eigentlich nicht?", meinte sie und dann: „Ja, komm, lass uns etwas essen."

Ihre Begleiter schlenderten bereits an ihnen vorbei, offenbar hatten sie sich geeinigt.

„Kommt ihr mit zum Kiosk?", fragte Hugh im Vorübergehen. Und so schlossen sie sich ihnen an und spazierten gemeinsam zum Kiosk hinüber.

Der Betreiber hatte eine Anzahl einfache Klapptische und Stühle in den Sand vor seiner Hütte aufgestellt. Einige davon waren noch frei und so nahmen sie dort Platz. Nacheinander holten sie sich Essen und Trinken und während sie so aßen, war ein Calypso-Sänger mit seiner Gitarre erschienen, der von Tisch zu Tisch ging und den Gästen ein Ständchen gab.

Es dauerte auch nicht lange, dass er bei Mercedes und Stephen angekommen war.

Er baute sich vor ihnen auf und musterte sie eine Weile, schien zu überlegen, wie er am treffendsten einen persönlichen Text für sie finden könnte. Dann verzog sich sein Gesicht zu einem entwaffnenden Lachen und ihnen zuzwinkernd sagte er:

„Ich singe euch den Calypso von dem weißen Mann und der schwarzen Frau."

Und mit diesen Worten griff er in die Saiten, schlug ein paar Akkorde an und sang ihnen sein Lied von dem einsamen Seemann, der gekommen war aus einem fernen Land, und der schönen Frau aus Trinidad, die einander in tiefer Liebe verfallen waren und doch nicht zueinander finden konnten.

Stephen war zutiefst betroffen.

Er hatte nie zuvor von den Calypso-Sängern Trinidads gehört und deren Begabung, sozusagen aus dem Stegreif einen Calypso auf eine Person oder auf eine bestimmte Situation zu kreieren, es traf ihn völlig unvorbereitet. Mercedes aber lachte nur und warf ihre Gabel nach dem Sänger. Dieser zwinkerte ihr zu und bedachte sie mit einem schalkhaften Lächeln. Stephen legte er die Hand auf die Schulter.

„Nimm's nicht tragisch, Kumpel", sagte er, „ist nur ein Calypso", wandte sich nun der ganzen versammelten Mannschaft zu und griff erneut in die Saiten.

Dieses Mal trug er einen Calypso vor, von englischen Seeleuten, die, aus einer fernen, kalten und grauen Heimat kommend, in Trinidad an Land gingen, um die heißblütigen Frauen und die Freuden heißer tropischer Nächte zu erleben.

Er versprühte schiere Fröhlichkeit, Leichtigkeit, sein Rhythmus schien Funken zu schlagen und ergriff die gesamte Zuhörerschaft, die begeistert mitklatschte.

Am Ende bekam er dann auch reichlich Trinkgeld von den Männern und zog weiter, um gleichfalls andere mit seiner Kunst zu erfreuen.

Stephen war sehr nachdenklich geworden. Das Lied von dem weißen Mann und der schwarzen Frau ging ihm nicht aus dem Kopf. Irgendwie schien es ihm wie ein Omen. Ob es ein böses war oder ein gutes, darüber war er sich allerdings nicht im Klaren.

Und tatsächlich sollte es sich eines Tages als ein Omen bewahrheiten.

Aber davon ahnte Stephen zum Glück noch nichts.

Ein kurzer Besuch in Mevagissey

Die „Glenfalloch" steuerte durch die Hafeneinfahrt von Cartagena und strebte in einem großen Bogen dem Hafenbecken zu. Stephen Tremaine stand vorn am Steven des Schiffes und schaut zum Kai hinüber. Es war ein Kai wie jeder andere in den Häfen Lateinamerikas, aber das, was er dort drüben an dessen Ende sah, erregte seine Aufmerksamkeit: Es war ein Hafenkran. Das, was in Europa das Bild eines Hafens prägte, waren die Kräne, aber nirgendwo sonst hatte er in den überseeischen Häfen einen solchen gesehen.

‚Der Hafenmeister ist sicher ganz stolz auf diesen, seinen einzigen Kran', dachte er bei sich.

Und er bemerkte noch etwas. Für ein Schiff von der Länge der „Glenfalloch" schien ihm das Hafenbecken verdammt klein zu sein. Da die mittelamerikanischen Häfen zudem keine Schlepper hatten, wappnete er sich im Stillen für ein sehr schwieriges Anlegemanöver.

‚Wenn ich Käpt'n wäre, würde ich einen Bogen im Becken fahren und rückwärts an den Kai gehen', überlegte Stephen.

Aber der Kapitän dachte gar nicht daran, er steuerte sein Schiff in einem bedenklich spitzen Winkel direkt auf die Kaimauer zu, um es vorwärts mit dem Bug an den Anleger zu bringen. Das war ein tollkühnes Manöver und dieses Bravourstück wäre ihm vielleicht auch gelungen, wenn der ganze Stolz des Hafenmeisters, der Kran, nicht ausgerechnet vorn an der Spitze des Kais gestanden hätte.

Die Schraube der „Glenfalloch" stand bereits still, als sich diese nun langsam seinem Liegeplatz näherte. Es war nun Stephens Aufgabe, vorn am Steven die Entfernung auszurufen, auszusingen, wie die Seeleute es nannten. Das Geheimnis eines gelungenen Anlegemanövers war, erstens, die exakte Entfernung des Schiffes zum Kai zu schätzen, um im richtigen

Moment die Maschine zu stoppen und rückwärts anzuwerfen, und zweitens, im richtigen Winkel mit dem Steven auf den Kai zuzusteuern, und dann lag alles in den Händen des „Kabel-Ede", wie der Kabelgattmatrose auch genannt wurde. Diesem und seinem Helfer oblag es nämlich, als Erstes die Leine an Land zu geben, die die Funktion hatte, die Fahrt aus dem Schiff zu nehmen und es dabei gleichzeitig mit dem Heck in Richtung Kaimauer schwenken zu lassen. Man nannte sie die „Spring". Es gab niemanden auf der „Glenfalloch", der die Profession des „Kabel-Ede" und seines Helfers bei dieser schwierigen Aufgabe auch nur im geringsten anzweifelte, aber Longfellow hatte dennoch gerne „seinen" Stephen mit dabei. Der aber stand ganz vorn am Bug und gab laufend die geschätzten Meter Abstand zum Kai zur Brücke durch. „Zwanzig, achtzehn, sechzehn …!", sang er aus und dann hörte er das trockene Husten ganz unten aus dem Bauch des Schiffes, mit dem die Maschine rückwärts angeworfen wurde.

„Die ‚Spring' rüber!", kommandierte Longfellow und schon warf Michael die Wurfleine hinüber auf den Kai.

Er traf! Allerdings nicht nur den Kai, sondern auch den Festmacher, der dort stand, fast am Kopf. In einer eleganten Bewegung, die jedem Stierkämpfer zur Ehre gereicht hätte, bog dieser aber im letzten Augenblick seinen Oberkörper seitwärts und fing das Ende der Leine. Nun holten die Festmacher die Springleine hinüber und rannten damit nach vorn, um sie auf den Poller zu legen.

„Zwölf, zehn, acht …"

Das Schraubenwasser der „Glenfalloch" wühlte schäumend das gesamte Wasser des Hafenbeckens auf.

‚Wir sind zu schnell', dachte Stephen, aber trotz der rückwärtslaufenden Schiffsschraube schob ihre gewaltige Masse die „Glenfalloch" doch immer noch vorwärts.

„Vier, drei, zwei …"

Viel zu langsam verlor das Schiff an Fahrt und genau vor sich sah Stephen den Hafenkran vor sich aufragen.

„Eiiin Meter!!"

Er schrie es mit sich überschlagender Stimme und warf sich im selben Moment mit einem Hechtsprung auf Deck.

Unter sich hörte er das Knirschen, mit dem der Steven der „Glenfalloch" die Kaimauer touchierte, und fast gleichzeitig ertönte direkt über ihm ein hässliches Krachen. Stephen blickte nach oben und sah fassungslos zu, wie die Spitze des Schiff-Stevens den Stolz der Hafenbehörde Cartagenas in einer fast graziösen Bewegung aus den Schienen hob. Der Kran wankte, unschlüssig, wohin er fallen sollte, und kippte dann langsam immer schneller werdend auf das Dach des Lagerschuppens.

Die „Glenfalloch" indes schob sich ungerührt und wie in Zeitlupe ganz langsam in die zunächst mit nur einer Acht belegten Spring, die der Kabel-Ede ganz sacht lose gab. Ihr Heck schwenkte majestätisch Richtung Kai, wo jetzt die Achterleinen belegt wurden, und der Steven drehte seine Nase wieder so weit zurück in das Hafenbecken, bis das Schiff längsseits an der Pier lag. Stephen war, nachdem die Gefahr für ihn vorüber war, wieder aufgesprungen, um jetzt mit Lars die Vorleine herauszugeben. Alle Leinen wurden nun belegt und die „Glenfalloch" lag sauber und reglos am Kai – ein Bilderbuch-Anlegemanöver, wenn nicht der umgestürzte Hafenkran, sich halb auf das eingedrückte Dach des Hafenschuppens stützend, ein anderes Zeugnis abgelegt hätte.

Am Abend, seine Kollegen hatten sich bereits landfein gemacht und polterten die Gangway hinunter, um in die Hafenbars einzufallen, lehnten Stephen und Hugh an der Reling und schauten ihnen hinterher.

„Viel Spaß!", rief Hugh, aber sie hörten es schon nicht mehr.

Inzwischen hatten sie sich daran gewöhnt, dass Stephen sich ihnen, außer in Port of Spain, nirgendwo anschloss. Mit Hugh war das etwas anderes, auf den warteten zu Hause ja Frau und Kinder, aber Stephen? Im Stillen hielten sie ihn für verrückt.

So nach und nach leerte sich das Schiff. Als Nächstes verließen es die Maschinisten und Schmierer, dann folgten der Koch und die Stewards.

„Macht's gut!", riefen sie. „Hoffentlich wird euch nicht langweilig!"

Nun erschien der Dritte in Begleitung des Zweiten Ingenieurs und dem Funker und sie betraten die Gangway. Der Funker drehte sich noch einmal zu Stephen um.

„Kein Geld mehr?", rief er gutmütig lachend.

Stephen verzog säuerlich sein Gesicht und rang sich ebenfalls ein Lachen ab.

Niemand als der Funker wusste besser, wo all sein Vorschuss geblieben war, denn er war gleichzeitig der Zahlmeister an Bord.

Nun wurde es ruhig an Deck. Es schien, als wäre ihr Schiff schon schlafen gegangen. Hugh beobachtete schweigend, wie riesige Nachtfalter im Schein der Deckslaternen kreisten. Es war ein ewiges Schwirren und Summen in dieser lauen Tropennacht. Myriaden von Sternen glitzerten und funkelten am schwarzen Himmel. Von der Stadt her drang hier und da gedämpft ein Fetzen Musik oder das Lachen einer Frau. Stephen liebte diese Tropennächte, auch wenn er hier nur mit Hugh an der Reling stand. Beide schwiegen.

Plötzlich aber hob er lauschend den Kopf. Von vorn aus der Richtung, in die der Steven zeigte, und wo, wie er wusste, die Sümpfe lagen, hallte ein Geräusch, das wie das Muhen einer Kuh klang. Kurz darauf kam ein zweites dazu und dann noch eins und es steigerte sich zu einem Gebrüll, so als würde sich eine ganze Kuhherde in heller Aufregung befinden. Eine Kuhweide? Aber dort lagen doch die Sümpfe!

Zögernd wandte er sich zu Hugh und schaute ihn von der Seite an. Der aber schien nichts zu hören. Völlig unbeeindruckt von dem Gebrüll aus der Ferne blickte er wie träumend aufs Wasser hinunter.

„Was ist das?", fragte Stephen.

Hugh schaute ohne Eile auf.

„Was ist was?", fragte er zurück.

„Das Gebrüll dort drüben!", Stephen wurde langsam ungeduldig.

‚Ja hört der das denn gar nicht?', dachte er.

„Das Gebrüll dort hinten, was ist das? Das klingt ja, als wenn eine ganze Bullenherde ausgebrochen wäre."

„Ach, das meinst du!", Hugh grinste. „Das sind Ochsenfrösche. Ich höre das schon gar nicht mehr."

„Ochsenfrösche?", rief Stephen überrascht. „Und die machen so einen Lärm? Wie groß sind die denn?"

Hugh zeigte es ihm mit den Händen.

„So groß?", Stephen beruhigte sich langsam wieder. „Kaum zu glauben, groß wie ein ganzer Hase."

„Aber nicht so schnell", lachte Hugh, der Hasen allerdings nur aus Erzählungen kannte. „Man gewöhnt sich daran."

Er richtete sich nun auf.

„Komm, lass uns nach hinten gehen, uns auf die Bank setzen und ein Bier zusammen trinken", lud er den

Freund ein und beide schlenderten gemächlich zum Achterdeck.

Zwei Tage darauf war ein Sonntag und in Cartagena war Stierkampf. Die Nachtschwärmer hatten es tags zuvor berichtet und sie hatten sich alle zusammen mit ihren hiesigen „Damen" dazu verabredet. Stephen und Hugh waren auch dabei. Stephen hatte zunächst große Vorbehalte geäußert, er mochte diese blutigen Spiele nicht, wo stets der Stier das Opfer war. Aber alle hatten ihm versichert, dass die kolumbianische Art des Stierkampfes völlig unblutig sei. Der Torero habe keinen Degen und es gehe bei dem Ganzen ausschließlich um Geschicklichkeit.

Als Stephen das hörte, konnte er nicht mehr nein sagen. Zwei Großraumtaxis warteten bereits auf dem Kai, um sie abzuholen. Unter den Teilnehmern befand sich außer den Matrosen auch einer der Passagiere, der ebenfalls davon gehört hatte. Die Arena befand sich in einem Vorort, doch bevor sie dort hinfuhren, holten sie noch die Frauen ab. Obwohl es Großraumtaxis waren, mussten sie alle recht zusammenrücken.

Stephen fand das alles nun doch ein wenig aufregend. Die Arena war groß und sah aus, als stammte sie aus einer längst vergangenen Zeit, und sie war gut gefüllt mit einer auffallend bunten Schar von Menschen. Die Kollegen hatten nicht gelogen:

Der Torero hatte tatsächlich keinen Degen, sondern nur sein rotes Tuch, und es war auch kein Torero, sondern eine Frau.

„Wie nennt man eigentlich einen weiblichen Torero?", fragte er Brian. „Sagt man Torerorin?"

Der zuckte mit den Schultern.

„Keine Ahnung", meinte er, „vielleicht Torerin oder Torera. Aber schau, da kommt der Stier!"

Genau ihnen gegenüber war eine Klappe aufgegangen und ein schwarzer Stier mit furchteinflößend langen Hörnen kam herausgestürmt. Die Männer hinter dem Tor hatten ihm wohl ordentlich eins aufs Hinterteil gegeben, damit er richtig wild wurde. Aber nach einem kurzen Galopp blieb das Tier stehen und schaute sich erst einmal neugierig die Zuschauer an. Die Torera in der Mitte der Arena schwenkte ihr rotes Tuch und stieß anfeuernde Rufe aus. Das schien den Stier zunächst nicht groß zu interessieren, er fand die johlenden Zuschauer bei Weitem interessanter. Da trieben vier Reiter ihre Pferde an und galoppierten auf ihn los. Sie hatten zwar Erfolg damit, aber nun ging der Stier auf sie los. Sie sprengten direkt auf die Torera zu, teilten sich kurz vor ihr zu einem Fächer und ritten getrennt voneinander in großem Bogen zurück zur halbhohen Arenawand. Die Torera aber stand stolz aufgerichtet weiter in der Mitte der Arena und schaute dem auf sie zustürmenden Stier furchtlos entgegen.

Die Zuschauer hielten den Atem an.

Sie aber rührte sich nicht.

Da!

Der Stier schien sie fast schon mit den Spitzen seiner drohend gesenkten Hörner zu berühren, als sie mit einer eleganten Drehung der Hüfte gerade nur einen Fußbreit zur Seite trat und den Stier an sich vorbeipreschen ließ, wobei sie ihm ihr rotes Tuch einmal über seinen gesamten Rücken zog.

Die Zuschauer sprangen lärmend und laut schreiend von ihren Sitzen hoch und applaudierten.

Der Stier lief noch ein paar Schritte und blieb dann stehen. Er blickte sich erstaunt zu der Torera um und Stephen hatte den Eindruck, dass er darüber nachgrübelte, wieso sie da immer noch stand.

Diese versuchte nun durch Schreie und Schwenken ihres Tuches, den Stier erneut zu reizen. Aber dieser hatte ganz offensichtlich sein Interesse an ihr verloren, denn er setzte sich nun mit hoch aufgerichtetem Kopf in Trab und lief einmal rund um die Manege. Die Picardeure auf ihren Pferden beeilten sich, das Weite zu suchen. Aber der Stier würdigte sie keines Blickes, stattdessen schaute er zu den lachenden und grölenden Zuschauern. Als er vor der geschlossenen Falltür angekommen war, blieb er davor stehen und ließ sich nicht mehr bewegen, noch einen einzigen Schritt weiterzugehen. Schließlich öffnete sich das Tor und er trat ab, ohne sich noch einmal umzuschauen.

Die Menge johlte vor Begeisterung.

Stephen aber fragte sich, wer von den beiden wohl jetzt der Sieger sei. In diesem Stil ging es nun weiter und als Glanzstück der Vorstellung traten zum Ende hin zwei Toreras und zwei Stiere gleichzeitig auf. Zwischendurch wurde es auch einmal richtig gefährlich, als nämlich eine der beiden Toreras strauchelte und zu Boden ging. Aber die zweite sprang beherzt hinzu und es gelang ihr auch wirklich, den Stier von ihrer Partnerin abzulenken.

Am Ende herrschte großer Jubel, die fünf beteiligten Toreras schritten zu einer triumphalen Musik einmal rund um die Manege und winkten dem Publikum huldvoll zu.

Zwei Tage lag die „Glenfalloch" noch in Cartagena, um alsdann ihren Kurs auf Kingston, Jamaika, abzusetzen. Einen von ihnen freute das ganz besonders, denn er war hier ja zu Hause: Hugh. Ihre Liegezeit sollte fünf Tage betragen. Hugh hatte für diese Zeit Urlaub eingereicht und er verließ das Schiff, sobald die Gangway ausgebracht war.

Für den Rest der Mannschaft aber begann die übliche Hafenroutine. Als die Schauerleute an Bord kamen, erkannte Stephen einige bekannte Gesichter. Er nahm hier nur einen einzigen Tag frei. Seine Urlaubstage hob er lieber für Trinidad auf. Außerdem sah es in Kingston nicht viel anders aus als in Port of Spain und dazu kam, dass ihm die Menschen auf Trinidad freier und lebensfroher erschienen. Auf seiner vergangenen Reise war er hier zusammen mit Brian von einer Gruppe junger Männer, die ihm entgegenkamen, scheinbar grundlos angegriffen worden. Nur das schnelle Herbeiwinken eines zufällig vorüberfahrenden Taxis hatte sie vor Schlimmerem bewahrt. Zurück an Bord hatten sie festgestellt, dass Brian eine fast zehn Zentimeter lange, aber zum Glück nicht sehr tiefe Messerwunde auf dem Rücken hatte und er sich vom Dritten Offizier einen Druckverband machen lassen musste.

Stephen packte nun sein Badezeug ein und ließ sich von einem Taxi zum Strand fahren. Hier war es sicherer als in der Stadt. Das Schwimmen im Atlantik machte ihm darüber hinaus immer wieder Freude, auch wenn es hier nicht annähernd so schön war wie an der Maracas Bay.

Fünf Tage später verließ die „Glenfalloch" Jamaika, um jetzt nach England zurückzukehren.

Üblicherweise nahmen die Besatzungsmitglieder Urlaub, wenn sie ihren Heimathafen anliefen. Stephen war eine Ewigkeit nicht mehr zu Hause in Mevagissey gewesen.

Empfand er es überhaupt noch als ein Zuhause? Er war sich nicht sicher.

Stephen rang mit seinen Erinnerungen und entschied sich am Ende dennoch, seinen Eltern einen Besuch abzustatten. Er brachte es nicht über sich, ihnen diesen vorzuenthalten.

Und so machte er sich mit gemischten Gefühlen auf zum Bahnhof, nahm von dort den Zug nach St. Austell, um schließlich das letzte Stück Weges dann mit dem Bus zurückzulegen.

Er hatte sich nicht angekündigt, und als er jetzt vor der vertrauten Haustür stand und klingelte, klopfte ihm das Herz schneller.

Es war seine Mutter, die ihm öffnete. Sie schien eine kurze Weile wie vom Donner gerührt.

„Stephen?", sagte sie gedehnt, fast ein wenig fragend, so als ob er es auch wirklich wäre.

Doch dann ging ein Leuchten über ihr Gesicht.

„Stephen!" Diesmal rief sie seinen Namen, überbordende Freude schwang in ihrer Stimme mit. Sie tat einen Schritt auf ihn zu, streckte ihre Arme nach ihm aus und umschlang ihn fest und innig.

„Oh, Stephen", schluchzte sie, während sie ihren Sohn fest an sich drückte. „Warum hast du niemals mehr geschrieben?"

Stephen erwiderte ihre Umarmung, aber er schwieg.

„So komm doch rein!", rief die Mutter, löste ihre Umarmung, zog ihn ins Haus und schloss die Tür hinter ihm.

Er entledigte sich seiner halblangen Jacke aus warmem schottischem Kammgarn und folgte der Mutter ins Wohnzimmer. Dort hieß sie ihn auf dem Sofa Platz nehmen.

„Warte, ich will nur gleich Tee aufsetzen", sagte sie, schaute ihn noch einmal an und verschwand in der Küche.

Stephen blickte sich im Wohnzimmer um, als sähe er es zum ersten Mal in seinem Leben.

Hier hatte er gesessen, als er noch ein Kind gewesen war, in diesem Haus war er groß geworden. Warum nur schien ihm alles hier so wenig vertraut?

Ja, es hatte einmal eine Zeit gegeben, da war er hier glücklich gewesen. Hier hatte er in fröhlicher Runde gesessen, neben ihm Sowenna, und die Zukunft war ihm wie in einem rosigen Licht erschienen. Er fühlte, dass ihm diese Fahrt in die Vergangenheit nicht guttat. Die Gedanken an das, was gewesen war, ließen ihn nicht los. Er kämpfte mit den Tränen, als seine Mutter leise mit dem Tee das Wohnzimmer betrat. Sie deckte den Tisch, sogar Scones hatte sie irgendwie hervorgezaubert und schob den Teller mit dem Gebäck vor ihn hin. Marmelade und ein ordentlicher Klacks Clottet Cream waren auch dabei.

„Die hast du doch immer so gern gegessen", sagte sie. Ein scheuer Blick streifte sein Gesicht und sie verstand, was ihn bewegte. Sie stand auf und setzte sich neben ihn.

„Ich verstehe dich so gut, mein Junge. Es muss ein Schlag für dich gewesen sein. Und dieses fürchterliche Unglück, du kannst dir gar nicht vorstellen, wie glücklich wir waren, als wir hörten, dass du einer von den fünf Überlebenden warst."

Sie legte den Arm um ihn und drückte ihn an sich.

„Aber nun iss und trink, mein Sohn. Wir können das Schicksal nicht beeinflussen. Es macht mit uns, was ihm gefällt. Manchmal rettet es uns aus höchster Not und nimmt uns gleichzeitig das, was wir als Liebe und Glück empfinden."

Daraufhin schwieg sie. Ihre ganz Lebensweisheit steckte in diesen Sätzen. Stephen brauchte eine Weile, bis er aus dem Tal seiner Gefühle wieder auftauchte. Er richtete sich auf, sein Blick glitt über den liebevoll gedeckten Tisch und er bediente sich.

Sie hatte ja so recht, die Mutter, er hatte sie immer so gern gegessen.

„Wo ist Vater?", fragte er.

„Oh, Branok ist mit deinem Bruder hinausgefahren – fischen."

Es war nun still geworden in dem so vertrauten Wohnzimmer, während er weiteraß und seinen Tee dazu trank. Mutter und Sohn hingen ihren Gedanken nach.

„Es hat wohl alles schon viel früher angefangen mit Sowenna und Thomas", nahm die Mutter nach einer Weile den unsichtbaren Gesprächsfaden wieder auf. „Sie hielt es mit jedem Mal weniger aus, dass du immer so lange fort warst. Und Thomas war ja, als ihr noch zur Schule gingt, immer schon dein Nebenbuhler gewesen. Du mochtest ihn nie besonders, aber das ist vielleicht auch kein Wunder. Sowenna hatte sich ja für dich entschieden. Ihr Kummer begann erst, als du zur See gingst. Wie soll eine junge Liebe bestehen, wenn der Geliebte von zwölf Monaten nur zwei bis drei Wochen zu Hause ist. Ich weiß, es macht es für dich nicht leichter, im Gegenteil vielleicht, aber versuch doch zu verstehen, wie es passiert ist. Thomas hat nicht lockergelassen, sie geradezu bedrängt, ich habe es mit Sorge beobachtet, aber es dir in meinen Briefen verschwiegen."

„Schon gut, liebe Mutter", Stephen hob abwehrend die Hand. „Wie auch immer, du hast getan, was du für richtig gehalten hast, und selbst wenn ich es gewusst hätte, was hätte ich schon groß machen können. Ein Seemann gehört aufs Meer, so ist es halt. Ich lebe, habe ein neues Schiff und fahre hinaus in die Welt, gerade wie es mir gefällt, und so, wie ich es immer getan habe." Er lehnte sich zurück. „Und deine Scones sind so gut wie immer. Wann, denkst du, dass Vater und Liam zurück sind?"

„Vor morgen Früh sicher nicht", erwiderte die Mutter, „aber nun bist du erst einmal hier und wir essen gemeinsam zu Abend. Ich werde dir dein altes Zimmer herrichten."

Stephen schwieg und schaute eine Zeitlang vor sich hin.

„Nein", sagte er dann, „ich nehme den letzten Bus zurück nach St. Austell. Ich habe mir dort bereits ein Zimmer im ‚The Blackfriars Arms' genommen, und morgen in der Früh kehre ich zurück auf mein Schiff."
Es entstand eine lange Pause, bis er schließlich fortfuhr:

„Ich bin sehr froh, dass ich dich hier allein angetroffen habe, liebe Mutter. Grüß Vater und Liam, vielleicht kannst du es ihnen erklären."

Die Mutter schwieg und sann eine lange Weile vor sich hin. Und nun war sie es, die mit den Tränen kämpfte.

„Ich verstehe dich sehr gut, mein Sohn", sagte sie dann, „dein Vater und dein Bruder werden es ebenfalls verstehen. Die Zeit heilt alle Wunden und vielleicht wirst du uns ja nach deiner nächsten Reise wieder besuchen kommen."

Und so hatten denn beide, Mutter und Sohn, noch eine kurze Zeit für sich. Sie hatten sich so vieles zu erzählen und vermieden dabei sorgfältig das Thema Sowenna. Den Nachmittag verbrachten sie in vertrauter Atmosphäre, Stephen erzählte von seiner Havarie und der anschließenden Rettung, von seinen Reisen in unbekannte Städte und Länder und seine Mutter berichtete von Ereignissen aus der Verwandtschaft. Zum Thema Sowenna war alles gesagt worden. Nach einem gemeinsamen Abendessen verabschiedeten sie sich schweren Herzens voneinander. Anschließend begleitete die Mutter ihren Sohn noch zur Bushaltestelle.

Als der letzte Bus nach St. Austell schließlich neben ihnen hielt, umarmten sie sich ein letztes Mal.

„Farewell, mein Sohn", sagte die Mutter, „pass gut auf dich auf. Bis in zwei Monaten!"

„Ja, bis in zwei Monaten", sagte Stephen und suchte ihren Blick.

Er bestieg den Bus, drehte sich noch einmal zu ihr zurück, winkte und der Bus verließ unter einigem Getöse und Gerumpel die Haltestelle.

„Bis in zwei Monaten", sagte die Mutter noch einmal leise zu sich selber, wie um sich zu vergewissern.

Aber es sollte dann alles ganz anders kommen.

„Carnival" in Port of Spain

Die um den Tisch im „Moulin Rouge Club" versammelten Mädchen waren aufgeregt. Am nächsten Tag in der Frühe sollte der große Karnevalsumzug beginnen, die „Pretty Mas", und natürlich würden sie alle dabei sein. Es stellte in jedem Jahr DAS Ereignis für die Einwohner Port of Spains dar, es gab nichts, was dem gleichkam. Vergessen waren alle Eifersüchteleien unter den Mädchen und es herrschte Einigkeit, Mercedes, die Schönste unter den Mädchen des „Moulin Rouge", zu ihrer Favoritin für die Wahl zur Carnival Queen zu küren. Die vergangenen Tage waren sie alle mit der Anfertigung ihrer Kostüme beschäftigt gewesen und gemeinsam hatten sie Mercedes uneigennützig bei der Fertigstellung des ihrigen geholfen.

„Ihr werdet doch alle kommen?", fragten sie die Männer.

Lars, der Schwede, und Michael mussten passen, sie hatten leider Lukenwache, aber Stephen und Brian sagten völlig begeistert zu. Die Mädchen beschrieben ihnen einen Ort, an dem sie den Zug am besten an sich vorbeiziehen lassen könnten. Sie waren alle völlig aufgeregt und so bat Mercedes Stephen, diese eine Nacht einmal nicht bei ihr zu schlafen, wohl wissend, wie sehr er sich nach über zwei Monaten Abwesenheit nach ihr sehnte. Stephen stimmte schweren Herzens zu, ein kleines bisschen konnte er Mercedes sogar verstehen. Und so kehrte er dann mit den anderen am späten Abend an Bord zurück.

Am nächsten Morgen machten sich er und Brian schon früh auf den Weg, um den von den Mädchen beschriebenen Platz aufzusuchen. Bereits zu dieser frühen Stunde waren die Straßen von vielen Menschen gesäumt. Es wurde getanzt, der Stadtkern war an diesem Tag für den Autoverkehr gesperrt. Calypso-Sänger mischten sich unter die Menge und trugen ihre Lieder zur Gitarre vor, Gruppen von Trommlern hatten sich an den Kreuzungen eingefunden und hielten die jetzt schon völlig ausgelassenen Menschen in Bewegung.

Und dann war es endlich so weit. Stephen und Brian konnten den Lärm der Steel-Bands schon von Weitem hören und unter diesen Klängen näherte sich nun der Zug der Schönen und der Zelebrierenden. Es ging wie ein Lauffeuer durch die Menge:

„Sie kommen!"

Die Menschenmasse – tanzend, singend, sich wiegend – wich noch weiter seitwärts an die Straßenränder, um dem Festzug Platz zu machen. Der Aussichtspunkt war tatsächlich gut gewählt, Stephen und sein Freund hatten die letzte Biegung des Umzuges im Blick, der hier direkt in die Zielgerade mündete.

Da!

„Er kommt!", tönte es aus Hunderten von Kehlen und dann tauchte auch schon die Spitze des Zuges auf.

Die Kür zur „Carnival Queen" hatte bereits stattgefunden und der Zug wurde nun angeführt von der strahlenden Siegerin. Eskortiert wurde sie von einer Gruppe tanzender Mädchen, hüften- und armeschwingendend, sich dabei in Kreisen drehend, vor und wieder zurück, alles war in Bewegung. Leider war es nicht Mercedes, die den Zug anführte, Stephen hatte es so sehr gehofft.

Ihnen auf dem Fuße folgte die Steel-Band. Diese bestand aus etwa zwanzig Männern, die tanzend und mit nackten, schweißglänzenden Oberkörpern wie wild auf ihre aus Petroleumfässern bestehenden Rhythmus- und Musikinstrumente trommelten.

Und auf sie folgte ein langer Zug von tanzenden Frauen und Männern gekleidet in den buntesten und aufwändigsten Kostümen, die man sich nur denken konnte. Die Frauen, halbnackt mit riesigen roten, blauen und grünen Federbüschen auf dem Kopf, am Gesäß und an den Fußgelenken. Andere trugen herrlich große Flügel am Rücken und Strahlenkränze im schwarzen Haar. Es war ein unbeschreiblich farbenprächtiges, glitzerndes Bild. Sich im Takt der Steel-Band in den Hüften wiegend und dabei aufreizend mit dem Po wackelnd, füllten sie die Luft mit einer Wolke von knisternder Erotik. Und wieder folgte ein Zug, dann ein dritter und diese jeweils angeführt von den Carnival Queens, die den zweiten und den dritten Platz belegt hatten. Zwischen ihnen immer wieder eine Steel-Band und es nahm kein Ende. Alles war in Bewegung, ein bizarrer, unwirklich wirkender Zug der abenteuerlichsten Gestalten, die sich die menschliche Fantasie nur ausdenken konnte, ein die Sinne betörendes Spektakel, das jedermann mitnahm, ob er wollte oder nicht, und über alldem lag der Lärm der fetzigen Musik der Steel-Bands.

‚Mein Gott, was für ein Volk!', dachte Stephen.

Er und sein Kollege waren außerstande, sich dem Zauber und dem Rhythmus zu entziehen. Es war wie ein Zwang, der sie trieb, in den Hüften zu schwenken und mit den Füßen zu wippen. Begierig schauten sie nach Mercedes und der Gruppe aus dem „Moulin Rouge" aus.

Und da endlich war sie! Gekleidet in einem knallroten Rausch aus wippenden Federn und flankiert von ihren beiden Mitstreiterinnen. Ganz unverhofft waren sie an der Biegung der Straße aufgetaucht. Trotz ihres fantastischen und üppigen Kostüms erkannte er sie sofort. Dritte war sie geworden, aber für Stephen war sie die Prächtigste und Schönste von allen.

Langsam näherte sich die Gruppe dem Standort der beiden Seeleute, Mercedes, flankiert von zwei nicht minder prächtig ausstaffierten Mädchen in leuchtendem Türkis, sie anmutig tänzelnd und sich in den Hüften wiegend, wie die feuerrote Göttin einer längst vergangenen Epoche.

Ihr Kopf war gerahmt von einem buschigen, fast meterhoch aufragenden knallroten Federschmuck, aus ihm hervor stach ein Strahlenkranz, ein Fächer aus langen, leuchtend blauen Schwanzfedern, der ihr das Gepräge eines prachtvollen tropischen Paradiesvogels gab. Er umkränzte ihr Gesicht und reichte ihr bis über ihre Schultern und am Rücken quoll ihre lange schwarze Mähne hervor, die sich über zwei große bauschige, feurig rote Engelsflügel bis über ihr Gesäß ergoss, an ihrem Slip wippte ein aus blauen und türkisfarbenen bestehender prachtvoller Vogel-schwanz. Bis auf diesen und ihr leuchtend buntes üppiges Federkleid war sie nackt. Ihre dunkle Haut glänzte vom Schweiß. Sie war unablässig in Bewegung, tänzelte auf hohen Hacken vor und zurück, drehte sich und schwenkte bei alldem aufreizend ihre Hüften.

Mercedes war der Blickfang schlechthin, die Zuschauer hingen wie magisch angezogen an ihr und der sie umgebenden Mädchengruppe. Es knisterte nur so vor Erotik um sie herum, sie schillerte wie ein Paradiesvogel …

Warum auch immer die Jury so entschieden hatte, Stephen sah hier die wahre Königin vor sich.

Schon begannen die Ersten unter den Umstehenden zu klatschen, Rufe der Begeisterung wurden laut und alles wuchs an zu einem frenetischen Applaus.

Und nun geschah es!

Kurz bevor das Trio der Tänzerinnen Stephen und Brian passierte, löste sich der feuerrote Engel plötzlich aus der Gruppe heraus, tanzte geradewegs auf Stephen zu, fasste ihn an der Hand und zog ihn mit sich in den

Zug der ekstatisch sich Drehenden hinein. Da blieb dem biederen Seemann aus Cornwall nichts anderes übrig, als den Versuch zu wagen, sich dem Rhythmus der Tanzenden anzupassen und dabei in eine Art von barockem Reigen zu fallen. Fast war es wie damals, als er das erste Mal mit Mercedes im „Moulin Rouge" getanzt hatte. Die Menschen am Rande der Prozession lachten und begannen, ihm rhythmisch zuzuklatschen. Mercedes wirbelte ihn um sich herum, schnell und immer schneller und urplötzlich ließ sie seine Hände los. Vom Schwindel erfasst, sich um sich selbst drehend, wurde er geradewegs zurück zu den Zuschauern katapultiert.

Hier wäre er wohl unweigerlich zu Boden gegangen, hätte ihn die Menge nicht barmherzig aufgefangen.

Als er halbwegs seine sechs Sinne wieder beisammenhatte, hielt er Ausschau nach seinem Freund Brian, den er schließlich winkend und mit einem breiten Grinsen im Gesicht in der Menge entdeckte. Stephen schlängelte sich durch die Leute auf Brian zu, der ihm begeistert die Hand auf die Schulter schlug.

„Mensch, Stephen! Tolle Einlage!", brüllte er über das Getöse der Steel-Band hinweg.

Da die drei Schönen nun vorübergezogen waren, drängelten sie sich durch die Zuschauer, um noch vor Mercedes an dem Ort zu sein, wo der Zug endete. Man hatte dafür den Platz gewählt, der weit über die Grenzen Trinidads hinweg bekannt war wegen seines ungewöhnlich riesenhaften Baumes in seiner Mitte.

Als sie dort eintrafen, schwenkte bereits die Spitze des Zuges in einem großen Bogen um die ausladende Krone dieses Baumes herum. Der Zug zog sich immer enger darunter zusammen. Dabei trennten sich die Steel-Bands von dem Festzug und bildeten, den Stamm im Rücken, ein großes Karree und der übrige Festzug formierte sich im Halbkreis um den Baum herum über den ganzen großen Platz und kam dort zum Stillstand. Ganz vorn hatte man, etwa wie bei den olympischen Spielen, ein Siegerpodest aufgebaut. Tosender Applaus brandete auf, als jetzt die drei Queens unter dem Getöse aller vier Steel-Bands das Podest bestiegen, um ihre Pokale in Empfang zu nehmen.

Die drei Königinnen bekamen ihre Trophäen überreicht, huldvoll lächelten sie eine lange Weile der Riesenmenge der Zuschauer zu, bis die ohrenbetäubende Musik abrupt endete, als hätte jemand einen Schalter umgelegt. Die Musiker standen reglos, beide Arme mit den Schlegeln in den Händen kerzengerade emporgereckt. Wieder brandete ein begeisterter Applaus auf und ging in ein unbändiges Gejohle und Gelärme über, das nicht enden wollte. Die Steel-Bands zogen in geordneter Formation ab und die riesige Schar farbenprächtiger Mitglieder des Zuges löste sich auf und vermischte sich mit den Zuschauern. Am Ende traten Gruppen von kräftigen Männern aus der Menge, die die drei Siegerinnen auf ihre Schultern hoben und im Triumph davontrugen. Unter den Männern, die geschultert mit Mercedes davonzogen, erkannte Stephen Angehörige des „Moulin Rouge Clubs". Da beeilten er und Brian sich, sich mühsam durch die in alle Richtungen durcheinandereilenden Menschenmasse hindurchzudrängeln und sich der Gruppe anzuschließen, die mit Mercedes davon-marschierte. Sie wechselten sich beim Tragen ab, gingen durch die gesamte Innenstadt bis zum „Moulin Rouge". Aber beim letzten Wechsel der Träger vor ihrem Ziel ließen es sich Stephen und Brian nicht nehmen, sich Mercedes nun selber auf ihre Schultern zu laden. Sie trugen sie die letzten fünfhundert Meter bis zum „Moulin Rouge" und durch die weit geöffnete

Flügeltür direkt bis auf die Tanzfläche, wo sie mit großem Hallo erwartet wurden.

Zur Musik der hauseigenen Combo und unter dem Applaus der Anwesenden trugen sie Mercedes einmal im Kreis durch den ganzen Saal, bevor sie sie absetzten.

Es folgte eine rauschende Ballnacht, die bis in die frühen Morgenstunden andauerte, so lange, bis am Ende Frauen und Männer vor Erschöpfung auf die Stühle sanken.

An dieser Stelle wäre Stephen wohl gut beraten gewesen, auf seinen Freund Brian zu hören und sich mit ihm an Bord zu begeben. Jedoch Mercedes erschöpft, aber glücklich, berauscht von ihrem Erfolg, verschwand nur kurz auf ihrem Zimmer um die Kleidung zu wechseln, nahm Stephen bei der Hand und zog den sich nur mäßig Widerstrebenden mit sich.

Irgendwann, es war wohl schon eine recht lange Zeit hell, erwachte Stephen. Er fand sich liegend in den Armen von Mercedes und wohlig kuschelte er sich in einem Gefühl einer tiefen Zufriedenheit an sie. Sie schlief noch, nur schemenhaft erinnerte er sich an die vergangenen Stunden, den wie im Rausch verbrachten Tag und die Nacht.

Aber plötzlich durchfuhr ihn ein eisiger Schreck:
sein Schiff!

Er blickte auf den Wecker auf dem Nachttisch, die Zeiger standen auf kurz nach Zwölf.

Er hatte vergessen, den Wecker zu stellen!

Panik ergriff ihn. Wie von der Tarantel gestochen sprang er auf und suchte nach seiner Kleidung.

„Was ist?", murmelte Mercedes halb schlafend.

„Mein Schiff!", rief er. „Es verlässt um halb eins den Hafen!"

„Das schaffst du sowieso nicht mehr", gähnte Mercedes.

„Ich muss es versuchen!"

Er beugte sich zu ihr hinunter und küsste die fast noch Schlafende auf die Stirn.

„Bis zum nächsten Mal", verabschiedete er sich und stürzte aus dem Haus.

Im Galopp lief er durch die engen Gassen zur Hauptstraße und war in der Hitze des Mittags, wo jedermann gewöhnlich seine Siesta abhielt, bereits nach wenigen Sekunden schweißgebadet.

Auf der Hauptstraße stoppte er ein Taxi.

„Zum Hafen!", rief er atemlos.

Geistesgegenwärtig brauste der Fahrer los, sodass Stephen bei der halsbrecherischen Fahrt himmelangst wurde, ob aus Furcht, das Schiff zu verpassen oder vor einer Karambolage, konnte er dabei nicht mehr unterscheiden.

‚Vielleicht hat sich die Abfahrt der ‚Glenfalloch' verzögert', machte er sich Mut, ‚das kommt ja häufig vor.'

Ja, das kam tatsächlich und sogar recht oft vor, aber wie wir wissen: Das Schicksal liebt es, in Momenten wie diesen unerbittlich zu sein.

Als das Taxi mit quietschenden Reifen auf die lange Pier einbog, war diese leer. Fast: Denn ganz an ihrem Ende lag einsam ein französisches Frachtschiff. Auf Stephens Geheiß stoppte der Taxifahrer seine rasante Fahrt und gemeinsam starrten sie gefühlt minutenlang ratlos durch die Windschutzscheibe.

Schließlich öffnete Stephen die Tür, ging ein, zwei Schritte um das Taxi herum. Er beschützte die Augen mit einer Hand, um besser sehen zu können.

Ganz weit dort draußen, fast schon nicht mehr zu sehen, konnte er gerade noch erkennen, wie der hohe blaue Schornstein der „Glenfalloch", eine dicke Wolke schwarzen Rauches ausstoßend, langsam hinter dem Horizont verschwand.

Ein neues Zuhause

Stephen starrte der „Glenfalloch" hinterher, bis nichts mehr von ihr zu sehen war und nur noch eine feine schwarze Rauchwolke am Horizont davon kündete, dass dort eben noch ein Schiff gewesen war.

Es war sein Schiff, das da verschwunden war, sein Zuhause. Nun hatte er kein Zuhause mehr.

Darüber hinaus verhielt es sich unglücklicherweise so, dass ausgerechnet auf dieser Reise, Port of Spain der letzte Hafen vor seiner Rückkehr nach Liverpool gewesen war, und es befand sich jetzt, ohne noch einen weiteren Hafen anzulaufen, direkt auf dem Weg nach England.

Stephen waren die Knie weich geworden und er schaute sich nach einer Stelle um, wo er Platz nehmen konnte. Auf einem Holzstapel am Ende des Kais ließ er sich schließlich nieder, und während er trostlos über die leere Wasserfläche des Ozeans blickte, begann er seine Lage zu überdenken. Im Geiste überschlug er den Inhalt seines Geldbeutels, viel besaß er nicht mehr. Was also sollte er tun?

Der normale Weg für ihn wäre jetzt gewesen, zu seinem Schifffahrtsagenten zu gehen und über ihn einen Flug nach Liverpool zu buchen. Spätestens morgen Abend wäre er dort. Natürlich würde er den Flug bezahlen müssen. Aber wollte er überhaupt zurück nach England? Ein Unbehagen überkam Stephen bei diesem Gedanken.

Was also wollte er?

Und wo war er denn wirklich zu Hause? In Liverpool? An Bord seines Schiffes? In Mevagissey?

Oder war er nicht hier in Port of Spain ebensogut zu Hause wie irgendwo sonst?

Er brütete eine Weile unschlüssig vor sich hin.

Schließlich erhob er sich und trottete zu Fuß da hin, wo er gerade hergekommen war. Er erinnerte sich der

Süße des Erwachens nach einem Tag voller überschäumender Lebensfreude.

Doch wie er dann vor Mercedes' Haustür stand, den Finger bereits auf dem Klingelknopf, überfiel ihn eine Art von Scham.

Er rang mit sich, aber was blieb ihm anderes übrig? Schließlich beendete er sein Zögern mit dem entschlossenen Betätigen der Klingel.

Es dauerte eine Ewigkeit, bis er auf dem Gang schlurfende Schritte hörte. Die Tür öffnete sich einen Spaltbreit und er blickte in Mercedes' verschlafenes Gesicht.

Sie sah ihn eine Weile wortlos an. Dann öffnete sie die Tür etwas weiter.

„Komm rein", sagte sie und schloss diese hinter ihm. „Das waren jetzt wohl sehr kurze zwei Monate", fügte sie an.

Der Sarkasmus in ihrer Stimme war nicht zu überhören. Sie brachte ihn in die Stube und bedeutete ihm, auf dem Sofa Platz zu nehmen.

Daraufhin verschwand sie erst einmal wieder und ließ Stephen in seiner trübsinnigen Stimmung zurück. Wie durch einen Schleier nahm er die Geräusche wahr, die jetzt an sein Ohr drangen.

Zunächst hörte er die Tür zum Bad gehen und kurz darauf das Rauschen von Wasser. Er hatte Mercedes ja sozusagen aus dem Schlaf geklingelt. Nach scheinbar endloser Zeit vernahm er erneut die Badezimmertür und wenig später die zur Küche. Von dort drang nun das Geklapper an sein Ohr, als Mercedes das Frühstück bereitete. Er fühlte sich nicht sonderlich wohl in seiner Haut. Würde sie ihn aufnehmen? Er war sozusagen von einem Tag zum anderen ein Heimatloser geworden.

Doch plötzlich schnupperte er. Der Duft von frisch gebrühtem Kaffee stieg ihm in die Nase.

Stephen atmete hörbar auf. Das roch verführerisch! Die Aussicht auf ein gutes Frühstück ließ ihn spürbar aufleben. Aber als jetzt zwei weibliche Stimmen auf dem Flur an sein Ohr drangen, die miteinander sprachen, wurde ihm auf einmal wieder bewusst, dass Mercedes ja eine Hausgenossin hatte. Beide unterhielten sich eine ziemliche Zeitlang halblaut miteinander und Stephen konnte sich den den Grund fast denken. Was würde die Mitbewohnerin wohl zu dem neuen Hausgenossen sagen, der hier so unverhofft hereingeschneit war?

Er versuchte sich an ihren Namen zu erinnern.

‚Helen!‘, schoss es ihm durch den Kopf. Ja, Helen hieß sie.

Dann hörte er die Badezimmertür gehen. Und schließlich, eine gute Weile später, Stephen atmete ein zweites Mal auf, zog der Duft von gebratenem Speck durchs Haus.

Und wieder verging einige Zeit.

Schließlich hörte er Mercedes' leichten Schritt auf dem Flur und schon kam sie herein, ein gut gefülltes Tablett in beiden Händen tragend. Sie schaute mit einem ein wenig mitleidigen Lächeln, das allerdings nicht ganz frei von Spott war, auf ihn herunter.

Er schoss von seinem Sofa hoch, um ihr behilflich zu sein.

„Bleib nur sitzen", beschied sie ihn, „nach dem Frühstück werden wir weitersehen."

Stephen ließ sich also wieder in die Polster zurückfallen.

Mercedes schenkte Kaffee ein und ließ sich in einem Korbsessel Stephen gegenüber nieder. Beide aßen schweigend, es war jedoch kein lastendes Schweigen. Hin und wieder allerdings schickte Mercedes einen prüfenden Blick zu ihm hinüber. Und stets umspielte ein leises Lächeln dabei ihre Mundwinkel.

Nach einer Weile waren leichte Schritte auf dem Flur zu hören und gleich darauf steckte die Mitbewohnerin ihren Kopf durch die Tür.

„Darf ich reinkommen?" Dabei schaute sie Stephen an.

Wieder sprang dieser, wie von der Tarantel gestochen, hoch.

„Um Gottes willen, selbstverständlich!", stieß er hervor. „Ich bin hier doch nur Gast."

Mercedes lächelte amüsiert.

„Das ist meine Mitbewohnerin, Helen!", stellte sie sie ihm vor.

Er deutete eine Verbeugung an.

„Stephen."

Helen lächelte ihn freundlich an.

„Wir haben uns doch bereits gesehen", sagte sie.

Stephen besann sich eine Weile.

„Ah ja, doch natürlich!"

Er musterte sie kurz genug, um nicht penetrant zu wirken, aber lange genug, um zu sehen, wen er da vor sich hatte. Ja, er hatte sie tatsächlich schon einmal getroffen, allerdings war die Begegnung nur kurz gewesen.

Helen war etwa im gleichen Alter wie Mercedes, von etwas hellerer Hautfarbe als diese, im Gegensatz zu ihr hatte sie eher afrikanische Wurzeln. Ihr schwarzes Haar zierten im Augenblick die mächtig großen Lockenwickler, die man bei nahezu allen Frauen mit afrikanischen Wurzeln hier in Port of Spain sah. Helen ließ sich linkerhand von Stephen auf einem Stuhl nieder und bediente sich. Sie machte einen aufgeräumten, ja, heiteren Eindruck und mit ihrem Erscheinen veränderte sich die Atmosphäre am Tisch schlagartig und schlug um in unbeschwerte Heiterkeit. Da sie den gestrigen Umzug verpasst hatte und

Mercedes sich nicht zweimal bitten ließ, war die „Pretty Mas" nun das gesprächbeherrschende Thema. Stephen hörte indes nur mit halbem Ohr zu, seine derzeitigen Probleme und der muntere Lebensfrohsinn, die ihm hier begegneten, passten nicht so ganz zusammen.

Als die drei ihr Frühstück beendet hatten, lehnte sich Mercedes in ihrem Korbsessel entspannt zurück.

„Nun?", fragte sie an Stephen gewandt. „Was gedenkst du nun zu tun?"

Er zuckte schweigend mit den Schultern.

Die Frauen musterten ihn eine lange Weile. Schließlich, als klar war, dass da erst einmal nichts von ihm zu erwarten war, wechselten die beiden undeutbare Blicke.

Es war durchaus spannend, aber Stephen hatte im Moment irgendwie keine Antenne für diese Art von wortloser Kommunikation.

Ein weiteres Mal tauschten die Frauen einen stummen Blick und Stephen bemerkte, wie Helen dabei schier unmerklich nickte.

Daraufhin wandte sich Mercedes an ihn zurück:

„Du kannst die zwei oder zweieinhalb Monate bei uns bleiben. Bis dein Schiff wieder da ist."

Stephen erwachte schlagartig aus seiner Lethargie.

„Ist das euer Ernst?", fragte er und hob den Blick.

Mercedes nickte.

„Oh Gott", Stephen vergrub den Kopf in seinen Händen und murmelte ein leises Danke.

Langsam erhob er sich, ging zu Mercedes hinüber, beugte sich zu ihr herunter und legte seinen Arm um sie. Das gleiche tat er mit Helen.

„Danke", sagte er ein zweites Mal und ein wenig lauter. Er versuchte sich an einem Lächeln, aber wirklich froh sah er dennoch nicht aus.

„Schon gut!", sagte Mercedes.

„Aber da ist noch etwas", gestand er, als er sich wieder gesetzt hatte. „Ich habe kaum noch Geld."

Naja ergriff jetzt Helen das Wort, „irgendwie werden wir dich die erste Zeit schon mit durchfüttern."

Mercedes straffte sich.

„Also abgemacht!", meinte sie. „Jetzt lass uns darüber reden, wie wir drei uns in Zukunft in unserem Zusammenleben arrangieren. Es wird nicht so ganz einfach sein, aber es wird schon gehen. Es hängt in der Hauptsache von dir ab."

Sie lächelte ihn aufmunternd an.

„Ich schildere dir mal unseren Tagesablauf", fuhr sie fort, „normalerweise liegen wir zu dieser Zeit noch im Bett. Frühstück und Mittag ist für uns in der Regel dasselbe. Um Fünf muss ich im Club sein, Helen arbeitet woanders, aber wir gehen gewöhnlich gemeinsam aus dem Haus und wir sind selten vor zwei Uhr nachts zu Hause."

Bevor sie nun weitersprach, blickte sie ihm direkt in die Augen, wissend, dass das nun Folgende ihm nicht behagen würde:

„Und manchmal bringen wir auch jemanden mit."

Sie lachte freudlos.

„Aber wem sage ich das", fuhr sie fort und zuckte mit den Schultern, „du musst dann eben auf dem Sofa in der Stube schlafen."

Wieder blickte sie ihn prüfend an.

„Ich weiß sehr wohl, dass dir das auf die Dauer nicht leichtfallen wird, denn das bedeutet, dass, wenn du nicht jede Nacht bis zwei Uhr auf mich warten willst, du grundsätzlich auf dem Sofa schlafen musst. Wenn ich allein komme, und das wird ja überwiegend so sein, kannst du natürlich gerne zu mir mit unter die Decke schlüpfen."

Sie lachte auf und schaute kurz zu Helen hinüber.

„Aber lass dir nicht etwa einfallen, die Zimmer zu verwechseln", fuhr sie mit einer unüberhörbaren Härte in der Stimme fort. „Du gehörst zu mir. Vergiss das niemals!"

Mit diesen Worten stand sie auf, ging zu Stephen, der sich ebenfalls erhoben hatte, schlang jetzt wieder ganz sanft ihre Arme um ihn und küsste ihn.

„So, und nun lass uns den Tisch abräumen. Du kannst uns beim Abwasch helfen."

Stephen, der all das wortlos hatte über sich ergehen lassen, brauchte eine ganze Weile, um sich aus seiner Verwirrung zu befreien. Aber mehr und mehr fühlte er jetzt eine wohltuende Wärme in sich aufsteigen. Es war ein Gefühl, das er schon lange nicht mehr gehabt hatte.

Später, als die Frauen das Haus verlassen hatten, ging er noch einmal in die Stadt, kaufte sich Rasierzeug, Zahnbürste und was man sonst so brauchte und ebenso noch zwei T-Shirts und eine gebrauchte Jeans. Er hatte danach immer noch ein wenig Geld im Portemonnaie. Auf was er sich da aber wirklich eingelassen hatte, wurde ihm erst im Verlauf der nächsten vierzehn Tage klar.

Etwa vier oder fünf Tage lang fühlte er sich bei den beiden jungen Frauen richtig geborgen. Das Warten auf Mercedes, bis sie nach Hause kam, fiel ihm nicht besonders schwer. Er hatte sich sehr schnell ihrem Lebensrhythmus angepasst. Sie schliefen beisammen, frühstückten gemeinsam, oder sollte man es lieber Mittagsmahl nennen?

Aber dann kam der Tag, da Mercedes die ersten Herrenbesuche mitbrachte. Er hatte gewusst, dass dies auf ihn zukommen würde, aber er litt trotz allem wahnsinnig darunter, und mit jedem Mal wurde es schlimmer. In den Nächten, die er dann schlaflos auf dem Sofa verbrachte, zermarterte er sich den Kopf, was er tun könnte. Zuerst einmal musste er seine Nutzlosigkeit und seine Abhängigkeit beenden und, das war ihm völlig klar, er brauchte eine Arbeit. Doch wie sollte er, ein Seemann, hier in dem fremden Land Arbeit finden? Wenn es überhaupt welche für ihn gab, so war diese vermutlich nur im Hafen zu finden, und kaum, dass er diesen Gedanken gefasst hatte, machte er sich entschlossen auf den Weg. Sein Ziel war das Büro der Hafen- und Lagerhausgesellschaft. Er war Realist genug, um zu wissen, dass es nicht leicht für ihn sein würde. Er, ein Engländer, in einem Land, in dem geregelte Arbeit für einen großen Teil der Bevölkerung ein unerreichbares Gut war.

Aber er musste es versuchen. Als er den Hafen erreicht hatte, schaute er den langen Kai hinunter. Zwei Frachtschiffe hatten dort festgemacht, ein deutsches und ein französisches, auf beiden wurde geladen. Scheinbar müßig schlenderte er vorüber. Dabei aber beobachtete er sehr genau das Laden der Schiffe in der Hoffnung, bekannte Gesichter unter den Hafenarbeitern zu entdecken. Und tatsächlich, er hatte mehr Glück, als er sich erhofft hatte.

Als er sich dem deutschen Schiff näherte, traf eine ihm nur zu bekannte Stimme an sein Ohr. Es gab nur einen in ganz Westindien, der mit diesem unverwechselbar heiseren Organ die Arbeiter in der Luke auf Trab hielt: sein Freund Dick, der Winscher. Warum hatte er nicht gleich an ihn gedacht? Und dann entdeckte Stephen ihn auch schon oben auf dem Deckshaus von Luke zwei, wie er mit seiner ihm eigenen Virtuosität die Controller der Winschen bediente. Stephen atmete erleichtert einmal tief durch und suchte sich einen Platz etwas abseits auf einem Mauervorsprung. Dort ließ er sich nieder und wartete, bis die Hafenarbeiter Mittagszeit hatten. Es war seine einzige Chance. Ohne Beziehungen würde er nie und nimmer eine Arbeit hier in Port of Spain finden. Er hatte gut anderthalb Stunden gewartet, da hörte er den Tallyman zur Mittagspause pfeifen. Stephen wartete, bis Dick von seinem Deckshaus heruntergeklettert war und auf die Gangway zusteuerte, und gerade, als er im Begriff war, die Gangway zu verlassen, trat Stephen auf ihn zu. Er bemühte sich, trotz seiner Aufgeregtheit, möglichst gelassen zu erscheinen.

„Hallo, Dick", sprach er ihn an.

„Steve! Was tust du denn hier?" Dick schien aus allen Wolken zu fallen.

Stephen begleitete ihn zu seiner Mittagspause und während Dick seine Mahlzeit auspackte und verzehrte, erzählte ihm Stephen seine Geschichte. Der Winscher hörte ihm zu, ohne eine Regung erkennen zu lassen.

„Und jetzt wartest du hier, dass dein Schiff wiederkommt."

Das war keine Frage, sondern eine Feststellung.

Stephen schwieg.

„Ich weiß selber nicht", sagte er und nach einer weiteren, sehr langen Gesprächspause: „Kannst du mir Arbeit besorgen?"

Dick blickte ihn eine Weile prüfend an.

„Na klar kann ich das", sagte er dann, „wenn du möchtest, gehen wir jetzt gleich hinüber ins Büro."

Stephen nickte nur.

Dick beendete sein Mittagessen, packte seine Utensilien in eine Tasche und ging mit Stephen hinüber zur Hafen- und Lagerhausgesellschaft.

Gemeinsam betraten sie das Büro und Dick, der Winscher, begrüßte den Mann, der hinter einem wackeligen und vollständig mit Papieren überladenen Schreibtisch hockte.

„Hi, Mac!"

„Hi, Dick", erwiderte dieser.

„Ich möchte diesen Kumpel hier …", damit deutete er auf Stephen, „… in meiner Gang haben."

Überrascht sah der Mann auf.

„Ein Engländer!", stellte er fest. „Ich erinnere mich nicht, jemals einen Engländer eingestellt zu haben."

„Er lebt jetzt hier", sagte Dick knapp.

Stephen war ihm dankbar, dass er die Hintergründe nicht weiter erläuterte.

„Gut", meinte jetzt der Mann hinter dem Schreibtisch, „wenn du ihn haben willst, ist das für mich okay."

Dick wandte sich zur Tür: „Ich muss zurück an Bord. Bis morgen, Steve."

„Bis morgen, Dick."

Stephen wandte sich wieder dem Mann hinter dem Schreibtisch zu, der sich wortlos, aber unter einem misstönenden Quietschen seines Drehstuhls nach hinten streckte, um ein Formular aus einem Regal zu fischen. Mit diesem drehte er sich, dieses Mal mit einem lauten Knarren, zurück und warf es vor Stephen auf den Schreibtisch hin.

Der Mann reichte ihm einen Kugelschreiber. Wortlos füllte Stephen den Kontrakt aus und setzte seine Unterschrift darunter und reichte ihn zurück.

Jetzt erhob sich der mit Mac Angeredete halb hinter seinem Schreibtisch und reichte Stephen die Hand.

„Willkommen bei uns, Kumpel!"

Stephen ergriff erleichtert seine Hand.

„Danke!", sagte er.

„Nun ja, reich wirst du hier nicht gerade werden", grinste Mac und nannte Stephen seinen Stundenlohn.

Dieser, froh darüber, überhaupt so schnell eine Arbeit gefunden zu haben, musste nun doch schwer schlucken. Er erwiderte ein wenig kläglich den Händedruck und wandte sich zum Gehen.

„Morgen Früh um Acht auf der ‚Stolzenfels'", rief Mac ihm hinterher, „Luke Zwei!"

Als er schon in der Tür stand, drehte sich Stephen noch einmal zurück.

„So long", sagte er und tippte grüßend mit der Hand an seine Stirn.

Von diesem Tag an sollte sich sein Leben ein zweites Mal ändern. Das „WG-Leben" wurde schwieriger, da Stephen morgens in aller Frühe das Haus verlassen musste, und überhaupt wurden die Begegnungen mit Mercedes seltener, da nun auch die gemeinsamen Mahlzeiten entfielen. Irgendwo hatten die beiden Frauen ein Klappbett für ihn aufgetrieben und richteten ihm einen Schlafplatz in der Abstellkammer ein. Stephen kannte sich inzwischen auch so weit in der Küche aus, dass er sich seine Mahlzeiten selbst zubereiten konnte, und selbstverständlich zahlte er den beiden jetzt auch Wirtschaftsgeld.

Trotz alledem aber verlor seine Beziehung zu Mercedes nicht an Innigkeit. Das tröstete ihn und machte ihn ein wenig froh. Immer dann, wenn sie spät in der Nacht nach Hause kam und niemanden mitbrachte, was zum Glück die Regel war, klopfte sie an die Tür seiner Kammer und ließ ihn zu sich in ihr Zimmer kommen, und an den Sonntagen gab es sogar ein gemeinsames Frühstück zu dritt.

All die anderen Tage aber ging Stephen jeden Morgen zu seiner Arbeit am Hafen. Er war es durchaus gewohnt, hart zu arbeiten, aber die elende Plackerei in den Luken war für ihn schon eine Herausforderung. Mit der Zeit begann er sich aber auch daran zu gewöhnen.

‚Der Mensch gewöhnt sich an alles', dachte er.

Ein zwar nur bescheidenes Auskommen, aber dafür ein wenig Wärme und Geborgenheit, das war mehr, als er die vergangenen Monate gehabt hatte.

Aber etwas fehlte ihm doch.

Nach Feierabend stand er oft noch eine lange Weile am Kai und schaute voller Sehnsucht über das Meer.

Es hatte einmal eine Zeit gegeben, da hatten sie ihn „ein Kind der See" genannt.

Wie lange mochte das her sein?

Am Ölberg

Eines Morgens, es war einer dieser seltenen Tage, als einmal wieder alle zusammen am Tisch saßen, sagte Mercedes zu Stephen:

„In einer Woche kommt dein Schiff."

Ihm fiel fast seine Gabel aus der Hand. War er schon so lange hier?

Schweigend, aber mit einem fragenden Ausdruck in ihren Augen blickte Mercedes ihn an.

„Was wirst du tun?", meinte sie schließlich. „Wirst du zurück an Bord gehen?"

Stephen schwieg und schaute lange auf seinen Teller. Endlich sah er auf.

„Nein", antwortete er.

Beide Frauen beobachteten voller Spannung seine Miene. Aber er schwieg weiter.

„Du kannst natürlich hier bei uns bleiben", sagte Mercedes, wandte sich an Helen: „Oder?"

„Natürlich", gab diese zurück, „weißt du, Stephen …", sie machte eine Pause und blickte ihn lange an, „wir beide haben dich wirklich gern."

Ihn durchlief ein warmes Gefühl der Freude.

„Danke!", sagte er und kam dabei fast ins Stottern. „Danke, ihr seid so lieb zu mir."

Und dann lief ihm tatsächlich eine Träne aus dem Auge.

Mercedes erhob sich, kam zu ihm hinüber und legte ihren Arm um ihn.

„Schon gut", meinte er stockend, „geht schon wieder. Aber ihr verratet mich nicht, nicht wahr?"

„Nein, natürlich nicht. Wenn einer deiner Kollegen nach dir fragen sollte, sage ich, dass ich dich seit unserem Umzug nicht mehr gesehen habe", versprach ihm Mercedes, „und ich bandele auch mit niemandem von ihnen an."

„Danke!", sagte er noch einmal.

Am nächsten Morgen sprach er mit Dick.

„Kannst du es irgendwie arrangieren, dass ich nicht auf mein Schiff zum Laden muss?"

Dick sah ihn erstaunt an. Er hatte nicht im Geringsten daran gezweifelt, dass Stephen zurück auf sein Schiff gehen würde. Er schaute eine Weile prüfend in sein Gesicht, schwieg jedoch. Er war kein Mann, der viele Fragen stellte.

‚Stephen wird schon seine Gründe haben', dachte er.

„Ich rede mit Mac", sagte er, „er wird dich auf dem Franzosen einteilen. Ich regle das für dich."

„Und sag deinen Leuten bitte auch, dass niemand mich kennt, wenn nach mir gefragt wird."

„Ach, uns werden sie schon nicht fragen", entgegnete Dick. „Woher sollten wir denn wissen, was mit dir passiert ist? Aber Bescheid sagen werde ich natürlich trotzdem."

Stephen drückte ihm wortlos die Hand und Dick grinste ihn an wie einen Verschwörer.

Die „Glenfalloch" lief in den Hafen ein, wurde ent- und beladen und die Matrosen besuchten am Abend wie gewohnt den „Moulin Rouge Club", aber Stephen bekam von alldem nichts mit. Und irgendwann verschwand sein Schiff auch wieder, so, wie es gekommen war.

Monate vergingen, der Alltag stellte sich ein. Stephen ging zur Arbeit im Hafen, die Mädchen gingen zu ihrer Arbeit, Mercedes ins „Moulin Rouge" und von Zeit zu Zeit brachte sie Freier mit in die gemeinsame Wohnung.

Aber was Stephen zunächst, unter dem Eindruck seines verlorenen Schiffes, irgendwie hingenommen hatte, wurde mit den Wochen immer quälender. Abend für Abend geriet er unter Hochspannung, ob Mercedes wohl an seine Tür klopfen würde oder nicht.

War Letzteres der Fall, tobte innerlich ein Sturm in ihm. In diesen Nächten fand er keinen Schlaf und am nächsten Abend wiederholte sich das gleiche Spiel, Nacht für Nacht. Stephen litt. Wie lange würde er das noch aushalten können?

Liebte er sie? Ging das überhaupt, eine Frau zu lieben, die ihren Körper Tag für Tag an fremde Männer verkaufte? Und wie war das überhaupt mit der Liebe? Er dachte an seine Kameraden von der „Glenfalloch". Sie hatten ihn immer schon für verrückt gehalten.

Ein Seemann fragte nicht nach Liebe, sein Zuhause war die See!

Aber die See hatte Stephen nun nicht mehr und sie nicht mehr ihn, obwohl sie jeden Tag, wenn er am Kai stand und über ihre unendliche, in der Sonne glitzernde Fläche schaute, nach ihm rief.

Stephen rang mit sich. Ein Zurück nach England und auf ein Schiff kam für ihn nicht mehr in Frage. Sein Leben war nicht mehr das Meer, sondern fand nur noch zwischen dem Hafen von Port of Spain und der gemeinsamen Wohnung statt. Und schließlich entschied er sich dafür, etwas zu tun:

Er bat Mercedes, ihn zu heiraten.

Sie blickte ihn an.

„Bei den paar lumpigen Dollar, die du verdienst?", sagte sie grob.

„Ich nehme dich mit nach England", bot er an.

„Sei nicht albern", sagte sie, „wie soll das gehen. Willst du mich ernsthaft mit nach Mevagissey nehmen? Mich deiner Familie vorstellen? Eine Hafenhure aus Port of Spain?"

„Wir könnten woanders wohnen", schlug er vor.

Mercedes schüttelte den Kopf.

„Noch bin ich jung und schön, aber wenn ich morgens in den Spiegel schaue – er steht mir dennoch ins

Gesicht geschrieben, mein Beruf. Es ist wie ein Brandmal. Und es wird fortschreiten, unaufhaltsam."

„Du weißt, wie das enden wird", setzte Stephen nach.

„Ja, ich weiß, wie es normalerweise endet", stimmte Mercedes ihm zu: „Aber ich werde nicht zu denjenigen gehören, die so enden. Ich bin schöner als alle anderen. Ich bekomme sehr viel mehr Geld für meine Dienste. Die Männer sind verrückt nach mir. Ich lege Geld zurück, viel Geld, und es wird immer mehr werden und dann kaufe ich mir einen Schönheitssalon oder irgend so etwas."

Sie sah ihn an, sah seinen zweifelnden Blick.

„Ich schaffe es!", sagte sie mit Nachdruck.

Stephen fragte sie nie wieder. Und sie setzten ihren Alltag fort, als wäre diese Frage nie gestellt worden, als gäbe es kein Morgen – unerbittlich waren beide im Lauf der Zeit wie gefangen.

Aus Wochen wurden Monate und aus Monaten wurde ein ganzes Jahr. Es näherte sich wieder die Zeit des Karnevals.

‚Bin ich schon so lange hier?', grübelte Stephen und zum ersten Mal kam ihm der Gedanke an Trennung. Er schob ihn hin und her, bis er den Mut fand, Mercedes damit zu konfrontieren.

Als er es ihr schließlich sagte, antwortete sie ihm nicht sogleich. Aber er sah, wie sich ihre Augen verdunkelten.

„Ja, ich weiß", meinte sie dann leise, „ich habe schon viel früher damit gerechnet."

Schweigen.

„Ich werde dich vermissen."

Wieder Schweigen.

„Es war schön mit dir."

Es war damit alles gesagt. Bereits am Tag darauf sprach Stephen seinen Kollegen Dick, den Winscher, an und fragte ihn nach einer neuen Bleibe.

„Ich horche mich mal um", meinte jener, der Mann, der keine Fragen stellte.

Er pflegte das Leben zu nehmen, wie es kam.

Eine Woche später nahm er Stephen beiseite.

„Ich habe da vielleicht etwas für dich", eröffnete er ihm. „Nicht eben komfortabel, aber billig. Es ist eine Hütte am Fuße des Ölbergs, da, wo es noch nicht ganz so schlimm ist mit der Armut und dem Elend. Eine Frau, Dolores ist ihr Name, sie wohnt dort mit ihrer Tochter. Ihr Mann hat sie sitzenlassen."

Aber am Ende war es dann doch recht schlimm.

Drei Tage später, es war ein Sonntag, machte sich Stephen auf den Weg, um seine künftige Bleibe zu besichtigen. Der Ort lag am anderen Ende der Stadt, sodass er zu Fuß quer durch die City laufen musste, bis er den trockenen Fluss erreichte. Eine schmale Brücke mit rostigem schmiedeeisernem Geländer, das irgendwann einmal weit bessere Tage gesehen hatte, führte nicht nur auf die andere Seite der Stadt, nein, sie war eine Brücke in eine andere Welt, denn hier begannen die Slums. Die Einwohner von Port of Spain nannten den Berg, über den sich die Slums der Stadt zogen, den Ölberg. Er war eigentlich nur ein Hügel und oben auf seiner Kuppe standen zwei riesige Öltanks. Verschläge und Bretterbuden, bedeckt mit rostigen Wellblechplatten oder lediglich mit Resten alter Lkw-Planen, zogen sich den Hang hinauf bis knapp unterhalb der Öltanks und je höher man kam, desto armseliger wurden die Behausungen.

Stephen war noch nie auf dieser Seite der Stadt gewesen, und was er nun gewahr wurde, verschlug ihm fast den Atem. Ein Gewirr von windschiefen Buden und Hütten breitete sich vor ihm aus. Hier sollte er seine Zimmerwirtin finden? Gab es hier überhaupt Unterkünfte, die seiner Vorstellung von einem Zimmer entsprachen? Als er sich nun daran machte, in das Durcheinander einzudringen schauderte es ihn. Wie sollte er hier seine neue Zimmerwirtin finden? Ausgetretene Pfade zogen sich völlig willkürlich kreuz und quer durch das Gelände. Zwischen den Behausungen standen hier und da schrottreife amerikanische Straßenkreuzer, auf deren Sitzen Kinder sich vergnügten oder Männer unterschiedlicher Altersklassen sich auf ihnen fläzten und rauchten. Auf den mit struppigem Gras bewachsenen und mit Unrat übersäten Flächen spielten Kinder. Sie blickten auf und lächelten ihm, dem Fremdling, im Vorübergehen zu. Zwischen all den Hütten und Verschlägen waren Schnüre gespannt, an denen Wäsche zum Trocknen hing. Hier traf er schließlich auf eine schwarze junge Frau, die just in diesem Augenblick, beladen mit einem Wäschekorb, aus der schief in den Angeln hängenden, halboffenen Tür ihrer Hütte trat. Ihren Kopf zierte eine große Anzahl von Lockenwicklern.

Sie schickte sich offenbar an, ihre Wäsche an einer dieser kreuz und quer gespannten Leinen aufzuhängen.

Er fragte sie nach Dolores.

Sie musterte ihn erstaunt.

Obwohl er nun schon so gut wie ein Jahr in Port of Spain lebte, sah man in ihm auf den ersten Blick den Engländer, und Engländer waren hier gewöhnlich nicht anzutreffen. Selbst dann nicht, wenn sie so abgerissen aussahen wie Stephen. Aber als sie sich von ihrem Erstaunen erholt hatte, begann sie ihm wortreich den Weg zu erklären, was angesichts der verwirrenden Anordnung der Hütten nicht eben einfach war.

Stephen musste noch mehrmals fragen, bis er endlich vor der Behausung stand, die eventuell als sein neues Heim infrage kommen sollte.

Diese Hütte, in der Dolores zu Hause sein sollte, sah immerhin ein wenig besser aus als all das andere zusammengezimmerte Durcheinander von

Verschlägen aller Art in ihrer unmittelbaren Umgebung. Die Tür stand weit offen und im Halbdunkel des Inneren konnte Stephen eine Frau erkennen, die offensichtlich mit Kochen beschäftigt war. Er trat näher, rief „Hello" und klopfte ein wenig zaghaft gegen den offenstehenden Türflügel. Die Frau wandte sich um und trat zu ihm hinaus. Sie mochte um die Mitte vierzig sein und war ganz offensichtlich keine der Hiesigen, sondern eine Lateinamerikanerin. Sie blickte Stephen fragend an. Dieser deutete eine flüchtige Verbeugung an. Ihre Reaktion ließ darauf schließen, dass dies eine hier nicht gerade übliche Form der Begrüßung war.

„Mein Name ist Stephen Tremaine", hub er nun an, „und ich komme, weil ich gehört habe, dass du ein Zimmer zu vermieten hast."

Die Frau sah ihn völlig entgeistert an.

„Ein Zimmer?", fragte sie, als sie sich von ihrer Überraschung erholt hatte.

Stephen blickte um sich und musterte nun eine weitere flache Bretterbude, die nur etwa zwei Meter im rechten Winkel zu der größeren Behausung stand. Sie war gedeckt mit einem großen Stück rostigen Wellbleches und ihre nur halbe Tür hing schief in den Angeln. Ihm kam der Verdacht, dass es sich bei diesem Verschlag um das vakante Zimmer handelte.

‚Oje!', dachte er, aber was eigentlich hatte er sich vorgestellt?

Er ließ sich nichts anmerken, deutete auf den Verschlag und fragte:

„Ist es dieses hier?"

Die Frau nickte nur, aber als sie sich etwas gefangen hatte, sagte sie:

„Meine Tochter, Maria, hat hier geschlafen, aber nun, wo wir beide allein sind, kann sie auch ganz gut hier bei mir schlafen." Dabei machte sie eine leichte Handbewegung in Richtung der Hütte hinter ihr.

„Darf ich mal reinschauen?", fragte Stephen.

„Bitte."

Sie deutete einladend auf die etwas windschiefe Bude. Diese war schmal und so niedrig, dass Stephen den Kopf einziehen musste, um hineinzukommen. Gegenüber der Tür befand sich eine offene, viereckige Öffnung, das Fenster, davor ein wackeliger Tisch mit einer ehemals weiß gewesenen Emaille-Schüssel, deren Beschichtung aber hier und da bereits abgesprungen war. Stephen erkannte im Halbdunkel eine Pritsche, halbwegs annehmbar vielleicht, und gegenüber einige Kleiderhaken an der Wand sowie ein Bord.

Er musste sich zusammenreißen. Was hatte er erwartet?

Die Erkenntnis seines gesellschaftlichen Absturzes traf ihn wie ein Schlag.

Für einen Moment schloss er die Augen, schluckte und wandte sich der Frau zu. Sie wirkte etwas verhärmt, mochte aber früher einmal schön gewesen sein.

Sie reichte ihm nun die Hand.

„Ich bin Dolores", stellte sie sich vor.

Er nahm ihre Hand, drückte sie kurz und da er sich bereits vorgestellt hatte, räusperte er sich nur.

Bevor sich zwischen ihnen beiden nun ein unangenehmes Schweigen auszubreiten begann, übernahm Dolores die Initiative und lud ihn ein wenig verlegen zum Tee ein.

„Oh, danke", brachte er heraus, „sehr gerne."

Der Wohnbereich Dolores' unterschied sich nur wenig von der Bude, die er soeben besichtigt hatte. Zwar erfüllte hier die Haustür ihren Zweck, aber Stephen vermutete, dass sie ohnehin meist offen stehen würde. Das einzige Fenster, ein Sprossenfenster, ähnlich dem, wie er es aus Viehställen kannte, war zumindest zur Hälfte verglast; der Küchenherd hatte seine beste Zeit wohl auch schon hinter sich gelassen, das Abzugsrohr führte durch eine grob zurechtgeschnittene Öffnung in der Wand direkt ins Freie. Die zwei Pritschen, ähnlich der in seinem Zimmer, standen eng beieinander.

Bei näherem Hinsehen gewahrte er ein junges Mädchen, das auf einem der Betten saß.

Nachdem seine Augen sich an das Halbdunkel des Raumes gewöhnt hatte schätzte er sie auf zwölf oder dreizehn Jahre.

„Hello!", sagte er, „ich bin Stephen, wer bist denn du?"

„Ich heiße Maria", entgegnete sie.

„Ein schöner Name", meinte Stephen und hob die Hand zum Gruße.

Er wandte sich nun wieder der Frau zu.

„Was soll die Bude kosten?", war er im Begriff, zu fragen, aber er besann sich im rechten Moment.

„Was möchtest du denn für das Zimmer haben?", fragte er stattdessen.

Sie nannte ihm eine so geringe Summe, dass er unwillkürlich den Kopf schüttelte.

„Oh, darin enthalten ist natürlich auch das Waschen deiner Wäsche", beeilte sie sich zu sagen. Sie glaubte anscheinend, er würde den Preis vielleicht als zu teuer empfinden.

Stephen rechnete im Geiste durch, wie hoch sein Lohn auf den Monat bezogen wäre. Davon zog er nun ein Viertel ab, das er für sich selber zu brauchen glaubte, und nannte der Frau daraufhin die Summe, die übrig blieb.

Sie blickte ihn ungläubig an.

„Kost und Logis!", beeilte sich Stephen zu sagen.

„Aber das ist zu viel", meinte die Frau.

„Kost und Logis", wiederholte er. „Ich arbeite im Hafen, da brauche ich etwas Ordentliches zu essen."

Stephen fand, dass es sehr wenig war, Dolores hatte vermutlich noch niemals in ihrem Leben so viel Geld besessen.

„Einverstanden?", fragte er nun.

Sie schien sich innerlich die Hände zu reiben, denn das, was der weiße Mann ihr da anbot, war viel zu viel für diese Abstellkammer, oder schlimmer noch: diese Bruchbude, und das Geld, das er ihr anbot, würde vermutlich zweimal für das Essen reichen.

„Einverstanden?", fragte Stephen noch einmal und streckte ihr die Hand hin.

Dolores rang sichtlich mit sich.

„Einverstanden!", sagte sie schließlich und ergriff doch immer noch zögernd seine Hand.

„Morgen Früh ziehe ich ein", sagte er knapp, wandte sich um und ging.

Sein Heimweg führte ihn nochmals durch das Gewirr des Viertels und Bitterkeit erfüllte ihn für einen Moment.

‚Ist das nun das Ende?', dachte er. ‚Sehr viel tiefer kann ich wohl jetzt nicht mehr sinken.'

Er war nun in den Slums von Port of Spain angekommen.

Es hieß, wer einmal in die Slums geraten war, käme niemals wieder heraus.

Familienleben

Am nächsten Morgen zog Stephen in sein neues Heim. Er hatte sich eine halbe Schicht dafür frei genommen. Seine gesamte Habe fand Platz in einem Stoffbeutel, der über seiner Schulter baumelte. Sein Gemüt war schwer. Wie ein Dieb war er davongeschlichen und leicht war ihm der Entschluss nicht gefallen. Dennoch, er hatte alles sorgsam überlegt. Es war ein schönes Jahr gewesen, trotz allem. Beide Frauen hatten ihm Wärme und Geborgenheit geboten, frei und ohne Gegenforderung, und wieder stellte er sich die Frage, ob dieses Gefühl, das er für Mercedes empfand, Liebe war. Hier jedenfalls lag der Grund, warum er es in der gemeinsamen Wohnung nicht mehr länger ausgehalten hatte: Die nächtlichen Besuche fremder Männer hatten ihn fast in den Wahnsinn getrieben.

Später einmal, wenn der erste Trennungsschmerz überwunden sein würde, mochte vielleicht er über einen weiteren gemeinsamen Weg mit Mercedes nachdenken können.

Nun aber war die Entscheidung gefallen. Die letzte Nacht hatte er in seiner Kammer verbracht. Nicht einmal angekündigt hatte er das Datum seines Auszuges. Sie war vielleicht enttäuscht, ja, zornig über sein Verhalten. Wäre das nicht immer noch besser als Kummer und Schmerz? Er war eben auch nicht anders als all die anderen Männer, die kamen und gingen, wie es ihnen gefiel. So dachte er. Wut über die Schlechtigkeit der Männer wäre vielleicht einfacher zu ertragen als der Abschiedsschmerz zweier sich liebender Menschen. Aber redete er sich da nicht etwas ein? Ihn beschlich das Gefühl, dass er sich einfach nur vor dem Gespräch mit ihr gedrückt hatte.

Sein Weg führte Stephen durch die City von Port of Spain, aber diesmal hatte er keinen Blick für die

Menschen um ihn her, für die Quirligkeit des Lebens hier in den Tropen, die ihn sonst immer so faszinierte. Stattdessen gingen ihm seine Gedanken im Kopf herum, Zweifel verdüsterten sein Gemüt. Er erinnerte sich an seine Seelenqualen, als er nach langer Zeit, dem Tod knapp entronnen, nach Hause gekommen war und seine Liebste verheiratet vorgefunden hatte.

Und nun war er in den Slums von Port of Spain gelandet. Viel tiefer konnte er nicht mehr sinken. Dennoch, während er über all das nachdachte, empfand er Mercedes' Schicksal bei Weitem schrecklicher als das seine. Als Mann geboren, noch dazu als weißer, würde er es schon irgendwie schaffen, es wäre nicht das erste Mal. Gerade etwa anderthalb Jahre war es her, da hatte das Schicksal ihn aus größter Seenot und Gefahr befreit und sicher an Land gebracht.

Das Leben ging weiter und mit diesem Gedanken kaufte er sich eine leichte Decke für die Nacht und zwei Handtücher. Den Rest seines Geldes würde er seiner neuen Zimmerwirtin, Dolores, geben. Der nächste Lohn stand ja aus und damit hatte er etwas, auf das er bauen konnte: Arbeit! Selbst wenn sie ausgesprochen schlecht bezahlt war. Denn natürlich wusste er auch, dass Arbeit nicht selbstverständlich war, ganz besonders hier in diesem Teil der Welt. Aber Arbeit brauchte man, um leben zu können. Seine Trübsal war etwas gewichen, als er ein zweites Mal die Brücke überquerte, die den „bürgerlichen" Teil der Stadt mit den Slums verband, oder sollte man besser sagen, voneinander trennte?

Und wie bereits beim ersten Mal verlief er sich in dem Gewirr von Buden, Hütten und Verschlägen und sah sich einige Male genötigt, nach dem Weg zu fragen. Irgendwann aber hatte Stephen sein Ziel erreicht und stand vor dem, was sein neues Zuhause werden sollte:

zwei zusammengezimmerte Hütten, die einander zu stützen schienen, um nicht umzufallen.

Heimelig war etwas anderes.

Als hätten Dolores und ihre Tochter ihn erwartet, hießen sie ihn willkommen wie einen Freund aus alten Tagen. Solange es Menschen gab, die so lebensfroh auf andere zugingen, war vielleicht noch nicht alles verloren, ging es ihm durch den Kopf. Ob sie tatsächlich daran geglaubt hatten, er käme als Mieter zu ihnen zurück, ein Weißer, ein Engländer, als Mieter in ihrer Hütte? Stephen kannte die Verhältnisse gut genug, um zu wissen, dass vermutlich finanzielle Gründe den Ausschlag gegeben hatten, ihn überhaupt zu akzeptieren. Denn hier, wo er jetzt gelandet war, galt ein Weißer als besonders verachtenswert. Hier in den Slums galten die einstigen „Herren" so gut wie nichts. Stephen würde es schwer haben, sich zu behaupten. Aber er kannte sich. Selbstzweifel waren ihm fremd und das Bewusstsein, dass er außerordentlich zäh war, gab ihm Kraft.

Zum Schlafen würde diese Bude wohl taugen, an mehr war vorerst nicht zu denken. Und so lud er seine Habseligkeiten in dem halboffenen Verschlag ab. Er würde seine Zeit mit Arbeiten ausfüllen und so viele Schichten kloppen wie nur irgend möglich. Die Dürftigkeit seiner Behausung würde so vielleicht sogar dazu beitragen, dass er Geld beiseitelegen könnte.

Als er sein Rasierzeug auf das wackelige Bord neben der Emailleschüssel abstellte, dachte er, dass er sich irgendwo einen Spiegel besorgen müsse und sei es nur eine Scherbe.

Nach drei, vier Handgriffen war also sein Schlafplatz eingerichtet und er trat hinüber in Dolores' Wohnbereich. Unsicher schaute sie ihn an, als ob sie immer noch damit rechnete, dass er jederzeit wieder verschwinden könnte, irgendwohin, wo er es besser hätte? Jedenfalls schien es nun, als überwände sie mögliche Zweifel schnell und fragte ihn, ob er essen wolle. Stephen zögerte kurz, bemerkte erst jetzt, dass er tatsächlich hungrig war, wollte aber zunächst den geschäftlichen Teil erledigen. Er händigte ihr, die sich zunächst mit Händen und Füßen dagegen wehrte, den Rest seines Geldes aus.

„Zu viel", sagte sie immer wieder, „gib mir zehn Dollar für den Monat, das genügt."

„Nimm es, du wirst schon sehen, wie schnell es ausgegeben ist."

Dolores hatte ihm bereits den Tisch gedeckt, Mutter und Tochter aber nahmen schweigend nebeneinander auf der Bettkante Platz, ihn bei seinem bescheidenen Mahl betrachtend. Stephen fühlte sich ein wenig unbehaglich. Warum setzten sie sich nicht zu ihm? Sahen sie ihn als eine Art Pensionsgast? Er beschloss, die Situation zunächst auszusitzen, und sortierte im Geiste seine Lage und vor allem seine Wohnumstände. ‚Das wird schon alles kommen mit der Zeit', dachte er. Immer wieder warfen die beiden Frauen ihm neugierige Blicke zu. Um der Stille zu entkommen, erzählte Stephen von seiner Arbeit im Hafen. Dolores schien das zu beruhigen, vielleicht hatte sie Sorge um die zuverlässigen Mietzahlungen gehabt. Ein regelmäßiges Einkommen war für niemanden in den Slums selbstverständlich. Dolores selber verdiente ein bescheidenes Geld als Wäscherin. Mit einem gewissen Stolz ließ Maria ihn wissen, dass auch sie zum Lebensunterhalt beitrug, indem sie Botengänge für die Geschäfte auf der anderen Seite des trockenen Flusses erledigte.

Stephen hörte ihren Erzählungen mit Mitgefühl und Staunen zu. Er wusste, wie schwer es gerade für Frauen war, den eigenen Lebensunterhalt zu bestreiten, er wusste auch von Kinderarbeit. Aber dieses noch so junge Mädchen von seiner Arbeit berichten zu hören, berührte ihn ganz besonders.

Es war wohl doch ein Unterschied, theoretische Kenntnis von etwas zu haben, als die Realität selber zu erleben, ging es ihm durch den Kopf.

Und noch etwas: Maria sollte zur Schule gehen. Ob seine Mietzahlungen dieses ermöglichen würden und ob so eine Überlegung für Dolores und Maria überhaupt in Betracht käme? Er würde erstmal abwarten.

Nachdem Stephen seine Mahlzeit beendet hatte, rückte er ein Stück vom Tisch ab und fragte sie, ob sie mit dem, was er ihr nun regelmäßig geben würde, immer noch für andere arbeiten müsse.

Sie lächelte sinnend: „Nein, nun vielleicht nicht mehr. Da ist jetzt sicher genug für alle da."

„Nun denn", sagte Stephen gutmütig, „dann ist ja alles okay."

Ein Blick auf die Uhr zeigte ihm, dass es Zeit wurde, sich auf den Weg zum Hafen zu machen. Er bedankte sich bei Dolores höflich für das Essen und erhob sich.

„Ich muss euch jetzt leider verlassen", sagte er, „die Arbeit ruft!"

„Bis heute Abend!", riefen Mutter und Tochter ihm noch zu, als er bereits halb aus der Tür verschwunden war.

Es war ein weiter Weg vom Fuße des Ölbergs bis zum Hafen. Vielleicht gelang es ihm ja, sich irgendwo ein altes, noch gebrauchsfähiges Fahrrad zu besorgen.

Als er den Hafen erreichte, kam die Schicht gerade von ihrer Mittagspause zurück an Bord. Sein Freund Dick grinste ihm freundlich zu.

„Alles okay mit der neuen Bleibe?", fragte er.

Sein lockerer Ton täuschte darüber hinweg, dass er anscheinend brennend daran interessiert war, wie sein

Freund, ein Matrose aus England, mit dieser, seiner neuen Realität zurechtkam.

Stephen war sich auch durchaus nicht sicher, in seinem Tonfall vielleicht eine Spur von Spott ausmachen zu können.

„Alles okay!", antwortete er ihm munter. „Sehr nette Menschen, die beiden. Danke nochmal für die Vermittlung."

Sie reichten sich die Hand, Stephen blickte seinem Freund dabei fest in die Augen. Nein, da war nicht die Spur von Schadenfreude zu sehen. Dick schien sich ehrlich für ihn zu freuen, was Stephen sehr berührte.

‚Was hätte ich wohl ohne ihn machen sollen?', fragte er sich.

Sie winkten sich noch einmal zu, bevor Dick sich anschickte, auf das Deckshaus zu klettern, und er selber wie üblich in der Luke verschwand.

Als er am Abend in sein neues Heim zurückkehrte, erwarteten ihn Mutter und Tochter bereits vor der Tür und hießen ihn willkommen. Sie schienen sich wirklich über sein Eintreffen zu freuen und das erhellte ihm etwas seine eher düsteren Gedanken.

Es gab für ihn zunächst keinen Grund, seinen Verschlag aufzusuchen, denn er hatte nichts, was er dort abzulegen hätte. Sein ganzer Besitz an Kleidung war das, was er am Leibe trug. So folgte er also gern Dolores' Einladung, bei ihr einzutreten. Im Halbdunkel der Hütte gewahrte er, dass der Tisch für ihn bereits gedeckt war.

„Habt ihr schon gegessen?", fragte er sie.

Dolores wirkte ein wenig verlegen.

„Setz dich nur", sagte sie, „wir essen später."

Aber das wollte Stephen dieses Mal nicht gelten lassen.

„Oh nein", entgegnete er daher, „wäre es nicht viel schöner, gemeinsam zu essen?"

Ein schneller Blick auf den Herd hatte ihm verraten, dass Dolores inzwischen eingekauft hatte, für ihn eingekauft und vermutlich auch nur für ihn gekocht.

Dass sie ihm eine Sonderrolle einräumen wollte, dem musste er am besten sogleich ein Ende setzen. Stephen ließ seinen Satz im Raum stehen und schaute Dolores erwartungsfroh an. Diese druckste eine Weile verlegen herum, aber als er keinerlei Anstalten machte, sich an den Tisch zu setzen, gab sie nach und kramte zwei verbeulte Blechteller und Besteck hervor und stellte alles auf den Tisch. Stephen rückte derweil den Stuhl für Maria heran und lud sie mit einer Geste ein, Platz zu nehmen.

Das Mädchen lächelte ihm ein wenig verschüchtert zu und setzte sich bereitwillig.

Dolores hatte inzwischen zwei Töpfe vom Herd genommen und stellte sie auf den Tisch. Stephen sah ihr die Sorge an, ob es für alle reichen würde.

Sie packte noch einen Laib Brot dazu und die erste gemeinsame Mahlzeit konnte beginnen, schwarze Bohnen und dazu eine Art Ragout. Stephen vermutete vom Rind und dachte gleichzeitig, dass ein Gericht wie dieses durchaus nicht zu ihrem bisherigen Speiseplan gehört haben mochte.

„Nimm dir", lud Dolores ihn ein und machte eine einladende Handbewegung.

Stephen hatte seit seinem etwas dürftigen Frühstück den ganzen Tag nichts gegessen und verspürte geradezu Heißhunger. Er achtete jedoch sorgsam darauf, sich nur so viel aus den Töpfen auf seinen Teller zu laden, dass es für alle reichte.

„Nimm nur! Das ist doch nicht genug für einen so schwer arbeitenden Mann", ermunterte ihn Dolores.

„Oh danke, nein, das reicht erstmal. Ihr habt doch sicher auch gearbeitet."

Maria war nicht gar so zart besaitet wie ihre Mutter. Stephen hatte bereits bemerkt, wie ihre Augen beim Anblick der dampfenden Töpfe leuchteten. Als sie sich auftat, schielte sie allerdings in ihrem Bemühen, sich nicht zu viel zu nehmen, auf Stephens Teller. Dolores, als Letzte an der Reihe, nahm sich nur eine Spatzenportion. Stephen registrierte es sehr wohl, verzichtete jedoch auf jede Art von Kommentar.

‚Es wird sich mit der Zeit schon finden', dachte er einmal mehr.

Stattdessen erzählte er von seiner Arbeit auf den Schiffen.

Maria fragte ihn nach dem Namen des Schiffes, auf dem er gerade arbeitete.

„Es ist die ‚Lousianna' aus den Vereinigten Staaten und übermorgen wechsele ich dann auf die ‚Fort Frontenac' aus Frankreich", berichtete er.

Da ihn Dolores nötigte, sich nachzunehmen, schaufelte er sich noch ein wenig mehr auf seinen Teller, schnitt sich eine dicke Scheibe des frischen Brotes ab, ließ aber einen guten Rest in der Schüssel.

„Es schmeckt einfach wunderbar", lobte er Dolores, die ein wenig errötete, „aber mehr schaffe ich nicht."

Er sah ihr an, dass sie ihm nicht glaubte, und tatsächlich verspürte er durchaus noch Hunger. Aber es musste vorerst reichen.

‚Das hätte gerade noch gefehlt, dass wir hier jetzt eine Zweiklassengesellschaft einführen', spottete er über sich selbst.

„Und du?", wandte er sich nun wieder an Maria. „Was hast du heute gemacht?"

„Och, iich!", sie dehnte ihre Worte so, wie die Kinder das manchmal machen, und drehte ihren linken Fuß dabei ein wenig nach innen. „Ich habe Gemüse ausgetragen, äh, von dem kleinen Laden da an der Ecke."

„Ah ja?", sagte Stephen und lächelte ihr aufmunternd zu. „Das war sicher sehr anstrengend, so den ganzen Tag, und vermutlich auch schwer bepackt so hin und her zu laufen!"

„Och, es geht so", meinte Maria.

Stephen dachte, dass es vermutlich sogar sehr anstrengend sein mochte, aber er ließ sich nichts anmerken.

Nun rückte er seinen Stuhl zurück.

„Danke Dolores, das war ein wirklich feines Essen", wiederholte er sein Lob und erhob sich.

Er wünschte eine gute Nacht, machte ein paar Schritte, um seine Schlafstelle aufzusuchen, drehte sich in der Tür jedoch noch einmal um und winkte Dolores.

„Hast du noch einen Augenblick Zeit?", fragte er.

Sie kam zu ihm heraus, sie mochte wohl denken, dass er noch eine Frage zu seiner Unterkunft hätte.

„Glaubst du nicht auch, dass es gut wäre, wenn Maria zur Schule ginge?", fragte er sie leise. „Sie muss doch jetzt nicht mehr arbeiten, oder?"

Dolores nickte.

„Oh ja, dass wäre sicher schön, aber ich weiß nicht, wie man das macht."

„In zwei Tagen, wenn die ‚Fort Frontenac' in den Hafen einläuft, sie kommt erst am Mittag, könnte ich mit Maria zur Schule gehen, um sie anzumelden, wenn dir das recht wäre."

„Ach, du tust schon so viel für uns", ihr Blick flackerte ein wenig.

„Nein, ich tue nichts Besonderes, außer dass ich Miete und für mein Essen bezahle", entgegnete er, „es macht mir nichts, euch hier und da ein wenig zu helfen. Wir wohnen doch nun zusammen und da müssen wir uns gegenseitig helfen."

„Das ist wohl vielleicht wahr", murmelte sie, „also, wenn du das für uns tun würdest, das wäre sicher sehr schön für Maria."

„Also abgemacht?"

Dolores nickte und Stephen sah, dass sich eine Träne aus ihrem Auge stahl.

Verschämt wandte sie ihren Blick ab.

„Gute Nacht, Stephen", sagte sie leise, „ich hoffe, du kannst schlafen, wegen der Moskitos, meine ich. Ich habe dir eine Kerze und Streichhölzer auf den Tisch gestellt."

„Danke und gute Nacht, Dolores."

Erleichtert über den Verlauf des Gespräches wandte er sich seinem Verschlag zu und trat ein.

Im Dunklen tastete er nach der Kerze, zündete sie an und schaute sich in seinem tristen Heim um. Es war und blieb ein deprimierender Anblick. Zu allem Überfluss dauerte es auch gar nicht lange, da kamen schon, vom Licht der Kerze angelockt, die Insekten durch die halboffene Tür geflattert, Nachtfalter, groß wie Vögel.

Es schauderte ihn. Nach einem kurzen Rundblick zur Orientierung, um sich auch bei Dunkelheit zurechtzufinden, löschte er das Licht, streifte seine verschlissene Jeans ab, breitete die leichte Decke aus und streckte sich darunter auf seiner Pritsche aus.

Obwohl es durch die schief in den Angeln hängende halbe Tür und das offene Fensterviereck einen bescheidenen Luftzug gab, war es drückend heiß in der Hütte und kaum, dass er lag, fielen die Moskitos über ihn her. Die Decke hochgezogen bis zum Kinn lauschte er ihrem Sirren. Stephen fühlte, wie sie auf allem landeten, was von ihm unter der Decke hervorschaute, und es nützte auch überhaupt nichts, dass er sie zunehmend hektischer werdend totzuschlagen versuchte. Es fielen immer wieder neue

Heerscharen von ihnen über ihn her. Schließlich zog er die Decke über seinen ganzen Kopf, was aber wiederum dazu führte, dass es jetzt nahezu unerträglich heiß wurde. Aber übermüdet nach einem langen Arbeitstag, den unendlich vielen neuen Eindrücken, die nicht weniger als den Einstieg in einen neuen Lebensabschnitt markierten, übermannte ihn schließlich der Schlaf.

Früh am nächsten Morgen erwachte er, unzählige Stiche im Gesicht, an Armen und Beinen; alles, was in der Hitze der Nacht unbedeckt gewesen war, war zerstochen. Der Gedanke, dass er vor etwas über einem Jahr gegen verschiedene Arten von Tropenfieber geimpft worden war, beruhigte ihn. Der Blick über die Inneneinrichtung seines Domizils ließ ihn kurz aufstöhnen, dann ging ein Ruck durch ihn hindurch.

‚Was soll's‘, dachte er.

Während er in Jeans und Hemd schlüpfte, beobachtete er einen Gecko, der die Wand hinaufkrabbelte. Das gefiel ihm, er wusste ja, dass Geckos die Unterkünfte der Bewohner der Tropen weitgehend ungezieferfrei hielten

„Zeit für kleine Freuden“, murmelte er zufrieden vor sich hin.

Ein Blick aus dem, was man vielleicht als Haustür bezeichnen konnte, verriet ihm, dass Dolores und Maria offenbar bereits aufgestanden waren. Das Dämmerlicht der nur von einem Fenster erhellten Hütte offenbarte ihm, dass Dolores mit irgendetwas hantierte.

„Guten Morgen!“, rief er hinüber, worauf Dolores zwei, drei Schritte machte und ihm, im Türrahmen stehend, ebenfalls einen Gruß zuschickte.

„Gibt es hier irgendwo Wasser?“, fragte er.

Sie drehte sich um, rief etwas Unverständliches in den Raum hinein und kurz darauf erschien Maria mit zwei leeren Eimern in der Hand. Es schien offenbar zu ihren Aufgaben zu gehören, am Morgen das Wasser aus dem nahegelegenen Brunnen zu holen.

‚Nein', dachte da Stephen, ‚so weit kommt es noch, dass ich mir von einem Mädchen das Wasser holen lasse!'

Er nahm ihr also entschlossen die Eimer aus der Hand und gemeinsam marschierten sie durch das Gewirr der Hütten zum Brunnenplatz. Hier stand die Wasserpumpe, an der bereits eine Schar von Frauen darauf wartete, ihre Gefäße zu füllen. Offenbar war diese Tätigkeit Frauensache, denn Männer konnte Stephen keine erblicken. Er war überrascht. Wassertragen war schwere Arbeit und in der Warteschlange standen tatsächlich ausschließlich Frauen und Kinder.

Kaum dass Maria und Stephen den Rand des kleinen Platzes erreichten, richteten sich sämtliche Blicke auf das ungewöhnliche Paar. In den Augen der hier Versammelten stand unverhohlene Neugier. Offenbar hatte es sich noch nicht herumgesprochen, dass Dolores einen neuen Untermieter hatte, noch dazu einen Weißen.

Das würde nun vermutlich wie ein Lauffeuer durch den Slum gehen. Stephen nickte freundlich in die Runde und während sich Maria und er in die Schlange der Wartenden einreihten, gaben tatsächlich einige der Umstehenden murmelnde Grußworte zurück. Stephen ließ den Blick über die Szenerie schweifen und bemerkte, wie sich ein halbwüchsiges Mädchen mit dem Pumpenschwengel ganz entsetzlich abmühte. Ohne Zögern sprang er hinzu, nahm dem Mädchen den Schwengel aus der Hand und füllte ihre beiden mitgebrachten Gefäße mit sprudelndem Wasser.

Ein Raunen ging durch die Menge, was Stephen halbwegs bestürzt wahrnahm. Er hatte so ganz aus sich heraus zugegriffen, aber offenbar wurde sein Verhalten hier als ungewöhnlich empfunden. Einen Moment lang ergriff ihn Unsicherheit, aber dann lachte er und setzte seine einmal begonnene Arbeit unbekümmert fort. Ja, er blieb an der Pumpe stehen, winkte die Frauen eine nach der anderen heran und füllte ihre Wassergefäße, so lange, bis Maria an der Reihe war. Sie reichte ihm nacheinander ihre Eimer und nachdem er beide vollgepumpt hatte, winkte er dem Rest der Schlangestehenden freundlich zu und machte sich mit Maria auf den Rückweg.

Während sie beide nun so nebeneinander hertrotteten, beschlich ihn ein Gefühl, dass ihn sein Handeln in der Männerwelt des Slums nicht eben beliebt machen würde. Womöglich war er sogar gerade dabei, ein ganzes Konto an Minuspunkten zu füllen: Er war ein Weißer, jung und nicht schlecht aussehend, und obendrein jemand, der sich hier vermeintlich bei den Frauen einzuschmeicheln versuchte. Er war sich ziemlich sicher, ohne bisher und wenn höchstens einmal von Weitem einen Mann gesehen zu haben, hatte er sich diese bereits zu Feinden gemacht. Aber das machte ihm keine Angst.

Und während er diesen Gedanken nachhing, bemerkte er nun so nach und nach die ersten Männer, müßig vor den Türen ihren Hütten sitzend. Überraschenderweise entboten die meisten ihm einen unerwarteten, aber freundlichen Gruß.

‚Nun, das wird sich sicher wohl bald ändern‘, befürchtete Stephen insgeheim.

Und noch während er den Gedanken zu Ende gebracht hatte, fiel ihm auch bereits auf, dass ihn vornehmlich die älteren der Männer eher mürrisch ansahen und sich jeglicher Geste enthielten.

Seine Morgenwäsche fand flüchtig an der abgesprungenen Emailleschüssel statt und er dankte dem Himmel, dass es in den Räumlichkeiten der Hafenarbeiter Waschräume gab. Als er sich rasieren wollte, fiel ihm wieder ein, dass es hier ja keinen Spiegel gab, und so ging er hinüber zu Dolores, die bereits damit beschäftigt war, den Tisch zu decken. Er klopfte zaghaft an den offen stehenden Türflügel.

„Hast du vielleicht einen Spiegel, Dolores?", fragte er. Es war ihm ein wenig unangenehm. Aber Dolores lächelte ihm verständnisvoll zu und wandte sich an ihre Tochter.

„Magst du Stephen vielleicht deinen Spiegel ausleihen?", bat sie. Das Mädchen sprang munter und ohne weitere Worte auf und brachte ihm ihren Spiegel, als dessen stolze Besitzerin sie sich präsentierte.

Dieser hatte zwar einen Sprung, wie Stephen feststellte, als er in seine Bude zurückgekehrt war, sein Spiegelbild erschien zweigeteilt und etwas verschoben, aber er taugte immerhin dazu, sich davor mit kaltem Wasser rasieren und kämmen zu können. Seine schwarzen Haare waren in den vergangenen Monaten recht lang geworden, zusammengebunden mit einem Band verlieh ihm diese Frisur ein etwas piratenhaftes Aussehen.

Nun erst ging er hinüber zum gemeinsamen Frühstück. Wenn es auch aufgrund der Hitze keine Butter gab, so doch immerhin frisches Brot und dünne Scheiben geräucherten Specks. Dazu schenkte Dolores einen recht hellen heißen Tee ein, vermutlich Mate Tee, und Stephen war der Meinung, dass er es eigentlich besser gar nicht hätte haben können. Er aß mit großem Appetit und als er sein Frühstück beendet hatte, bedankte er sich überschwänglich. Dolores wehrte ihn fast ein wenig erschrocken ab.

„Aber das ist doch selbstverständlich", sagte sie.

Seit langer Zeit empfand Stephen wieder eine gewisse Leichtigkeit und er machte sich frohgemut auf den Weg zum Hafen. Er pfiff sogar ein- oder zweimal ein Liedchen vor sich hin.

Ja, seine Lebensumstände waren erschreckend primitiv, aber er hatte gut zu essen und sein Geld reichte sogar für sie alle drei. Aber es war die Wärme, die ihm von seinen Mitbewohnerinnen entgegengebracht wurde, die ihm so wohltat.

Und damit war die Geschichte dieses erstmals hellen Tages bei Weitem noch nicht zu Ende!

Als er am Mittag zusammen mit seinen Kollegen aus der Luke zwei des Frachters kletterte, um Pause zu machen, sah er Maria auf dem Kai stehen, die ihm sein Mittagessen brachte.

Stephen kamen fast die Tränen vor Rührung.

Leben in den Slums

Stephens zweite Nacht in seinem moskitoverseuchten Verschlag schien ihm nicht besser als die vorige. Sie war quälend.

‚Ich muss mir heute auf dem Nachhauseweg unbedingt ein Moskitonetz besorgen‘, nahm er sich vor.

Sein Tagesablauf glich dem des Vortags: Der Morgen begann mit dem Ritual des Wasserholens, gemeinsam mit Maria. Sie gingen den Weg durch den noch halb verschlafenen Slum und erreichten das Ende der Schlange an der Pumpe. Stephen nahm wahr, dass sich einige der Frauen zu ihm umdrehten. Sie erinnerten sich wohl an ihn vom Vortag und fragten sich vermutlich, ob er ihnen heute auch das Wasser pumpen würde.

Er verstand, zögerte nur kurz und ließ Maria am Ende der Wartenden stehen. Gemächlichen Schrittes erreichte er die Pumpe, eine ältere Frau, ein buntes Tuch um den Kopf gebunden, eine Schürze vor dem Rock, war gerade dabei, ihre Eimer zu positionieren. Stephen nickte ihr wortlos zu, griff den Pumpenschwengel und begann seine Arbeit. Er übernahm das Pumpen ohne große Worte, ohne weitere Geste, einfach so, gefällig, selbstverständlich und wieder so lange, bis Maria an der Reihe war.

Auf seinem Rückweg nahm er wahr, dass die Blicke der Männer deutlich unfreundlicher als am Tag zuvor waren. Kaum jemand hielt es für nötig, seinen freundlichen Gruß zu erwidern.

Aber das ließ ihn kalt. Die Vorfreude auf sein Frühstück mit seinen beiden neuen Wohngenossinnen ließ ihn alle Unbill vergessen. Aber im Stillen wusste er, dass es bei unfreundlichen Blicken nicht bleiben würde. Maria trabte munter neben ihm her.

„Heute kommt die ‚Fort Frontenac?‘“, es war mehr eine Feststellung als eine Frage.

„Oh, das hast du dir gemerkt", staunte er freudig.

„Ja, du wolltest mich doch vorher zur Schule bringen", lachte sie.

Stephen lächelte sie an.

„Hast du keine Angst?"

Maria schüttelte nur den Kopf, aber Stephen sah ihr dennoch an, dass ihr die ganze Sache nicht ganz geheuer war.

Nachdem sie ihr Frühstück beendet hatten, ließ er sich von Dolores den Weg zur Schule erklären und schon kurze Zeit später zog er zusammen mit Maria los.

Er hatte mit bürokratischen Schwierigkeiten gerechnet, aber nun stellte er fest, dass die sich in Grenzen hielten. Nachdem er sein Anliegen vorgetragen hatte, blickte die Schulsekretärin ihn kurz an.

„Bitte Namen und Adresse."

Herrje! Er kannte ja nur ihren Vornamen und das gleiche galt für ihre Mutter.

„Maria Tremaine", sagte er kurzerhand.

„Und Sie?", fragte sie weiter.

Stephen überlegte kurz. Es war hier sicher wie in allen anderen Schulen der Welt, dass normalerweise die Eltern ihre Kinder anmeldeten.

„Stephen Tremaine", flunkerte er also: „Ich bin der Vater."

Die Schulsekretärin schaute ihn skeptisch an und maß ihn von oben bis unten. Er schien ihr reichlich jung, um als Vater einer Dreizehnjährigen zu gelten, aber sie sagte nichts, sondern widmete sich wieder ihren Papieren.

„Mutter?", fragte sie.

„Dolores Tremaine."

„Adresse?"

‚Du lieber Himmel', dachte Stephen. Was in Gottes Namen sollte er als Adresse angeben?

In den Slums gab es keine Adressen. In seiner Not gab er also die von Mercedes an.

Stephen schickte ein Stoßgebet gen Himmel.

Nach vollzogener Anmeldung hieß die Sekretärin Stephen und Maria einen Moment auf dem Flur Platz zu nehmen, der Rektor sollte offenbar einen abschließenden Blick auf das ungleiche Vater-Tochter Paar werfen. Aber auch der sagte nichts weiter dazu, sondern nickte nur und schon war er wieder verschwunden. Sie nahmen es hier in diesem Stadtviertel nicht so genau. Vermutlich waren sie froh, wenn die Kinder überhaupt zur Schule kamen.

Stephen schaute noch, wie die Sekretärin Maria zu ihrer Klasse brachte, nickte der Dame kurz zu und machte sich auf den Weg zum Hafen.

Er erreichte den Kai in der letzten Minute des Einlaufens der „Fort Frontenac". Die Welt hier war klein und so meinte er, hier und da ein verstohlenes Grinsen unter den Schauerleuten zu entdecken – es war offenbar kein Geheimnis, dass die schöne Mercedes ihn „rausgeworfen" hatte, denn so war ihre Sicht der Ereignisse.

Aber sie waren durchweg gutmütige Burschen und hatten nicht vergessen, wie er als Matrose auf der „Glenfalloch" immer wie rein zufällig das alte Stauholz achteraus über die Bordkante hatte gehen lassen und dass er stets in eine andere Richtung geschaut hatte, wenn mal eine Kiste oder eine Hieve Kartons zu Bruch gegangen war. Nun war er einer von ihnen. Es ging ihm durch den Sinn, dass seine neue Wohnung, der Verschlag mit dem rostigen Blechdach, einst vermutlich auch aus eben solchem Stauholz errichtet worden war.

Als Stephen am Abend, es war bereits dunkel, wieder über die Brücke des trockenen Flusses ging, verlief er sich ein drittes Mal. Er stolperte über jede

Bodenerhebung, trat in jede Putzwasser-Pfütze und irrte durch das Durcheinander an Behausungen, fast wäre er an seiner Hütte vorbeigegangen.

Dolores saß an ihrem wackeligen Tisch und schien auf ihn gewartet zu haben. Stephen stutzte kurz, ein freudiges Gefühl überkam ihn. Alte Träume von Familie und Geborgenheit stiegen in ihm auf. Dass er diese Empfindungen hier, am Rand der Zivilisation, nochmal neu entdecken würde, niemals hätte er dieses gedacht oder gar gehofft.

Die Tochter saß auf ihrem Bett und schaute ihm erwartungsvoll entgegen.

„Nun, wie war's in der Schule?", fragte er gut gelaunt. Maria strahlte. Sie berichtete in heller Freude von ihren Erlebnissen. Stephen jedoch kannte die sozialen Abgründe, die in der Schule lauerten. Marias Herkunft würde nicht lange verborgen bleiben. Er fühlte sich berufen, sie vorzubereiten.

„Wenn dir jemand droht oder sogar etwas antut, sag mir sofort Bescheid", schärfte er ihr ein, „dann komme ich und helfe dir."

Es würde losgehen mit Hänseleien und Gemeinheiten und solange es dabei bliebe, mochte es angehen. Sie würde sich schon zu behaupten wissen, hoffte er. Was er aber fürchtete, war körperliche Gewalt.

Er hatte begonnen, in dieser armseligen Behausung Wurzeln zu schlagen, Mutter und Tochter riefen etwas in ihm hervor, was er noch nicht richtig einordnen konnte. Ein zartes Pflänzchen begann sich in ihm zu regen. Er begegnete seinem Bedürfnis, sich nützlich zu fühlen zu. Was er für Mercedes nicht geschafft hatte, es würde ihn bis an sein Lebensende reuen, hier würde er versuchen Hoffnung und Halt zu vermitteln.

Stephen durchströmte ein Gefühl, das er lange nicht empfunden hatte, von dem geglaubt hatte, es wäre ganz und gar verschwunden: das Bedürfnis nach

Zugehörigkeit und Nähe. Ein Teil zu sein von, ja, von was, von einer Familie?

Etwas verwirrt und innerlich in Aufruhr wünschte er eine gute Nacht und suchte seine Schlafkammer auf. Er entzündete die Kerze, die Dolores ihm bereitgelegt hatte, und in ihrem Dämmerlicht landete er krachend in der Armseligkeit seiner Wirklichkeit, diese war und blieb deprimierend. Zu allem Übel dauert es nicht lange und die ersten Nachtfalter flatterten durch die halb offene Tür, Nachtfalter, annähernd so groß wie kleine Vögel. Es schauderte ihn und rasch blies er die Kerze aus.

Tagtäglich lief Stephen mit Maria zur Wasserstelle, tagtäglich half er den umstehenden Frauen beim Pumpen und tagtäglich wuchs seine Wahrnehmung einer gewissen Feindseligkeit der Männer, die in den Hütten zu Hause waren. Die hier übliche Gastfreundschaft verflog in dem Maße, in dem man offenbar feststellte, dass es sich bei ihm nicht um einen exotischen Touristen handelte, der sich in die Slums verirrt hatte, sondern dass er vorhatte, zu bleiben. Die direkte Konfrontation blieb zunächst aus, aber Stephen nahm die eisige Stimmung wahr, die seinen Rückweg von der Pumpe nach Hause begleitete. Auch zu anderen Tageszeiten gab es hier einen Rempler, dort ein Tuscheln, das sich zunehmend zu einem Raunen erhob, unterbrochen von aus dem Hinterhalt ausgestoßenen Beschimpfungen. Stephens Strategie der gleichmäßigen Freundlichkeit schien ihn für eine Weile zu schützen.

Der Zustand mochte sich vielleicht über drei oder vier Wochen unmerklich gesteigert haben, als Stephen eines Abends Zeuge offener Beschimpfungen wurde, die einer der Nachbarn gegen Dolores ausspie.

„Engländer-Schlampe" war noch einer der harmloseren Wörter, die er von Weitem hörte. Stephen knirschte mit den Zähnen, er ahnte, dass er um eine Auseinandersetzung nicht umhinkommen würde.

Er schärfte Dolores ein, ihm sofort mitzuteilen, wenn Anzüglichkeiten zu solchen Gemeinheiten ausarten würden. Aber sie sagte nichts.

Nach einer Weile allerdings bemerkte er eine Veränderung in Dolores' Verhalten. Er beobachtete es mit Sorge. Natürlich war sie viel zu großherzig, um ihm von ihren neu entstandenen Schwierigkeiten mit den Nachbarn zu erzählen. Als sie dann schließlich einmal mit völlig veränderter Miene vom Wäschewaschen nach Hause kam, fragte er sie rundheraus. Aber sie schwieg unter Stephens besorgtem Blick. Er kannte die Gesetze der Slums und er wusste um den rauen Umgang untereinander. Von nun an beobachtete er Dolores sehr genau, wohl wissend, dass sie ihn mit ihren Schwierigkeiten nicht behelligen würde. Einige Tage später kehrte sie vom Wäschewaschen zurück und versuchte an ihm vorbeizuhuschen.

„Dolores", hielt er sie an, „was ist dir geschehen?"

„Ach, es ist nichts!", wehrte sie ihn ab. „Mir ist nur die eben gewaschene Wäsche in den Dreck gefallen."

Stephen blickte sie skeptisch an.

„Wirklich, es ist nichts!", beeilte sie sich, zu sagen. „Es war einfach nur ungeschickt von mir", und verschwand mitsamt dem Wäschekorb.

Stephen sah Maria forschend an.

„Die sind gemein zu Mum", sagte diese, „schon seit einiger Zeit. Aber Mum sagt, ich soll dir nichts verraten. Sie sagt, sie würden dir was tun, wenn du sie zur Rede stellen würdest. Sie hat Angst um dich."

Stephen blickte sie eine Weile prüfend und nachdenklich an.

„Nun sag schon", forderte er sie auf, „was war das mit der Wäsche?"

„Jack hat ihr ein Bein gestellt und als sie mit der frisch gewaschenen Wäsche in den Dreck gefallen ist, haben alle gelacht."

Er blieb ruhig, aber wusste, es war so weit. Er würde handeln müssen oder die Situation würde eskalieren.

„Kannst du mir diesen Jack zeigen?", bat er.

Maria nickte.

„Also dann", sagte er, „gehen wir! Geh du vorweg, aber sobald du ihn entdeckst, gibst du mir ein Zeichen und kehrst nach Hause zurück."

Maria nahm ihn ins Schlepptau und führte ihn zu der am Rande des Slums befindlichen „Habana Bar".

Vor der Tür stand eine Gruppe Männer. Stephen blieb abrupt stehen, trat mit zwei Schritten hinter ein herumstehendes Autowrack und zog Maria mit einer Hand zu sich heran.

„Zeig ihn mir!", befahl er ihr.

Maria deutete auf einen schweren, untersetzten Mann, mit dichtem krausem Haar und einer Boxernase.

„Schnell", sagte er zu Maria, „lauf nach Hause!" Und dann rief er gedämpft hinter ihr her: „Aber sag Mama nichts."

Er wartete, bis sie aus seinem Gesichtsfeld verschwunden war, und näherte sich dann gelassen der Gruppe von Männern. Einige blickten ihm feixend entgegen, der als Jack bezeichnete tat jedoch, als bemerke er ihn nicht. Er hatte Stephen sehr wohl kommen gesehen, aber er tat, als wäre er mit zwei anderen Männern in ein Gespräch vertieft.

Etwa zwei Meter vor der Gruppe Männer blieb Stephen stehen und grüßte betont freundlich. Einige von ihnen gaben seinen Gruß zurück. Der Mann namens Jack aber tat weiterhin so, als wäre Stephen unsichtbar. Dieser kannte das. So war es überall in der

Welt, wenn Streit im Anmarsch war. Aber er ließ sich nicht beirren.

Äußerst gelassen nickte er Jacks Gesprächspartner zu.

„Kannst du deinem Kumpel ausrichten, dass ich ihn gerne sprechen möchte?"

Er hielt seinen Blick fest auf sein Gegenüber gerichtet.

Dieser zögerte kurz und spielte das Spiel mit.

„Du!", wandte sich dieser daraufhin an sein Gegenüber. „Da ist einer, der dich sprechen möchte."

Betont langsam drehte sich der Angesprochene zu Stephen um.

„Was ist, Kumpel", sagte er, „mach's kurz, ich hab Besseres zu tun, als mit einem hergelaufenen Engländer zu reden."

„Oh", meinte Stephen, „es geht ganz schnell."

Er fixierte den Mann eine Weile.

‚Muskeln wie ein Preisboxer', ging es ihm durch den Kopf, ‚aber mit Hang zu einer gewissen Fettleibigkeit.'

Das würde nicht einfach werden.

„Ich möchte dich in aller Freundschaft bitten, Frau Dolores in Ruhe zu lassen", sagte er schlicht, „sie steht unter meinem Schutz. Wenn dich irgendetwas jucken sollte, mach es mit mir aus."

Der Dicke brach in ein brüllendes Gelächter aus.

„Habt ihr das gehört!", rief er. „Er bittet mich!"

„Zieh Leine!", knurrte er dann. „Bevor ich dir Beine mache."

Stephen ließ den Typ nicht aus den Augen, er war jederzeit auf einen Schlag gefasst.

Vielleicht wäre es angebracht, noch eine Schippe draufzulegen, dachte er. Seine Augen, mit denen er ihn fixierte, glitzerten kalt und blau, wie Gletschereis. Er merkte, wie der andere unter seinem Blick unruhig wurde.

„Wenn noch einmal so etwas passiert wie das mit der Wäsche, kassierst du eine Tracht Prügel, mein Freund!"

Er sagte das fast freundlich und ohne die Stimme zu erheben, entließ ihn dabei aber keine Sekunde aus dem schneidenden Blick seiner Eisaugen. Der Dicke glotzte ihn sekundenlang an, als hätte er sich verhört. Stephen sah, wie nackte, ungezügelte Wut seine Augen verdunkelte, und spannte sich innerlich. Es war der Moment, da der bis aufs Äußerste gereizte Stier auf den Torero loszugehen pflegte.

„Das reicht!", zischte der Dicke und stürmte mit erhobenen Fäusten auf Stephen los.

Aber er war viel zu langsam. Bevor er noch zu einem gewaltigen Schlag ausholte, traf Stephen ihn mit einem blitzschnellen Tritt zwischen die Beine. Der Dicke gab ein Geräusch von sich, das wie „puff" klang, und krümmte sich und im selben Moment hatte Stephen bereits zweimal kurz und mit aller Härte zugeschlagen. Er traf ihn auf die Nase und mit dem zweiten Hieb direkt unter dem Kinn. Des anderen Kopf ruckte zweimal hintenüber, er strauchelte und fiel um wie ein gefällter Baum.

Stephen stand ungerührt, ja, lässig vor dem sich am Boden Krümmenden.

Dann rieb er sich die Hände.

„Das hat weh getan", sagte er und ließ offen, ob er damit seine schmerzenden Fäuste oder den Dicken meinte.

Er nickte freundlich in die Runde, drehte sich um und ging.

Aber er ahnte, dass dies nicht das Ende der Geschichte wäre.

Zuvor hatte er aus dem Augenwinkel eine Holzlatte an einem Schuppen lehnen sehen und auf seinem scheinbaren Rückzug ging er nun unauffällig dicht an diesem vorbei.

Ein animalisches Schnaufen zeigt ihm an, dass er recht gehabt hatte. Der Dicke hatte sich hochgerappelt und stürmte wutschnaubend mit rot unterlaufenen Augen auf ihn zu.

Stephen blieb eiskalt. Er wartete, bis er den Luftzug der Fäuste seines Gegners zu spüren glaubte, drehte eine blitzschnelle Pirouette, die jedem spanischen Stierkämpfer zur Ehre gereicht hätte, und ließ den anderen wie ein Geschoss ins Leere laufen.

Sich drehen und die Latte ergreifen war eins und blitzschnell zog er sie dem Kerl über den Schädel.

Dieser torkelte von der Wucht seines Anlaufs vorwärtsgetrieben noch ein paar Schritte weiter geradeaus und ging ein zweites Mal zu Boden.

Achtlos warf Stephen die Latte zur Seite und schaute teilnahmslos auf den Liegenden hinunter. Es dauerte fast eine Minute, bis dieser sich stöhnend auf die Seite wälzte und mühsam auf die Füße kam.

Stephen streckte helfend die Hand aus, war aber jeden Augenblick gewärtig, mit seiner freien Hand erneut zuzuschlagen. Er traute dem Kerl nicht.

Schwankend und schnaufend kam der Dicke vor ihm in die Aufrechte, stierte Stephen aus blutunterlaufenen Augen an. Blut rann ihm über das Gesicht und auch aus seiner Nase tropfte es. Es war ein Kräftemessen für wenige Sekunden, dann wandte er die Augen ab, Stephens Blick aus eiskalten blauen Augen konnte er nicht standhalten. Als er sich jedoch unmittelbar darauf Stephen wieder zuwandte, grinste er.

„Nichts für ungut, Kumpel", sagte er scheinbar versöhnlich.

Aber Stephen ließ sich nicht bluffen, er blieb gespannt wie eine Stahlfeder.

Bevor die riesige Faust des Dicken ihn traf, hatte er ihm bereits seine eigene fast waagerecht ins Gesicht gestoßen.

Ein blitzschneller Doppelschlag folgte und nun ging der andere endgültig zu Boden.

Es war vorbei.

Stephen sah sich plötzlich von all den anderen umringt, die neugierig näher gekommen waren.

Sie bildeten einen Halbkreis um den am Boden Liegenden und schauten auf ihn herunter. Einer von ihnen reichte Stephen eine Rumflasche.

„Saubere Arbeit!", sagte er. „Hier, nimm ´nen Schluck, Kumpel."

Obgleich Stephen Rum verabscheute, nahm er einen Schluck. Er blickte ringsumher in freundlich grinsende Gesichter.

Er hatte irgendwie das Gefühl, aufgenommen worden zu sein als einer der ihren.

Nach wenigen Minuten regte sich der Kerl. Er stöhnte und machte Anstalten wieder hochzukommen. Abermals streckte Stephen die Hand aus, um ihm auf die Beine zu helfen. Der, den sie Jack nannten, stand schließlich schwankend vor ihm und wieder zog ein Grinsen über sein Gesicht, aber Stephen erkannte, dass es nun durchweg gutwillig war.

„Ich heiße Jack", stellte sich der Dicke vor und streckte erneut die Hand nach Stephen aus.

„Stephen!", entgegnete dieser.

„Du bist jetzt einer von uns", sagte Jack.

„Okay", erwiderte ihm Stephen, „auf eine gute Nachbarschaft."

„Auf gute Nachbarschaft", stimmten die Männer ein.

Als Stephen wieder auf dem Weg zu dem Verschlag war, den er sein Zuhause nannte, war er froh, so gut bei allem weggekommen zu sein. Wie er diese Männerrituale hasste! Aber offenbar ging es niemals und nirgendwo anders in der Welt als auf diese Weise. Letztlich war es in Mevagissey, dort, wo er herkam, auch nicht anders gewesen.

Dolores blickte ihm sorgenvoll entgegen.

„Alles okay", beruhigte Stephen sie, „es wird dich niemand mehr belästigen."

Ein vorsichtiges Lächeln ging über ihr Gesicht.

Stephen schaute auf seine aufgeschlagenen Hände herunter. Langsam wich die Spannung aus seinem Körper. Dolores' schüchternes Lächeln wärmte ihn.

„Heute ist Sonntag", stellte er aufgeräumt fest wie nach einem schweren, aber erfolgreichen Arbeitstag, „lasst uns doch in den Queen's Park, ein wenig spazieren gehen."

Der Mutter und ihrer Tochter war die Erleichterung ins Gesicht geschrieben.

Kurz darauf machten sie sich alle zusammen auf den Weg und Stephen spendierte für alle eine Flasche Limonade.

‚Ein bescheidener Luxus!', dachte er. Wann hatte er sich zuletzt irgendetwas gekauft, das nicht das Allernotwendigste gewesen wäre.

Ein schwerer Gang

Stephen machte sich Sorgen um Maria. Würden die Lehrer und die anderen Kinder sie, ein Kind aus den Slums, in der Schule zufriedenlassen? Um seiner inneren Unruhe Herr zu werden, versuchte er, sie auszuhorchen. Aber wie schon zuvor ihre Mutter wollte auch Maria mit der Sprache nicht so recht herausrücken.

Schließlich gab sie zu, dass es da Hänseleien gab und auch Schlimmeres.

„Erzähl!", ermunterte Stephen sie.

„Nun", murmelte sie, „heute in der Schulküche hat mir Pedro ein Bein gestellt, dass ich einen Topf mit Essen fallengelassen habe. Da hat mich die Köchin ausgeschimpft und hat gesagt, ich wäre ein Tollpatsch."

Und sie erzählte weiter, wie Sandro sie vor drei Tagen beim Sport geschubst habe und sie daraufhin von der Lehrerin verwarnt worden sei, obwohl sie da gar nichts zu gekonnt hatte.

Aber am schlimmsten sei Chania, die hinter ihr saß und sich ständig etwas Neues ausdachte, um sie zu ärgern.

„Neulich, mitten beim Diktat, hat sie mir von hinten an den Haaren gezogen und immer haben mich die Lehrer beschuldigt, ich würde den Unterricht stören."

‚Nun', dachte Stephen, ‚das mag vielleicht alles noch angehen, Kinder sind vielleicht überall auf der Welt so.'

Aber als Maria eines Tages mit einer geschwollenen Lippe nach Hause kam, war er alarmiert.

Wieder stellte er sie zur Rede und das, was sie ihm nun unter Tränen beichtete, schien die Grenze des Erträglichen überschritten zu haben.

„Wer von denen allen ist denn der Schlimmste?", fragte er.

„John", sagte sie und schlug die Augen nieder.

Das genügte ihm. Er ließ ein knappes, grimmiges Lächeln sehen. Die Namensgleichheit mit dem Schläger in den Slums war ihm nicht entgangen, ob John – Jack, es war der gleiche Name. Jack, das war ja die Kurzform für John.

Am nächsten Tag, als er Maria zur Schule brachte, ließ er sich von ihr diesen John zeigen.

„Den werd' ich mir wohl einmal vorknöpfen müssen", sagte er leise zu sich selbst, als er seinen Weg zum Hafen fortsetzte.

Eines Tages, als bereits am Mittag Schichtende war, weil das Schiff in See ging und ein neues erst in zwei Stunden angesagt war, hielt er die Gelegenheit für günstig und machte sich auf zur Schule. Dort bezog er einen unauffälligen Beobachtungsplatz, um herauszufinden, welchen Weg dieser John immer zu gehen pflegte, wenn er aus der Schule kam. Stephen lächelte vor sich hin, als er den Burschen im Kreise seiner Schulkameraden vorübergehen sah. Ganz offensichtlich führte er das große Wort.

‚Den schnapp ich mir!', dachte er grimmig.

Er hatte einen Plan.

Als John eines Tages wieder einmal im Kreise seiner Kameraden nach Hause ging, er war gerade im Begriff, einen seiner Freunde in die Hecke zu schubsen, da erstarrte er mitten in seiner Bewegung. Etwa sechs bis sieben Meter vor sich sah er Stephen, der lässig an einen Laternenpfahl gelehnt auf ihn zu warten schien, und er ahnte, wer das war. Stephen fixierte den Jungen, der vor Schreck innehielt, als würde er überlegen, ob es sich noch lohnte, schnell davonzulaufen. Er wirkte durchaus eingeschüchtert, doch dann trat ein Ausdruck von Trotz in seine Augen. Den Blick abgewendet, fummelte er in seiner Hosentasche herum, redete dabei unablässig auf den neben ihm gehenden Jungen ein und tat, als ginge ihn der Mann gar nichts an. Er hatte Stephen gerade einige wenige Meter passiert, als ein schneidendes „Stopp" ihn aus seiner vorgegebenen Selbstsicherheit riss und seinen Freund gleich mit.

„Du, komm doch einmal her", bedeutete ihm Stephen mit dem Zeigefinger, „ich möchte mit dir reden."

Zögernd kehrte der Angesprochene die drei Schritte zurück, seine Freunde jedoch gaben Fersengeld.

„Du bist John", stellte Stephen fest.

Der Knabe nickte.

„Ich bin Stephen", stellte er sich vor und streckte dem Jungen freundlich die Hand entgegen, die dieser nach kurzem Zögern ergriff.

„Du weißt, wer ich bin?", fragte Stephen.

„Ja", lautete die Antwort, „der Vater von Maria."

„Ich habe viel von dir gehört", hub Stephen nun an, „stimmt es, dass du der Stärkste in deinem Jahrgang bist?"

Naja der Junge druckste herum, „irgendwie vielleicht schon. Jedenfalls haben alle ein bisschen Angst vor mir." Er scharrte mit einem Fuß im Sand.

„Muss ja ein tolles Gefühl sein", äußerte Stephen und beobachtete, wie John zunehmend unsicher wurde.

„Pass auf!", forderte Stephen ihn nun auf. „Ich habe eine große Bitte an dich. Weißt du, ich arbeite im Hafen und bin sehr viel unterwegs. Ich suche jemanden, der ein bisschen auf meine Tochter aufpasst, während ich auf Arbeit bin. Ich dachte mir, dass du vielleicht genau der Richtige dafür bist. Vor dir haben schließlich alle Respekt."

Er machte eine kurze Pause und bemerkte, wie sich der Junge unter seinen Worten förmlich wand.

„Weißt du", fuhr Stephen fort „wer so stark und mutig ist wie du, der hat es ja nicht nötig, sich an

Schwächeren auszulassen, oder? Das wäre doch ganz bestimmt unter deiner Würde."

Konzentriert beobachtete Stephen das Mienenspiel des Burschen.

„Findest du nicht auch?", hakte er nach.

John hatte bis hierher unablässig mit dem Fuß im Sand gescharrt, doch nun richtete er sich auf.

„Wie findest du also meinen Vorschlag?", schob Stephen nun hinterher. „Es wäre für mich ein tolles Gefühl, wenn Maria von jetzt an unter deinem Schutz stünde."

Stephen legte ihm seine Hand auf die Schulter mit einem Blick, wie sich zwei Männer anschauen, die dabei sind einen Pakt zu schließen. Der Knabe rang sichtlich mit sich. Aus dem Gefühl von Trotz und Ablehnung erwuchs zögernd eine Art von Stolz darüber, wie dieser Mann ihn sozusagen als Gleichen betrachtete.

Er blickte zu Stephen auf und rang sich ein verhaltenes Grinsen ab.

„Was springt für mich dabei raus?"

Stephen erwiderte sein Grinsen, ihr Handel schien beschlossen.

„Okay, Kumpel", er ließ die Augen in die Ferne schweifen, „ich geb' dir 'nen Schilling die Woche."

Doch als er den zufriedenen Gesichtsausdruck des Knaben bemerkte, wurde sein Blick zu dem Jungen hin abrupt drohend.

„Wenn dir aber einfallen sollte, mich zu hintergehen … Du kannst dir denken, was dann passiert. Da hilft dir auch dein ‚großer Bruder' nichts. Du weißt doch gewiss, wer den dicken Jack aus der ‚Habana Bar' verprügelt hat, nicht wahr?"

Er zwinkerte dem Jungen verschwörerisch zu und hielt ihm seine Hand hin.

„Abgemacht?", fragte er.

John, der inzwischen seine Selbstsicherheit zwar etwas zurückerlangt hatte, zögerte noch.

Und Stephen war noch nicht fertig.

„Du musst es natürlich so tun, ohne dass sie das merkt", instruierte er. „Und wenn du wirklich einmal in Schwierigkeiten kommst, aber das glaube ich nicht, du bist doch ein tougher Bursche, dann kommst du zu mir. Zusammen sind wir beide unbesiegbar."

Der Junge war sichtlich geschmeichelt.

„Abgemacht?", fragte Stephen noch einmal.

Da ergriff John seine Hand: „Abgemacht!"

Stephen schlug ihm kameradschaftlich auf die Schulter.

„Dann sind wir also Freunde?", fragte er.

John nickte.

„Und mach deinen Freunden gleich einmal klar, wer ab jetzt der Boss ist."

„Kein Problem", meinte John und reckte seine Schultern, „die rennen, wenn ich pfeife."

Stephen schlug ihm noch einmal auf die Schulter.

„So soll es sein", sagte er, „und jetzt muss ich zur Arbeit."

Als er den Weg zum Hafen einschlug, grübelte er, ob der soeben geschlossene Pakt wohl von Dauer sein würde. Aber es war das Beste, was er für Maria hatte tun können.

Das Nächste, das er nun angehen musste, war, sich endlich ein Moskitonetz zu besorgen. Denn so ein Netz über seinem Bett würde ihm zumindest ruhigere Nächte verschaffen und das nächtliche Elend mit den Quälgeistern in seiner Bretterbude etwas erträglicher machen.

Er hielt die Augen offen nach einem Haushaltswarengeschäft und musste gar nicht lange suchen. Hier wurde er auch tatsächlich fündig. Eine eigentlich kleine Anschaffung, aber für ihn von unschätzbarem Wert.

So gingen denn einige Wochen dahin, ein altes Fahrrad nannte er zudem sein Eigen, was seinen Arbeitsweg um einiges verkürzte. Von Zeit zu Zeit erkundigte er sich wie beiläufig bei Maria nach ihrem Schulalltag. Jedes Mal strahlte sie und erzählte von fröhlichen Pausenspielen und lustigen Begebenheiten im Unterricht. Sie konnte es nicht erklären, aber alle Unbill schien auf einmal wie weggeblasen.

Wenn Stephen Zeit hatte, half er ihr bei den Schulaufgaben und jeden Mittag zur Pause brachte Maria ihm das Mittagsessen an den Kai. Inzwischen glaubten sogar seine Kollegen, die Schauerleute, dass sie seine Tochter sei.

Ansonsten bestand Stephens Leben aus Arbeit, ja, er arbeitete wie ein Tier. Er war stets der Erste, der bei einer Extraschicht im Hafen „Hier" rief. Sein Geld hielt er eisern beisammen, sobald er genug Münzen zusammenhatte, tauschte er sie in Scheine, und wenn er genug kleine Scheine hatte, tauschte er sie in größere. Er verwahrte sie versteckt in seinem Brustbeutel, zusammen mit seinem britischen Pass und den Kontodaten seiner Bank in Liverpool. Bisher hatte er es vermieden, den aktuellen Kontostand zu erfragen.

Er hatte den unbeirrbaren Ehrgeiz, den Slum eines Tages wieder verlassen zu können, und er würde Dolores und Maria mit sich nehmen. So lautete der Plan, den er gefasst hatte.

Etwas aber lag ihm nach wie vor auf der Seele und das war sein heimliches Verschwinden von Mercedes. Er hatte inzwischen erkannt, dass es nicht richtig von ihm gewesen war.

Und so machte er sich an einem Sonntag, es war um die Mittagszeit, auf seinen schweren Weg und je näher er der Straße und dem Haus kam, in dem er etwas über ein Jahr mit Mercedes und Helen gewohnt hatte, desto stärker erfasste ihn die Schwermut.

Mit klopfendem Herzen ging er auf die Haustür zu und klingelte. Jedoch, es blieb still drinnen. Er wartete einige Minuten, um ein zweites Mal zu läuten, fehlte ihm der Mut. Nach einer Weile ging er um die Hausecke, dorthin, wo er das Küchenfenster wusste, und schaute durch die Scheiben. Die Küche war leer und es gab auch keinerlei Anzeichen, dass hier heute schon gefrühstückt worden war. Der vertraute Anblick der einst gemeinsamen Küche, wie oft hatten sie hier zu dritt gegessen und gescherzt, brach ihm fast das Herz.

Stephen ging ums Eck zurück und setzte sich auf die Treppenstufe vor der Haustür. Er hätte nicht sagen können, wie lange er dort gesessen hatte, als er irgendwann glaubte, vertraute Geräusche in der Wohnung zu hören.

Oh, wie gut er all dieses kannte. Das Schlagen einer Zimmertür war das Erste, was er zuordnen konnte, Helens Zimmertür! Tapsende Schritte im Flur, wahrscheinlich ging sie zum Bad. Stephen vernahm das Rauschen der Dusche. Eine Zimmertür schlug erneut zu, vielleicht war auch Mercedes zu Hause, er meinte, ihren schlurfenden Schritt zu hören. Das Klappern von Geschirr zeigte ihm an, dass sie zur Küche gegangen sein musste, vermutlich um Kaffee zu kochen. Noch eine Tür schlug und nun erklangen die Stimmen beider Frauen.

Jetzt gab sich Stephen endlich einen Ruck, erhob sich und klingelte ein zweites Mal.

Ein lautes Klacken einer Tür, Schritte näherten sich von drinnen. Es war Helen, die jetzt mit mürrischer Miene in der sich öffnenden Tür erschien.

Sekundenlang blickten sie sich an, bevor sich ihre Augen vor Überraschung weiteten.

„Stephen!", rief sie. „Was machst du denn hier?"

Er stand einfach nur da, ein verlegenes Lächeln im Gesicht, und sagte nichts.

Helen musterte ihn mehrere Sekunden.

„Komm rein!", sagte sie schließlich und ließ ihn an sich vorbei hineingehen.

Sie führte ihn in die Küche.

„Möchtest du mit uns frühstücken?", lud sie ihn ein.

Er fühlte sich äußerst unwohl. Mit einem etwas schiefen Grinsen und in dem zaghaften Versuch eines scherzhaften Tonfalls antwortete er:

„Och, wenn es euch nichts ausmacht, einem abgerissenen Vagabunden wie mir Platz an eurem Tisch zu gewähren?"

Helen blickte ihn erneut einige Sekunden an.

„Lass es einfach", meinte sie schlicht, „ich weiß, wie dir zumute ist. Komm, setz dich!"

Fast zaghaft zog Stephen einen der Stühle unter dem Tisch hervor und ließ sich fallen.

„Warte!", beschied ihm Helen, drehte sich um und öffnete die Tür zum Flur.

Er hörte das Rauschen einer Dusche.

„Stephen ist hier!"

Das Rauschen hörte schlagartig auf.

Einige Minuten darauf hörte er eine Tür zufallen und Schritte auf dem Flur.

Er sprang auf und da stand auch schon Mercedes vor ihm.

Sie hatte einen Bademantel übergeworfen und ihre langen, nassen Haare klebten ihr an Kopf und Schultern.

Er hatte fast vergessen, wie schön sie war.

„Du bist also gekommen", sagte sie.

Beide blickten sich aus einer Mischung aus Traurigkeit und Sehnsucht an und Stephen dachte, dass es vielleicht doch ein Fehler gewesen war, hierherzukommen.

Aber dann huschte ein Lächeln über ihr Gesicht.

„Nun", meinte sie, „genau zur richtigen Zeit zum Frühstück. Komm, setz dich, wir können später reden."

Vielleicht war es Helen, der es in ihrer Unvoreingenommenheit neuen Situationen gegenüber gelang, der Stimmung zwischen den beiden die Schwere zu nehmen, und so fühlte sich ihr gemeinsames Frühstück fast an – wie immer.

Als sie fertiggegessen hatte, erhob sich Helen.

„Nun will ich euch mal allein lassen", sagte sie.

„Nein", insistierte Mercedes, „bitte bleib hier."

Helen zog ihren Stuhl also wieder heran.

„Warum bist du gekommen?"

Mercedes' Stimme hatte einen strengen Ton angenommen.

Stephen rang mit seinen Gefühlen, die so schwer in Worte zu fassen waren, zumal ihn sein schlechtes Gewissen permanent einen Schuft hieß. Er wollte sich nicht rausreden, nicht rechtfertigen, nur erklären wollte er sich, denn das, so meinte er, sei er Mercedes schuldig.

„Ich wollte, dass du böse auf mich bist", sagte er, „böse und enttäuscht. Ja, so sind sie, die Männer, ehrlos, selbstsüchtig und gemein, und ich nur einer unter vielen. Ich dachte, damit den Abschiedsschmerz lindern zu können, unser beider Abschiedsschmerz. Zugegeben, eine schlichte Lösung, aber ich hoffte, es würde dadurch leichter für dich."

Wieder blickten sich beide lange Zeit schweigend an.

„Wir hatten keine Chance, nicht wahr?", meinte er dann.

„Nein, wir hatten keine Chance", wiederholte Mercedes, „ich wusste es bereits, als wir uns zum zweiten Mal trafen."

„Und dennoch haben wir ein Jahr lang hier zusammengelebt", entgegnete Stephen.

„Ja."

Mercedes sah auf ihren Teller hinunter, als erkenne sie dort das Panorama dieses gemeinsamen Jahres.

„Du warst der einzige Freund, den ich jemals hatte", flüsterte sie.

„Ja."

Und damit war alles gesagt, was noch offen gewesen war. Nach einer langen Weile des Schweigens erhob sich Stephen.

„Nun", hub er an, „dann will ich mal wieder gehen."

„Was tust du jetzt, wo lebst du?", fragte Mercedes, als er bereits an der Tür stand.

„Ich lebe in den Slums", antwortete er, „in einem Verschlag, den man kaum als ein Zuhause bezeichnen kann. Aber ich habe immer noch Arbeit im Hafen und es gibt dort, wo ich jetzt lebe, zwei liebe Menschen, denen ich versuche, das Leben ein wenig erträglicher zu machen."

„Oh!", sagte Mercedes. „Das ist schön. Dann bist du ein glücklicher Mensch."

Stephen schwieg. Langsam dämmerte es ihm, dass an ihren Worten etwas Wahres dran sein könnte. Und gleichzeitig wusste er, dass sie selber kein glücklicher Mensch war und es auch niemals werden würde.

Es war ein langer und trauriger Weg nach Hause.

Nach Hause? Ja, dort, wo zwei Menschen auf ihn warteten, da war sein Zuhause.

Mercedes hatte recht, er war ein glücklicher Mensch!

Das Ende der Talsohle

Als sich die Stadt wieder einmal zum Karneval rüstete, wurde sich Stephen bewusst, dass er nun schon zwei Jahre hier lebte. Dies war stets der absolute Höhepunkt des Jahres hier in Port of Spain, daran kam niemand vorbei. Für Stephen selbst hatte dieses große Volksfest darüber hinaus eine ganz besondere Bedeutung. Es war wegen des Karnevals gewesen, dass er hier in diesem Teil der Welt gestrandet war. Da aber dieses Ereignis im Jahr zuvor aufgrund seiner persönlichen Lage weitgehend an ihm vorbeigegangen war, strahlte dessen große Anziehungskraft in diesem Jahr umso mächtiger auf ihn aus.

Und so fragte er einige Tage, bevor es losging beim gemeinsamen Abendessen:

„Was haltet ihr davon, wenn wir uns in diesem Jahr den Karnevalszug ansehen?"

„Au ja!", rief Maria begeistert. „Seit Jahren habe ich mir schon gewünscht, einmal dabeizusein."

„Fein", sagte Stephen und schaute Dolores abwartend an.

„Ach, ich würde ihn wohl auch ganz gerne einmal wieder sehen", meinte diese gedankenvoll, „als ich noch klein war, bin ich jedes Jahr mit meinen Eltern hingegangen, und später auch mit meinem Mann, da haben wir sogar daran teilgenommen."

Sie seufzte.

„Natürlich nur zum ‚Jouvert', denn für die ‚Pretty Mas' hatten wir nie genug Geld für die Kostüme."

„Was ist denn das, ‚Jouvert' und ‚Pretty Mas'?", fragte Maria.

Stephen sah Dolores fragend an.

„Bitte, erklär du es", forderte sie ihn auf.

„Also", begann er nun, „ursprünglich gab es nur einen Karnevalsumzug, den „Jouvert", und da die Einwohner von Port of Spain alle sehr arm waren, beschmierten sie sich einfach nur mit Öl und Farbe. Das sah sehr bizarr und auch ein bisschen gespenstisch aus und natürlich bespritzten sie auch die Zuschauer mit Farbe oder umarmten sie gar und das alles geriet dann zu einem richtigen Saukram. Aber darüber hinaus gab es schon immer Leute, die sich ganz tolle Kostüme ausdachten. Die waren oft sehr teuer in der Herstellung und natürlich wollten sie nicht, dass sie beschmiert wurden. Daher kam man dann auf die Idee, am Tag darauf einen zweiten Umzug zu machen, die ‚Pretty Mas‘. Im Laufe der Zeit wurden dann diese Kostüme immer aufwendiger und prachtvoller, sodass die ‚Pretty Mas‘ immer mehr zu dem Hauptumzug wurde. Aus Gründen der Tradition und weil man der Meinung war, dass alle am Karneval teilnehmen sollten, behielt man es bis heute so bei.“

„Können wir uns denn nicht beide ansehen?“, fragte Maria.

„Nein, mein Kind“, mischte sich nun Dolores ein, „wir werden hinterher aussehen wie die Schweine und bei dem bisschen Wasser, was wir haben, wie sollen wir uns und unsere Kleidung wieder sauber bekommen!“

Maria zog einen Flunsch, aber als Stephen ihr erzählte, was für fantastische Kostüme sie zu sehen bekämen, schickte sie sich am Ende drein.

Das bevorstehende Spektakel hatte bereits den gesamten Slum erfasst und Stephen freute sich wie ein kleines Kind darauf, gemeinsam mit Dolores und Maria den Festumzug zu bestaunen und zu bejubeln.

Und so kam der große Tag und das hieß, früh aufzustehen. Schiffe wurden an diesen beiden Tagen nicht be- oder entladen und Stephen hatte alle Zeit der Welt zur Verfügung. Auf ihrem Weg kaufte er Maria an einem der Stände in der Prince Street eine Trillerpfeife und ein Papierfähnchen und führte seine Begleiterinnen an den Platz, wo er vor zwei Jahren schon einmal mit seinen Freunden von der „Glenfalloch" gestanden hatte. Schlagartig wurden all diese Erinnerungen wieder in ihm wach. Wehmut überkam ihn.

Wenn er heute daran zurückdachte, kam es ihm vor, als lägen Lichtjahre dazwischen. Was hatte ihn damals angetrieben? Die Intensität des Karnevals, die Farben, die Musik hatten ihn mitgerissen und er war hineingetaumelt, hatte sich treiben lassen.

Seine Braut hatte ihn sitzenlassen, während er auf hoher See fast den Tod gefunden hätte, und sein Schmerz war so groß gewesen, dass er nur noch hatte vergessen wollen, am besten in den Armen einer anderen Frau. Und so war denn Mercedes in sein Leben getreten. Eine denkbar schlechte Voraussetzung für den Beginn einer neuen Liebe, so musste Stephen heute zugeben. Aber damals, damals hatte er sich einfach nur treiben lassen, ohne Einsatz von Verstand und Vernunft. Was alles war ihm seitdem widerfahren, die Spirale hatte sich immer weiter abwärts gedreht und sein Leben im Slum markierte nun den vermeintlich absoluten Tiefpunkt. Dennoch, so, wie es von außen aussehen mochte, fühlte es sich für Stephen nicht an. Denn im Grunde, abgesehen von Kakerlaken, Moskitos und offensichtlicher Schäbigkeit, war dieses abgrundtief traurige Gefühl der Verlorenheit von ihm gewichen.

Nun aber riss er sich aus seinen trübsinnigen Gedanken, inmitten des um ihn tosenden Spektakels war weiß Gott dafür kein Platz. Neben ihm, am Rande der bunt gesäumten Straßen, standen Maria und Dolores und wedelten mit bunten Fähnchen in den Farben Trinidads. Und schon vernahmen sie von fern die Musik der Steelbands. Der Zug kam näher, eine Welle des Jubels brandete heran, die Spannung baute sich immer weiter auf. Im Rhythmus der Musik waberte und webte die Welle der kostümierten Schönen heran und Stephen blieb plötzlich das Herz stehen. An der Spitze des Zuges, in einem berauschenden Gebilde aus Rot und Türkis, flankiert von zwei nicht weniger eindrucksvollen Gefährtinnen, kam sie unaufhaltsam näher, die ‚Queen of Carnival‘. Es war Mercedes!

Unaufhaltsam, tanzend, sich in den Hüften wiegend und um sich selbst drehend kam sie näher, gefolgt von einem schier endlosen Zug ausgelassener, schriller und in einer Explosion von Farben gekleideter Teilnehmer. Stephen konnte seine Augen nicht von ihr losreißen und nun, die drei Schönen an der Spitze des Zuges, waren noch etwa sechs, sieben Meter von ihm entfernt, erkannte Mercedes ihn.

Stephen entsann sich des letzten gemeinsamen Carnivals, wie sie da plötzlich ausgeschert war aus der Gruppe der Tanzenden, um ihn an ihre Seite zu holen, und er sandte Stoßgebete zum Himmel, dass Mercedes nicht der Übermut packen würde, um dieses Schauspiel zu wiederholen.

Nein, seine Ängste waren unbegründet. Aber sie winkte ihm im Vorübertanzen zu, so, wie man einem alten Freund winkt, und das war er ja schließlich auch immer noch.

Und da war sie auch schon vorüber.

„Leb wohl, meine Königin – du Prächtige – du Schöne!“, sagte er leise und eine Träne stahl sich aus seinem Augenwinkel.

Der Verlust einer Illusion ist oftmals um so vieles trauriger als ein realer.

Irgendwann, als das Spektakel gänzlich an ihnen vorübergezogen war, der Klang der Steelbands verebbte und mit ihm die Welle an ausgelassener Fröhlichkeit und Musik, lud Stephen Dolores und

Maria zu einer Limonade am Kiosk am Rande des Woodford Square ein. Dort, wo er früher, als er noch Matrose auf der „Glenfalloch" gewesen war, bei seinem Bummel durch die Stadt so oft gesessen hatte. Dolores und Maria sprühten vor guter Laune und Maria plapperte unentwegt auf ihre Mutter ein.

„… Und hast du das Kostüm gesehen, das schwarze mit dem Rot und das mit den Schmetterlingsflügeln?" Aber am beeindruckendsten fand sie die „Queen of Carnival". „Oh, wenn ich doch auch einmal in einem so schönen Kostüm an der ‚Pretty Mas' teilnehmen könnte", sagte sie.

Die Carnival Queen hatte es ihr natürlich besonders angetan, diese schien sie geradezu anzubeten. Immer wieder kam sie auf Details des Kostüms, der Frisur zurück, ihre Begeisterung fand kein Ende. Stephen lächelte der vor Lebendigkeit Sprühenden ein wenig abwesend zu. Er war recht schweigsam geworden. Maria in ihrem Überschwang schien das gar nicht zu merken. Dolores hatte es allerdings sehr wohl bemerkt. ‚Was mag dieser junge Mann wohl Schweres mit sich herumtragen?', sinnierte sie.

In diesem Sommer wurde Maria vierzehn Jahre alt, sie war in dem einen Jahr ordentlich gewachsen und es war offensichtlich, dass das Kindliche an ihr immer mehr verschwand. Stephens Leben hatte Gewohnheiten gewonnen, die ihm ein Gefühl von Ruhe vermittelten, sein Alltag hatte gleichsam Züge eines Familienlebens angenommen. Er begann sich daran zu gewöhnen.

Und dann geschah etwas, das plötzlich alles auf den Kopf stellte. Am Tag, der dem Karneval folgte, schritt Stephen wie an jedem Morgen die Gangway eines Schiffes empor, als Dick ihn kurz anstupste und mit dem Daumen über die Schulter zum Büro hinüberzeigte.

„Du sollst mal zum Boss kommen", sagte er.

Stephen durchfuhr ein kalter Schreck, alle Farbe wich aus seinem Gesicht. Er machte auf dem Absatz kehrt und ging zum Büro hinüber.

‚Hoffentlich schmeißen die mich nicht raus‘, konnte er nur noch denken.

Er hatte sich all die Monate nie Gedanken darüber gemacht, was wäre, wenn er seine Arbeit plötzlich verlöre. Aber er hatte, so wie er es immer tat, seinem Schicksal vertraut und niemals Sorgen solcher Art an sich herangelassen. Nun trat er durch die Eingangstür des Bürogebäudes, sein Schichtleiter saß hinter seinem Schreibtisch und blickte ihm mit unbewegtem Gesicht entgegen.

„Setz dich", sagte er und kramte in einem Haufen von Zetteln vor sich. Schließlich zog er ein Blatt hervor und knallte es vor Stephen auf den Tisch. „Hier, unterschreib", forderte er ihn auf und Stephen sank das Herz in die Hose. „Und dann gehst du gleich hinüber auf die ‚Flying Enterprise‘, Luke Zwei, und bitte ein bisschen dalli, die warten dort schon auf dich."

Mit zittrigen Fingern setzte Stephen seine Unterschrift unter den Text, ohne überhaupt zu schauen, worum es dich darin handelte. Sein Chef gab ihm das Gefühl, keine Wahl zu haben. Stumm erhob er sich.

„Du bist ab sofort Winscher", beschied ihn der Leiter.

Stephen traf fast der Schlag. Was hatte der Kerl da eben gesagt?

Winscher?

Er konnte es nicht glauben.

Aber gerade noch rechtzeitig genug erinnerte er sich, was ihn der Mann geheißen hatte: Er solle sich beeilen.

Wie im Traum hastete er also zu dem Schiff hinüber, lief mit schnellen Schritten die Gangway hinauf, eilte über das Deck und kletterte die Leiter zum Winschdeck hinauf.

Ein Matrose des Schiffes erwartete ihn dort bereits. Dieser hob erstaunt die Augenbrauen, er hatte hier wohl jetzt keinen Engländer erwartet.

„Hallo, Kumpel!", begrüßte er Stephen. „Was hältst du von der Stellung der Bäume?"

Stephen nahm auf dem sattelartigen Sitz zwischen den Controllern Platz, schaute einmal prüfend in die Luke und dann nach oben und auf den Kai.

Unten in der Luke blickten seine Kollegen, die Schauerleute, erwartungsvoll zu ihm hinauf.

„Wo ladet ihr zuerst?", bölkte er hinunter.

Zwei der Leute wiesen mit der Hand auf eine Stelle.

„Hier!"

„Bitte den Steuerbordladebaum etwas höher", wandte sich Stephen folglich an den Matrosen.

„Danke, Kumpel, alles klar", sagte er dann.

Er rieb sich die Hände und griff die beiden Controller.

„Na, dann wollen wir mal loslegen", murmelte er zu sich selbst und schob sie volle Kraft nach vorn.

Der Haken sauste mit einem abenteuerlichen Tempo in die Luke hinab. Gerade im rechten Moment stoppte ihn Stephen, fierte ihn noch ein wenig, während einer der Männer den Haken unten zu einer Palette mit Kartons zog und einklinkte.

„Okay!", tönte es nach oben und Stephen hievte langsam, bis das Seil straff war.

Dann brüllte er: „Vorsicht!", und zog beide Controller mit voller Kraft zu sich heran.

Die Palette mit den Kisten sauste in einem atemberaubenden Tempo wieder nach oben, schwenkte in einem eleganten Bogen zur Pier hinüber und hinunter, um genau dreißig Zentimeter über dem Boden zu verhalten und sie dann sanft aufzusetzen.

„Ha!", sagte Stephen zu sich selbst. „Ich kann es noch!"

Er atmete tief durch. Nach zwei Jahren in staubigen Luken irgendwelcher Schiffe saß er das erste Mal wieder an Deck, dort, wo er eigentlich auch hingehörte. Das spürte er jetzt deutlich. Selbst wenn es nur ein Job im Hafen war, so war es doch an Deck eines Schiffes. Stephen drehte sich ein wenig auf seinem Stuhl und ließ seinen Blick kurz über das Meer schweifen, das weite, scheinbar unendliche, in der Sonne glitzernde Meer. Ihm war auf einmal ganz leicht und frei zumute. Und, das wurde ihm erst jetzt bewusst, ab sofort verdiente er nahezu das Doppelte als zuvor.

‚Ich muss mir unbedingt ein paar Latten und eine Plane besorgen', dachte er, denn die Sonne begann, ihm ordentlich auf Kopf und Schultern zu brennen.

Zwar besaß er einen dieser landestypischen Strohhüte mit breiter, geschwungener Krempe, aber nichts hatte ihn heute Morgen ja ahnen lassen, dass er das Dämmerlicht der Schiffsbäuche verlassen sollte. So lag der Hut zu Hause auf seinem Bett.

Ob stechende Sonne, gleißendes Licht, dennoch kein Grund zum Klagen, Stephen war wieder in seinem Element und die Zeit bis zum Mittag verging wie im Fluge. Als der Ruf zur Pause erscholl, erhob er sich von seinem Sitz, kletterte die Leiter hinunter an Deck und wandte sich an den Matrosen, den er gerade aus der Luke klettern sah. Die Schauerleute im Laderaum hatten die rechte hintere Ecke weitgehend abgearbeitet und so bat er ihn, in der Mittagspause den Ladebaum etwa zwei Meter nach links und vier Meter weiter nach vorn zu stellen.

Jedoch, als Stephen anschließend die Gangway hinunterkletterte, sah er sich vergeblich nach Maria um. Er hatte sich so an ihr zuverlässiges Erscheinen gewöhnt, dass er ratlos umherschaute.

Aber dann schlug er sich mit der flachen Hand gegen die Stirn.

Natürlich! Er hatte ihr ja auf ihrem gemeinsamen Weg zur Schule erzählt, dass er heute auf der „Clemenceau" arbeiten würde, und so konnte sie ja gar nicht wissen, dass er völlig unerwartet auf ein anderes Schiff abkommandiert worden war.

Als er seine Augen zu dem etwa zwanzig Meter entfernt liegenden französischen Schiff wandte, erkannte er sie. Irgendwie klein und verlassen kam sie ihm vor, wie sie da mit ihrem Korb stand und auf ihn wartete. Ein warmes Gefühl von Vertrautheit durchströmte ihn. Einmal mehr.

„Maria! Maria!", brüllte er und schwenkte die Arme: „Maria, hier!"

Da hatte sie ihn auch schon entdeckt, kam hurtig angelaufen und reichte ihm die übereinandergestapelten Töpfe mit dem Mittagessen. Wortlos nahm er ihr sie ab, stellte sie auf den Boden, ergriff ihre Hände und begann, ausgelassen mit ihr auf dem leeren Kai zu tanzen.

„Maria!", jubelte er. „Stell dir vor! Ich bin befördert worden, ich bin jetzt Winscher!"

Besuch an Bord

Ein weiterer schwerer Gang stand Stephen jetzt noch bevor: Er hatte sich all die Monate erfolgreich davor gedrückt, auf der „Glenfalloch" zu arbeiten. Das war als Stauer auch nicht besonders schwer gewesen. Nun aber, da er jetzt Winscher war, ging das nicht mehr. Und so schaute er der Stunde der Wahrheit mit bangem Herzen entgegen.

Es war Dick, der ja jetzt sein gleichgestellter Kollege war, der ihn eines Tages beiseitenahm.

„Du", sagte er, „in zwei Tagen kommt dein altes Schiff, die ‚Glenfalloch'. Wir sind beide an den Luken Zwei und Drei eingeteilt."

Stephen bekam schlagartig Magenschmerzen bei dieser Nachricht. Dick sah es ihm an.

„Kopf hoch, Kumpel!", meinte er und schlug ihm auf die Schulter. „Du wirst das schon schaffen."

Stephen war sich da nicht so sicher, als er zwei Tage später am Morgen die Gangway zu seinem ehemaligen Schiff hinaufstieg. Die Luke Drei befand sich auf dem hinteren Teil des Schiffes, dort hatte gewöhnlich der Dritte Offizier Deckswache. Stephen sah ihn an der offenen Luke stehen, aber er kannte ihn nicht.

Aber als er dann die Leiter zum Winschdeck emporkletterte, stand er jedoch unvermittelt vor seinem alten Freund Hugh, Hugh aus Kingston Town. Dieser erkannte ihn auch nicht sogleich, da Stephen sich aus neuer Gewohnheit die Krempe seines Sombreros tief in die Stirn gezogen hatte.

„Ist die Stellung der Ladebäume für dich okay?", fragte Hugh und im selben Augenblick stutzte er. Der völlig überraschte Ausdruck in seinen Augen veränderte sich wie in Zeitlupe und wurde zu einem Strahlen der Wiedersehensfreude.

„Nein", rief er, „das ist jetzt nicht wahr!"

Stephen brachte nur ein schiefes Grinsen zustande.

„Hallo Hugh", begrüßte er ihn verlegen.

„Mein Gott, Stephen!", rief dieser weiter aus. „Wir alle dachten, du lebst nicht mehr! Welch eine Freude, dich hier nach so langer Zeit und offenbar gesund und munter wiederzusehen."

Er breitete seine Arme aus und die Freunde aus alten Tagen fielen sich um den Hals.

„Ach, weißt du", tat Stephen ab, „Unkraut vergeht nicht."

Er überspielte seine Unsicherheit, indem er sich auf seine Aufgabe besann: Mit einem schnellen Blick prüfte er die Stellung der Ladebäume.

„Okay!", sagte er dann. „Gut so, aber jetzt muss ich arbeiten, die schauen mich von da unten schon vorwurfsvoll an."

„Wir sehen uns noch!", rief Hugh und knallte ihm so heftig die Hand auf die Schulter, dass die erste Hieve, die Stephen gerade aus der Luke holte, einen Schlenker machte.

‚Das war die erste Hürde', dachte er, ‚aber das Schlimmste steht mir wohl noch bevor.'

Als er zur Mittagspause von Bord ging, folgten ihm kurz darauf Hugh und Brian.

Wie immer wurde Stephen von Maria erwartet, die ihm sein Mittagessen aushändigte und von ihm mit einem Kuss auf die Stirn wieder verabschiedet wurde. Hugh und Brian hatten ihre Schritte verhalten und die Szene neugierig beobachtet und als Maria verschwunden war und Stephen sich ein Plätzchen für sein Mahl suchte, gesellten sie sich zu ihm. Erneut sah sich Stephen einem Kollegen aus vergangenen Zeiten gegenüber und die Begrüßung mit Brian fiel nicht weniger herzlich aus als zuvor mit Hugh.

„Wie ich sehe, hast du inzwischen Familienanschluss", stellte Brian fest und stupste ihn kumpelhaft mit dem Ellbogen an.

„Komm, erzähl!", forderte er ihn auf.

Stephen hielt es für angebracht, ihnen nur das Allernötigste zu erzählen. Dass er in den Slums von Port of Spain zu Hause war, gehörte nicht dazu und bald darauf war die Mittagspause auch zu Ende. Die Arbeit rief sie zurück an Deck.

Hugh und Brian wandten sich zum Gehen.

„Um sechs im ‚Moulin Rouge Club'?", fragten sie.

Das hatte ihm nun gerade noch gefehlt. Auf gar keinen Fall wollte er wieder auf alten Pfaden wandeln und mit den alten Freunden das „Moulin Rouge" aufzusuchen, kam schon einmal gar nicht in Frage. Seine zwei Kumpel bemerkten sein Zögern, drehten sich aber schließlich um und gingen.

„Wir reden später!", riefen sie ihm noch zu.

Nach Ende der Schicht, als Stephen die Gangway herunterging, wartete Hugh auf ihn.

„Der Erste Offizier würde dich gern in seiner Kammer sehen", sagte er.

Das war genau das, wovor sich Stephen am meisten gefürchtet hatte. Aber es half nichts, er musste da durch. Er trat also durch die Tür, die zu den Quartieren führte, ging durch die bekannten Gänge und Niedergänge zur Kammer des Ersten und klopfte an dessen Tür.

„Herein!", ertönte eine ihm vertraute Stimme.

Zu seinem Erstaunen gewahrte er Matthew Longfellow, der dort an seinem Schreibtisch saß. Stephen schloss die Tür, während Longfellow sich lächelnd erhob, auf ihn zuging und die Männer sich schweigend in die Arme nahmen.

„Nimm Platz", forderte Longfellow ihn auf. „Ich freue mich so sehr, dich wohlauf zu sehen. Wir alle dachten, du lebst nicht mehr. Erzähl, wie ist es dir ergangen?"

Dieses Mal hielt Stephen es für geboten, etwas mehr von seiner zweieinhalbjährigen Odyssee preiszugeben.

Matthew hörte ihm zu, ohne ihn zu unterbrechen, nur ab und an zeigte sein Gesichtsausdruck, wie sehr ihn die Schilderungen seines Freundes bewegten.

Als Stephen geendet hatte, breitete sich Schweigen zwischen ihnen aus.

„Ich habe damals alle deine Sachen an deine Eltern in Mevagissey geschickt", unterbrach Matthew nun die Stille. „Sie glaubten ebenso wie wir, dass du nicht mehr lebst. Du warst immerhin über zwei Jahre verschollen."

Er blickte Stephen scharf an.

„Was die Sache für sie nicht eben leicht macht, ist, dass es bereits das zweite Mal war."

Jetzt war ein gewisser Vorwurf in seiner Stimme nicht zu überhören.

Stephen schwieg.

„Und jetzt?", fragte Matthew. „Was hast du vor? Möchtest du wieder an Bord kommen?"

Stephen blickte ihn fest an.

„Nein." Seine Stimme klang entschlossen.

Matthew überlegte lange.

„Ich glaube, dich zu verstehen", sagte er schließlich, „und ich verstehe auch, dass du damals, als du dein Schiff …", er unterbrach sich, „… unser Schiff verpasst hast, es sozusagen wie eine Fügung des Schicksals genommen hast, um niemals wieder zurückzukehren. Es hatte vermutlich mit deiner grenzenlosen Enttäuschung wegen deiner geplatzten Verlobung zu tun."

„Ja."

Die beiden sahen sich an. Es war eine große Vertrautheit zwischen ihnen. Mehr als fünf Jahre waren sie zusammen gefahren. Sie waren alte Freunde.

„Danke für dein Verständnis."

Stephen war die Erleichterung anzumerken.

„Willst du nicht wenigstens deiner Familie ein Lebenszeichen zukommen lassen?"

Es war dem Ersten Offizier anzumerken, dass ihm diese Frage wichtig war.

Stephen schüttelte den Kopf. Erneut schwiegen die Männer eine lange Weile.

„Erlaubst du mir, dass ich es ihnen sage?", schob Matthew hinterher.

„Ja."

Damit erhoben sich beide gleichzeitig, Matthew trat hinter seinem Schreibtisch vor und legte Stephen die Hand auf die Schulter.

„Ich wünsche dir viel Glück!"

Er lächelte, um die Schwere aus der Situation zu nehmen und sagte:

„Jedenfalls finde ich es schön, dass du jetzt unser Schiff entlädst."

Beide lachten, gaben sich die Hand und verabschiedeten sich.

„Wir sehen uns ja jetzt ab und zu wieder", sagte Matthew.

„Ja."

Als Stephen von Bord kam, warteten Brian und Hugh auf ihn.

Er schritt auf sie zu, die Erinnerung an vergangene Zeiten riss stark an ihm, aber erstens verbot seine jetzige Lebenssituation Vergnügungen dieser Art und zweitens konnte er schon Mercedes wegen nicht mehr im „Moulin Rouge" aufkreuzen.

„Nehmt es mir nicht übel", meinte Stephen daher, „wir wollen Freunde bleiben, aber ich führe jetzt ein anderes Leben. Ich gehöre nicht mehr dazu."

„Ist schon okay", sagte Brian, „halt die Ohren steif!"

Stephen wandte sich um und machte sich auf den Weg nach Hause, in das Leben, das nun gleichsam sein Alltag geworden war.

Drei Tage später suchte er einen Wohnungsmakler auf. Anderthalb Jahre in den Slums waren mehr als genug, er sehnte sich nach Veränderung. Als Untermieter von Dolores hatte er sein Leben „allein" dort begonnen, seitdem war viel geschehen. Ihr Verhältnis hatte sich grundlegend gewandelt. Stephen, der sich damals nichts mehr erhofft hatte als ein Mindestmaß an Geborgenheit, hatte weit mehr gefunden. Die drei Menschen waren zusammengewachsen, Dolores und Maria waren Familie für ihn geworden. Welche Rolle ihm darin zukam, blieb unbeantwortet, war aber auch für niemanden wichtig. Was allein für ihn zählte, waren das gewachsene Vertrauen, die Verbundenheit, das Füreinander-da-Sein. Und genau deshalb suchte er nun eine neue Bleibe für sie alle zusammen.

„Unser Leben in den Slums wird nun bald ein Ende haben", sagte er zu Dolores, „ich verdiene jetzt im Hafen so viel, dass wir uns bald eine einfache Wohnung in der Stadt leisten könnten."

Er blickte sie prüfend an. Dolores hatte in ihrem Leben so viel Gemeinheiten ertragen müssen, dass sie nun zu glauben schien, dass ihr bescheidenes Glück wieder einmal ein Ende haben könnte.

„Wir bleiben doch zusammen, jetzt, nachdem wir so lange Zeit zusammengewohnt haben!", setzte er hinzu, mehr eine Feststellung als eine Frage.

Er hatte ihren Gesichtsausdruck richtig gedeutet, denn nun sah er mit großer Freude, dass sich ihr Blick verklärte und sie ihn, immer noch etwas schüchtern, anlächelte.

„Das wäre so schön", sagte sie einfach.

Es dauerte aber schließlich noch fast vier Wochen, bis es endlich so weit war. Alle Angebote, die ihm die Wohnungs-Agentur machte, entsprachen irgendwie nicht dem, was sich Stephen vorgestellt hatte.

Doch dann unterbreitete ihm die Agentur völlig unverhofft ein Angebot, das ihn geradezu begeisterte. Es war ein Obst- und Gemüseladen am Ende der Prince Street, der Inhaber suchte einen Nachfolger. Er war bereits sehr betagt, konnte all die schweren Kisten nicht mehr heben und so wollte er nun gern den Laden abgeben und zu seiner Tochter nach San Fernando ziehen. Aber das Besondere an der Sache war, dass dieser Mann für Dolores durchaus kein unbekannter war, denn es handelte sich bei dem Geschäft genau um das, für das Maria früher immer Botengänge gemacht hatte. Stephen fand die Idee, einen Handel zu übernehmen verlockend, zumal eine kleine Wohnung im ersten Stock dazugehörte.

Er freute sich wie ein kleines Kind auf den Besichtigungstermin. Er sagte Dolores nichts von der Art der Wohnung und dem Laden, als er sich mit ihr und Maria am Sonntag auf den Weg machte, um alles zu besichtigen. Zusammen gingen sie also über die Brücke mit dem rostigen Geländer, kreuzten die Straße, um schließlich in die Prince Street einzubiegen. Das Geschäft befand sich genau hier an der Ecke, und als Stephen Dolores und ihre Tochter bat zu warten, und drinnen verschwand, dachten die beiden, dass er dort wohl lediglich eine kleine Wegzehrung für sie kaufen wolle.

Aber unmittelbar darauf kam er in Begleitung des Alten wieder heraus.

„Was haltet ihr von diesem kleinen Laden hier?", fragte Stephen die zwei.

Maria lachte. Sie dachte, er mache einen Scherz. Aber Dolores schien zu ahnen, was da auf sie zukam. Ihre

Augen wurden groß und kugelrund. Der Alte reichte ihr und Maria gutmütig lächelnd die Hand.

„Es freut mich ganz besonders, dass gerade ihr meinen Laden übernehmen wollt", sagte er.

Dolores blickte erst ihn, dann Stephen fassungslos an. Maria blieb für eine Sekunde die Luft weg, sie japste vor Überraschung.

Es dauerte eine ganze Weile, bis die beiden begriffen hatten, dass das, was sie jetzt gerade erlebten, Wirklichkeit war. Dolores konnte ihr Glück kaum fassen. Ein übers andere Mal rang sie die Hände, und als sie sich kurz darauf die kleine Wohnung anschauten, die dazugehörte, gerieten sie und ihre Tochter außer sich vor Freude.

Während Dolores mit Maria alle Räumlichkeiten aufs Genaueste inspizierte, Pläne schmiedete, immer wieder kleine Rufe der Begeisterung zu vernehmen waren, wurde sich Stephen mit dem alten Krämer schnell handelseinig. Er hatte in den vergangenen zwei Jahren tatsächlich genug Geld gespart, um den Mann auszahlen zu können, und die Miete für Wohnung und Laden war ebenfalls nicht zu hoch, als dass er sie von seinem Lohn entrichten würde können. Das alles ging plötzlich so schnell, dass Dolores und Maria der Kopf schwirrte.

Bereits eine Woche später zogen sie um. Die gesamte Nachbarschaft hatte sich eingefunden, um ihnen Lebewohl zu wünschen. Sogar Jack war gekommen, der Stephen scherzhaft in den Bauch boxte.

Mehr als einen kleinen Handkarren brauchten sie für den Umzug nicht. Ein letzter Blick in diesen heruntergekommenen Verschlag, der ihm über anderthalb Jahre als sein Zuhause gedient hatte. Er war das Symbol seines Abstieges gewesen und doch hatte Stephen hier einen Reichtum gefunden, den er niemals dort vermutet hatte. Menschlichkeit, Wärme, Vertrauen, Dolores hatte ihn nicht nur als Untermieter akzeptiert, sondern auch als Menschen, ohne Forderung, ohne Erwartung und ihn schlicht als einen Freund in ihre kleine Familie aufgenommen. Ohne Dolores und Maria hätte er sein Leben im Slum vermutlich nie bewältigen können. Und nun verließen sie, was selten genug vorkam, als kleine Gemeinschaft diese trübsinnige Gegend.

Einmal in den Slums, für immer in den Slums, das war so eine der Devisen in diesen Stätten, überall in der Welt. Und so gab es unter den Nachbarn durchaus auch einige, die ihnen prophezeiten, dass ihr Glück nicht von Dauer sein würde.

Stephen wurde fast ein wenig wehmütig zumute. Er würde diesen Teil seines Lebens niemals vergessen. Und so schnappte er sich den Handkarren, Dolores und Maria schulterten noch einige Taschen mit ihren Habseligkeiten und die kleine Gruppe machte sich auf den Weg. Ein kurzer Weg, der doch in ein völlig neues Leben führen sollte. Stephen hatte sogar noch etwas Geld übrig, um an einem Secondhand-Laden Halt zu machen und Dolores und Maria neu einzukleiden.

‚Wenn schon, denn schon‘, ging es ihm durch den Sinn.

Stolz und froh setzten sie schließlich ihren Weg in neuen Kleidern fort.

Was für Dolores der Neu-Beginn war, war für den alten Mann der Abschied, es war auch gleichzeitig der letzte Arbeitstag des Händlers. Fast sein ganzes Leben hatte er hier zugebracht. Es war noch besser gegangen, als seine Frau noch lebte, aber danach war ihm die Arbeit zunehmend schwerer gefallen.

Trotzdem stand Traurigkeit in seinem Gesicht geschrieben. Die Tochter des Krämers war mit dem Auto aus San Fernando gekommen, um ihn nach seinem letzten Ladenschluss mitzunehmen. Morgen würde das Geschäft eine neue Krämerin haben und die hieß Dolores.

Da heute eh ein Sonntag war, machte Stephen den Vorschlag, für heute zu schließen, und während Dolores mit seiner Hilfe die Obst- und Gemüsekisten hineinschleppte und die eisernen Rollladen hinunterließ, machte sich Maria daran, ihre wenigen Habseligkeiten nach oben zu tragen.

Ins obere Stockwerk gelangte man über einen schmalen, dunklen Weg, der zwischen den beiden Häusern nach hinten auf den Hof führte. An der Rückseite des Hauses schaffte eine rostige Außentreppe Zutritt zur Wohnungstür. Von hier führte ein kleiner Flur zu einer Tür, die zu den beiden größeren Zimmern der Wohnung Zugang gewährte. Das größere sollte nun ihre Stube werden und das kleinere rechts Dolores' und Marias Schlafzimmer. Beide Räume hatten ihre Fenster zur Prince Street hin. Der Alte hatte ihnen seine Möbel für ein kleines Entgelt überlassen, er brauchte sie ja nun nicht mehr.

Stephen zog in die kleine Kammer, die man durch eine Tür auf der rechten Seite des Flurs erreichte. Hier stellte er seine bescheidene Pritsche auf, die er sich aus seinem Verschlag in den Slums mitgebracht hatte. Mehr hatte er im Augenblick nicht, aber mit der Zeit würde es schon noch komfortabler werden, dachte er. Ein Blick aus dem kleinen Fenster zeigte ihm die Straße, die dem trockenen Fluss folgte, und oberhalb der Häuser, die auf der gegenüberliegenden Seite des trockenen Flusses standen, zog sich das Durcheinander der Slums den Hügel hinauf bis zu den drei großen Öltanks. Auf diese Weise konnte Stephen immer, wenn er aus dem Fenster schaute, in seine Vergangenheit blicken.

Sie hatten jetzt sogar einen „Waschraum", der sich gegenüber von Stephens Kammer befand. Ein Badezimmer konnte man es kaum nennen. Ein Waschbecken mit Spiegel, ein Bord und einige Handtuchhaken, mehr gab es nicht und nebenan befand sich eine kleine Küche.

Dolores rang immerzu die Hände, begleitet von einer Kette nicht enden wollender Ausrufe: „Oh Gott! Wie schön!", und: „Dass ich das noch erleben darf! Welch unvorstellbares Glück!"

Am Abend kochte sie ihnen die erste Mahlzeit im neuen Heim.

Um die neue Umgebung in Augenschein zu nehmen, unternahmen sie nach dem Essen alle zusammen einen Spaziergang die Prince Street hinunter bis zum Woodford Square. Eine Bank bot ihnen Gelegenheit zur Muße und sie lauschten den Liedern der Calypso-Sänger.

Für Dolores und fast mehr noch für Maria war es wie ein Rausch. Nach einem Leben in den Slums, praktisch von einem Tag auf den anderen, fanden sie sich als Mitglieder einer neuen, wenn auch sehr kleinbürgerlichen Welt wieder. Auf ein Leben in den Slums, welches üblicherweise so endete, wie es einst begonnen hatte, fanden sie sich, wie von einem Zauberstab berührt, in einer Welt wieder, die sie bisher nur von außen wahrgenommen hatten, zu der sie niemals hatten hoffen dürfen, Zutritt zu erhalten.

Und Stephen? Wie erging es Stephen in diesen Stunden des Lebensumschwungs, den er herbeigeführt hatte, den er jedoch ohne das wachsende Vertrauen untereinander sich nie auch nur hätte erdenken können? Er seinerseits war erfüllt von großer Dankbarkeit. Viele menschliche Enttäuschungen lagen hinter ihm. Er hatte sich aus seiner früheren Welt, seiner Heimat, verstoßen gefühlt, hatte sich abgeseilt, was auch immer. Das neue Gefühl der Zugehörigkeit, ja, von Familie im besten Sinne, hatte er es jemals so intensiv gespürt wie hier mit Dolores und Maria?

Noch eine Überraschung hatte er für Dolores bereit: Sie war ein gläubiger Mensch und hatte den sonntäglichen Gang zur Messe stets vermisst. Seit sie in den Slums lebte, war sie nicht mehr zur Kirche gegangen, sie hatte sich geschämt, hatte sich gleichsam als Aussätzige gefühlt.

Am kommenden Sonntag versprach er, mit ihr die heilige Messe zu besuchen und der Jungfrau Maria eine Opferkerze zum Dank für dieses Wunder zu entzünden.

Diese beiden lieben Menschen aus ihrer trostlosen Welt herausgeholfen zu haben und sie nun so glücklich zu sehen, erfüllte Stephen mit einem warmen Gefühl der Dankbarkeit.

„Und von nun an", versprach er, „werden wir an jedem Samstag die heilige Messe besuchen."

Ein neuer Lebensabschnitt

Für Dolores, die die längste Zeit ihres Lebens nur bitterste Armut gekannt hatte, war es nicht einfach, sich in ihrer neuen Welt zurechtzufinden. Sie hatte vergessen, wie es war, in einer bürgerlichen Welt zu leben. Hier in der Prince Street befanden sich viele Läden aller Art, diverse Restaurants, zwei, drei kleine Hotels und sogar ein Reisebüro. Natürlich waren sie und ihre Tochter immer noch weit davon entfernt, zu den Wohlhabenden zu gehören, aber einen eigenen Laden zu führen, und sei er noch so klein, hatte sie in eine Gesellschaftsschicht erhoben, die ihnen zunächst fremd war.

In ihrem Inneren fühlte sich Dolores weiterhin als die Frau aus den Slums, und so würde es wohl auch noch lange Zeit bleiben. Sie war jetzt Ladenbesitzerin und in der Lage, für Maria und sich den Lebensunterhalt zu verdienen, ohne demütigende, prekäre Arbeitsstellen. Den Slum zu verlassen, mit all seinen sozialen und menschlichen Facetten, das war ein riesiger Sprung, so gewaltig, dass sie dies niemals erwartet hätte.

Maria hingegen tat sich mit ihrer neuen Lebenssituation nicht im Geringsten schwer. Ihr Ansehen in der Schule war sprunghaft angestiegen, seit sie die Tochter einer Ladenbesitzerin war. Es gab nun Kinder, die unter ihr standen und sogar Johns „Schutz" bedurfte sie jetzt nicht mehr. Sie gewann neue Freundinnen – Kinder anderer Ladenbesitzer oder derer Angestellten. Es dauerte nicht lange und sie wurde zu Geburtstagsfeiern oder ähnlichen Anlässen in die Häuser ihrer Schulkameradinnen eingeladen und im Gegenzug kamen auch Freundinnen zu ihr in die Prince Street. Diese Straße, auch wenn ihre Wohnung ganz am Ende lag, dort, wo es schon etwas schmuddeliger wurde, galt als halbwegs gute Adresse.

Das Schönste für Dolores aber war es, dass sie jetzt regelmäßig zur Heiligen Messe gehen konnte. Sie stammte aus einem katholischen Elternhaus und hatte als Kind mit ihren Eltern regelmäßig die Messe besucht. Vom Tage ihrer Heirat an aber war es damit vorbei gewesen. Ihr Mann war Atheist gewesen und hatte nichts von all diesem Zirkus gehalten, wie er es nannte.

Durch seine Sauferei hatte er sehr bald seine Arbeit verloren und ihr sozialer Abstieg war nicht mehr aufzuhalten gewesen, bis sie am Ende in den Slums gelandet waren. Maria war in der windschiefen Bretterbude geboren worden, in der sie all die vielen Jahre gelebt hatte.

Als eine Person aus den Slums und mit einem ungetauften Kind hatte sich Dolores dann immer zu sehr geschämt, die Heilige Messe zu besuchen. Es war Stephens Idee gewesen, sie jetzt dazu zu ermuntern. denn er hatte sehr wohl das kleine halb verblichene Bild der Heiligen Madonna gesehen, das über dem Bett von Maria gehangen hatte, und es hing auch jetzt in der neuen Wohnung wieder da. Stephen selbst gehörte zwar formal der anglikanischen Kirche an, aber er war kein besonders gläubiger Mensch. Und so kam es, dass er sie bei ihrem ersten Gang in die Kirche dennoch begleitete. Später kam er nur noch sporadisch mit ihnen. Aber immer wieder war er tief gerührt, wenn er sah, wie Dolores, jedes Mal, bevor sie die Kirche verließ, am Marienaltar eine Kerze für ihre Tochter anzündete. Sie dankte hiermit der Heiligen Madonna, die ja deren Namenspatronin war, für ihre wundersame „Rettung" aus den Slums von Port of Spain.

Als sich zum ersten Mal das Weihnachtsfest näherte, besuchten sie einmal wieder alle drei die Weihnachts-Messe. Das war ganz besonders für Maria ein großes

Erlebnis. Für Stephen war es ein Zeichen dafür, dass sie jetzt und für alle ihre Mitbürger sichtbar zu einer Familie geworden waren.

Es war jetzt das vierte Jahr, dass Stephen hier in Port of Spain lebte, und man hätte meinen können, er wäre inzwischen ein echter Trinidadian. Ja, in einem gewissen Sinne war er sesshaft geworden, jedoch nagte von Zeit zu Zeit etwas an ihm. Durch seine Arbeit im Hafen fühlte er sich zwar im weitesten Sinne immer noch mit dem Meer verbunden, aber am Ende war es dann jedes Mal so, dass die Schiffe ohne ihn davonfuhren und ihn, der einstmals ein Sohn der See genannt worden war, an Land zurückließen. Es ließ in ihm jedes Mal eine leichte Melancholie zurück, rückte ihm zugleich mit jedem Mal stärker ins Bewusstsein und bald war es dann zu einer wahren Sehnsucht geworden. Das Meer rief ihn und die Rufe wurden immer lauter. War es nicht an der Zeit, wieder hinaus in die Welt zu fahren?

Stephen fühlte sich wohl hier, zu Hause in der Wohnung in der Prince Street und führe er tatsächlich wieder zur See, hier hätte er einen Ankerplatz. Er ahnte, dass Dolores und Maria ihn vielleicht vermissen würden; vielleicht wäre es für Maria sogar schwerer als für Dolores, aber alle paar Monate würde er ja nach Hause kommen.

Stephen kannte es im Grunde gar nicht anders, er war es immer so gewohnt gewesen, die vier Jahre an Land empfand er selber eher als Ausnahme von dem ihm eigenen Lebensstil. Er geriet in einen Strudel von Empfindungen und Überlegungen und tat – erstmal gar nichts.

Er schob seine Überlegungen immer weiter vor sich her, ohne wirklich zu einer Entscheidung zu kommen.

Aber wie das so oft geschah in seinem Leben, sollte ihm wieder einmal das Schicksal die Entscheidung abnehmen.

Es war in der Regenzeit, Dolores war allein zur Kirche gegangen. Sie war erst wenige Schritte von zu Hause fort, da geriet sie in einen heftigen Schauer. Als sie auf der Gebetsbank Platz nahm, war sie bis auf die Haut durchnässt.

In der über zweihundert Jahre alten Kirche mit ihren dicken Mauern, die noch aus der Zeit der Spanier stammte, war es selbst am Tage recht kühl und jetzt am Abend fühlte es sich sogar feuchtkalt an. Dolores fröstelte.

Jedoch genoss sie die innige Stunde der Messe stets sehr, es war ihre Zeit mit Gott, und so schenkte sie der zunehmenden Kälte, die sie ergriff, kaum Beachtung. Erst als sie die Kirche verließ und die warme Tropenluft sie milde empfing, wurde ihr bewusst, wie kalt ihr geworden war. Es war schon dunkel und die Sonne, die sie innerhalb von Minuten hätte trocknen können, war bereits untergegangen. Auf ihrem Nachhauseweg wollte unter ihrer klammen Kleidung die Kälte nicht weichen und trotz beschleunigten Schrittes wurde ihr nicht warm.

Als Dolores zu Hause ankam, war sie noch ebenso durchnässt wie zu Beginn der Messe. Stephen und Maria saßen am Tisch und waren in ein Brettspiel vertieft, als Dolores ins Zimmer trat. Stephen starrte sie entsetzt an.

„Aber du bist ja völlig aufgeweicht!", rief er und sprang auf.

Er lief, um Handtücher aus der Waschkammer zu holen, und befahl:

„Zieh dich sofort um, Dolores!"

Er rubbelte sie kräftig trocken und hieß sie trotz ihres Protestes, sofort ins Bett zu gehen. Etwas ratlos hielt er das dünne Laken in der Hand, das die Bewohner der Tropen als Bettdecke zu gebrauchen pflegten.

Nein, es gab nichts im Haus, mit dem er sie hätte wirklich warm zudecken können. Es gab absolut nichts in ihrem Haushalt, was er hätte verwenden können, keine zusätzlichen Decken, große Badehandtücher oder gar Mäntel. Sie hatten normalerweise ja eher das Problem, dass es ihnen immer zu heiß beim Schlafen war. Das Einzige, was Stephen angesichts der völlig durchgefrorenen Frau einfiel, war, sie in mehrere Schichten Kleidung zu hüllen. Er warf ihr sogar eines seiner eigenen Hemden über und deckte sie mit allem zu, was sie finden konnten.

„Leg dich zu ihr ins Bett", sagte Stephen zu Maria, „dann kannst du sie ein wenig wärmen."

Am nächsten Morgen fieberte Dolores leicht. Stephen hieß sie, im Bett zu bleiben, bereitete das Frühstück und verließ beunruhigt das Haus.

Als er am späten Nachmittag von der Schicht nach Hause kam, fand er Dolores mit hohem Fieber vor. Stephen begann sich Sorgen zu machen.

„Ich hole einen Arzt!", beschloss er. Aber Dolores wollte das nicht.

„Nein, keinen Arzt", sagte sie entschieden, „ich habe mich nur ein wenig erkältet. Das wird schon wieder."

Doch am Morgen darauf hatte sich ihr Zustand auf geradezu bedrohliche Weise verschlimmert. Zum ersten Mal kam Stephen der Verdacht, dass sie sich eines dieser tückischen Tropenfieber geholt haben könnte. Er kannte sich mit Tropenkrankheiten nicht wirklich aus, nur vom Hörensagen wusste er, dass damit nicht zu spaßen war. Er selber hatte keine Vorstellung von der Heftigkeit der Krankheitsverläufe. Als Seemann, war er gegen fast alle dieser Krankheiten geimpft, und so hatte er sich nie damit beschäftigt, wie tückisch ein solches Fieber sein konnte. Auf jeden Fall musste er jetzt handeln, wenn es nicht sogar schon zu spät dafür sein könnte. Er beschrieb Maria also den Weg zu einem Arzt und bat sie, ihn herzuschicken, bevor sie zur Schule ging.

Sie dürfte es wohl sehr dramatisch geschildert haben, denn Stephen musste nicht lange auf ihn warten. Nachdem der Doktor die Fiebernde untersucht hatte, fragte er nach dem Telefon.

„Wir haben kein Telefon", musste Stephen eingestehen.

„Dann los!", forderte ihn der Arzt auf. „Laufen Sie zur Telefonzelle und wählen Sie den Notruf! Die sollen einen Krankenwagen schicken."

Auch der Krankenwagen erschien relativ schnell und nachdem er Dolores mit sich fortgeführt hatte, ließ sich Stephen im Eiltempo mit einem Taxi zum Hafen fahren. Dort wartete man schon ungeduldig auf ihn. Die Luke stand bereits offen und von unten blickte ein halbes Dutzend Augenpaare tadelnd zu ihm hoch.

Er war fast überrascht, als er am Mittag Maria auf dem Kai entdeckte, die ihm wie immer sein Essen brachte. Es rührte ihn unendlich, dass sie ihm in dieser schweren Stunde seine Mahlzeit nicht nur geliefert, sondern sogar gekocht hatte. In ihrem Laden waren die Rollläden an diesem Tag nicht hochgegangen und sie würden auch am darauffolgenden unten bleiben.

Während Stephen aß, ließ er sich von Maria erzählen. Gleich nach der Schule war sie ins Krankenhaus geeilt, aber sie hatte ihre Mutter dort als nicht ansprechbar vorgefunden.

Sie brach in Tränen aus und er musste sie in den Arm nehmen, um sie zu trösten.

„Nur Mut, liebe Maria", gab er ihr mit auf den Weg, als sie sich von ihm verabschiedete, „es wird schon wieder werden!"

Aber es wurde nicht. Als Stephen nach seinem Arbeitsschluss im Krankenhaus vorsprach, ließ man ihn erst gar nicht zu Dolores hinein, da er keinerlei Verwandtschaft nachweisen konnte. Erst als er wenig später in Begleitung Marias zurückkehrte, ließ man sie beide zu ihr. Aber sie fanden sie völlig apathisch und noch weniger ansprechbar vor als am Mittag.

Der Arzt machte ein sorgenvolles Gesicht.

„Geh schon mal weiter vor", beschied Stephen das Mädchen, als sie zusammen mit dem Arzt das Krankenzimmer verließen. Dieser blickte ihm sehr ernst in die Augen.

„Sie wird die Nacht vermutlich nicht überleben", sagte er gedämpft.

Stephens Miene war versteinert, als er das Krankenhaus verließ. Er zweifelte keinen Augenblick an der Aussage des Doktors.

Er würde nun allein mit Maria sein.

Schweigend machte er sich mit ihr auf den Weg nach Hause. Er hielt es für besser, ihr erst einmal nichts zu sagen. Daheim angekommen nahm er sie in seine Arme. Sie weinte bitterlich, aber Stephen hatte keine Worte des Trostes für sie.

Was sollte er tun?

Er war verzweifelt.

Während Maria mit großen traurigen Augen am Tisch saß, machte er das Abendessen für sie. Sie aß nur wenige Bissen und auch er musste sich zum Essen zwingen.

Als es Zeit wurde zum Schlafengehen, holte er sein Bettzeug herüber und legte sich in Dolores' Bett zur Ruhe. Er wollte Maria in ihrem Kummer das Gefühl geben, dass es jemanden gab, der für sie da war.

Die Nacht verbrachten Stephen und Maria halb schlafend, halb wachend. Die Sorge um Dolores beherrschte all ihr Denken und Fühlen, die Angst schien die kleine Wohnung bis in die letzte Ecke auszufüllen.

Am nächsten Morgen erhob sich Stephen müde und schwer aus dem Bett. In der Küche traf er auf Maria, die ihm bereits das Frühstück hingestellt hatte. Schweigend trank er seinen Kaffee, Maria hatte sich einfach nur neben ihn gestellt und er drückte ihre Hand.

Der Weg ins Krankenhaus lag vor ihnen, es war ein schwerer Gang.

„Du musst jetzt ganz tapfer sein", sagte Stephen, als er an die Tür des Schwesternzimmers der Station klopfte. Eine der Schwestern öffnete ihnen, bat sie mit ernstem Gesicht, Platz zu nehmen, um auf den Stationsarzt zu warten. Als dieser kurz darauf über den Gang heraneilte, Stephen und Maria begrüßte und ihn wiederum in sein Zimmer bat, war auch im Gesicht des Mediziners kein Anflug eines hoffnungsvollen Lächelns. Er kam ohne Umschweife zur Sache.

Dolores hatte die Nacht nicht überlebt.

Abschied

An diesem Tag nahm Stephen Maria mit sich zur Arbeit am Hafen. Während er auf seinem sattelartigen Bocksitz hockte und die Leine mit dem Ladehaken auf und nieder sausen ließ, saß sie die ganze Zeit über hinter ihm, den Rücken an den Mast gelehnt, und schaute mit leeren Augen über das Deck des Schiffes. Da Stephen seine Tätigkeit wie automatisch ausübte, begann er zu überlegen, wie es nun alles werden sollte. Er war ein Mann der Tat und das half ihm, alle schweren Gedanken zu verscheuchen. Es gab zwei Dinge zu tun: Zuallererst musste ein Weg gefunden werden, den Laden weiterzuführen. Das dürfte nicht allzu schwierig sein. Das Zweite war, wie sollte es weitergehen mit ihm und Maria?

Auch hier begann ein Plan in ihm zu reifen.

Am nächsten Morgen öffneten sie also wieder die Rollläden ihres Geschäfts. Zunächst sollte Maria den Ladendienst übernehmen – das würde ihr nebenbei vielleicht auch ein wenig helfen, nicht in Schwermut zu verfallen, während Stephen im Hafen arbeitete. Gemeinsam schrieben sie eine Annonce: „Verkaufshilfe gesucht", versehen mit ihrer Adresse.

Da heute erst gegen zehn Uhr ein neues Schiff erwartet wurde, verschaffte es Stephen etwas Zeit, um die weiteren Dinge zu organisieren:

Er meldete Maria vorübergehend von der Schule ab und verband seinen Arbeitsweg mit dem Verteilen der Anzeige für eine Ladenkraft.

Seine Arbeit, das Einzige, das sie beide davor bewahrte, wieder zurück in die Slums zu müssen, konnte er auf keinen Fall in Gefahr bringen.

Die Suchanzeige für eine Aushilfe war so formuliert, dass sich Bewerberinnen oder Bewerber am Abend im Laden einzufinden hätten, und als Stephen am späten Nachmittag nach Hause zurückkehrte, fand er dort drei

Frauen unterschiedlichen Alters vor, die an der Stelle interessiert waren. Da sie auch den Einkauf würden erledigen müssen, befragte er sie nach ihren Fähigkeiten. Die Frauen erschienen gleichermaßen geeignet und die Wahl fiel Stephen schwer. Am Ende entschied er sich nach seinem Bauchgefühl für eine sehr resolut wirkende Frau von etwa vierzig Jahren, Afroamerikanerin, nur wenig jünger als Dolores, sie konnte gleich am nächsten Tag beginnen, das gab letztlich den Ausschlag.

Stephen war wieder einmal an einem Punkt angekommen, dass sein Leben eine schicksalhafte Wendung erfuhr. Er war jetzt so etwas wie ein alleinerziehender Vater. Er hatte mit Dolores und Maria einen kurzen Moment der Ruhe erleben dürfen, einen kurzen Moment von Alltagsgemütlichkeit, ja, er hatte sogar angefangen, über seine eigene Zukunft nachzudenken. Nun stand er von einem Tag zum anderen vor der Aufgabe, ein neues Leben beginnen zu müssen, denn er war nun auch verantwortlich für Maria, das fühlte er ganz stark. Niemals könnte er das Mädchen nun seinem Schicksal überlassen, aber wie sollte das gehen?

Seine Idee, die ihm schon den ganzen Tag lang im Kopf hin und her schwirrte, hatte langsam Form angenommen, und nun agierte er wie ein Roboter. Er hatte einen Plan gefasst und diesen wollte er nun systematisch umsetzen. Das Erste war, das Mädchen aus seiner Anonymität herauszuholen, und dafür brauchte Maria einen Pass. Am besten einen britischen. Er hatte sie schon einmal als seine Tochter ausgegeben, warum sollte es ihm nicht ein zweites Mal gelingen? So führte ihn sein nächster Weg zum Gouverneurspalast, Maria im Schlepptau. Er dankte dem Himmel für seine Vorsicht, immer seinen Pass in seinem Brustbeutel bei sich zu tragen.

Zwar brauchten Seeleute normalerweise, wenn sie in ausländischen Häfen an Land gingen keinen, da ihnen stets eine zeitlich begrenzte ID-Card ausgestellt wurde, aber er wusste ja nur zu gut, wie leicht es passieren konnte, „achteraus zu segeln", wie die Seeleute es nannten, wenn sie einmal ihr Schiff verpassten und es ohne sie davonfuhr. Genau das war ihm vor über vier Jahren passiert.

Am Gouverneurspalast angekommen, fragte er sich zum Büro für Visa-Angelegenheiten durch, gab cool und warmherzig zugleich Maria als seine Tochter aus und beantragte einen britischen Pass für sie.

Der Botschaftsangestellte beäugte ihn misstrauisch.

„Wie alt ist denn das Mädel?", fragte er.

„Zwölf", sagte Stephen prompt.

Der Mann stutzte und betrachtete sie weiter misstrauisch.

„Beruf?", wollte er dann wissen.

„Matrose", antwortete Stephen.

Der Angestellte verzog sein Gesicht zu einem schiefen Grinsen. Was immer er dachte, aber er schien Stephen zu durchschauen.

„Ihr verdammten Seeleute!", seufzte er schließlich und schüttelte seinen Kopf. „Aber was soll's. England ist und bleibt nun einmal eine Seefahrernation. Und auch wenn ihr Burschen ständig über die Stränge schlagt, was sollte England wohl ohne euch tun."

Im Stillen aber mochte er wohl denken:

‚Wenn dieses Mädchen seine Tochter ist, fresse ich einen Besen!'

Aber er hielt sich zurück und betrachtete die Papiere auf seinem Schreibtisch, als läge darin die Antwort aller seiner Fragen. Schließlich erhob er sich, schlenderte zu einem Regal und fummelte einen Bogen bedruckten Papieres daraus hervor.

Auf dem Weg zurück zu seinem Platz wedelte er damit herum und knallte es schließlich vor Stephen auf den Tisch.

„Hier", knurrte er, „unterschreiben."

Stephen betrachtete das Papier, es war eine Erklärung zur Anerkennung der Vaterschaft. Er atmete erleichtert auf, er hatte wieder einmal gewonnen. Also nahm er den Stift, den ihm der Angestellte bereitwillig entgegenhielt, und setzte seine Unterschrift darunter.

„Nun gut", seufzte sein Gegenüber, „ich will sehen, was ich für Sie tun kann."

Er überlegte noch eine Weile, wobei er unschlüssig an seinem Stift kaute.

„Ihren Pass brauche ich dann noch", sagte er schließlich, „und ein Passfoto der jungen Dame."

Den Pass bekam er gleich und das Foto versprach Stephen, ihm so schnell wie möglich zu bringen. Daraufhin erhob sich der Mann und drückte Stephen die Hand.

„Welches Schiff?", rief er im Hinausgehen den beiden hinterher.

„,Glenfalloch'", log Stephen ungerührt.

„Ein gutes Schiff!"

Draußen vor der Tür umarmte Stephen Maria, drückte sie fest an sich und dankte dem Himmel, dass er mit diesem Mann ganz offensichtlich einen glühenden Verehrer der englischen Seefahrt erwischt hatte.

Tatsächlich lief es besser, als Stephen erwartet hatte, zwei Wochen später war Marias Pass abholbereit. Sie waren jetzt beide britische Staatsbürger und Maria, als seine offizielle Tochter, stand ab sofort unter dem Schutz der Krone.

Das war ein besonderer Tag und zugleich ein Wendepunkt in ihrem gemeinsamen Leben. Zur Feier des Tages lud Stephen Maria zum Abendessen in einem Restaurant ein. Erstmals seit seinem einstigen

Debakel mit der in der Ferne verschwindenden „Glenfalloch" suchte er ein Restaurant auf.
Stephens Plan barg indes noch eine weitere Hürde und eben die hieß „Glenfalloch".

Vier Wochen später machte diese das nächste Mal an dem ellenlangen Kai von Port of Spain fest.
Stephen ging wie üblich an Bord, nahm seinen nun schon gewohnten Platz an Luke Drei ein, aber am Ende seiner Schicht suchte er den Ersten Offizier auf.
„Nun, Steve", begrüßte ihn dieser, „willst du doch wieder anmustern?"
Stephen nickte ein wenig kleinlaut.
„Ich weiß, dass das nicht so einfach geht", sagte er, „aber könnte ich nicht vielleicht die Rückreise nach England ‚rüberarbeiten'?"
Seeleute nannten es ‚rüberarbeiten', wenn sie, ohne in die Musterrolle eingetragen zu sein, nur für Kost und Logis, aber ohne Heuer eine Reise von einem Hafen zum anderen machten.
„Grundsätzlich steht dem nichts im Weg, Steve", sagte Matthew, „aber das Problem ist, wir haben kein Bett mehr in einer Mannschaftskabine frei, es sei denn, du schläfst im Kabelgatt auf einer Taurolle."
Er lachte.
„Die Sache hat noch einen Haken", sagte Stephen, „ich habe eine Tochter, die muss auch mit."
Das verschlug dem Ersten Offizier erstmal den Atem.
Er blickte Stephen mit einer Mischung aus Ungläubigkeit und Vorwurf an.
„Steve!", meinte er dann. „Nun mach einmal halblang. Wie alt soll die sein. Drei Jahre?"
„Zwölf", entgegnete Stephen.
Matthew schüttelte seinen Kopf.
„Stephen! Vor zwölf oder auch dreizehn Jahren bist du doch niemals in Westindien gewesen. Da bist du, wenn

ich nicht irre, noch zu Hause in Mevagissey zur Schule gegangen."

Misstrauen stand ihm ins Gesicht geschrieben.

„Was ist das für eine Geschichte, Steve?"

Dieser verlor etwas an Boden und trat von einem Bein aufs andere. Er nestelte seinen Brustbeutel hervor, zog einen nagelneuen britischen Pass heraus und reichte ihn Matthew. Er war ausgestellt auf den Namen Maria Tremaine.

Der Erste nahm den Pass entgegen und studierte ihn. Dann blickte er auf.

Mit einer Mischung aus Ungläubigkeit und Staunen versetzte er:

„Stephen, du bist ein Teufelskerl! Wie hast du denn das wieder gedeichselt? Diese Geschichte stimmt doch vorne und hinten nicht."

Er vertiefte sich nochmals in das Dokument, kratzte sich am Kopf und gab jeden Widerstand schließlich auf.

„Wie auch immer, hier steht es schwarz auf weiß, mit Stempel ihrer allerhöchsten britischen Majestät. Es gibt keinen Zweifel, du hast eine Tochter!"

Er blickte Stephen an.

„Und ehrlich gesagt, wenn ich mir dieses Bild so anschaue, sieht sie mir auch eher älter aus als angegeben, eher schon wie eine junge Dame." Er reichte Stephen den Pass zurück.

„Diese Geschichte musst du mir unbedingt irgendwann einmal erzählen." Es folgte eine Pause.

„Ich werde mit dem Captain reden, wir sind passagiermäßig nicht ausgebucht. Vielleicht überlässt er euch eine der Passagierkabinen." Matthew blickte Stephen eindringlich an. „Du kannst dir wohl denken, dass er nicht gerade erfreut darüber war, als du damals so sang- und klanglos verschwunden bist. Ich werde ihm, mit deiner Erlaubnis, die Geschichte von unserem

Schiffbruch vor Manila mit lediglich fünf Überlebenden erzählen, du selber einer von ihnen und dann
der Schock kurz darauf, als du zu Hause deine Braut
verheiratet mit einem anderen vorgefunden hast.
Vielleicht wird ihn dieser Hintergrund milde
stimmen."
Damit verabschiedete er Stephen und beschied ihn, am
nächsten Abend noch einmal nachzufragen.

Nichts hasste Stephen mehr, als vom Wohlwollen
anderer Menschen abhängig zu sein. Er bevorzugte es,
Schwierigkeiten aus eigener Kraft aus dem Weg zu
räumen.
Er seufzte.
Dem nächsten Tag sah er mit einer Mischung aus
Spannung und Hoffnung entgegen.

Als er mit klopfendem Herzen an die Tür zur Kammer
des Ersten Offiziers pochte, ging es für ihn um nichts
weniger als um die Entscheidung, sein Leben hier in
Trinidad auf die eine oder andere Weise weiterzuführen oder aber in England einen neuen Start zu
versuchen. In beiden Fällen war seine Zukunft aber
ohne Maria absolut undenkbar.
„Come in!", ertönte es von innen.
Stephen hatte die Kammertür noch nicht durch-
schritten, da sah er an der Miene von Matthew
Longfellow, dass das Glück ihn wieder einmal nicht
verlassen hatte.
„Der Captain hat sein Okay gegeben", verkündete er
mit einem breiten Grinsen im Gesicht und erhob sich,
um Stephen die Hand zu geben. „Wir haben drei
Kabinen mit Passagieren belegt", beschrieb der Erste
die Situation. „Eure ist die letzte der Kabinen auf der
Backbordseite, direkt am Niedergang auf das
Sonnendeck. Die Passagiere logieren ausnahmslos in

denen auf der Steuerbordseite. Das ist für euch ein Vorteil, denn der Captain möchte möglichst vermeiden, dass unsere Passagiere mitbekommen, dass ein Mitglied der Besatzung in einer der Passagierunterkünfte wohnt. Da dein Dienst sowieso um sechs beginnt, solltet ihr also unauffällig von dort verschwinden und sie erst nach zehn Uhr am Abend wieder aufsuchen. Die junge Dame müsste sich tagsüber an Deck oder in der Mannschaftsmesse aufhalten. Meinst du, dass ihr das so einrichten könnt?"

Stephen hatte keine Einwände, im Gegenteil, das, was er im Geiste bereits vor sich sah, betrachtete er als einen unvorstellbaren Luxus. Nun aber hieß es, sich zu sputen. Es blieben drei Tage Zeit, alles zu arrangieren.

Der Personalchef der Hafenarbeiter war der Erste, den er von seinen Plänen in Kenntnis setzte.

Der Mann geriet völlig außer sich.

„Du bist mein zweitbester Mann!", jammerte Mac. „Die Ausbildung zum Winscher dauert lange. Ich kann da doch keinen Anfänger hinsetzen."

Er raufte sich die Haare.

„Die Ladezeiten werden sich verlängern, das mögen die Reedereien überhaupt nicht."

Er blickte Stephen flehend an.

„Nichts für ungut, Mac", sagte Stephen, „bliebe ich in Port of Spain, würde ich den Job selbstverständlich nicht aufgeben. Es ist nur so …", er blickte den Chef bedauernd an, „… ich gehe zurück nach England."

Dieser sank förmlich hinter seinem Schreibtisch zusammen. Dann blickte er wieder auf.

„Ist es so?", fragte er. „Nun, dann wünsche ich dir auf jeden Fall viel Glück."

Er erhob sich und die Männer gaben sich die Hand.

„War ´ne schöne Zeit hier bei euch", sagte Stephen.

Der nächste Weg führte ihn zu dem Wohnungsmakler, der ihm damals den Laden vermittelt hatte. Stephen bat ihn, das Geschäft für ihn weiterzuvermieten.

„Es gibt seit Kurzem eine Aushilfe, die den Laden für uns führt", meinte Stephen, „wenn sie das Geschäft gern übernehmen möchte – eine langfristige Ratenzahlung käme durchaus in Betracht. Ich möchte nicht mehr dafür haben, als ich selber dafür bezahlt habe."
Er überreichte dem Makler seine Kontodaten in England und verabschiedete sich.
Zu Hause angekommen, es war kurz vor Ladenschluss, erwischte er gerade noch seine Aushilfe. Er bot ihr ohne großes Federlesen die Nachfolge an und bat sie, es sich zu überlegen. Danach erst ging er hoch zu Maria und offenbarte ihr seine Pläne. Das Mädchen war über diesen Sprung ins kalte Wasser überhaupt nicht glücklich.

„Wir haben es doch gut hier", versuchte sie gegenzuhalten, „ich habe inzwischen so viele Freunde und ich möchte auch nicht fort von Mum. "
Stephen wusste, dass sie fast jeden zweiten Tag zu Dolores' Grab ging, um Zwiesprache mit ihr zu halten. Er strich Maria mit der Hand über das Haar.
„Maria", sagte er, „du weißt, dass ich eigentlich Seemann bin. Es zieht mich wieder aufs Meer hinaus. Ich hatte schon seit Monaten den Plan, wieder zur See zu fahren. Ich werde hier auf die Dauer nicht glücklich werden."
Liebevoll blickte er auf sie hinunter.
„Ich kann dich nicht allein hier zurücklassen", fuhr er fort.
„Jetzt, wo deine Mutter tot ist, bin ich für dich verantwortlich."
Maria blickte zu ihm auf. Tränen liefen ihr übers Gesicht.

„Ich kann mir auch nicht mehr vorstellen, ohne dich zu sein."

Stephen konnte sie bei all den Tränen kaum verstehen. Er hielt sie fest, sie weinte und so ging es eine ganze Zeit. Er verstand das Mädchen nur zu gut. Erst die Mutter verloren und nun sollte sie auch noch die Heimat aufgeben für eine ungewisse Zukunft in einer völlig anderen Kultur.

„Was ist das für ein Land, England? Du hast mir nie davon erzählt. Ich weiß nur, dass wir dieselbe Königin haben." Ein kleines Lächeln stahl sich auf ihre Lippen.

„Es ist kalt dort", sagte Stephen.

Zwei Tage später verabschiedeten sie sich von der Ladengehilfin. Maria war bereits am Tag zuvor zum Friedhof gegangen, um sich von ihrer Mutter zu verabschieden.

„Ich weiß, dass sie uns ihren Segen geben wird", sagte sie zu Stephen und eine einzelne Träne kullerte ihr aus dem Auge.

Schließlich kam der Moment des Abschieds, ein letzter Blick zurück in die Wohnung und den Laden, ein kurzes Glück war ihnen hier beschieden worden – oder auch nur eine Verschnaufpause auf ihrem Lebensweg, niemand kannte den Lauf des Schicksals. All ihr Hab und Gut passte in zwei kleine Reiserucksäcke und Vorüberkommende hätten meinen mögen, ein Vater würde einen Ausflug mit seiner Tochter machen. Jedoch, weder würde der Weg kurz sein, noch würde er zurück an diesen Ort führen.

Und: Vater und Tochter? Wie man es nahm.

Sein letztes Geld hatte Stephen in reisetaugliche Kleidung investiert, von seinen Ersparnissen war nichts mehr übrig, alles, was sie besaßen, hatte in diese kleinen Rucksäcke gepasst. Hand in Hand schritten sie tapfer aus, die Prince Street entlang, über den Woodford Square zum Hafen.

Dort auf dem langen Kai gab es noch einen weiteren Abschied – von einem treuen Freund, der ihnen da entgegensah: Dick, der Winscher, ohne dessen Hilfe er all die vergangene Zeit niemals überstanden hätte. Ein Gefühl tiefer Dankbarkeit erfüllte Stephen, als er ihn umarmte.

Dick klopfte seinem Freund auf den Rücken.

„So long, Stephen!"

„So long, Dick! Wir sehen uns doch sicher in zweieinhalb Monaten wieder. Ganz bestimmt" sagte Stephen.

Jedoch, wieder einmal sollte alles ganz anders kommen.

Zweites Buch

Maria

Foto: Dierk Breimeier (Fischerdorf in Cornwall)

Die Überfahrt

Maria stand an der Reling und schaute den Matrosen zu, wie sie die Gangway hochzogen. Einer von den dreien war Stephen und Maria sah voller Stolz, wie routiniert er seine Arbeit verrichtete. Diesen Teil seines Lebens kannte sie noch nicht. Überhaupt war alles das so neu für sie und sie fand es fürchterlich aufregend. Das Mädchen befand sich in einem Überschwang von Gefühlen. Nie hätte sie davon zu träumen gewagt, jemals auf einem so großen Schiff nach Europa zu fahren.

Stephen zwinkerte ihr zu, während er jetzt inmitten seiner Mannschaft nach vorne eilte, um die Leinen loszumachen. Im nächsten Augenblick hörte sie ein lautes trockenes Husten von tief unten aus dem Bauch der „Glenfalloch" und sie spürte, wie das Deck unter ihren Füßen dabei erzitterte. Unwillkürlich blickte sie zu dem hohen blauen Schornstein hinauf und bekam gerade noch mit, wie eine schwarze Rauchwolke aus ihm hinauspuffte.

Die „Glenfalloch" war wieder einmal zum Leben erwacht.

Die paar Menschen, die auf der Pier standen, winkten den Passagieren oben auf dem Sonnendeck zu. Und plötzlich, völlig unerwartet, ließ das Schiff laut und dröhnend sein tiefes Horn erklingen. Maria hatte sich ordentlich erschreckt. Die beiden Springleinen vorn und hinten klatschten ins Wasser und sie konnte nun dabei zusehen, wie Stephen diese Hand über Hand mit einem Kollegen zusammen an Bord holte. Ein Pfiff von der Brücke und die Vorleine klatschte nun ebenfalls ins Wasser. Die „Glenfalloch" war jetzt nur noch mit der Achterleine mit dem Land verbunden, während ihr Steven langsam zur See hindrehte. Ein weiterer Pfiff und die Achterleine wurde nun gleichfalls losgeworfen. Jetzt ertönte ein gewaltiges

Rauschen am Heck des Schiffes. Schäumend wirbelte das Wasser des Hafens, als nun die Schraube zu drehen begann. Noch einmal erklang das Typhon der „Glenfalloch" und dann glitt sie langsam in einem sanft geschwungenen Bogen der offenen See zu.

Dieser ganze komplizierte Vorgang des Ablegens hatte Maria so sehr in ihren Bann gezogen, dass sie den wesentlichen Teil dieses Momentes noch gar nicht erfasst hatte. Doch nun, da der Streifen Wasser zwischen Schiff und dem Kai sich stetig vergrößerte, wurde ihr schlagartig bewusst, dass all das Abenteuerliche und Aufregende, das sie gerade erlebte, bedeutete, Abschied zu nehmen. Ein Abschied von ihrer Heimat und vielleicht sogar ein Abschied für immer.

Impulsiv hob sie beide Arme und winkte zum Kai hinüber, während ihr die Tränen die Wangen in Strömen herunterliefen. Es war ihre Heimat, die nun langsam vor ihren Augen davonglitt. Ihre Heimat, in der sie ihr ganzes bisheriges, teils schreckliches, teils frohes und zuletzt sogar ein kleines bisschen glückliches Leben zugebracht hatte.

Der Streifen Wasser wurde breit und breiter, wurde zu einem See und der See wurde zu einem Ozean, während alles das, was einmal Heimat für sie gewesen war und wo sie ihre tote Mutter zurückließ, schließlich hinter dem Horizont versank.

Plötzlich spürte Maria, wie sich zwei starke Arme von hinten um sie legten. Es war Stephen, der leise hinter sie getreten war. Zusammen schauten sie über die weite, in der Sonne glitzernde See und sie fühlte sich auf einmal wieder aufgehoben und geborgen. Zum Glück war sie nicht allein.

„Ich weiß, wie schwer es für dich ist, liebe Maria", sagte er sanft, „jeder Abschied ist schwer und es ist ja zu einem gewissen Teil auch meine Heimat, die da jetzt am Horizont verschwindet."

Zusammen schauten sie über die glitzernde Fläche des Ozeans und zum Horizont, der nun leer war.

„Komm, meine Liebe, lass uns nun aufs Achterdeck gehen."

Er führte sie zu einer Bank an der Rückseite der Schiffsaufbauten.

„Hier, setz dich erst einmal hin", sagte er, „du weißt, dass ich dich jetzt erst einmal allein lassen muss. Vielleicht schaust du einfach zu, wie das Leben und Arbeiten an Bord eines Schiffes ist. Du kannst auch herumgehen, wenn du magst, auch hier die Treppe zum Bootsdeck hoch, aber nicht höher, und wenn du lieber hineingehen möchtest, kannst du dich jederzeit in die Messe setzen. Um eins machen wir Pause und dann essen wir alle gemeinsam dort zu Mittag. Wo die Mannschaftsmesse ist, weißt du ja inzwischen, das ist dort, wo wir unsere Rucksäcke abgeladen haben."

Mit diesen Worten wandte er sich seinen Kollegen zu, die bereits dabei waren, die Luken dichtzumachen und zu verschalken. Marias Blick glitt über das Achterdeck mit dem großen Mast und den hochgeklappten Ladebäumen und auf das Deckshaus mit seinen unzähligen Winschen. Vor wenigen Tagen erst hatte sie hier mit dem Rücken an den Mast gelehnt hinter Stephen gesessen, während er die Controller für die Winschen bediente. Es war an dem Tag gewesen, an dem ihre Mutter gestorben war. Es schien ihr so lange, lange her.

Die Erinnerung an das Geschehene trieb ihr erneut die Tränen in die Augen.

Immer stärker wurde sie von einem unbestimmten Gefühl überflutet, ein diffuses Gefühl von Fremdheit, vielleicht sogar Einsamkeit. In Trinidad war sie immer ein Teil des Ganzen gewesen, ob in den Slums oder in der Prince Street, in der Schule oder in ihrem Geschäft. Sie war ein selbstverständlicher Teil dieser Welt gewesen. Sie hatte ausgesehen, wie alle ausgesehen hatten, sie hatte die Sprache gesprochen, die alle gesprochen hatten. Stephen war derjenige gewesen, der anders war, anders aussah und anders sprach. Und nun, als sie sich umsah und ihren Einzug in eine neue Welt betrachtete, dämmerte ihr, dass sich einige Gewissheiten umkehren würden.

Die Zeit verging schneller, als Maria gedacht hatte. Als jetzt Stephen zu ihr kam, um sie zum Essen zu holen, schien es ihr, als hätte er sie gerade erst vor Kurzem verlassen. Was nun folgte, geriet zu einer neuen Herausforderung für sie: Sie fand sich plötzlich neben Stephen an einem Tisch sitzend wieder und inmitten einer ganzen Schar von Männern. Während der Mahlzeit sprach Maria nicht. Sie versuchte sich zurechtzufinden in dem Stimmengewirr der Männer, allesamt raue Kerle, ihrem Äußeren nach zu urteilen. Sie meinte, ein gutmütiges Geplänkel unter ihnen auszumachen, und alle schienen auf ihre einfache Art bestrebt, sie, das fremde Mädchen, auf die eine oder andere Art zu umsorgen. Sie alle waren mehr oder weniger junge Männer, allerdings zwei von ihnen, sie saßen ihr direkt gegenüber, waren deutlich älter als die anderen. Das waren der Bootsmann und der Zimmermann.

Der Bootsmann, so viel glaubte sie, zu verstehen, war der Vorgesetzte der Männer.

Sie fühlte, dass Stephen bei allen offensichtlich recht beliebt war, mit einigen von ihnen war er offenbar ganz besonders vertraut. Das alles verwirrte sie. Es schien, als existierten die vier Jahre gar nicht mehr, die Stephen in Port of Spain gelebt hatte. Einige von ihnen verhielten sich so, als wäre er lediglich ein paar Wochen fort gewesen. Dabei hatte er doch all die vergangenen Monate, ja, Jahre zu ihrer Familie gehört. Sie hatte nie daran gedacht, dass neben ihrer Welt noch eine andere für Stephen existieren könnte, und das Erstaunlichste bei allem war, dass auch sie selbst jetzt zu dieser Welt zu gehören schien, einer für sie unvertrauten Welt. Daran musste sie sich wohl erst gewöhnen und es machte sie unsicher. Aber Stephen neben sich sitzen zu wissen, machte es ihr leichter, und er gab ihr Halt.

Ganz besonders war es Hugh, Stephens farbiger Kollege, der ihr von Zeit zu Zeit freundliche Blick zuwarf. Maria fühlte sich ihm auf merkwürdige Weise verbunden, vielleicht, weil auch er eigentlich ein Fremder unter diesen weißen Menschen war. Irgendwo mochte gleichsam seine Geschichte liegen, würden die Fäden hinlaufen, die ihn in diese Welt geführt hatten.

Sie spürte fast körperlich den Wandel, der sich vollzog, den Wandel, der auf jeden Abschied folgte. Sie beneidete Stephen ein wenig um die Vertrautheit, die ihn mit einigen der Männer zu verbinden schien, während sie selbst sich zunehmend verloren fühlte. Sie konnte förmlich spüren, dass er das ihm bekannte Fahrwasser immer mehr genoss. Gleichzeitig flößte ihr dieses Gefühl jedoch auch Vertrauen ein. Stephen würde sich zurechtfinden und es würde für sie beide reichen.

Je länger Maria zwischen all diesen Männern saß und ihren Reden lauschte, desto besser gelang es ihr, sich auf ihre Mahlzeit zu konzentrieren. Wie reichhaltig und abwechslungsreich diese war! Als die Suppe verspeist war und Maria das Essen für beendet hielt, wurde erst noch das Hauptgericht gereicht und damit noch nicht genug: Käse und ein Nachtisch rundeten den Speiseplan ab. Sie kam sich vor wie im Schlaraffenland.

Und doch löffelten alle diese Männer das Essen gleichmütig in sich hinein, so als wäre das gar nichts Besonderes. Es gab sogar einen Steward, der sie alle bediente, und Maria schien es, als bediente er sie selbst ganz besonders zuvorkommend. Er nannte sie „Mylady".

„Möchte Mylady noch eine wenig von dem Pudding?" Was war das nur für eine Welt, in der sie hier so plötzlich angekommen war?

In der Mittagspause führte Stephen sie ein wenig auf dem Schiff herum. Er zeigte ihr das Bootsdeck, auf dem an jeder Außenseite zwei Rettungsboote hingen. Von hier aus gelangte man auf das Sonnendeck, aber das durften sie erst nach zehn Uhr abends betreten, um die Passagiere nicht zu stören, die dort in ihren Deckstühlen unter einem großen Sonnensegel lagen.

Nun aber kam das Beste an ihrem Rundgang, denn Stephen nahm Maria mit sich nach vorn zum Fuß der Treppe, die zur Brückennock führte. Dort hieß er sie warten, zwinkerte ihr zu, während er selber zur Brückennock emporstieg und dort verschwand. Es war Stephens Wunsch, Maria seine Welt zu zeigen, und die Brücke war natürlich das Herzstück eines jeden Schiffes. Er fragte den wachhabenden Offizier, ob er seiner Tochter die Brücke zeigen dürfe.

„Aber klar!", sagte dieser gutmütig und so wandte sich Stephen wieder zurück zur Treppe und winkte Maria, hochzukommen.

Diese ließ sich nicht zweimal bitten.

Sie stand eine Weile still im Wind, bändigte ihr wild wehendes Haar mit einer Hand. Von hier oben konnte sie über das gesamte Vorschiff schauen, mit seinen Luken, Masten und ganz vorn am Bug die beiden großen Ankerwinden. Aber vor allem glitt ihr Blick in die Ferne übers Meer. Stephen überließ Maria diesem

Erlebnis, bis er sie sanft an der Schulter fasste und mit ihr das Brückenhaus betrat. Imposant, das große Steuerrad mit Speichen und Griffen, davor der Kompass. Stephen versuchte, sich in Maria hineinzuversetzen, die ja all diese ihm so vertrauten Dinge zum ersten Mal erlebte. Drei Männer befanden sich auf der Brücke. Lars, der Schwede besetzte die Ruderwache, der Dritte Offizier in Uniform: dunkelblaue Hose und weißes Hemd, auf dessen Schultern jeweils eine Achselklappe mit einem goldenen Streifen war. Dazu trug er eine weiße Schirmmütze mit dem goldgefassten Wappen der Reederei über dem Schirm. Stephen stellte ihm Maria vor und diese machte einen artigen Knicks vor ihm. Auf der anderen Seite der Brücke stand, ebenfalls am Brückenfenster, der Matrose der Wache. Stephen stellte auch ihn Maria vor und das Wohlwollen der Seeleute war ihr gewiss. Die Brücke hatte von jeher auf Besucher eine starke Wirkung. Maria aber, deren Lebensumfeld bis hierhin sehr überschaubar gewesen war, kam aus dem Staunen nicht mehr heraus. Sie schaute und staunte, staunte und schaute und zwischendurch glitt ihr Blick immer wieder hinaus über das weite Meer. Stephen spürte irgendwann, dass es genug der Eindrücke war, nahm sie beim Arm, verabschiedete sich von seinen Kollegen und suchte nun wieder die Bank an der Steuerbordseite auf, die Maria bereits bekannt war. Er selber musste seinen Dienst nun fortführen, während sie Zeit haben würde, all ihre Erlebnisse zu verarbeiten.

Nachdem sie eine geraume Weile ihren Gedanken nachgehangen hatte, schaute sie sich in der näheren Umgebung um und ihr Blick blieb an einem großen aus Holzbalken erbauten, quadratischen Bauwerk hängen, das irgendwie so wirkte, als gehörte es eigentlich nicht hierher. Ihre Neugier war geweckt und sie umschritt das Brettergebilde, über dessen oberen Rand die Enden einer blauen Plastikplane hinunterhingen. An einer Seite entdeckte sie eine Leiter und kletterte empor. Das Mädchen musste sich dabei gut festhalten, denn das Schiff lag nicht unbedingt ruhig im Wasser und jedes Mal, wenn es sich etwas überlegte, schwappte Maria Wasser aus dem Behälter entgegen. Um was mochte es sich bei diesem Gebilde handeln? Oben angekommen staunte sie nicht schlecht, als sie erkannte, dass es sich um ein Schwimmbassin handelte. Inmitten des Meeres ein Schwimmbecken bereitzustellen, was für ein verwegener Gedanke, schoss es Maria durch den Kopf. Es war offensichtlich, dass die Besatzung der „Glenfalloch" sich dieses bescheidene Bauwerk selbst errichtet hatten, um sich nach getaner Arbeit darin erfrischen zu können.

Nun war sie aber wirklich neugierig geworden, was es hier noch alles zu entdecken gab, und sie beschloss, sich das Achterschiff ein wenig genauer anzusehen. Wo all die Männer geblieben waren, wusste sie nicht. Also begann sie, das Deck näher zu erkunden. Am Schwimmbecken vorbei schlenderte sie jetzt zum Achterdeck. Nun, ein Schlendern konnte man es eigentlich nicht nennen. Die See war zwar ruhig, aber das Schiff wiegte sich in der nur schwachen Dünung doch so weit, dass sie sich eher in einer Art von Zickzack über das Deck bewegte. Die Masten mit den Ladebäumen waren ihr inzwischen vertraut. Jedoch ganz hinten, am Heck fiel ihr schon von Weitem ein deutlich größeres Deckshaus auf. Es mochte eher ein

Teil der Aufbauten des Schiffes sein, denn es hatte Bullaugen und sie fragte sich, ob hier wohl jemand wohnte. Aus einem Rohr auf dem Dach stieg weißer Dampf und es roch irgendwie nach Wäscherei.

Maria hatte sich nie Gedanken darüber gemacht, wie das monatelange Leben an Bord eines Schiffes aussehen würde und was dazu benötigt wurde, und so war sie zunächst überrascht, als sie feststellte, dass es sich tatsächlich um eine richtige Wäscherei handelte. Der Geruch und auch die Wärme, die diesen Räumlichkeiten entströmten, erinnerten sie an ihre Mutter und Wehmut ergriff sie. Was hatte ihre Mutter aushalten müssen, um als Wäscherin den Lebensunterhalt für sie beide zu verdienen. Warmes Wasser hatte ihr dafür nicht zur Verfügung gestanden, es war eine schreckliche Plackerei gewesen.

Maria ging um das Deckshaus herum und entdeckte hinter der offen stehenden Tür einen Mann, einen Chinesen, der damit beschäftigt war, einen großen Berg von Wäsche aus einer von drei großen Waschmaschinen zu holen.

Der Mann hielt inmitten seiner Arbeit inne und kam zu ihr hinaus. Er schaute freundlich und sprach Maria an, die jedoch kein Wort verstand. Er fuchtelte mit den Armen, zeigte auf ihre Kleidung und seine Wäscherei und sie meinte schließlich, der unverständlichen Rede zu entnehmen, dass er ihr anbot, auch ihre Sachen zu reinigen. Sie machte ein ratloses Gesicht, aber der Chinese ließ sich nicht beirren, lachte sie an und rief, nun auch für sie verständlich:

„Stephen, guter Mann!"

Damit drehte er sich um und verschwand in seiner Wäscherei. Auf die hölzerne Brüstung der Reling gestützt, schaute Maria nun hinunter in das wild brausende Wasser der Schiffsschraube. Die „Glenfalloch" zog eine breite Spur weiß schäumenden Wassers hinter sich her. Das Mädchen konnte kein Ende erkennen.

So stand sie eine Weile und träumte vor sich hin, als sie plötzlich von einer Bewegung hinter sich aufgeschreckt wurde. Es war der Koch, der eine große Tonne voller Essensreste trug, die er nun achteraus über Bord kippte. Maria hielt vor Schreck die Luft an. Da gingen die Reste dieses überaus reichhaltigen und köstlichen Essens über Bord. Erneut griff die Wehmut nach ihr. In ihrem bisherigen Leben war Schmalhans Küchenmeister gewesen, weggeworfen wurde so gut wie nie etwas. Ihr dämmerte, dass der Abschied von ihrem bisherigen Leben viel mehr Facetten aufwies, als sie für möglich gehalten hatte.

Der Koch sprach sie an.

„Ach, du bist die Tochter von Steve", sagte er, „ich habe schon von dir gehört. Wenn du Langeweile hast, komm mich in der Küche besuchen. Ich freue mich jederzeit über Gesellschaft. Ich sehe immer nur den Bäcker und den Steward, das ist auf die Dauer recht langweilig."

Und schon machte er sich wieder auf den Weg zurück in seine Küche.

Maria lächelte still in sich hinein. Die Freundlichkeit der Menschen hier an Bord stimmte sie froh.

Langsam kehrte sie zurück zu ihrer Bank, ging weiter ihren Tagträumen nach. Sie wartete darauf, dass es fünf Uhr werden, und Stephen zusammen mit den anderen Feierabend haben würde.

Die Matrosen und Maschinisten suchten dann ihre Kammern auf, gingen duschen und zogen sich um. Stephen, der kein Arbeitszeug und ja auch keine offizielle Kammer hatte, duschte dennoch ebenfalls.

Da seine ganze Habe aus dem bestand, was er am Leibe trug, zuzüglich einmal Wäsche zum Wechseln, erklärte er jene, die er gerade trug, zur Arbeitskluft und die andere zu seiner Freizeitkleidung.

Zum Glück gab es ja den chinesischen Wäscher.

Bis zum Abendessen blieb eine Stunde und so kam es, dass sich jetzt an der Bank, wo Maria saß und auf Stephen wartete, allerlei Besatzungsmitglieder einfanden. Einige der Matrosen oder Maschinisten kamen bereits in Badehose, um sich nun voller Behagen in dem selbst gebauten Swimmingpool zu vergnügen. Auch Stephen trudelte schließlich ein und setzte sich zu Maria.

„Nun?", fragte er. „Hast du dich gelangweilt?"

„Oh nein, überhaupt nicht! Das alles hier ist so neu und aufregend für mich", entgegnete sie.

Maria gab ihm nun Bericht über ihre Deckserkundung und endete mit einem Satz voller Dankbarkeit über die Freundlichkeit aller Menschen, die ihr bisher auf dem Schiff begegnet waren.

„Sie kennen mich doch gar nicht", sprach sie aus, was sie beschäftigte, „warum heißen mich denn alle so freundlich willkommen?"

Stephen seinerseits war froh, dass „sein" Mädchen sich so aufgehoben fühlte, und er spürte selber große Dankbarkeit dafür, dass seine Kollegen sich so loyal ihm gegenüber verhielten.

„Die Männer sind Familienangehörige an Bord nicht gewohnt, viele haben selber Kinder zu Hause, die sie vermissen. Du versöhnst sie vielleicht ein wenig mit ihrem Schicksal als einsame Seeleute."

Nach einer Weile fiel ihm auf, dass Maria mit einem fast sehnsüchtigen Blick den Badenden zuschaute. Stephen brauchte nicht lange zu überlegen, was sie bewegte, er wäre ja selber nur zu gerne ins Schwimmbecken gesprungen. Aber sie hatten ja kein

Badezeug und natürlich war ihr das ebenso bewusst wie ihm selbst.

Er wandte sich ihr zu.

„Tja, Maria", sagte er, „ich würde selber jetzt auch nichts lieber tun, als mich wie alle anderen in die Fluten zu stürzen."

Er legte seinen Arm um sie. Plötzlich kam ihm da ein Gedanke.

„Kannst du denn schwimmen?"

Er sah ihr an, wie unbehaglich ihr auf seine Frage hin zumute war.

Sie scharrte verlegen mit einem Fuß auf dem Boden.

„Nein", brachte sie schließlich heraus.

„Ach, Maria, das macht überhaupt nichts, ich bringe es dir bei, sobald wir in unserem Zuhause in Mevagissey sind."

Er hatte sich um einen lockeren Ton bemüht, aber dann fiel ihm plötzlich ein, dass es bereits Ende Oktober und damit viel zu kalt zum Baden war. Und noch etwas wurde ihm bewusst: Maria kannte ja gar keine Jahreszeiten! Auf Trinidad war es das ganze Jahr über warm.

Es würde für sie nicht einfach werden, im kalten England, dachte er und fragte sich, ob seine Entscheidung, mit ihr dorthin zu gehen, richtig gewesen war. Aber hatte er denn eine andere Wahl gehabt? Hätte er bleiben können?

,Nein', beantwortete er sich seine Frage selbst. ,Mein Leben lang Schauermann?'

Es zog ihn mit aller Macht wieder zur See und Maria allein zurücklassen, war absolut keine Option gewesen. Es musste gehen. Sie würde sich mit der Zeit an England gewöhnen, andere waren auch von den Westindischen Inseln gekommen, und sie war jung genug, ein neues Leben zu beginnen. Vorerst würde sie in der Obhut seiner Eltern bleiben.

Das Abendessen konnte Maria an diesem Tag schon etwas „entspannter" verbringen. Sie hatte sich einige Namen gemerkt und auch der Bootsmann, der ihr gegenüber am Tisch saß und vor dem sie großen Respekt hatte, machte sie nicht mehr unsicher. Im Gegenteil, er war sichtlich bemüht, der „kleinen Miss", wie er sie nannte, das Gefühl zu geben, dass sie jetzt zur Mannschaft gehörte.

Nach dem Essen trafen sich viele wieder bei der Bank am Schwimmbecken. Es war bereits dunkel draußen an Deck. Aber das hielt ein paar von ihnen nicht davon ab, noch einmal in den Pool zu tauchen. Andere hatten einige Flaschen Bier mitgebracht, die nun herumgereicht wurden. Michael machte sich einen Spaß mit Maria und hielt ihr auch eine Flasche hin. Jedoch hatte jene sich an die Späße dieser rauen Gesellen schon gewöhnt und lehnte lachend ab.

Maria nahm erstaunt wahr, dass auch einer der Passagiere zu ihnen gestoßen war. Er war ein alleine reisender Mann im Rentenalter. Brian stellte sie ihm als neues „Mitglied" der Besatzung vor, was den Mann aber offensichtlich sehr verwirrte. Alle lachten, bis Lars, der Schwede, den Fremden aufklärte und dieser ihr freundlich die Hand reichte.

Stephen würde ihr später, bereits zurück in ihrer Kabine, erzählen, dass der Mann sein ganzes Leben lang gespart habe, um sich diese eine Schiffsreise leisten zu können.

„Ist das sehr teuer?", wollte sie wissen.

„Sehr!", nickte er bekräftigend und Maria dachte, wie privilegiert sie doch sei, wo sie ganz umsonst diese Reise machen durfte. Nun, vielleicht nicht ganz umsonst, denn Stephen arbeitete ja für sie.

Der Mann, er hieß John Fitzgerald, verriet ihr, dass er nichts lieber tue, als jeden Abend hier unten zusammen mit der Mannschaft zu sitzen, um den Geschichten zuzuhören, die die Männer erzählten. Es gebe unzählige davon und er habe bisher keine ein zweites Mal gehört.

Brian, der neben ihm saß, nahm daraufhin seine Worte zum Anlass, Stephen aufzufordern, ihnen allen die Geschichte von seinem Schiffbruch vor Manila zu erzählen. Er beugte sich verschwörerisch zu Maria herunter und flüsterte ihr zu, dass Stephen es zu einer Art von Berühmtheit unter allen Seefahrern Großbritanniens gebracht habe und alle Zeitungen und Radiosender des Landes hätten davon berichtet.

Jetzt riefen alle durcheinander, und forderten Stephen vehement dazu auf, von seinem Abenteuer vor Manila zu erzählen.

Dieser aber wollte nicht. Er bat sie nachdrücklich, ihn nicht weiter zu bedrängen. Er brachte es immer noch nicht über sich, von dem Ereignis, das sein Leben so radikal verändert hatte, zu sprechen.

Brian fragte Maria, ob Stephen ihr je davon erzählt habe. Maria sah Stephen mit großen Augen an und schüttelte den Kopf.

Nun aber fragte Brian wiederum ihn, und alle anderen stimmten ihm zu, ob er Maria vielleicht davon erzählen dürfe. Stephen sah sie an, und als er ihren schier bettelnden Blick wahrnahm, stimmte er widerstrebend zu. So begann Brian zu erzählen und schon bald beteiligten sich auch die anderen. Am Ende redeten alle durcheinander, was ihnen über das Unglück und Stephens Rolle dabei bekannt war. Es war niemals offiziell laut geworden, dass das Schiff aufgrund eines falschen seemännischen Manövers des Kapitäns untergegangen war. Jedoch, unter Seefahrern blieb auf die Dauer so etwas nicht geheim. Und natürlich wussten inzwischen alle, dass Stephen zweimal versucht hatte, den Captain von seinem waghalsigen Manöver abzuhalten.

Maria stand der Mund vor Schrecken offen. Ihr wurde nochmals bewusst, wie wenig sie denjenigen kannte, der ihr Schicksal nun in die Hand genommen hatte. Sie hatte damals, als er heruntergekommen gewirkt hatte und vom Leben irgendwie enttäuscht, nie hinterfragt, was seine Geschichte war, sie war ja damals auch noch viel zu jung gewesen. Für sie war Stephen immer besonders gewesen, ein Weißer, der gutes Geld verdiente, der ihre Mutter und sie unterstützte, weitere Fragen hatte sie nicht gestellt.

Die Zeit war schnell vergangen in dieser geselligen Runde und zu vorgerückter Stunde verabschiedeten sich die beiden von den anderen, holten ihre Rucksäcke aus der Mannschaftsmesse und schlichen sich zwei Decks höher in ihre Kabine.

Diese war nicht besonders groß, wirkte aber durch ihre Holzvertäfelung recht gemütlich. An ihrer vorderen Längswand befanden sich zwei übereinanderliegende Kojen und in der Außenwand war ein Fenster, das sogar eine kleine Gardine hatte. Stephen fragte Maria, in welcher der beiden Kojen sie gerne schlafen wolle.

„Ach, ich würd' gern die obere nehmen."

Stephen lächelte. Er wählte sonst auch immer die obere, aber das verschwieg er ihr.

Er zeigte ihr nun das Badezimmer. Maria staunte. Sie erlebte all diese Errungenschaften einer modernen Zivilisation zum ersten Mal in ihrem Leben. Stephen ließ sie allein.

Nun verging eine Ewigkeit und während er längst in seiner Koje lag, hörte er immer noch das Aufdrehen von Wasserhähnen, mehrmals das Laufen der Klospülung und eine endlos lange Zeit das Rauschen der Dusche.

Als Maria schließlich mit schier am ganzen Körper klebenden nassen Haaren aus dem Waschraum kam, hatte sie trotz der Bräune ihrer Haut ein rot erhitztes Gesicht. Sie kletterte zu ihrer Koje empor.

„Gute Nacht, liebe Maria", sagte Stephen und löschte das Licht.

„Gute Nacht, Stephen", sagte sie von oben, „das war ein aufregender Tag!"

England

Maria fand sich schnell in das Leben an Bord der „Glenfalloch" ein. Seit Stephen in ihr Leben getreten war, war die Kette an Veränderungen nicht mehr abgerissen. So war sie es fast schon gewohnt, sich immer wieder an neue Situationen anzupassen. Sie bewegte sich wie ein Schmetterling inmitten der raubeinigen Männer und diese begegneten ihr mit Respekt und Achtung. Maria brachte Farbe in ihren Schiffsalltag. Schnell war auch dem Kapitän klar, dass seine Sorge, das junge Mädchen würde Unruhe an Bord verursachen, unbegründet gewesen war, und er gestattete ihr, sich frei und überall auf dem Schiff zu bewegen. Maria nahm diese Möglichkeit dankbar an, ihr Lieblingsort war die Brücke. Dort hatte sie den Blick über die weite See und gleichzeitig gewährte ihr diese Position einen Überblick über das gesamte Vorschiff. Sie beobachtete von dort, wie die Matrosen in die Masten kletterten, um all die Blöcke des Ladegeschirrs zu untersuchen oder gar auszuwechseln. Alle die endlos langen Drahtseile wurden von den Winschen abgespult und in langen Schlangen auf dem Deck ausgelegt. Dort wurden sie auf kleinste Beschädigungen hin untersucht und anschließend frisch gefettet wieder zurück auf die Trommeln der Winschen gespult.

Maria beobachtete auch ganz genau, wie der Rudergänger die Wellen parierte und den Kurs des Schiffes hielt. Wenn der wachhabende Offizier um Punkt zwölf mit seinem Sextanten auf das Peildeck kletterte, um die Mittagsbreite zu nehmen, kletterte sie hinter ihm her und folgte ihm sodann ins Kartenhaus, wo er die Position des Schiffes in die Seekarte eintrug. Auf der Brücke konnte Maria auch in die Funkbude schauen, deren Tür stets offen stand und wo der Funker seinen Dienst tat. Er hockte dort vor hochkompliziert anmutenden Geräten, an deren Knöpfen er manchmal hin- und herdrehte, woraufhin aus einem kleinen Lautsprecher quietschende Geräusche, ein Brummen oder Rauschen erklangen und dann, auf einmal, hörten das Rauschen und Quietschen auf und es ertönte ganz klar ein *Tüüt-tüüt-tüt-tüt-tüt-tüüt*. Sobald er das hörte, pflegte er seine Kopfhörer aufzusetzen, kurz darauf tickerte er mit schnellem Finger auf einer Taste, die vor ihm auf dem Tisch stand. Das machte sie neugierig und irgendwann steckte sie ihren Kopf durch die Tür der Funkbude, stieg die Treppe ein Stück hinunter und setzte sich auf eine der Stufen. Der Funker drehte sich zu ihr um.

„Ich unterhalte mich hier mit den Funkern anderer Schiffe", erklärte er und lachte sie dabei an. „Wir sprechen eine Geheimsprache", flüsterte er ihr verschmitzt zu und zwinkerte verschwörerisch mit einem Auge.

Auf ihren ungläubigen Blick hin setzte er zu einer Erklärung an:

„Nein, im Ernst. Es gibt ein Alphabet für Funker, das jeder andere Funker überall auf der Welt versteht, und dieses versetzt uns in die Lage, mit allen Schiffen der Welt und natürlich auch mit den Häfen, auf der Grundlage der englischen Sprache zu kommunizieren. Aber für wichtige Dinge gibt es auch Kurzsignale. Eines zum Beispiel, und das ist das allerwichtigste von ihnen, wird gesendet, wenn ein Schiff in Seenot ist. Wenn dieses Signal über den Äther ertönt, müssen alle anderen schweigen, du kennst es vielleicht, es heißt SOS."

Nein, Maria kannte es nicht, aber da es nun erneut aus den Geräten piepte, nickte er ihr kurz zu und vertiefte sich wieder in seine ganz eigene Welt.

Wenn es ihr zu viel der Eindrücke wurde, verdrückte sich Maria ins Kabelgatt. Dieses befand sich ganz vorn im Bug des Schiffes. Eine steile eiserne Leiter führte hinab. Dort schaute sie dann dem Kabelgatts-Matrosen, allgemein Kabel-Ede genannt, beim Spleißen der Taue zu und staunte über seine Geschicklichkeit, mit der er zwei Taue fest miteinander verband oder eine Schlaufe an einem Seilende herstellte.

Diese gleichmäßige Arbeit, die er verrichtete, recht abgeschieden vom Rest der Besatzung, gefiel dem Mädchen. Dort vorn im Schiff hatte Maria das Gefühl, eine richtige „Schiffsbraut" zu sein: meerumtost, gischtbesprüht.

Und so verging die erste Woche, dann auch zwei, Maria fand sich ein in den Rhythmus des Lebens an Bord – Geselligkeit und Stunden, in denen sie allein mit dem Meer war, wechselten sich ab.

Als sie das Gefühl hatte, sich langsam gar heimisch zu fühlen, als sie der Meinung war, alle Orte des Schiffes schon gesehen zu haben, wartete jedoch der abenteuerlichste aller Eindrücke noch auf sie, es war, als hätten die Matrosen sich dieses Erlebnis für Maria bis zuletzt aufgespart. Es war der Maschinist, sie hatte ihn bisher selten wirklich das Wort führen hören, der sie eines Tages ansprach und sie einlud, ihr die Schiffsmaschine zu zeigen. Dieser immense Klotz einer Maschine erschien ihr geradezu gigantisch. Sie kam sich unendlich klein vor, als sie mit dem Maschinisten oben auf der Galerie stand und hinunterschaute. Der gewaltige Motorblock reichte von ganz unten vom Schiffsboden bis fast unter das Bootsdeck, wo die dicken Abgasrohre im Schornstein mündeten. Es gab vier unterschiedlich hohe Galerien, die einmal rings um die ganze Maschine herumreichten und durch Leitern miteinander verbunden waren.

Für ihre mächtige Größe machte diese Maschine

erstaunlich wenig Geräusche. Sie gab lediglich ein ständiges gleichbleibendes *Klong-Klong-Klong* ... von sich. Es war ein tiefer und ausgesprochen dominanter Ton, der den ganzen Raum füllte und sich auf das gesamte Schiff übertrug.

Wenn das Wetter nicht so einladend war, besuchte Maria gern den Koch in seiner Kombüse. Ein herrlicher Ort für einen Menschen wie sie, die in ihrem bisherigen Leben ja nicht gerade üppig mit Lebensmitteln gesegnet gewesen war. Sie badete förmlich in den vielfältigen Gerüchen an diesem Ort, der ihr geradezu paradiesisch vorkam. Auf engstem Raum zauberte der Koch hier mehrere Mahlzeiten mit verschiedenen Gängen am Tag. Maria durfte oft beim Zerkleinern von Gemüse helfen, rührte in Töpfen und Pfannen, derweil der Koch dekorierte oder arrangierte. Dass die Passagiere und die Besatzung das gleiche Essen erhielten, empfand sie als besonders bemerkenswert. Lange genug hatte sie zusehen müssen, wie ihr Leben in verschiedene Klassen aufgeteilt gewesen war, und sie hatte nie zu den Begünstigten gehört, selbst nicht, als ihre Mutter mit Stephens Hilfe zur Ladenbesitzerin avanciert war. Insgeheim hielt Maria den Koch für einen kleinen König mit eigenem Reich. Aber er war nicht der Einzige hier in diesem Reich, denn da war auch noch der Bäcker. Den mochte sie besonders gern, denn er gab ihr oft ein wenig zu naschen, nicht zuletzt, wenn er seine allseits beliebten Törtchen buk. Ansonsten zauberte er jeden Tag frisches Brot und am Donnerstag und Sonntag gab es sogar für alle frische Brötchen.

„Warum gerade Donnerstag?", fragte Maria.

„Donnerstag ist Seemannssonntag", sagte der Bäcker. „Das ist auf allen europäischen Schiffen so. Das stammt noch aus der Zeit der Wikinger, als die Seeleute sich noch nicht entscheiden konnten, an welchen Gott sie glauben sollten. Bevor sie Christen wurden, war Thor, der Donnergott, der Gott aller Seeleute und der ,Thorsdag', in unserer Sprache *Thursday,* beziehungsweise Donnerstag, war ihr Feiertag. In späteren Zeiten hielten sie es dann wohl für sicherer, beiden Göttern einen Feiertag zu widmen."

Mein Gott war das ein herrliches Leben hier auf dem Schiff. Wenn sie das alles nicht mit eigenen Augen gesehen und erlebt hätte, wäre das alles für das Mädchen aus den Slums einfach unvorstellbar gewesen. Maria erlebte, lebte, lernte, staunte und genoss. Seit ihrem Abschied von Trinidad war sie wie in einem Traum unterwegs. Mit ihren fünfzehn Jahren offenbarte sich ihr eine Welt, von der sie nicht einmal geahnt hatte, dass es eine solche gab. Sie kam sich vor wie eine Außerirdische, die auf einem anderen Planeten gelandet war.

Die geselligen Abende waren ihre absoluten Sternstunden. Das Schwimmbecken war, wenn die Arbeit beendet war, der Treffpunkt für die Mannschaft; hier wurde geredet, gesungen, gebadet, getrunken und die Sonne genossen, ein jeder tat hier ganz nach seiner Façon.

Und so wurde aus den aufregenden Anfängen dieser Überfahrt, die für Maria einen Abschied mit einem Neuanfang verbinden sollte, eine Zeit, in der sie mit jedem Tag mehr in eine neue Rolle ihres Zusammenseins mit Stephen finden musste. Mit jedem weiteren Tag stieg die Erwartung auf ihr neues Leben in England, es mischte sich eine gewisse Unruhe in ihr ansonsten von Meer und Alltagsrhythmus geprägtes Leben an Bord, inmitten der Mannschaft. Es würde nicht so bleiben wie gerade. Es handelte sich lediglich um eine Zeit zwischen den Zeiten, zwischen zwei

Welten; eine Zeit, an die sie später zurückdenken würde mit einem gewissen Gefühl der Unwirklichkeit. Alles begann mit einem Frösteln, wiederkehrend, immer unerwartet, sich ausbreitend zu einer Kälte, die von ihr Besitz ergriff. Was war das für ein Gefühl? Es war ihr fremd. Hing es mit der zunehmenden Kälte zusammen, jetzt, wo sie Liverpool immer näher kamen? Inzwischen war das Schwimmbecken abgebaut, es war zu kalt und die See rauer geworden. Die „Glenfalloch" arbeitete deutlich spürbarer in der kabbeligen Dünung.

Die abendlichen Treffen auf dem Achterdeck blieben jedoch erhalten. Für die Besatzung war die Veränderung des Klimas nichts Besonderes. Die Männer kannten es nicht anders. Man kleidete sich entsprechend und das ohne großes Palaver, einfach, weil man es gewohnt war, die Kleidung an die jeweilige Witterung anzupassen. So blieb es zunächst unbemerkt, dass Maria und Stephen es den Matrosen nicht nachtaten und allabendlich in ihrer Sommerkleidung – sie hatten ja nichts anderes – an Deck saßen. Hugh war der Erste, der gewahrte, dass Maria sich beständig die Arme rieb und immer mehr in sich zusammenschrumpfte. Der Mann aus Kingston Town konnte es ihr am besten nachfühlen. So fackelte er nicht lange und am nächsten Abend reichte er ihr einen Pullover und dicke Strümpfe, beides viel zu groß, aber die Dinge erfüllten ihren Zweck.

Der Mannschaft dämmerte nun allmählich, dass Maria und Stephen keine weiteren Kleidungsstücke besaßen als die, die sie am Leib trugen. Für Stephen fand sich schließlich ein Overall, leidlich passend und warm genug für die letzten Tage vor der englischen Küste.

Man versammelte sich von nun an in der Messe, aber die Leichtigkeit der lauen Sommerabende an Deck, die damit verbundene romantische Seefahrerstimmung war verschwunden. Aus der anfänglichen Kühle war eine kalte und stürmische Wetterlage geworden.

Maria, so unpassend gekleidet und ein Kind der Karibik, kam aus dem Frieren nicht mehr heraus und zog es vor, ganz unter Deck zu bleiben.

Im rauen Wellengang, verursacht von durchziehenden stürmischen Böen, schaukelte das Schiff hin und her. Stephen musste Maria beruhigen. „Kabbelige See" nannte er es, von einem echten Sturm war man noch weit entfernt. Maria hoffte inständig darauf, dass es keinen geben würde, die Erzählungen vom Untergang der „Ajax" nagten an ihr.

Stephen bemerkte, dass sie immer stiller wurde. Er vermutete Langeweile dahinter, die lustigen Tage an Deck mochte sie vermissen.

Eines Abends jedoch offenbarte sie ihm ihre Angst, das Schiff könnte gar untergehen. Er hatte völlig vergessen, wie unerfahren sie im Umgang mit dem Element Wasser war und er machte sich Vorwürfe, sie nicht gut genug auf diese Reise vorbereitet zu haben. Sie begann gar zu weinen, die Anspannung der letzten beiden Wochen, die Aussicht auf erneute Veränderung brachten Maria in eine kleine Krise.

Stephen vermisste Dolores plötzlich sehr und ihm wurde die ganze Tragweite seiner Verantwortung bewusst. War er dieser Aufgabe wirklich gewachsen? Stets hatte Dolores Mutter- und Vaterrolle gleichsam übernommen und nun fiel beides ihm zu, ihm, der von Erziehung keinerlei Ahnung hatte.

Er hatte sich mit Mutter und Tochter verbunden in einer Zeit, als er selber Hilfe und Unterstützung benötigte, und als er schließlich wieder fest auf seinen Beinen gestanden hatte, hatte er einfach so weitergemacht und zurückgegeben, was er selber so sehr wertschätzte: Vertrauen und Fürsorge.

Doch wie sollte es nun weitergehen? Maria war, als er damals in den Verschlag in den Slums von Port of Spain zog, ein kleines Mädchen gewesen, er hatte sie buchstäblich an die Hand nehmen können.

Und nun, mit fünfzehn Jahren, sah die Sache schon anders aus. Er hatte einzelne Blicke der Matrosen bemerkt, Blicke, die Maria nicht mehr als Kind betrachteten, sondern als junges Mädchen auf dem Weg zur Frau. Und diese Maria saß nun vor ihm und weinte bitterlich. Er zögerte, sie wie sonst in den Arm zu nehmen, irgendetwas war anders geworden auf dieser Reise zwischen Gestern und Morgen. Doch dann ging ein Ruck durch ihn. Intuitiv schloss er sie in die Arme, wiegte sie, als sei sie immer noch das kleine Mädchen, und sprach beruhigend auf sie ein. Er ahnte, so würde es nicht ewig bleiben können, aber noch, noch war das alte Leben in ihnen lebendig und das neue hatte noch nicht richtig angefangen. Man würde sehen.

Plötzlich sprang Maria auf und stürzte Richtung Badezimmer. Stephen hatte es schon beim morgendlichen Aufstehen bemerkt, dass sie einen kränklichen Eindruck machte, es aber auf ihre seelische Verfassung geschoben. Sie litt an der Seekrankheit! Er verspürte ein leises Gefühl der Erleichterung – damit würde er umgehen können. Die Emotionen einer jungen verstörten Frau wogen da schon schwerer.

Als es zum Mittagessen ging, saß Maria kreidebleich und appetitlos zwischen der Mannschaft. Die Matrosen waren ein gutmütiges Volk, niemand machte sich lustig über das Häufchen Elend, ja, Hugh ging sogar zur Kombüse und kam zurück mit einigen Stückchen trockenem Zwieback.

„Hier, iss ein wenig davon", sagte er und hielt es Maria hin, „das beruhigt den Magen."

Am Tag darauf wurde die See noch ein wenig rauer und Stephen riet Maria, in ihrer Koje zu bleiben. Das tat sie denn auch und am Mittag schaute er nach ihr.
Im Stillen hoffte Maria inständig, dass es keinen richtigen Sturm geben möge. Als sie Stephen fragte, ob dieses Schiff denn bei Sturm auch untergehen könne, lachte dieser nur.
„Ach, meine Liebe", tröstete er sie, „da brauchst du überhaupt keine Angst zu haben, solche Stürme wie die vor Manila, als die ‚Ajax' unterging, gibt es hier nicht. Und wenn es wirklich einmal richtig dicke kommen sollte, dann werde ich sicher selber wieder am Ruder stehen. Der Sturm muss erst geboren werden, durch den ich ein Schiff nicht sicher steuern würde. Der Kapitän dieses Schiffes kennt mich, er ist sich nicht zu schade, auf meinen Rat zu hören."
Maria glaubte ihm fest. Hatte er auch sie und ihre Mutter nicht sicher durch alle Gefahren gebracht? Solange, wie sie ihn an ihrer Seite wusste, würde sie niemals mehr Angst haben.
„Es geht schon wieder", meinte sie daher und lächelte ihn an.
„Mein tapferes Mädchen", sagte Stephen, „ab morgen wird es wieder besser. Ich kann es riechen."
Er behielt recht: Mittags schaute die Sonne aus den Wolken hervor.
Es waren jetzt nur noch drei Tage bis Liverpool. Maria war nun doch unruhig bei dem Gedanken an diesen Hafen und an dieses Land, wo sie nun bald von Bord gehen sollten. Stephen beobachtete sie mit einem neuen Blick und gesteigerter Sorge. So langsam wurde es ernst. Wie würde die neue Umgebung wohl auf sie wirken; war sie in der Lage, sich einzulassen auf Europa, England, auf ihre neue Heimat in Mevagissey?

Es war am Abend vor ihrer Ankunft in Liverpool, als Maria ihre drängendsten Fragen nicht mehr zurückhalten konnte: „Was wollen wir eigentlich hier und was erwartet uns hier?"

Ein großer Ernst ergriff da Stephen, er hatte das Gefühl, dem Mädchen reinen Wein einschenken zu müssen. Er hatte eigene Pläne, hatte eine Vorstellung von seinem Leben, Maria würde Teil seines Lebens sein, aber er als Erwachsener hatte die Entscheidungsgewalt. In ihrer bisherigen gemeinsamen Familienzeit mit Dolores war gemeinsames Einvernehmen ein wesentliches Merkmal gewesen. Alle Entscheidungen – ob es der Schulbesuch Marias war, der Umzug in die Prince Street, die Eröffnung des Ladens, alles war in Absprache mit Dolores entschieden worden und zum Wohle aller. Es war nun das erste Mal, dass Stephen von einem Gefühl der Unsicherheit heimgesucht wurde. Er hatte entschieden, sein Leben nicht länger als Winscher in Port of Spain zu verbringen. Er wusste um die Gefahren von Armut und Krankheit in den dortigen Lebensverhältnissen. Wie leicht konnte es geschehen, seine Arbeit zu verlieren. Dieses Risiko, zurückzugehen, in die Slums, wäre für ihn nicht infrage gekommen. Aber bei all diesen aus seiner Sicht vernünftigen Überlegungen, die letztlich zu seiner Entscheidung geführt hatten, in sein Heimatland zurückzukehren, kam ihm nun ein leiser Zweifel: Wie würde es für Maria sein. Er beschloss, ihr noch einmal seine Beweggründe zu erläutern. Und so skizzierte er im Rückblick ihre Lebensverhältnisse, so, wie sie in Port of Spain gewesen waren, und letztlich war

Dolores mit ihrer Erkrankung ja sogar diesen Lebensumständen zum Opfer gefallen.

„Ich habe nun die Verantwortung für dich, liebe Maria. Ich möchte, dass du bei meinen Eltern in Mevagissey bleibst. Du hast erst knapp drei Jahre die Schule in Port of Spain besucht. Du solltest hier in England noch weiter zur Schule gehen, wenigstens, bis du siebzehn bist."

Marias Reaktion war direkt und ohne Umschweife. Sie klammerte sich an seinen Arm, schluchzend und flüsterte: „Lass mich niemals allein."

Stephen schluckte. Wenn er bei der Wahrheit bleiben wollte, müsste er ihr nun erklären, dass sie allein bei seinen Eltern bleiben würde. Denn er selber beabsichtigte, ja wieder zur See zu fahren, das war seine Arbeit, eine andere hatte er nicht. Doch er hatte das Gefühl, ihr schon zu viel zugemutet zu haben, und flüchtete sich wieder in eine Halbwahrheit.

„Aber was denkst du denn, niemals werde ich dich allein lassen."

Insgeheim schickte er Stoßgebete gen Himmel – natürlich würde er für sie sorgen, ganz besonders wenn er wieder zur See fahren würde. Auch aus den fernen Welten der Java-See und dem Chinesischen Meer würde er, zwar unsichtbar für sie, seine Arme schützend über sie halten.

Er hegte keinen Zweifel daran, dass es Maria bei seinen Eltern gut gehen und dass sie sich an das Leben in England mit der Zeit gewöhnen würde.

An einem trüben, wolkenverhangenen Tag Ende Oktober lief die „Glenfalloch" schließlich in den Hafen von Liverpool ein. Als sich Stephen und Maria von der Besatzung verabschiedeten, waren sie alle sehr gerührt. Als beide zusammen die Gangway hinunter

auf den Kai gingen, beschlich Maria ein Gefühl von
Panik. Sie hatte Angst vor diesem kalten, unbekannten
Land. Das Schiff hatte ihr für die Dauer der Überfahrt
noch Sicherheit gegeben, es war für sie gleichsam die
letzte Brücke zu ihrer vertrauten Welt gewesen.

Nach über zwei Wochen hatten sie das erste Mal
wieder festen Boden unter den Füßen und es war nicht
nur dieses nach längeren Schiffsfahrten beim ersten
Landgang übliche Schwanken, was Maria schwindelig
machte. Sie drehten sich zurück und winkten hinauf zu
ihren Freunden, ja, auch Maria hatte Freunde unter den
Matrosen gefunden. Die gesamte Mannschaft hatte
sich eingefunden, Hugh, Brian, Lars der Schwede,
einfach alle, sogar der Koch. Aus der Brückennock
winkte Matthew Longfellow.

Marias Augen schwammen in Tränen. Es war einfach
alles zu viel, was an Gefühlen und Ängsten auf sie
einprasselte. Stephen atmete tief durch, winkte ein
letztes Mal, auch für ihn würde nun ein anderes Leben
beginnen. Er drehte sich um und nahm Maria mit sich
fort, einer ungewissen Zukunft entgegen.

Als Maria den festen Druck seiner Hand spürte, drehte
sie sich zu ihm hin und schaute ihn mit einem tapferen
Lächeln an. Schweigend schritten sie durch die sich
kalt und trostlos darbietenden Straßen von Liverpool
der Innenstadt zu. Zunächst galt es, das Finanzielle zu
regeln.

Es befanden sich etwas über zweihundert Pfund auf
dem Konto. Er hatte in Trinidad ja eisern gespart und
der Versuchung widerstanden, sein Konto hier zu
plündern. Nach all den entbehrungsreichen Jahren war
das ein nun unvorstellbarer Reichtum.

Fünfzig Pfund in bar sollten vorerst reichen, es galt,
sich zunächst vernünftig einzukleiden. So suchten sie
als Erstes ein Kaufhaus auf. Als sie nach einem schier
endlosen Hin und Her gefunden hatten, was sie für den

Anfang brauchten, schickte sich die Verkäuferin an, die Ware wie üblich einzupacken, Stephen hielt sie davon ab.

„Nein danke, wir ziehen die Sachen gleich an."

Maria kicherte leise in sich hinein.

Der Schiffskoch hatte für die letzte Mahlzeit an Bord nochmal alle Register gezogen und in der ausgelassenen, fast feierlichen Stimmung in der Messe hatten sie sich ordentlich sattgegessen. Ein Restaurantbesuch stand also zunächst nicht auf dem Plan. Stephen lenkte ihre Schritte auf kürzestem Weg zum Bahnhof. Das Reiseziel war Plymouth, der Fahrplan wies eine günstige Verbindung über Bristol aus, den kurzen Aufenthalt dort würden sie zu einem späten Mittagessen nutzen können.

Die Zugfahrt war ein einziges Abenteuer für Maria; wieder gab es für sie die Erfahrung von „noch nie gemacht" und „noch nie erlebt". Sie klebte geradezu an der Fensterscheibe und die Fragen sprudelten nur so aus ihr heraus.

Der geplante Imbiss in Bristol war unproblematisch, im Bahnhof gab es unzählige Schnellrestaurants. Ihr Anschlusszug nach Plymouth kam pünktlich, aber immer noch waren sie noch nicht am Ziel.

Maria ermüdete nun zunehmend und im Regionalzug nach St. Austell machte sie ein kleines Nickerchen. Stephen unterdessen wurde von Unruhe befallen. Wie lange war er nicht zu Hause gewesen. Zu Hause! Was war das eigentlich und wodurch zeichnete sich das aus? Er hatte eine schmerzliche Geschichte in seinem Heimatdorf erlebt, die Erinnerung daran war zwar in den Hintergrund getreten, zu viel war in der Zwischenzeit geschehen, aber wie würde es ihm ergehen, wenn er Sowenna wiedertreffen würde?

Kurz vor St. Austell weckte Stephen Maria, die sich

reckte und streckte und den Satz aller reisenden Kinder und Jugendlichen sprach:

„Wann sind wir endlich da?"

Das letzte Stück fuhren sie mit dem Bus, und als dieser oben am Berg hielt und sie ausstiegen, brach just die Oktobersonne durch die Wolken und tauchte die Bucht unter ihnen in ein warmes Licht und mit ihnen die sich den Hang emporziehenden, kleinen grauen und weißen Fischerhäuser. Maria blieb unwillkürlich stehen und schaute mit großen Augen auf das überwältigende Panorama.

„Wow!", entfuhr es ihr. „Ist das unser neues Zuhause?"

„Ja", Stephen schluckte. „Hier bin ich groß geworden."

„Es sieht schön aus", sagte Maria und setzte hinzu: „Wenn es nur nicht so kalt wäre."

So standen sie eine Weile schweigend und betrachteten den Ort, der ihre Zukunft sein sollte.

Maria tastete nach Stephens Hand. Er war ihr einziger Halt in dieser fremden Welt. Das, was sie da vor sich sah, gefiel ihr ausgesprochen gut.

Dass Stephen hier geboren und aufgewachsen war, gab ihr ein irgendwie vertrautes Gefühl.

Nebeneinander gingen sie hinunter zum Hafen. Stephens Elternhaus lag etwas erhöht, in einer kleinen Gasse oberhalb der Hafenmole. Mit klopfendem Herzen schritten sie durch die Gartenpforte und näherten sich der Haustür. Stephen klingelte.

Schritte näherten sich von drinnen, die Tür ging auf und es erschien eine ältere, aber noch nicht ganz alte Frau mit grauen Haaren. Und dann wurde Maria Zeuge, wie die Augen der Frau plötzlich aufleuchteten.

„Stephen!", rief sie. „Bist du das?"

Und dann schlang sie die Arme um ihren Sohn und drückte ihn an sich. Tränen liefen ihr über das Gesicht.

„Dass du da bist!", rief sie ein ums andere Mal.

„So lange warst du fort!"

Endlich aber besann sie sich darauf, dass er ganz offensichtlich nicht allein gekommen war.

„Und wen haben wir hier?", fragte sie und betrachtete forschend das fremde junge Mädchen.

Stephen räusperte sich verlegen.

„Das ist Maria", stellte er sie vor, „meine, äh, Tochter."

Die Mutter schaute ihn ungläubig an, dann wanderte ihr Blick zu Maria, die verlegen mit ihrem rechten Fuß auf dem Boden rührte.

„Deine Tochter?", sagte die Mutter, indem sie das letzte Wort voller Zweifel dehnte. Wieder wandte sie sich zurück an Stephen.

„Aber so kommt doch herein, wir müssen ja nicht den ganzen Abend in der Tür stehen."

Sie hielt ihnen die Tür auf und ließ sie beide an sich vorbei in den Flur treten.

Marias Unruhe hatte sich ein wenig gelegt, die erste Hürde war erst einmal genommen. Nachdem sie ihre Rucksäcke und Jacken im Flur deponiert hatten, führte die Mutter sie in die Stube. Bei ihrem Eintreten erhob sich dort ein etwas gebeugt stehender, knorriger alter Mann. Er hatte kurze graue Haare, die wie Borsten auf seinem Kopf standen, und einen kurzgeschnittenen eisgrauen Bart. Er war das fast schon klischeehafte Abbild eines Fischers der rauen Küstenregion Cornwalls.

Noch bevor er seinen Sohn begrüßte, hielt er dem Mädchen seine Pranke hin.

„Willkommen, kleine Lady", sagte er und zwinkerte ihr dabei gutmütig zu.

Maria nahm ganz vorsichtig diese Hand, in der sie glaubte, versinken zu müssen, und begrüßte ihn mit einem etwas scheuen Lächeln. Der Alte musterte sie prüfend.

„Das ist Maria", stellte Stephen das Mädchen seinem

Vater vor.

„Aus Trinidad", setzte er dann noch etwas unsicher hinzu.

„Willkommen, Maria aus Trinidad", sagte der Alte.

Stephen hielt es an der Zeit, ihr nunmehr seine Eltern vorzustellen.

„Mein Vater, Branok", er deutete auf diesen, „und meine Mutter, Demelza."

Maria machte einen artigen Knicks: „Maria."

Der Vater ließ sich wieder in seinen Sessel sinken.

„Aber so setzt euch doch", sagte die Mutter, „ich werde Tee für uns machen."

Mit diesen Worten verschwand sie in die Küche und die beiden Angekommenen hörten sie dort hantieren.

Ein Schweigen, das nicht frei von Verlegenheit war, breitete sich zwischen den drei Personen am Tisch aus. Schließlich rührte sich der Vater, indem er sich zunächst kräftig räusperte.

„Du warst lange Zeit verschwunden, mein Sohn", wandte er sich an Stephen. „Wenn uns nicht zwischendurch dein Erster Offizier Bericht erstattet hätte, dass du dich da irgendwo in Westindien herumtreibst, hätten wir, wie schon einmal, glauben können, dass du nicht mehr am Leben wärst."

Er blickte seinen Sohn nicht ohne Wärme an.

„Ich kann verstehen, dass du nach den Ereignissen verbittert warst", fuhr der Vater fort, „du wolltest von alldem hier nichts mehr wissen, vielleicht wäre es mir ebenso gegangen, und bist losgestürmt in die Welt, nach dem Motto: Nur weg."

Er beugte sich hinüber zu seinem Sohn und nahm dessen Hand.

„Wenn du uns nur irgendwann ein Lebenszeichen gegeben hättest."

Stephen war nicht wohl in seiner Haut, er musste zugeben, dass das, was sein Vater sagte, richtig war.

Dieser sah ihn nun mit einem verständnisvollen Lächeln an:

„Aber nun gut, wir freuen uns jedenfalls, dass du da bist."

Er wandte seinen Blick zu Maria, die verschüchtert neben Stephen saß.

„Und du bist nicht allein gekommen, sondern hast noch jemanden mitgebracht", er lächelte Maria warm an, „diese reizende junge Dame hier." Er machte eine kleine Pause.

„Sei auch du herzlich willkommen, Maria. In was für einem Verhältnis ihr zueinander auch stehen möget, die Freunde Stephens, sind auch unsere Freunde."

Maria errötete leicht unter seinen herzlichen Worten. Inzwischen war auch Demelza wieder erschienen. Sie trug eine Kanne und ein Tablett in den Händen. Sie hatte es tatsächlich fertig gebracht, noch ein paar „Scones" und etwas „Clottet Cream" herbeizuzaubern. Sie stellte es vor ihnen auf dem Tisch ab und wandte sich dem Schrank zu, um Tassen und Teller zu decken.

„Wunderbar, Mum!", rief Stephen prompt aus. „Du bist wie immer die Beste!"

Die Mutter gab ihrem Sohn einen flüchtigen Kopfstubs, aber sie lächelte dabei geschmeichelt.

„So, nun erzähl!", forderte sie ihn auf, nachdem sie allen Tee eingegossen und sich gesetzt hatte. „Was ist das nun, mit deiner Maria? Sie ist doch viel zu alt, um ernsthaft als deine Tochter zu gelten."

Stephen hatte seine Selbstsicherheit wiedergefunden. In einem Anflug von Schalk kramte er in der Tasche seiner Jacke und zog einen britischen Pass daraus hervor. Er reichte ihn wortlos seiner Mutter. Diese warf einen langen Blick auf das Dokument.

„Maria Tremaine", las sie laut vor, „ja, tatsächlich, hier steht es schwarz auf weiß."

Sie richtete sich auf und sah ihren Sohn an.

„Wie hast du denn das nun wieder gedeichselt, das stimmt doch hinten und vorne nicht."

Stephen gab zu, dass er seiner Mutter wohl nichts vormachen konnte. Seine Eltern blickten ihn nun auffordernd an und baten um eine Erklärung.

Stephen war nun wieder ernst geworden.

„Marias Mutter ist gestorben", sagte er, „sie beide waren es, bei denen ich nahezu all die Jahre gelebt habe."

Er sah sie nacheinander fest an.

„Schließlich konnte ich das Mädchen ja nicht allein auf Trinidad zurücklassen."

Demelzas Blick wurde weich. Sie wandte sich Maria zu und legte dem Mädchen den Arm um die Schulter.

„Armes Kind", sagte sie, um nach einer Weile fortzufahren: „Nein, natürlich konntest du das nicht."

Als sie bemerkte, wie sich eine Träne aus Marias Auge löste, erhob sie sich, um sie zu umarmen. Maria weinte nun hemmungslos.

„Armes Kind!", versuchte Demelza sie zu trösten und wiederholte: „Armes Kind!"

Stephen und sein Vater, Branok, schauten gerührt auf die beiden.

Demelza hielt das Kind fest in ihren Armen und drückte es an sich, so lange, bis die Tränen schließlich versiegt waren. Sie richtete sich auf und gab sich einen Ruck.

„So", sagte sie, wie um die wie erstarrt Dasitzenden aufzumuntern, „nun trinkt mal alle schön euren Tee, bevor er noch kalt wird."

Maria hatte sich wieder gefangen, sie fühlte sich plötzlich seltsam geborgen und kurze Zeit später ließ sie sich von Demelza sogar zwei von den Scones „aufdrängen".

„Nun?", fragte die Mutter sie. „Wie schmecken sie dir? So etwas gibt es doch sicher in deiner Heimat nicht."

„Nein", lächelte Maria, „aber ich kenne sie dennoch. Der Bäcker auf der ‚Glenfalloch' hat manchmal ebenfalls Scones für uns gebacken."

Sie sah Demelza weiter lächelnd an, „aber diese hier schmecken noch viel besser."

Diese strich ihr gerührt über das Haar.

„Wo ist mein Bruder, Liam?", fragte Stephen nun.

„Oh, der hat ja schon vor Jahren geheiratet. Er lebt mit ihr nur wenige hundert Meter entfernt, oben am Hang, und er hat bereits zwei ganz reizende kleine Kinder. Eine dreijährige Tochter und einen Sohn, zwei Jahre alt."

„Das ist schön", meinte Stephen.

So verging die Zeit, sie hatten sich so viel zu erzählen. Als der Tee ausgetrunken war, sprang Demelza auf.

„So", sagte sie, „ich will euch nun erst einmal eure Zimmer zeigen."

Sie ging ihnen voraus und die Treppe empor. Vor einer der Türen, die von dem kurzen Flur abgingen, blieb sie stehen und öffnete diese. Stephen erkannte sein altes Zimmer. Es sah immer noch genauso aus, wie er es vor vielen Jahren verlassen hatte.

„Das ist immer noch dein Zimmer, Stephen", sagte die Mutter überflüssigerweise, „ich habe es in all den Jahren der Ungewissheit immer für dich freigehalten, Stephen."

Sie wandte sich nun direkt an ihren Sohn.

„Ich denke, wir sollten es Maria geben, für die Zeit, in der sie hier bei uns ist. Sie wird sich dann vielleicht nicht gar so fremd fühlen."

„Eine sehr gute Idee", stimmte Stephen ihr bei.

„Und du", fuhr Demelza fort, „kannst im Zimmer deines Bruders schlafen."

„Danke, Mutter", sagte Stephen, „du hast natürlich recht. So machen wir das."

Maria trat nun, gefolgt von Stephen und der Mutter,

hinein und schaute sich um. Es wirkte sehr gemütlich. Das kleine Butzenfenster ging nach vorn hinaus und von hier aus hatte man einen wunderschönen Blick über den Hafen. Ihr wurde richtig warm ums Herz. Sie hatte sich offenbar grundlos Sorgen um die Zukunft gemacht. Und dennoch, so schön, wie das alles auch sein mochte, noch fühlte sich alles fremd für sie an.

„Schau dich nur um", ermunterte Stephen sie, „ich gehe indes nach nebenan."

Er betrachtete sie noch eine Weile, wie sie dort am Fenster stand und in die für sie völlig fremde Welt schaute. Er verstand sie.

Scheu guckte Maria sich in seinem alten Kinderzimmer um, es war ein Blick in die Vergangenheit eines Menschen, den sie die ganze Zeit über zu kennen geglaubt hatte. Er war auch einmal jung gewesen, hier in diesem Zimmer. Immer neue Details seines Lebens traten hervor, Stephen erschien ihr plötzlich fremd, wusste sie doch von seinem früheren Leben im Grunde nichts, sie hatte auch nie gefragt. Er war gekommen, geblieben und zu einer Konstante in ihrem Leben geworden, die sie einfach so hingenommen hatte. Und nun traten so unerwartete Facetten hervor und er offenbarte sich ihr als das, was er immer gewesen war: als ein Weißer aus einer völlig anderen Kultur. In Trinidad war das unerheblich gewesen, in dem dort lebenden Völkergemisch fragte man nicht groß, wo man herkam. Aber nun stand sie hier und fühlte sich fremd. Fremd in der Umgebung und auch fremd ihm gegenüber.

Stephen hatte eine Rolle in ihrem Leben übernommen, die sie fraglos akzeptiert hatte; sie war ja deutlich jünger gewesen damals, in den Slums. Dolores, ihre Mutter, war es gewesen, die ihn hineingelassen hatte in ihre bescheidene Hütte und die alle weiteren Schritte guthieß.

Maria war nun kein kleines Mädchen mehr, aber die Verlorenheit, die sich in ihr gerade ausbreitete, ließ sie erinnern, wie es damals gewesen war. Als Kind hatte man keine Wahl, die Entscheidungen trafen die Erwachsenen. Doch nun, mit fünfzehn Jahren, war sie zwar nicht mehr so klein, aber auch noch nicht wirklich groß, unmündig und unerfahren und ihr Schicksal lag in Stephens Hand. Aber sie hatte Vertrauen, wollte sich nicht verstören lassen – so, wie es war, war es gut. Nur verlassen durfte er sie nicht mehr, das war ihr inniger Wunsch. Gemeinsam würden sie jede Hürde nehmen können, das hatte die Vergangenheit bewiesen.

Sie schöpfte neuen Mut und sie war gewillt, mit ihren zarten fünfzehn Jahren, die Herausforderungen der Zukunft anzunehmen.

In diesem Augenblick kehrte Stephen zurück. Er spürte sofort, dass irgendetwas in ihr vorgegangen war. Sie schaute ihn plötzlich mit ganz anderen Augen an. Er lächelte sie verständnisvoll an.

„Komm", lud er sie ein, „lass uns wieder hinuntergehen."

Zusammen kehrten sie zu den Eltern in die Wohnstube zurück. Stephen wusste, dass sie noch einen riesigen Haufen Fragen an ihn hatten, aber sie waren einfühlsam genug, sie beide damit jetzt nicht weiter zu bestürmen.

Branok, der Vater, hatte inzwischen eine Flasche mit irischem Whiskey und Gläser bereitgestellt. Er bestand darauf, zur Feier des Tages auf die Heimkehr des Sohnes, des verlorenen Sohnes, mit etwas Hochprozentigem anzustoßen. Die Eltern erhoben sich und Branok reichte ihnen nacheinander ein gefülltes Glas.

„Auf die glückliche Heimkehr!", sagte er und kippte den Inhalt in einem Zug hinunter.

Maria beäugte argwöhnisch die braune Flüssigkeit, ein scharfer Geruch stieg ihr in die Nase. Aber als sie nun sah, wie Demelza und Stephen es dem Vater nachtaten, kippte sie den Whiskey ebenfalls beherzt hinunter. Die Folge war, dass sie einen fürchterlichen Hustenanfall bekam. Mund und Kehle brannten ihr wie Feuer.

Was zum Teufel mochte das für ein Teufelszeug sein, dachte sie. Stephen klopfte ihr gutmütig auf den Rücken. Er hatte überhaupt nicht im entferntesten daran gedacht, dass Maria noch nie in ihrem Leben Alkohol getrunken hatte. Demelza blickte sie besorgt an.

„Geht schon wieder", keuchte das Mädchen.

Der Alkohol hatte die Stimmung indes gelöst und als Demelza nun den Vorschlag machte, zusammen zur Hafenmole hinunterzugehen um im „Fish'n'Chips-Shop" gemeinsam zu Abend zu essen, stimmten alle bereitwillig zu.

Viel später, als Maria einsam in ihrer Kammer in dem ihr ungewohnten Bett lag, konnte sie nicht einschlafen. Zu viel war geschehen in den letzten Tagen und Wochen. Sie wälzte sich von einer Seite auf die andere, stand zwischendurch auf, schaute lange aus dem Fenster und legte sich wieder hin, ihre Gedanken hörten nicht auf zu kreisen. Sie fühlte sich unendlich einsam.

Was war mit ihr geschehen? Was hatte sie mit all diesen fremden Menschen zu tun? Die knapp drei Wochen lange Schiffsreise auf der „Glenfalloch" hatte sie noch als ein Abenteuer empfunden. Ein Abenteuer, von dem man irgendwann wieder heimkam.

Sie sehnte sich so sehr nach Trinidad und zu ihrer kleinen Wohnung über dem Laden zurück, aber sie wusste, es würde niemals mehr so sein, wie es einmal gewesen war.

Ein denkwürdiges Aufeinandertreffen

Zwei Wochen später verließ Stephen Mevagissey und fuhr nach Southampton. Er beabsichtigte, dort bei seinem alten Arbeitgeber, der „E&O Line", die unter anderem die Ostasienroute bediente, sich um eine neue Heuer zu bemühen. Selbstverständlich verbot es sich ihm, Maria hier in Mevagissey zurückzulassen und weiter dorthin zu fahren, wo ihre alte Heimat war.

Die vergangenen Wochen hatte er genutzt, ihr dabei zu helfen, sich in ihrem neuen Zuhause einzugewöhnen und ihr alles zu zeigen, was er für wichtig hielt. Auch hatte er sie in der höheren Schule in St. Austell angemeldet und im Grunde war er eigentlich recht guter Dinge, was ihrer beider Zukunft betraf. Dennoch geriet der Abschied zu einem Desaster.

„Geh nicht fort!", flehte Maria ihn an.

„Meine liebe Maria", versuchte er, sie zu trösten, „du weißt doch, dass wir keine andere Wahl haben. Ich bin Seemann und ich muss wieder hinaus. Bald komme ich doch wieder zurück! Du sollst mal sehen, wie schnell die Zeit vergehen wird."

„Du hast mir versprochen, mich nie mehr allein zu lassen."

„Aber liebe Maria, ich gehe doch nicht wirklich fort. Du weißt doch, ich werde trotzdem immer für dich da sein!"

Es nutzte nichts.

„Wie kannst du für mich da sein, wenn du immer so lange fort bist?"

Stephen hielt es für richtig, allein zur Bushaltestelle zu gehen. Er ließ Maria zusammen mit seiner Mutter zurück. Sie standen in der Tür, Demelza hatte den Arm um Marias Schulter gelegt und beide winkten ihm hinterher.

Als er sich umdrehte und sein Elternhaus verließ, zwang er sich, nicht zurückzuschauen. Er fühlte mehr, als dass er es sah, wie Maria zum Abschied die Tränen aus den Augen strömten. Ja, auch ihn schmerzte es, wenngleich er sie bei seinen Eltern gut aufgehoben wusste, sie jetzt hier in der für sie Fremde zurücklassen zu müssen. All die Jahre waren sie zusammen durch dick und dünn gegangen. Im Geiste sah er sie immer noch als das Mädchen von einst, das ihm immer das Mittagsessen zum Kai gebracht hatte. Er musste sich förmlich zwingen, weiterzugehen.

Demelza hielt die Tränenüberströmte an beiden Schultern, bis er um die Ecke verschwunden war.

„Komm, mein Mädchen", sagte sie schließlich und führte sie ins Haus zurück. „Er kommt ja wieder!"

Sie war sehr betroffen darüber, wie sehr Maria an ihrem Sohn hing. Die Mutter hatte etwas dergleichen noch nie erlebt. Und noch immer wusste sie nicht, wie diese beiden Menschen zusammengefunden hatten und was das war, das sie so stark verband.

,Sie wird es mir vielleicht irgendwann einmal erzählen', dachte Demelza.

Zunächst aber hieß es für sie, Vertrauen zu Maria aufzubauen. Dass diese nicht wirklich seine Tochter sein konnte, war ihr vom ersten Blick an klar gewesen. Dafür war das Mädchen eindeutig viel zu alt. Andererseits aber, es stand schwarz auf weiß in ihrem Pass. Es war ein britischer Pass, wenn auch ausgestellt in Port of Spain. Demelza wusste nicht genau, ob das einen Unterschied ausmachte, denn im Grunde hatte sie ein geheimes Misstrauen gegenüber den Behörden in Übersee.

,Ich muss sie auf andere Gedanken bringen', beschloss die Mutter, ,das Beste wird sein, mit ihr spazieren zu gehen.'

So gingen sie denn, nachdem die Tränen halbwegs getrocknet waren, zusammen zum Hafen hinunter, wo ihr Fischkutter lag. Liam hatte Maria bereits kennengelernt und sie mochte ihn offenbar auch recht gern.

‚Liam wird mir helfen, ihr Vertrauen zu gewinnen‘, hoffte Demelza.

Schließlich war er der Bruder und er sah Stephen sogar ein bisschen ähnlich. Ein wenig breiter und massiver in seiner ganzen Statur hatte er doch auch die gleichen schwarzen Haare, die meeresblau leuchtenden Augen und die scharf geschnittene Nase.

Als sie zum Hafen kamen, war er gerade an Deck beschäftigt.

„Hey, Liam!", begrüßte sie ihn.

„Hey, Mum!", kam es zurück und: „Hey, Maria!"

„Hay, Liam!", grüßte diese mit noch recht brüchiger Stimme. Die Tränen waren ja kaum versiegt.

„Dürfen wir an Bord kommen?"

„Aber natürlich!"

Beide balancierten über die schmale Planke und Liam reichte ritterlich erst der Mutter und dann Maria die Hand, um ihnen hinüberzuhelfen. Das Boot schwankte unter ihren Füßen. Das kam Maria vertraut vor, auch wenn es natürlich ein Riesen-Unterschied zur „Glenfalloch" war. Die Gangway der „Glenfalloch" war ungleich viel breiter gewesen und vor allen Dingen sehr viel länger. Aber ob klein oder groß, ein Schiff war ein Schiff, und als sich Liam nun daran machte, dem Mädchen alles zu zeigen, stellte er zu seiner Freude sehr bald fest, wie sie bei alldem nicht nur zutraulicher wurde, sondern auch an Festigkeit gewann.

Als sie ins Ruderhaus gingen, lachte sie sogar schon wieder.

„Hier sieht es genauso aus wie auf Stephens Schiff",
sagte sie, „nur alles viel, viel kleiner und enger", und
sie stellte sich sogleich hinter das Steuerrad, umfasste
die Speichen, schaute auf den Kompass vor sich und
rief: „Kurs eins-acht-sieben!"

„Okay!", rief Liam zurück. „Stütz Ruder!"

„Aye, aye, Sir", antwortete sie.

Alle lachten.

„Du wirst einmal ein richtiger Matrose, wie Stephen",
attestierte Liam.

Da freute sich Maria.

Aber ein Matrose war Stephen nun nicht mehr. Nach
einer Woche traf ein Brief ein. Abgestempelt war er in
Southampton.

Mit fliegenden Fingern, öffnete Maria das Kuvert und
las:

Meine liebe Maria,
wenn du diesen Brief bekommst, bin ich bereits zurück
auf hoher See. Ich fahre nun wieder die Ostasienroute
und unser erster Hafen wird Bombay sein. Bombay
liegt in Indien, aber das weißt du ja. Stell dir vor, ich
bin jetzt Bootsmann ...

„Er ist jetzt Bootsmann!", rief Maria Demelza zu, um
sich aber sogleich wieder dem Brief zu widmen.

... Als ich ins Heuerbüro der „E&O Line" kam und
meinen Namen nannte, wussten sie sofort, wer ich bin.
Stell dir vor, nach weit über vier Jahren! Ich glaube,
dass ich für alle hier immer noch so etwas wie der
„Held von Manila" bin. Mein neues Schiff heißt
„Agamemnon", sie ist größer als die „Glenfalloch"
und hat statt des blauen einen roten Schornstein. Wir
fahren jetzt durch die Biskaya und das Mittelmeer zum
Suez-Kanal. Mit etwas Glück wirst du meinen

nächsten Brief schon aus Port Said bekommen. Ich weiß noch nicht, wie lange wir da vor Anker liegen werden. Aber es wird wohl auf jeden Fall ein Postboot längsseits kommen.
Sei nun ganz lieb von mir gegrüßt meine Liebe. Bald bin ich wieder bei dir.
Dein Stephen.

Noch ganz in Gedanken und wie automatisch faltete Maria den Brief und dann kullerten ihr doch wieder die Tränen aus den Augen.
Für sie war es der Beginn eines neuen Lebens in einer neuen Stadt, in einem fremden Land, mit lauter fremden Menschen. Sie fuhr nun jeden Tag mit dem Bus zur Schule nach St. Austell. Demelza erzählte ihr, dass auch Stephen immer mit diesem Bus zur Schule gefahren sei. Das tröstete sie ein wenig und sie fühlte sich ihm dadurch näher.
In der Schule fühlte sie sich allerdings gar nicht wohl. Ihre Klassenkameradinnen und -kameraden hielten Abstand zu ihr, der Fremden. Ja, sie tuschelten sogar hinter ihrem Rücken. Maria war die einzige Farbige in der Klasse und Gerüchte, dass sie eine uneheliche Tochter Stephens aus Übersee sei, waren ihr bereits vorausgeeilt.
Es war anders als damals in der Schule von Port of Spain. Da war sie das Mädchen aus den Slums gewesen und die Übergriffe anderer Schüler sehr viel härter. Diese hier taten ihr zwar so direkt nichts, aber sie verachteten sie und sie trugen die Nase hoch. Niemand wollte sich mit ihr anfreunden. Es war schlimmer als in Port of Spain, viel schlimmer. Es verletzte ihr Selbstwertgefühl und es machte sie klein. Und hier in Mevagissey, im Ort, war es nicht anders. Die Menschen, denen sie hier begegnete, lächelten sie zwar an, aber es war ein falsches, kaltes Lächeln und

genau wie in der Schule tuschelten sie hinter ihrem Rücken. Maria wagte sich erst nach einigen Wochen und dann auch nur widerwillig in den Ort. Wenn Demelza sie einkaufen schickte, huschte sie, ohne rechts und links zu schauen, zum Laden, wartete demütig, bis sie dran war, und wenn sie einmal nicht ganz sicher war, was genau Demelza gemeint hatte bei irgendwelchen Dingen, die sie besorgt haben wollte, wurde die Bedienung schnell unwirsch, sie solle sich doch das nächste Mal vorher überlegen, was sie wolle. Aber es gab dennoch auch einige Menschen, die wirklich freundlich zu Maria waren. Die Fischer zum Beispiel.

Wenn sie irgendwann einmal zur Mole kam, winkten ihr die Männer schon von Weitem zu.

„Oh, da kommt ja unsere Maria!", und: „Wie geht's unserem Fräulein denn heute?"

Dann taute sie stets regelrecht auf und ein halb frohes, halb verlegenes Lächeln huschte über ihr Gesicht.

Und auch der Mann im „Fish'n'Chips-Shop" war sehr freundlich zu ihr, neckte sie auch hier und da einmal gutmütig. Schlimm waren fast immer nur die Frauen. Und selbst diejenigen, die nicht zu denen gehörten, die hinter Marias Rücken tuschelten, liefen mit hochmütiger Miene an ihr vorüber, ohne sie zu grüßen, ja, liefen oftmals sogar geradewegs auf sie zu, sodass sie ausweichen musste, um nicht umgerannt zu werden. Das war fast noch schlimmer.

Eine Ausnahme war nur die Zeitungsfrau, die immer hinter ihrer offenen Luke in ihrem Kiosk hockte. Sie war, ganz im Gegensatz zu all den anderen, ausgesprochen lieb zu ihr und wenn Maria kam, um für den alten Branok die Zeitung oder ein Paket Tabak für seine Pfeife zu holen, steckte ihr die Alte immer eine Kleinigkeit zu. Maria mochte sie sehr.

Und noch eine Frau gab es, die sie sehr mochte. Aber das war nicht von Anfang an so gewesen. Es hatte ein wenig Zeit gebraucht zur Entwicklung. Und es geschah folgendermaßen: Sonntagnachmittags liebte Demelza es, mit Maria in die kleine Teestube an der Mole zu gehen, Tee zu trinken und Scones mit Clotted Cream zu essen.

Als sie eines Tages wieder einmal dort saßen, fiel Maria eine junge Frau auf, die in Begleitung eines Mannes, es mochte sich um ihren Ehemann handeln, zwei Tische von ihnen entfernt saß. Ihr war die Frau deshalb aufgefallen, weil diese immer wieder zu ihr hinüberschaute, so als glaubte sie, Maria von irgendwoher zu kennen, sich aber nicht zu erinnern, wo das gewesen sein mochte.

Ihr Blick war nicht abweisend, aber auch nicht besonders zugeneigt, er war eher forschend. Sie hatte lange blonde Haare, die in ihrem Nacken zu einem Knoten gebunden waren, sie war eine durchaus gutaussehende Frau. Beim genaueren Hinsehen bemerkte Maria allerdings zwei etwas unschöne scharfe Falten um ihre Mundwinkel und in den Augen glaubte Maria einen Anflug von Bitterkeit zu erkennen.

Den Mann, der ihr gegenüber, kannte Maria, er war der Hafeninspektor, einer von den Männern, die stets mit hochmütiger Miene an ihr vorbeizulaufen pflegten, ohne sie zu grüßen.

Als sie Demelza nach der Frau fragte, wurde diese fast ein wenig verlegen.

„Das ist Sowenna", sagte sie schließlich.

Sie schien eine Weile zu überlegen, ob sie Maria mehr über sie erzählen sollte, und entschied sich schließlich dafür. Sie rückte ein wenig näher an Maria heran und begann mit gesenkter Stimme:

„Sowenna war einmal Stephens Braut. Die beiden kennen sich schon aus ihrer Zeit, als sie noch zusammen zur Schule gingen, und sie waren unzertrennliche Freunde. Man sah sie eigentlich immer nur zusammen und jeder hier im Ort dachte, dass sie einmal füreinander bestimmt wären, und noch bevor Stephen zur See ging, wurde ihre Verlobung gefeiert. Aber die Hochzeit ließ dann auf sich warten." Sie seufzte und setzte hinzu: „Zu lange!" Demelza blickte Maria von der Seite an. „Du weißt ja vielleicht selber, wie das ist mit den Seeleuten. Sie sind mehr unterwegs als zu Hause und jedes Mal, wenn Stephen von Großer Fahrt zurückkehrte, wurde die Hochzeit wieder verschoben. Schließlich aber wurde der Termin festgesetzt. Sein Schiff, die ‚Hector' sollte in die Werft, und während dieser Zeit, wollte er sich eigentlich seinen Urlaub nehmen. Aber es kam nicht dazu. Es geschah, dass er gleich nach der Ankunft der ‚Hector' auf die ‚Ajax' versetzt wurde, weil einer der Matrosen verunglückt war und unbedingt ersetzt werden musste. Stephen hatte zwar einen Brief in Port Said aufgegeben, in dem er sein Fortbleiben erklärte, aber dieser Brief kam aus irgendeinem Grunde erst nach einem Monat hier an. Zu diesem Zeitpunkt aber war er bereits wieder auf hoher See. Und dann geschah diese furchtbare Geschichte mit dem Schiffbruch der ‚Alax'. Die Zeitungen waren voll davon." Sie unterbrach sich und schaute Maria an. „Du weißt natürlich von dieser Geschichte, oder?" Maria nickte nur und Demelza fuhr fort: „Lange Zeit hieß es, dass es keine Überlebenden gebe. Tatsächlich aber wurde Stephen zusammen mit vier anderen Personen von philippinischen Fischern aus dem Wasser gezogen und landete auf einer fernen Insel zwischen Manila und Formosa. Das wusste aber niemand. Die Behörden Manilas hatten Flugzeuge ausgesandt, um die See nach

Überlebenden abzusuchen, aber nach einigen Tagen wurde die Suche aufgegeben. Die Fischer, die die Schiffbrüchigen aufgefischt hatten, waren einfache Leute, sie besaßen nur kleine Boote, mit denen man einen so weiten Weg über das Meer ganz bis Manila nicht machen konnte. Schließlich, nach vielen Wochen, gelang es einem der fünf Männer, sich von dem Fischerboot aus einem vorüberfahrenden Frachtschiff bemerkbar zu machen.

Eben gerade dem Tod entronnen, setzte Stephen ein Telegramm aus Manila ab, dass er gerettet wäre und dass er nun nach Hause käme und dass er sich nichts sehnlicher wünschte, als nun endlich Hochzeit zu feiern. Aber es war viel zu spät. Zu diesem Zeitpunkt war Sowenna bereits seit Wochen mit einem anderen verheiratet."

Maria hatte Demelzas Worten atemlos gelauscht. Nun schwiegen sie beide. Maria schaute verstohlen zu der blonden Frau hinüber.

„War es der, der dort sitzt?", fragte sie.

Demelza nickte.

„Er hat schon sehr früh angefangen, ihr den Hof zu machen", sagte sie. „Ja, mehr als das, er hat sie förmlich bedrängt."

Sie seufzte.

„Ich weiß es nicht, wie es gekommen ist, ob sie zu schwach gewesen ist, seiner Werbung dauerhaft standzuhalten, oder vielleicht liebte sie Stephen auch nicht wirklich. Wir können nicht in die Herzen der Menschen hineinschauen. Dazu kam, dass wir nun seit fast sieben langen Monaten nichts mehr von Stephen gehört hatten. Wir alle, auch die Reederei und die Behörden, hielten ihn ja für tot."

Sie seufzte ein zweites Mal.

„Ja", sagte sie dann, „und das ist die ganze Geschichte."

Beide saßen sie lange Zeit schweigend da.

„Stephen war außer sich, als er nach so langer Zeit hierher zurückkam", fuhr Demelza fort, „schon am nächsten Tag verließ er uns wieder. Erst drei Monate später kam er mich dann für einen Nachmittag besuchen und war gleich wieder fort. Es verging ein weiteres dreiviertel Jahr, als ein Brief von seinem Dritten Offizier eintraf, worin dieser uns mitteilte, dass Stephen eines Morgens nicht wieder an Bord zurückgekehrt war. Seitdem blieb er verschollen. Und wir haben fast fünf lange Jahre nichts mehr von ihm gehört."

Demelza nestelte an ihrer Handtasche, um ein Taschentuch hervorzuholen, mit dem sie sich nun die Augen abtupfte.

„Irgendwann schickte die Reederei all seine Sachen hierher, die er an Bord gehabt hatte."

Lange Zeit saßen sich Maria und Demelza gegenüber am Tisch und schwiegen, jede hing ihren Gedanken nach. Die Erinnerung an schlimme Erlebnisse ließen für sie beide die vergangenen Jahre wieder lebendig werden. Jetzt endlich wusste Maria, wie es dazu gekommen war, dass dieser Mann in seiner abgerissenen Kleidung, der ihr so vertraut geworden war, eines Tages in ihr Leben trat. Maria blickte zu der Frau auf, die Stephens Mutter war. Diese tat ihr so unendlich leid.

Was konnte es Schlimmeres für eine Mutter geben, sinnierte sie.

Demelza seufzte und schaute Maria mit einem weiteren tiefen Seufzer in die Augen, lächelte sie an:

„Ich denke als Stephen hier, ohne ein Wort zu sagen, wieder verschwand, hat vermutlich nicht sehr lange darauf eure gemeinsame Zeit begonnen, ist es nicht so?"

Maria nickte.

Nach einer Weile schaute Maria noch einmal verstohlen zu der jungen Frau hinüber und im selben Moment schaute auch jene zu ihr, sodass sich ihre Blicke trafen. Da lächelte Maria ihr etwas verhalten, aber warm zu. Die Veränderung, die jetzt in dem Gesicht der blonden Frau vor sich ging, war bemerkenswert. Ihre Augen leuchteten plötzlich auf und ihre Züge wurden für einen Moment ganz weich. Schnell aber wandte sie ihren Blick wieder ab.

„Du, Demelza", wandte sich Maria jetzt an Stephens Mutter, „weiß sie, wer ich bin?"

„Jeder hier im Ort weiß, wer du bist, spätestens drei Tage nach deinem Ankommen."

Diese Geschichte ließ Maria nun so schnell nicht mehr los. Ihr wurde einmal mehr bewusst, wie wenig sie im Grunde über Stephen wusste. Sie sah ihn nun in einem ganz neuen Licht. Für sie war er all die Jahre immer nur jemand gewesen, den es wie einer der vielen Menschen in dem großen Schmelztiegel von Port of Spain eines Tages zu ihr und ihrer Mutter, Dolores, in die Slums geweht hatte. Niemand fragte dort, woher man kam.

Einige Tage später begegnete Maria der Frau erneut. Sie näherten sich einander auf der Straße, beide unsicher, wie sie sich verhalten sollten. Im Vorübergehen lächelte ihr Maria zu und die Frau zeigte ebenfalls ein flüchtiges Lächeln. Sie waren schon aneinander vorbei, da drehte sich die Frau noch einmal um. Maria, die das ja eher fühlte, als dass sie es sah, verhielt ihren Schritt und wandte sich ebenfalls zurück.

„Du bist Maria, nicht wahr?", sagte nun die andere, wohl wissend, dass es keine zweite Maria hier im Ort gab. Aber irgendwie musste sie das Gespräch ja beginnen.

Maria nickte.

„Ich bin Sowenna, vielleicht hast du schon von mir gehört?"

Wieder nickte Maria.

„Ich finde, wir sollten uns vielleicht einmal unterhalten", sagte Sowenna und dann lächelte sie und wieder wurden ihre Gesichtszüge dabei ganz weich. „Meinst du nicht auch?"

Maria war ein wenig unbehaglich zumute.

„Jaa", meinte sie gedehnt und nach einer langen Weile: „Doch ja, vielleicht wäre das gut."

Ihre Stimme hatte an Festigkeit gewonnen.

Die Frau streckte ihren Arm aus und hielt ihr die rechte Hand hin. Nach einem kurzen Moment des Zögerns ergriff Maria diese.

Das Eis war gebrochen.

Sie verabredeten sich für den nächsten Nachmittag an der Stelle am Ende der Mole, von wo ein schmaler Weg den Hafen mit der benachbarten Strandbucht verband.

Als Maria sich zum abgemachten Zeitpunkt dort einfand, erwartete sie Sowenna bereits. Zusammen folgten sie dem Pfad, der sie zum Strand führte. Sowenna geleitete Maria zu einer Stelle, wo, von zwei aus dem Sand ragenden Felsen halb verdeckt, eine Höhle in der schroff felsigen Küstenlandschaft sichtbar wurde. Dort ließen sich beide auf zweien der Grasbüschel nieder, die sich in den Eingang der Höhle hineinzogen. Hier saßen sie gut geschützt vor dem kalten Novemberwind.

Sowenna meinte nun, sie habe es für klug gehalten, sich zunächst noch nicht für ein solch längeres Gespräch in einem öffentlichen Raum zu treffen und sei es auch nur, um dem Getuschel der Einwohner Mevagisseys nicht neue Nahrung zu geben.

Nachdem sie eine Weile schweigend nebeneinander-
gesessen hatten, ergriff sie erneut das Wort:
„Hier haben Stephen und ich uns als Kinder immer
getroffen, um Piraten zu spielen."
Maria gab es einen Stich ins Herz. Bisher hatte
Stephen ihr ganz allein gehört und jetzt, seit sie hier in
Mevagissey weilte, damit konfrontiert zu werden, dass
es für ihn ein Leben vor ihrer gemeinsamen Zeit in
Port of Spain gegeben hatte, fiel ihr schwer.
So zog sie es vor, zunächst lieber zu schweigen.
„Ich frage mich", fuhr Sowenna dann fort, „wie ihr
beide zusammenpasst, du und Stephen. Dass du nicht
seine Tochter sein kannst, ist doch offensichtlich. Du
bist doch wenigstens schon fünfzehn oder sechzehn
Jahre alt."
„Dreizehn", sagte Maria trotzig, „steht sogar in
meinem Pass!"
Sowenna gestattete sich ein Lächeln, mit dem sie
Maria nun prüfend ansah.
„Stephen ist mein einziger und bester Freund", stellte
diese ihr gegenüber klar.
„Du möchtest mir wohl nicht erzählen, was euch
zusammengeführt hat, oder?"
„Nein."
Sowenna lächelte Maria weiter unbeirrt an.
„Auf jeden Fall hat es etwas mit mir zu tun", sagte sie
dann. „Es war eine wirklich tragische Geschichte
damals. Stephen ist Hals über Kopf wieder von hier
verschwunden, als er nach seinem gerade
überstandenen Schiffsunglück hierhergekommen
war."
‚Kein Wunder', dachte Maria, aber sie schwieg.
Sowenna hatte ihre Rede unterbrochen und schaute
sinnend vor sich in den weißen Sand.
„Dann haben wir von ihm seit mehr als vier Jahren
nichts mehr gehört", fuhr sie fort, „niemand wusste

etwas, seine Freunde auf dem Schiff und auch die Reederei nicht. Er galt als verschollen."

Wieder blickte sie eine lange Weile schweigend vor sich hin.

„Ich fühlte und fühle mich auch noch heute schuldig, ihn so in sein Unglück gestürzt zu haben", sagte sie dann.

Maria, die Sowenna die ganze Zeit über genau beobachtet hatte, aber dachte:

‚Es sieht eher so aus, dass du dich selber wohl am meisten ins Unglück gestürzt hast.'

Doch sie sagte nichts.

„Ich habe Stephen, seit ich ihn kenne, niemals als einen unglücklichen Menschen wahrgenommen", meinte sie stattdessen.

Sowenna wiederum dachte nun, das Mädchen verstehe es wohl nicht besser.

Und jetzt war es Maria, die Sowenna anlächelte, denn sie wusste nun, dass niemand ihr Stephen mehr wegnehmen würde. Von nun an brauchte sie diese Sowenna nicht mehr zu fürchten.

„Erzähl mir von ihm!", forderte sie diese auf.

Und tatsächlich begann Sowenna nach einer Weile, zunächst noch stockend, von sich und Stephen zu erzählen.

‚Arme Frau', dachte Maria und ein Gefühl der Wärme und des Verständnisses kam in ihr auf.

Und von diesem Tag an waren sie beide Freundinnen.

Mevagissey

Die Wochen vergingen und ehe sie es sich versahen, war Weihnachten. Von Stephen kamen Briefe und Ansichtskarten und sie kamen aus Häfen mit so fremden Namen wie Penang, Port Swettenham und Surabaya. Allein in dem Namen Surabaya lag der ganze Zauber tropischer Länder und Maria bekam ein kaum noch auszuhaltendes Heimweh.

‚Ach, warum kann ich nicht dort bei ihm sein', dachte sie und all die Bilder von ihrer gemeinsamen Reise von Trinidad nach England kamen ihr wieder und wieder vor Augen.

Es dauerte dann aber doch noch bis über die Mitte des Februars hinaus, dass Stephen das erste Mal nach Hause kam. Maria war inzwischen sechzehn Jahre alt geworden, aber da niemand ihr wirkliches Alter kannte, hatten sie alle zusammen ihren vierzehnten Geburtstag gefeiert. Maria musste im Stillen darüber lachen. Sie freute sich über ihr Geheimnis, das sie mit Stephen teilte.

Und dann kam der Tag, dass er vor der Haustür stand und sie stürmisch in die Arme nahm.

„Mein Gott, was bist du für ein großes Mädchen geworden!", rief er, nahm sie mit beiden Händen und hob sie in die Höhe.

Aber als sie später alle zusammen in der Stube saßen und er Maria betrachtete, glaubte er in ihren zu Augen erkennen, dass sie einen geheimen Kummer mit sich herumtrug. Es bestürzte ihn, wenngleich er es geahnt hatte. Sie, ein Kind der Tropen, würde sich niemals in diesem fremden Land glücklich fühlen können. Sein Herz wurde schwer bei diesem Gedanken.

Er war lange fort gewesen und konnte auch nur für eine viel zu kurze Zeit hier bei ihr sein.

Bereits nach sechs Tagen musste er schon wieder fort.

Und der Abschied von Maria fiel keinesfalls weniger schmerzlich aus als der davor, und wie es mit jedem weiteren sein würde. War er bei seinem ersten Abschied noch relativ guter Dinge gewesen, da er sie bei seinen Eltern gut aufgehoben wusste, fuhr er dieses Mal mit deutlich schwererem Herzen wieder fort.

Das Leben ging für Maria für lange Zeit ohne ihn weiter. Sie hatte immer noch keine Freunde. Zwar gab es einen Jungen zwei Klassen über ihr in der Schule, der sich sehr um sie zu bemühen schien, aber dem zeigte sie die kalte Schulter. Die Jungens ihrer Schule nervten sie, mit ihren ständigen Wichtigtuereien. Was wussten die schon vom Leben? Sie hatten nichts anderes im Kopf, als hinter den Mädchen her zu sein. Maria verabredete sich nun häufig mit Sowenna. Beide waren altersmäßig ja recht verschieden, sie sechzehn und die andere vierundzwanzig Jahre alt, und dennoch waren sie auf gewisse Weise Schicksalsgenossinnen. Maria fasste mit der Zeit immer mehr Vertrauen zu Sowenna und als sie sich einmal wieder in der kleinen Teestube trafen, vertraute sie ihr schließlich ihre ganze Geschichte an.

Sowenna mochte es gar nicht glauben, dass Stephen über zwei Jahre lang in einem halboffenen Verschlag in den Slums gelebt hatte. Sie fühlte sich so unsagbar schuldig an diesem, seinem Schicksal. Aber Maria schien das gar nicht zu verstehen.

„Wir waren doch glücklich in all diesen Jahren", sagte sie wieder und wieder. „Wie haben wir uns alle gefreut, als Stephen eines Tages und völlig unverhofft zum Winscher befördert wurde."

Sowenna hatte nicht die geringste Vorstellung davon, was das war, ein Winscher, und als Maria ihr es erklärte, schien auch das ihr keine besonders bedeutungsvolle Beschäftigung zu sein, wenn man eigentlich Matrose war.

„Stephen hat mich geschnappt und an den Hüften gefasst und herumgewirbelt und dann haben wir miteinander ganz ausgelassen auf dem Kai getanzt", erzählte Maria.

Aber Sowenna verstand es nicht.

„Stephen hat auf einmal sehr viel mehr Geld verdient", sagte Maria, „er hat für uns drei einen Laden mit einer Wohnung darüber gemietet. Oh, was waren wir alle glücklich."

Aber als sie Sowenna anschaute, sah sie, dass diese auch das nicht wirklich verstand.

‚Eine zutiefst unglückliche Frau', dachte sie.

Ein wenig fühlten sie sich in ihrem Unglück vereint, denn beide hatten auf gewisse Weise ihr Glück verloren.

„Aber du hast doch Stephen", sagte Sowenna, „und auch wenn er immer so lange fort ist, ist es dennoch ein großes Glück."

„Ja", sagte Maria, „das stimmt, ich sollte wohl ein glückliches Mädchen sein. Aber es ist trotzdem so unsagbar schwer. Ich muss immer an die schöne Zeit zurückdenken, als wir immer zusammen waren, und dann werde ich ganz traurig."

Sie schaute eine lange Weile in ihre Teetasse hinein, so, als suchte sie die Erkenntnis auf deren Grund.

„Das solltest du aber nicht", sagte Sowenna, „denn siehe, du hast vielleicht die Heimat verloren, aber du hast einen treuen und lieben Freund, bei mir aber ist es genau umgekehrt."

Plötzlich fing sie an zu weinen, sodass Maria sie in die Arme nehmen musste.

‚Arme, arme Frau', dachte sie erneut. ‚Sie hat alle Hoffnung verloren, ich aber bin reich beschenkt, denn ich habe Hoffnung, immer wieder neu. Mein Glück dauert zwar immer nur wenige Tage, aber immerhin, es ist Glück! Etwas, das viel zu viele Menschen auf der Welt gar nicht kennen.'

Und so kam es, dass ausgerechnet sie, dieses einfache junge Mädchen, vom Schicksal aus der großen weiten Welt herangespült, die erwachsene und in einer Welt ohne Hunger und Armut lebende Frau trösten musste.

Später einmal fragte Sowenna sie, wie es denn genau dazu gekommen sei, dass Stephen eines Tages in ihr und in das Leben ihrer Mutter getreten war. Für Sowenna war das nach wie vor ein so tiefer Sturz in den Abgrund, wie man tiefer nicht mehr stürzen konnte.

Aber das konnte ihr Maria nicht beantworten. Sie wusste es einfach nicht. Stephen hatte ihr nie etwas über die Zeit erzählt, nachdem sein Schiff ohne ihn davongefahren war bis zu dem Tag, als er, auf der Suche nach einem Platz zum Schlafen, zu ihnen gekommen war.

Eines brachten die Gespräche mit Sowenna zudem für sie: Sie war wieder zuversichtlicher geworden. Ja, Sowenna hatte ja so recht! Sie, Maria, hatte Stephen und sie glaubte an ihn. In ihrem Herzen wusste sie: Was immer auch geschehen mochte, und wenn er auch tausende Meilen von ihr entfernt war, er würde sie niemals mehr verlassen.

Mit diesem Gefühl wurde es ihr jetzt auch leichter, die Missachtung der Einwohner hier in dem kleinen Dorf zu ertragen. Und ganz ohne weitere Freunde hier war sie zudem nicht. Einer von ihnen war Liam, Stephens Bruder. So oft sie konnte und wenn er vom Fischfang zurück war, besuchte Maria ihn auf seinem Kutter. Sie half ihm und seinem Gehilfen, die Fischkisten auszuladen, obwohl die beiden mit ihr schimpften. Das sei doch keine Arbeit für ein vierzehnjähriges Mädchen, haha, dabei war sie doch schon sechzehn.

Auch Demelza schimpfte mit ihr, wenn sie nach Hause kam und nach Fisch stank wie ein waschechter Fischer. Aber der alte Branok in seinem Lehnstuhl, die dampfende Pfeife im Mund, grinste jedes Mal über das ganze Gesicht.

Wenn das Wetter schön war, nahm Liam Maria sogar mit hinaus zum Fischen. Und wenn sie dann vorne saß, mit dem Rücken an das Ruderhaus gelehnt, fühlte sie sich fast wieder so frei und glücklich wie damals auf der „Glenfalloch".

Auf der Rückfahrt, wenn alle Netze eingeholt und genug Fisch gefangen war, ließ er sie sogar am Steuerruder stehen und den Kutter nach Hause in den Hafen steuern. Liam und sein Gehilfe sortierten währenddessen die Fische in die Kisten. Ab und zu schaute Liam dann prüfend nach vorn und rief ihr den neuen Kurs zu. Er war, ebenso wie sein Bruder, ein Kind der See. Er kannte den Kurs seines Bootes, auch ohne in die Seekarte zu schauen.

So nach und nach fing Maria an zu begreifen, was es auf sich hatte mit der See und was die Männer immer wieder hinauszog. Und noch etwas gab es und das brachte sie Stephen näher als alles andere zuvor. Sie stand ja nun eben so wie er selber am Steuer eines Schiffes und spürte die Bewegungen der Wellen direkt in ihren Händen. Sie lernte, was es bedeutete, wenn der wachhabende Offizier auf einem großen Schiff „Stütz Ruder" kommandierte. Einmal fragte sie Liam, warum nicht auch Frauen Matrose oder Steuermann werden könnten.

Das brachte ihn nun allerdings ein wenig in Verlegenheit.

„Na ja sagte er schließlich, „du hast es doch selber gesehen, auf so einem großen Schiff wie etwa der ‚Glenfalloch' zu arbeiten, es ist schon eine verdammt schwere Arbeit."

Das musste Maria wohl einsehen, aber sie ließ nicht locker:

„Warum kann man nicht gleich Steuermann werden, ohne vorher Matrose gewesen zu sein? Steuermann sein kann eine Frau ebenso gut."

„Das ist wahr", sagte Liam, „aber das Gefühl für so ein Schiff kann man nur als ein Matrose lernen."

Jedoch Maria wollte dies nun nicht so recht einsehen.

„Das wäre doch toll!", rief sie. „Stell dir nur vor, ich wäre Dritter Offizier und Stephen Erster oder vielleicht sogar Captain, und wir wären auf dem gleichen Schiff."

Liam aber war skeptisch.

„Wenn Stephen dein Vorgesetzter wäre und dir Befehle geben würde, das würde dir doch sicher auch nicht gefallen."

„Das stimmt!", meinte Maria. „Das wäre vielleicht doch nicht so gut."

Der Frühling kam und bald darauf der Sommer. Im Juni kam Stephen von seiner zweiten Ostasienreise zurück.

Überglücklich fiel Maria ihm um den Hals. Als sie ihm dann von ihren Seefahrten auf dem Kutter des Bruders erzählte, lachte er.

„Aus dir wird nochmal ein richtiger Matrose!"

Er war so froh, dass Maria nicht mehr so schwermütig war. Aber war sie das wirklich nicht? Nun, immerhin war jetzt Sommer und wenn es warm war, wurde vielleicht auch das Leben für eine „Trinidadian" in Cornwall etwas angenehmer. Er freute sich so sehr, dass Maria sich in seiner Familie aufgehoben fühlte. Dieses Mal blieb er zwei Tage länger als gewöhnlich, aber als er wieder Abschied nahm, spürte er, dass eine Veränderung mit Maria vorgegangen war. Sie umarmte ihn, aber sie weinte nicht. Ein Abschied war immer schwer, doch der große Kummer der

Zurückbleibenden war nun einer „normalen" Traurigkeit gewichen. Stephen war darüber sehr erleichtert.

Nun, aber jetzt war es ja tatsächlich Sommer geworden und alles schien leichter als bisher. Demelza war mit Maria in den kleinen Textilienladen gegangen und Maria hatte sich einen Badeanzug aussuchen dürfen. Die Auswahl war aufgrund der Beschränktheit des Angebots nicht eben üppig, aber Maria tat sich dennoch endlos schwer damit. Sie hatte noch nie einen Badeanzug besessen und sie wusste mit dem Begriff „Strandurlaub" absolut nichts anzufangen.

An einem schönen heißen Sommertag zog schließlich die ganze Familie zusammen zum Badevergnügen an den Strand. Da gerade Ebbe herrschte und alle Fischerboote reglos auf dem Schlick des Hafenbeckens lagen, war auch Liam mit seiner Frau und seinen Kindern mit von der Partie. Sie alle führten Badezeug mit sich, Decken und Handtücher, und hatten auch einen Picknickkorb dabei.

Liam suchte eine schöne Stelle für sie aus, wo sie dann ihre Sachen ausbreiteten. Danach gingen sie, einer nach dem anderen, in die Umkleidekabinen am Fuß der Felsenküste und zogen sich um.

Als Maria in ihrem schicken neuen Badeanzug wieder zu ihnen stieß, brachen alle, die selber bereits umgezogen und schon wieder zurück waren, in Beifallsbekundungen aus.

„Schön siehst du aus!", lobte Grace, Liams Frau.

„Sieh an, unsere Südsee-Schönheit!", sagte Liam.

Maria wurde ganz rot vor Verlegenheit.

Aber Liam beendete diesen kleinen Moment, indem er rief:

„Auf, auf, alle zusammen! Wer ist als Erstes im Wasser?"

Und schon raste er los. Spritzenden Wassers lief er in die Wellen, die auf den Strand rollten, und als er weit genug hineingelaufen war, warf er sich hinein. Grace folgte ihm auf dem Fuß.

Die Alten und die beiden Kleinen taten nicht mit beim Spiel der jungen Leute. Die Alten begnügten sich damit, ihnen auf ihren Decken sitzend zuzuschauen. Gleichzeitig passten sie auf Liams Kinder auf, die ihre Schaufeln und Eimerchen ausgepackt hatten und Sandburgen bauten.

Maria war den beiden zögernd gefolgt. Aber als das Wasser ihr bis zu den Knien ging, blieb sie stehen. Sie empfand es als eiskalt.

„Nun komm schon rein, Maria!", rief ihr Liam zu und bespritzte sie.

„Es ist kalt!", kreischte Maria und geheuer war ihr das alles auch nicht.

„Ach, da gewöhnst du dich sehr schnell dran", meinte Liam, als er schließlich zu ihr zurückgekehrt war.

„Ach so", sagte er dann, „ich vergaß, du bist ja ein Kind der Tropen!"

Auf die Idee, dass Maria noch nie in ihrem Leben an einem Strand gewesen war, kam er natürlich nicht.

„Ich kann auch nicht schwimmen", sagte sie.

„Oh, hat Stephen dir das nicht beigebracht?"

Als Liam sie aber nun etwas genauer ansah, begann es ihm allmählich zu dämmern.

‚Mein Gott, ja!' dachte er. ‚Die Arme ist ja in den Slums von Port of Spain groß geworden.'

„Das macht doch nichts, Maria", meinte er dann, „ich bringe dir das Schwimmen bei!"

Maria aber wurde traurig bei seinen Worten. Genau dieselben Worte hatte Stephen zu ihr an Bord der „Glenfalloch" gesagt. Und natürlich hatten sie bisher noch gar keine Gelegenheit dazu gehabt. Sie war Liam für sein Anerbieten zwar dankbar, aber sie hatte das

Gefühl, Stephen etwas „wegzunehmen", wenn sie das jetzt von ihm annahm. Es würde Stephen sicher viel Freude bereiten und auch sie würde es sich viel lieber von ihm zeigen lassen. Wie aber sollte sie Liam das erklären, ohne ihn zu kränken?

So sagte sie erst einmal gar nichts, sondern begann, langsam tiefer in das Wasser zu gehen, bis die Wellen ihr bis zum Bauch schwappten. Dann hielt sie sich die Nase zu und tauchte todesmutig bis über den Kopf hinein. Sie tauchte allerdings schneller wieder auf, als Liam und Grace gucken konnten, denn auch Grace war, nachdem sie einige kräftige Schwimmzüge gemacht hatte, zu ihnen gestoßen. Maria schnaufte und hustete erschrocken und alle lachten. Da lachte auch sie. Etwas mutiger geworden, drehte sie sich nun dem Strand zu und hechtete sich tollkühn vornüber in die Fluten. Allerdings konnte sie beim Eintauchen unter ihren ausgestreckten Armen noch den Sand fühlen und das beruhigte sie.

„Geht ihr nur schwimmen", forderte sie Grace und Liam auf, „ich paddele hier noch ein wenig herum und gehe dann zurück zu Demelza und Branok."

Als sie einige Zeit darauf bei den beiden angekommen war, reichte Demelza ihr ein Handtuch:

„Hier! Trockne dich ab, Kind, du wirst sonst frieren!"

‚Was für ein seltsames Land', dachte Maria, die tatsächlich bereits zu frösteln anfing, ‚wo die Menschen sogar im Sommer frieren.'

Sie konnte sich an dieses Gefühl einfach nicht gewöhnen. Nachdem sie sich abgetrocknet hatte, betrachtete sie die nackte Haut ihrer Arme.

‚Das sieht komisch aus.'

„Siehst du!", rief da Demelza. „Nun hast du schon eine Gänsehaut. Komm, setz dich zu uns."

Maria nahm nun Platz neben den beiden Alten und beobachtete interessiert, wie Grace und Liam ganz weit hinausschwammen. Sie träumte davon, es ihnen irgendwann gleichtun zu können, nur sie und Stephen, aber am liebsten wäre es ihr gewesen, dass es dann der Tropische Ozean sein würde.

Nach einiger Zeit, als ihr wieder warm geworden war, fiel ihr Blick auf die beiden im Sand spielenden Kinder und sie erhob sich und gesellte sich zu ihnen.

„Oh, das ist aber eine schöne Burg", lobte sie die Kleinen, „… und sogar ein Burggraben mit richtig Wasser darin!"

Die Kinder freuten sich sichtlich über ihr Lob.

„Kannst du auch so eine Burg bauen, Maria?", fragten sie.

„Nein, aber lasst uns noch eine Brücke bauen, sonst kommen die Bewohner ja niemals rein und wieder hinaus."

„'ne Brücke?", fragte Sophie, die Ältere der beiden. „Wie geht das denn?"

„Ihr müsst kleine Stöckchen am Strand suchen und die brechen wir dann auf gleiche länge ab und legen sie dicht nebeneinander über den Burggraben."

„Au ja!", rief Sophie. „Komm, Charley, Stöckchen suchen."

Als die beiden Schwimmer Grace und Liam schließlich wieder zurück an den Strand kamen, wurden sie begeistert von ihren beiden Sprösslingen empfangen.

„Mummy, Daddy, schaut, was für eine schöne Burg wir gebaut haben!"

Die Eltern mussten sich nun erst einmal niederknien und die Bauwerke aus Sand gebührend bewundern.

Als alle schließlich wieder beisammen an ihrem Strandlager waren, packte Demelza ihren Picknickkorb aus und sie nahmen eine Stärkung ein in

Form von kaltem „Ham and Egg Pie" und dazu gab es ein Stück „Cheddar" und „Potatoe Crisps".

Grace hatte ein Ballspiel mitgebracht, es war eine kleine Gummikugel mit einem Kranz von Plastikfedern am Ende. Die musste man mit einem Schläger zu seinem Gegenüber schlagen, der in einiger Entfernung auf das Ding wartete und es noch im Flug wieder zurückschlug. Sie nannten das Federball spielen, und nachdem Maria sich ein wenig eingewöhnt hatte, machte ihr das auch wirklich großen Spaß. Allerdings verlor sie jedes Mal, erst gegen Liam und dann auch gegen Grace.

Grace tat es leid, die Enttäuschung in Marias Gesicht zu lesen. Sie hatte sich alle Mühe gegeben das Mädchen gewinnen zu lassen, aber es war ihr einfach nicht gelungen, so schlecht zu spielen. Grace strich ihr über die Haare.

„Sei nicht traurig, Maria", sagte sie, „du wirst es mit der Zeit lernen."

Am Nachmittag gingen dann alle hinüber in die Teestube, um dort „Scones" mit „Clotted Cream" und Marmelade zu essen.

Einige Tische entfernt sah Maria Sowenna mit ihrem Mann, dem Hafeninspektor, sitzen. Sowenna schaute traurig zu ihr herüber.

Da erst wurde ihr bewusst, dass sie sich schon eine geraume Zeit nicht mehr getroffen hatten. Das fand sie seltsam und sie nahm sich vor, Sowenna an einem der nächsten Tage aufzusuchen, um sie danach zu befragen.

Einige Tage später fiel es Maria wieder ein und sie ging eines frühen Nachmittags zu ihrer Freundin hinüber und klingelte an der Haustür.

„Maria!", rief Sowenna, als sie öffnete.

Beide schwiegen. Es herrschte eine merkwürdige Stimmung zwischen ihnen.

„Wir haben uns lange nicht getroffen", sagte Maria, „was ist los?"

Mit Bestürzung sah sie, wie sich Sowennas Augen verdunkelten. Und auf einmal brach sie in Tränen aus. Maria ging mit einem schnellen Schritt auf sie zu und nahm die junge Frau in die Arme.

„Oh Gott, Sowenna, was ist mit dir?"

Als sich diese halbwegs beruhigt hatte, sagte sie: „Komm. Lass uns ein paar Schritte gehen."

Erst als sie den schmalen Weg zum Strand erreicht hatten, hakten sie sich unter wie zwei alte Freundinnen.

„Nun komm schon, Sowenna, Liebe", ermunterte Maria sie, „was ist los?"

Und unter Schluchzen erzählte Sowenna ihr, dass ihr Mann es ihr verboten habe, mit ihr zu sprechen.

„Es gibt einige Leute hier im Dorf", meinte sie, „und mein Mann ist der Anführer dieser Leute, die sagen, dass du die Geliebte von Stephen seist."

Ein Umzug

Zwei weitere Jahre sollten vergehen, da Stephen wieder, wie schon so oft zuvor, von einer seiner Reisen zurückkehrte und zum ersten Mal verwundert feststellte, dass Maria zu einer jungen Frau geworden war. Man sieht ja oft immer nur das, was man zu sehen glaubt, aber irgendwann wird man dann doch mit einer Realität überrascht, die uns plötzlich staunen lässt. Und so ist es Stephen gegangen. Wenn man monatelang fort war, war es ja vielleicht auch gar nicht möglich, all diese zarten Veränderungen eines heranwachsenden Menschen, diesen langsamen Weg des Erwachsenwerdens mitzubekommen, und so stand Stephen nun da und staunte über die hübsche junge Frau, die da vor ihm stand. Zwar hatte er bereits bei seinen letzten Besuchen zu Hause eine gewisse Befangenheit zwischen Maria und sich gespürt, die er sich nicht erklären konnte, aber er hatte es so ausgelegt, dass sie nun im Begriff war, langsam auf eigene Füße zu kommen. Jetzt aber traf ihn die Erkenntnis, dass seine Beziehung zu Maria mit diesem Augenblick in eine neue Phase übergegangen war, völlig unvorbereitet.

Maria und er waren immer dicke Freunde gewesen. Er hatte nicht weiter darüber nachgedacht, wie es mit ihnen beiden weitergehen sollte, wenn sie von dem jungen Mädchen von einst zur Frau werden würde. Doch ausgerechnet jetzt, wo ihn die Erkenntnis traf, dass dieser Zeitpunkt nun gekommen war, kam darüber hinaus noch etwas dazu, was die gegenwärtige Situation ebenfalls grundlegend verändern sollte. Und dies betraf ihn selber.

An einem Nachmittag, als sie alle zusammen in der Wohnstube beim Tee saßen, rückte er mit der Neuigkeit heraus. Er verkündete seiner versammelten

Familie, dass er auf der „Agamemnon" abgemusterte
habe und nun gedenke, umzuziehen.

„Wieso umziehen?", fragte seine Mutter. „Möchtest
du denn nicht mehr bei uns wohnen?"

Stephen blickte alle der Reihe nach an. Plötzlich spürte
er einen Kloß im Hals. Schließlich aber räusperte er
sich.

„Nun denn", setzte er an, „es verhält sich nämlich so,
dass ich mich bereits vor einiger Zeit um ein
Stipendium beworben habe."

Er machte eine bedeutungsvolle Pause. Alle starrten
ihn gebannt an, ganz besonders Maria.

Stephen kratzte sich nervös und unbehaglich im
Nacken, bevor er schließlich fortfuhr: „Und nun ist es
endlich so weit. Es ist bewilligt worden ist. Ich habe
mich an der Seefahrtsschule in Portsmouth beworben
und jetzt die Zusage bekommen, dort mein
Steuermannspatent machen zu können. Und ich habe
sogar schon eine kleine Wohnung für mich gefunden."

Er hatte, während er dies alles berichtete,
hauptsächlich Maria angeschaut und wurde nun
Zeuge, wie ihre Augen freudig aufleuchteten, ja, wie
ihr Blick sich geradezu in ein Strahlen verwandelte.

Mit großer Sorge hatte er all die vorangegangenen
Jahre bemerkt, wie der Ausdruck in Marias Augen mit
jedem Mal noch ein wenig trauriger geworden war,
wenn er nach monatelanger Abwesenheit wieder
einmal für ein paar Tage nach Hause kam. Aber jetzt
auf einmal war sie wie ausgewechselt. Sie blickte ihn
mit so hellen Augen an, wie sie ihn schon lange nicht
mehr angeschaut hatte. Was er hier vor sich sah, war
wieder die kleine Maria, die mit ihm einst auf dem Kai
von Port of Spain getanzt hatte, weil er Winscher
geworden war. Aber gleich darauf wurde ihr Blick
unsicher.

Er schaute ihr lange in die Augen und ihm wurde ganz heiß unter dem Ausdruck ihrer Augen, in denen er die unausgesprochene Frage las: ‚Du wirst mich doch mitnehmen?'

Stephen rutschte unbehaglich auf seinem Stuhl herum. Maria war nicht länger mehr seine kindliche oder jugendliche Freundin. Sie war vor Kurzem achtzehn geworden. Und darüber hinaus war sie eine voll entwickelte und schöne junge Frau, die sich vielleicht bald in einen jungen Mann verlieben, diesen vielleicht sogar heiraten und Kinder kriegen würde.

Nun aber sah er das ängstliche Flehen in ihrem Gesicht. Es hieß: ‚Du lässt mich doch nicht etwa allein hier in Mevagissey!'

Stephen rutschte weiter unbehaglich auf seinem Stuhl herum. Er konnte seinen Blick nicht von ihr abwenden. All die langen Jahre, seit er Mercedes verlassen hatte, zogen vor seinem inneren Auge vorüber. Sie waren ausschließlich geprägt von seinem Leben mit Maria. Das Schweigen zwischen ihnen dauerte eine quälende Ewigkeit, ihre Blicke unverrückbar ineinander versenkt. Das, was er in ihrem las, war immer nur dieses unausgesprochene Flehen. Hatte er wirklich geglaubt, Maria habe sich in den vergangenen drei Jahren langsam und stetig von ihm gelöst?

Das, was er aus ihren Augen vernahm, war das genaue Gegenteil.

Und dann dachte er plötzlich: ‚Natürlich nehme ich sie mit!'

Ihm blieb doch überhaupt nichts anderes übrig.

„Natürlich nehme ich dich mit!"

Er hatte es laut gesagt, ohne sich dessen so richtig bewusst zu sein.

Ja, er konnte gar nicht anders. Es war ihm dennoch einfach so herausgerutscht. Umso mehr war er nun von ihrer Reaktion überwältigt. Marias Augen leuchteten erneut auf, aber diesmal strahlten sie, als hätte jemand einen Scheinwerfer in ihnen eingeschaltet.

Voller Freude sprang sie auf, kam auf ihn zugeflogen und warf sich auf seinen Schoß. Stürmisch schlang sie ihre Arme um ihn.

Diese so unmittelbar ausbrechende, überbordende Freude Marias gab ihm nicht mehr den kleinsten Raum für andere Überlegungen.

Als Stephen jedoch einen aufgrund seiner Spontanhandlung scheuen Blick zur Seite zu seinen Eltern hinüberschickte, las er Bestürzung in deren Augen.

Unter einigen Mühen gelang es ihm, sich aus Marias ungestümer Umarmung zu lösen. Und als er sie endlich zurück in ihren Sessel verfrachtet hatte, um die weitere Reaktion seiner Eltern abzuwarten, sagte Demelza dann auch:

„Hast du dich denn so unwohl bei uns gefühlt, Maria?"

„Aber nein!", beeilte sich diese zu widersprechen.

„Ganz im Gegenteil, ihr meine Lieben, es war doch so schön hier bei euch, ihr habt mich so liebevoll hier bei euch aufgenommen und bekümmert. Ich weiß gar nicht, was ich ohne eure liebe und treue Fürsorge hätte machen sollen."

Der alte Fischer Branok, der nie in seinem Leben aus dieser Welt herausgekommen war, war es, der es als Erster begriff:

„Schon gut, Maria, eine tropische Blume braucht ihren Boden. Es hat nichts mit uns zu tun, ich verstehe das."

Stephen war dem Vater dankbar für diese Rede.

Die Frage aber, die sie, der Vater und die Mutter, an ihn hatten und die er niemals beantwortet hatte: ‚Was mag es nur sein, das diese beiden Menschen so sehr verbindet?', erschien nun in einem anderen Licht.

Es war also doch etwas an dem Gerücht, mochte seine Mutter denken, dass Maria seine heimliche Geliebte sei, die er aus Übersee mitgebracht hatte, und dazu kam noch diese absurde Geschichte mit ihrem britischen Pass. Aber Demelza sagte nichts. Sie blickte ihren Sohn nur sorgenvoll an.

Schließlich räusperte sich Stephen noch einmal laut und gründlich.

„Wir werden sehen", meinte er und nun wurde seine Stimme fest und bestimmt: „Wie oder was auch immer, ich nehme Maria mit!"

Es blieb ihnen gerade eine Woche und dann war es wieder einmal an der Zeit, Abschied zu nehmen, und dieses Mal nahmen sie beide, Stephen und Maria, Abschied von den Eltern.

Und Maria bestand darauf, noch einmal zu Sowenna zu gehen, um auch ihr Lebewohl zu sagen.

Stephen hatte es all die Jahre über mit durchaus gemischten Gefühlen aufgenommen, dass ausgerechnet diese zwei zu Freundinnen geworden waren. Er ließ Maria allein gehen. Sowenna und sie umarmten sich ein letztes Mal. Sie hatten sich etwas über zwei Jahre lang in einer für beide nicht eben leichten Zeit beigestanden und dafür war Maria ihr dankbar. Für sie aber war die schwere Zeit erst einmal vorbei.

„Viel Glück, liebe Maria", wünschte Sowenna ihr, „viel Glück für dein neues Leben."

Sowenna ebenfalls Glück zu wünschen, brachte Maria nicht über die Lippen. Sie wusste, dass es für Sowenna nichts als eine hohle Phrase sein würde, und es machte sie unsagbar traurig.

„Lebe wohl, liebe Sowenna, du wirst mir fehlen", sagte sie, drückte sie noch einmal, drehte sich um und ging.

Von Liam, Grace und den Kindern hatte sie sich bereits verabschiedet und nun kam der alte Branok dran. Auch ihn hatte Maria liebgewonnen in seiner wortkargen Art. Sie hatte sogar das Gefühl gehabt, dass er sie irgendwie viel besser verstehen würde als Demelza.

Diese begleitete Maria und Stephen noch bis zur Bushaltestelle, und als sie den Bus von Weitem kommen hörten, umarmten auch sie sich zum Abschied.

„Und bleib nicht wieder für mehrere Jahre verschollen", ermahnte die Mutter ihren Sohn in einem scherzhaften Ton, um ihre Verletzlichkeit zu überspielen. Und zu Maria sagte sie: „Ich wünsche dir alles Glück dieser Erde, liebe Maria. Du sollst eines wissen, für mich war die Zeit mit dir sehr schön!"

Dann stiegen die beiden in den Bus, die Türen schlossen sich und schon rumpelte er wieder davon.

Dem Bus war es egal, welche Schicksale sich bei seinen Abfahrten abspielten.

Lange noch stand die Mutter da und winkte ihm hinterher.

Maria fühlte sich so glücklich wie schon lange nicht mehr. Freudig kuschelte sie sich während der Fahrt an Stephen. Sie dachte nicht an übermorgen, für sie zählte nur das Heute und vielleicht noch das Morgen.

Die Wohnung, die Stephen gemietet hatte, lag nicht sehr weit vom Bahnhof entfernt. Man konnte bequem zu Fuß dorthin gelangen. Es waren triste graue Straßen, durch die sie gingen, ein Wohnviertel, nicht weit vom Marinehafen, das vermutlich zur Zeit Admiral Nelsons schon genauso ausgesehen hatte. Tatsächlich konnten sie an einer Straßenkreuzung für einen Moment die Masten dessen alten Flaggschiffes „Victory" sehen.

Es war ein etwas schäbiges zweistöckiges Mietshaus, vor dessen Tür Stephen nun Halt machte, um einen Schlüssel aus der Tasche zu fischen, mit dem er die Haustür aufschloss. Sie stiegen in die obere Etage, wo Stephen auf die linkerhand liegende Wohnungstür zusteuerte und sie öffnete. Ein Stückchen Flur mit einer verschlissenen Blümchentapete empfing sie. Gleich links befand sich eine Tür, sie stand offen. „Die Küche!", sagte Stephen und ließ Maria hineinblicken.

Die nächstfolgende Tür auf der linken Seite führte sie ins Wohnzimmer. Beide traten ein und stellten ihre Koffer ab. Maria schaute sich um. Das Raum war geräumig, wirkte aber ebenfalls ein wenig verschlissen. Stephen hatte bei der Einrichtung getan, was er konnte; ihr Blick fiel auf eine Couchgarnitur, die offensichtlich schon bessere Tage gesehen hatte, mit zwei Sesseln und einem niedrigen Tisch. An der Rückwand des Zimmers stand eine Art Wohnzimmerschrank, mit zwei Etagen, wovon die obere Glasfenster aufwies. Und es gab sogar einen Kamin. Er wirkte so, als wäre schon sehr lange kein Feuer mehr darin gemacht worden. Zwei nicht sehr große Fenster gingen an der Längswand zum Hof hinaus und zwischen ihnen hatte Stephen einen Schreibtisch stehen, den er bei einer Büroauflösung, nicht weit von hier, erstanden hatte. Er würde ihn brauchen, denn er war ja nun Student.

Alles in allem war die Wohnung nicht besser und nicht schlechter als ihre Wohnung in der Prince Street. Die hatte zwar noch ein Zimmer mehr gehabt, aber dafür hatte diese hier ein richtiges Badezimmer mit einer Badewanne, die auf vier gusseisernen Löwentatzen stand, ein Waschbecken und eine Toilette. Die hatte es in Port of Spain auch nicht gegeben, denn dafür hatten sie immer über den Hof gemusst.

„Willkommen zu Hause!", strahlte Stephen und nahm Maria in den Arm. „Als wir in Mevagissey ankamen, hatten wir nur unsere kleinen Reiserucksäcke, und nun haben wir schon zwei große Koffer!"

Sie zogen Jacke und Mantel aus und Maria ließ sich erst einmal auf das Sofa fallen, das ob dieser ungestümen Aktion ein quietschendes Ächzen von sich gab.

„Oh, das sind nur die Sprungfedern", erklärte Stephen, als er Marias erschrockenes Gesicht sah. „Komm, lass uns noch die anderen Räume anschauen", lud er sie nun ein.

Maria erhob sich schwerfällig und folgte ihm ins Schlafzimmer. Hier befanden sich ein Bett, ein Kleiderschrank an der Rückwand und eine Wäschekommode.

Maria hatte sofort entdeckt, dass nur ein Bett in dem Zimmer stand. Stephen sah, wie sich ihre Gesichtszüge wandelten.

„Du hattest also doch ursprünglich nicht vorgehabt, mich mitzunehmen", stellte sie mit trauriger Stimme fest.

Stephen druckste herum. Ihre Frage war ihm unangenehm. Sie konnte ja nicht wissen, wie er mit sich gehadert hatte.

Maria schaute ihn nicht an, ihr Blick war abgewandt. Stephen wagte nicht, ihre Hand zu fassen.

Nachdem sie lange geschwiegen hatten, entschloss er sich endlich, ihr seine Gedanken zu offenbaren.

„Liebe Maria", fing er zaghaft an, „ich wusste nicht, was ich machen sollte, du bist kein junges Mädchen mehr, sondern eine Frau. Es war so viel Zeit vergangen. Ich war unsicher, ob wir jetzt so einfach zusammenziehen könnten."

Er schaute sie an, aber sie wandte sich immer noch von ihm ab.

„Erst deine Reaktion bei meinen Eltern hat mir die Augen geöffnet. Ich sah nun, dass wir zusammen-gehören, was auch immer kommen mag."
Er unterbrach sich und beobachtete sie. Ganz langsam begann ihr Blick zu ihm zurückzuwandern.
„Aber nun sind wir ja beide hier!", stellte er fest und bemerkte mit großer Freude, wie sich in ihrem Gesicht ein leises Lächeln ausbreitete.
„Ja, nun sind wir hier …", bestätigte ihm Maria und nun war sie es, die vorsichtig nach seiner Hand tastete und sie umspannte, „… und wir wollen auch niemals mehr auseinandergehen."
„Nein, Maria, wir wollen niemals mehr auseinander-gehen", bekräftigte er.
Im Stillen dachte er, dass es wohl nicht einfach für sie beide werden würde, sagte aber nichts.
In der Küche, die nach ihrer Besichtigungsrunde als Letztes drankam, gab es einen alten Kohleherd und einen Küchenschrank, dessen einst strahlendes Weiß im Laufe seiner vielen Jahre einem etwas schmuddeligen Gelbton gewichen war.
„Der Nachteil ist", sagte Stephen, „dass wir die Kohlen aus dem Keller hochtragen müssen und die Asche wieder hinunter, aber das werden wir wohl vielleicht noch schaffen."
„Wenn du die Koffer auspackst, mache ich inzwischen den Kamin an", schlug er nach einer kurzen Pause vor. Und so machte Maria sich zunächst daran, ihre Sachen in den Kleiderschrank zu hängen und das Badezimmer einzuräumen. Sehr viele Dinge besaßen sie ja noch immer nicht.

Das Feuer im Kamin brannte bereits lustig und Stephen hatte beide Sessel einladend davor platziert. Nun ließ er sich auf einem nieder und wartete auf

Maria. Er hörte sie von gegenüber einige Male hin-
und herlaufen und dann sollte sie wohl endlich fertig
sein, dachte er. Schließlich hörte er ihre Schritte über
den Flur kommen und da war sie denn auch schon und
lächelte ihm in der geöffneten Tür entgegen.

Stephen hatte ein kleines Tischchen zwischen die
Sessel gestellt, auf dem standen nun eine Flasche und
zwei Gläser.

„Lass uns auf uns anstoßen", sagte er und nahm die
Flasche: „Bester spanischer Sherry! Aus Andalusien."
Er füllte ihre Gläser etwa knapp über die Hälfte mit der
bernsteinfarbenen Flüssigkeit und drückte eins davon
Maria, die immer noch neben ihm stand, in die Hand.

„Auf unser neues Zuhause und auf uns!", prostete er
und hob sein Glas.

„Auf uns!", sagte Maria und dann hoben sie beide ihr
Glas und tranken.

„Nun, meine liebe Maria", meinte er, nachdem sie in
ihrem Sessel Platz genommen hatte, „ich hatte dir
geschworen, dich nie wieder zu verlassen. Du siehst,
dass ich nun doch Wort gehalten habe."

„Ja, Stephen, das hast du", sagte sie und nach einer
sehr langen Pause: „Aber ich war sehr, sehr lange
allein. Viel zu lange!"

„Aber du warst doch bei meinen Eltern", gab er
zurück, „und auch Liam hat sich doch so lieb um dich
gekümmert."

„Ja, alle waren sehr lieb zu mir, aber das ist nicht
dasselbe."

„Lass uns nicht mehr daran denken, was gewesen ist,
ist gewesen und jetzt ist jetzt. Das Leben ist einmal so
und ein andermal so, nur die glücklichen Stunden
zählen."

„Ja, Lieber."

„Und jetzt" fuhr Stephen fort, „jetzt gehen wir an die
Ecke in den Pub und essen ‚Fish and Chips'!"

„Ja, Lieber!"

Sie tranken ihr Glas aus, verließen die Wohnung und das Haus. Vorn an der Ecke leuchteten die Schilder eines Pubs. Auf dem Wege dahin, gleich in dem Mietshaus nebenan, kamen sie an einem kleinen Laden vorbei.

„Sieh nur, Maria", sagte Stephen, „zum Einkaufen hast du es auch nicht weit."

Sie suchten sich in dem Pub einen Platz in einer Ecke und Stephen ging zum Tresen, um ihre Bestellung aufzugeben.

„Neu hier?", fragte der Wirt, während er ihm das Bitter zapfte.

„Oh ja, wir wohnen gleich hier, ein paar Häuser weiter."

„Na dann, auf gute Nachbarschaft!", sagte der Wirt. „Das erste Glas geht aufs Haus."

Maria und Stephen mussten nicht lange auf das Essen warten und Stephen schüttete sich ordentlich von dem Malzessig über seine Chips.

„Kommen dir die ‚Fish and Chips' nicht bald aus den Ohren heraus?", fragte er Maria, „Du hast doch in Mevagissey sicher nicht eben wenig davon gegessen?"

„Oh nein", antwortete Maria ihm. „Unser Tisch in Port of Spain war so viele Jahre so karg gedeckt, ich kann gar nicht genug davon bekommen. Und außerdem, der Fisch ist hier bei euch in England immer so herrlich frisch und knusprig."

Satt gegessen und zufrieden kehrten beide in ihr neues Heim zurück.

„Ich schlafe heute erstmal auf dem Sofa", schlug Stephen vor, „und morgen werde ich uns ein zweites Bett besorgen."

Er setzte sich. Und von einem plötzlichen Impuls geleitet, setzte sich Maria ihm auf den Schoß und schlang ihre Arme um ihn.

„Du, Stephen, warum heiraten wir eigentlich nicht?"

Es war eine so naive und unschuldige Frage, dass ihm fast die Tränen kamen.

„Ach, meine liebe Maria", sagte er, „wir werden niemals heiraten können. Du bist doch dem Gesetz nach offiziell meine Tochter!"

„Kann man das nicht wieder ändern?", fragte sie.

„Nein, niemals mehr!"

Eine scheinbare Ewigkeit des Schweigens verging, und sie dauerte so lange, bis sie drückend wurde. Stephen wagte nicht, ihr in die Augen zu sehen, aber er spürte, wie es in ihr arbeitete. Er hatte nicht geahnt, dass Maria sich über die Bedeutung ihres britischen Passes, auf den sie immer so stolz gewesen war, niemals wirklich Gedanken gemacht hatte. Nun hatte sich plötzlich ein tiefer Abgrund vor ihr aufgetan, und er überlegte fieberhaft, wie er sie vor dem Absturz bewahren sollte.

Aber sie nahm ihm die Sorge ab, indem sie einmal tief durchschnaufte und ihn fragte:

„Warum hast du das denn alles überhaupt so gemacht?"

Stephen atmete auf, denn das klang nicht verzweifelt. Maria sah ihn nur mit großen Augen an.

„Mit der Ausstellung eines britischen Passes habe ich aus dir überhaupt erst einen real existierenden Menschen gemacht", erklärte er, „dich gab es vorher praktisch gar nicht. Die Menschen in den Slums sind nichts, niemand kümmert sich um sie und niemand kennt sie. Sie kennen nur sich selbst. Ihre Namen tauchen in keiner Behörde auf, wenn sie krank sind oder wenn sie sterben, kümmert das offiziell niemanden. Obwohl sie da sind und leben, sie existieren einfach nicht."

Stephen spürte ihren Atem.

„Ich habe mir darüber nie Gedanken gemacht", sagte
sie schließlich leise, „und dann bist du gekommen und
hast mich zum Leben erweckt."
„Ja, so kann man es sehen!"

In Portsmouth

Maria rieb sich die Augen.

‚Wo bin ich?', stutzte sie. ‚Wieso liege ich hier im Bett in einem fremden Zimmer?'

In einem sehr kärglich eingerichteten Zimmer, hätte sie dazufügen können. Ihres in Mevagissey war vielleicht klein, aber es war außergewöhnlich gemütlich gewesen, dazu kam der wundervolle Blick aus dem Fenster über den Hafen und das Meer. Dieser Raum hier war viel größer, aber er war trostlos. Es erinnerte sie sehr stark an ihr Zimmer damals in der Prince Street, als sie noch ein junges Mädchen gewesen war. Ihr Blick fiel auf die Tür und einen Moment lang dachte sie, dass dort nebenan ihre Mutter, Dolores, schlief.

Der Gedanke machte sie traurig.

Aber nein, jetzt erinnerte sie sich! Diese Tür führte zu einem Flur und auf der gegenüberliegenden Seite lag Stephen auf dem Sofa und schlief. Langsam kam ihr die Erinnerung an ihre gestrige Reise, ihre Reise zusammen mit Stephen, und ein Gefühl von Glück durchströmte sie. Die Gewissheit seiner Anwesenheit machte sie froh und gab ihr nun den Mut, aufzustehen. Durch den Spalt ihres Fensters, sie hatte es für die Nacht ein wenig aufgeschoben, hörte sie Stimmen und das Geräusch von Autos. Barfuß tapste sie zu dem gardinenlosen Fenster hinüber, durch das die Morgensonne ihre Strahlen schickte, schob es vollends nach oben und schaute hinunter auf die Straße. Unter ihr sah sie den Milchmann, der gerade dabei war, einige Milchflaschen vor die Haustür zu stellen. Bevor er wieder in sein Elektromobil kletterte, schaute er kurz hoch. Als er Maria erblickte, die, ihre Arme auf der Fensterbank verschränkt, umhersah, huschte ein Lächeln über sein Gesicht.

„Good morning!", rief er hinauf. „Ihr seid die neuen Mieter, nicht wahr?" Er deutete auf die Haustür: „Zwei von den Flaschen sind für euch."

„Good morning", rief sie mit heller Stimme zurück, „danke vielmals!"

Er stieg in sein Vehikel und fuhr einen Hauseingang weiter.

Maria wandte sich ab und ging zur Tür. Als sie diese öffnete, stieg ihr bereits der Duft von frisch gebrühtem Kaffee in die Nase. Stephen war also schon auf. Der Geruch kam aus der Küche.

Die Tür war nur angelehnt. Als Maria sie aufstieß, fand sie Stephen beim Aufdecken des Frühstücks vor. Er war bereits fix und fertig angezogen.

Er wandte sich ihr zu und lachte über das ganze Gesicht.

„Guten Morgen, Murmeltier!", rief er ihr entgegen und schon flog sie ihm um den Hals.

„Oh, Stephen", sagte sie etwas atemlos, als sie sich von ihm gelöst hatte, „das alles ist so schön!" Sie erinnerte sich da plötzlich an den Milchmann, der sie als Erster heute begrüßt hatte. „Unten vor der Haustür stehen zwei Flaschen Milch für uns!"

„Oh, das ist aber gut", meinte Stephen, „ich sause schnell hinunter und hole sie. Pass inzwischen auf den Speck und die Würstchen auf. Du kannst dich ja nach dem Frühstück waschen und anziehen."

Schon wenig später saßen sie sich an dem kleinen weißen Holztisch gegenüber und frühstückten. Ja, nun waren sie also zusammen hier in Portsmouth. Stephens erstes Semester an der Seefahrtsschule begann erst in einer Woche und so hatten beide noch etwas Zeit, sich an ihr neues Zuhause zu gewöhnen. Aber allein der Umstand, dass Maria nun wieder mit Stephen zusammenwohnte und dass das auch für ein ganzes

Jahr so bleiben würde, machte sie zu glücklichen Menschen.

Für Maria hatte es seit Verlassen ihrer Heimat niemals in Frage gestanden, dass sie zwei für immer und ewig zusammenbleiben würden. Dennoch, sie erinnerte sich an Stephens Aussage, dass sie aufgrund ihres britischen Passes, zumindest offiziell, dazu verdammt wären, „Vater und Tochter" zu bleiben. Dies hatte ihr einen nicht eben kleinen Schock versetzt.

„Können wir den Pass nicht einfach verbrennen?", hatte sie ihn noch gefragt.

„In diesem Falle wärest du dann eine Illegale", hatte er darauf geantwortet, „und ständig von Abschiebung bedroht. Das wäre noch schlimmer."

Es schien ein schier unlösbares Problem und es warf einen großen Schatten auf Marias Glück, wieder beieinander zu sein. Nachdem sie einige Tage darüber nachgegrübelt hatte, ohne zu einem Ergebnis zu kommen, gab sie es zunächst auf. Sie beschloss, die kommenden zwei Semester, die Stephens Studium nun dauern würde, nur noch in der Gegenwart zu leben. Für die anderen Mieter dieses Hauses jedenfalls waren sie ein Paar und für den Augenblick zählte nichts anderes. An später, wenn er wieder auf See gehen würde, mochte sie gar nicht denken. So freute sie sich auf die kommenden Monate, in denen sie, genau wie früher in Port of Spain, wieder zusammen sein würden, und irgendetwas würde Stephen für die Dauer schon noch einfallen, dachte sie. So, wie er sie damals mit nach England gebracht hatte, so würde ihm auch jetzt wieder etwas einfallen. Sie hatte unbegrenztes Vertrauen in seine Pfiffigkeit.

Seltsamerweise schien Stephen über all das völlig unbekümmert zu sein. Er war ein richtiger Gegenwartsmensch, so war er schon auf Trinidad gewesen. Er lebte den Tag, und wenn sich für ihn etwas gutes Neues ergab, griff er zu, ohne groß zu überlegen.

Maria hatte sich oft gefragt, was für ein Leben er in Port of Spain geführt haben mochte, bevor er zu ihnen gestoßen war. Es gab da ja eine Zeitlücke von über einem Jahr, über die er nie sprach. Würde er es ihr jemals erzählen? Irgendwie hatte sie eine seltsame Scheu davor, ihn danach zu fragen.

Nach dem Frühstück ging sie ins Badezimmer, duschte in der Badewanne mit den Löwentatzen – es gab sogar heißes Wasser – zog sich an und machte sich vor dem Spiegel zurecht.

Stephen schaute sie bewundernd an, als sie nach scheinbar endloser Zeit wieder in der Stube erschien. Er hatte es sich zwischenzeitlich auf dem knarzenden Sofa bequem gemacht.

„Schön siehst du aus!", empfing er sie.

Sie hatte ihr langes blauschwarzes Haar zu einem Knoten im Nacken gebunden und trug eine dunkelrote Schleife über dem rechten Ohr.

Er erhob sich und küsste sie auf die Stirn.

„Ich mache mich gleich auf den Weg, uns ein zweites Bett zu besorgen", sagte er.

„Ja, das ist gut", meinte sie, „dauert es lange?"

„Warum fragst du?"

„Ach, ich dachte, ich könnte schonmal durch unser neues Wohnviertel schlendern. Wir brauchen Tischdecken und Stoff für Gardinen. Natürlich reichen auch die zwei Handtücher nicht, die wir besitzen, und überdies brauche ich Nähzeug."

Nachdem Stephen sie verlassen hatte, machte sie zunächst den Abwasch und schaute in den Kühlschrank, ob genügend Lebensmittel für die nächsten Tage vorhanden wären. Das war natürlich nicht der Fall. Stephen hatte am frühen Morgen gerade nur so viel gekauft, dass es für das Frühstück reichte.

Jetzt war zum ersten Mal in ihrem Leben sie diejenige, die für sie beide sorgen würde, ging es ihr durch den Kopf, und das erfüllte sie mit Freude.

Der kleine Laden, wenige Meter entfernt, führte alles, was sie brauchen würden. Bevor Maria sich aber nun weiter auf ihren Weg machte, brachte sie das Gekaufte zunächst zurück in ihre Wohnung.

‚Es wird sicher in den Nebenstraßen auch noch andere Läden geben', mutmaßte sie und machte sich erneut auf den Weg.

Aber sie wurde nicht fündig.

Gerade noch rechtzeitig, Maria hatte verzweifelt versucht, das Mittagessen so lange noch warm zu halten, kam Stephen zurück. Der Trödler, bei dem er bereits vorher einen großen Teil seiner Wohnungseinrichtung gekauft hatte, führte seinen Laden in einem ehemaligen Warenschuppen des alten Hafens. Es war ein weiter Weg. Er hatte Stephen, wie schon die Male zuvor, einen Handkarren geliehen, den er aber noch am selben Tag zurückbringen musste. Daher beeilten sie sich mit dem Essen und anschließend machten sie sich daran, die Teile des auseinandergenommenen Bettgestelles und die Matratze nach oben zu tragen. Stephen hatte sogar eine Spiegelkommode mit verstellbaren Seitenspiegeln für Maria mitgebracht.

Heute musste er noch einmal unter der Wolldecke auf der nackten Matratze schlafen. Und morgen, beschlossen sie, würden sie mit dem Bus ins Zentrum von Portsmouth fahren, um all das zu kaufen, was ihnen nun noch fehlte. Stephen, der die Stadt recht gut kannte, würde Maria überall herumführen und ihr alles zeigen.

Das Viertel, in dem sie nun lebten, mochte ein wenig heruntergekommen sein, aber als Maria mit der Zeit ihre Nachbarschaft kennenlernte, stellte sie erfreut fest, dass hier fast die gleiche Einwohnerschaft lebte wie zu Hause in Trinidad.

‚Zu Hause?‘, sinnierte sie, ‚habe ich gerade ‚zu Hause‘ gedacht? Seltsam.‘

Nach so langer Zeit im fremden Land weilte immer noch ein Teil von ihr in Port of Spain.

Nein, ihr Zuhause war jetzt hier. Sie würde sich wohl mit der Zeit doch daran gewöhnen müssen, beschloss sie im Stillen.

Tatsächlich wohnten in diesem Stadtviertel Menschen, die aus allen Teilen der Welt stammten. Die meisten kamen ursprünglich, ebenso wie sie selbst, aus Westindien und ein nicht eben geringer Teil waren Inder. So war es ja auch in Port of Spain gewesen und das gefiel ihr sehr, denn nun fühlte sie sich nicht mehr so sehr als Fremde.

In dem bodenständigen Fischerdorf Mevagissey war sie über zwei Jahre lang immer nur „die Andere" gewesen, die Fremde, die Exotische, und damit auch gemeinhin die Ausgeschlossene.

Da ihre Wohnung nur einen Steinwurf von dem alten Marinegelände entfernt war, besuchten sie schon am übernächsten Tag zusammen das Marinemuseum.

Hier konnte Maria über dreihundert Jahre britische Geschichte bestaunen. Es waren die Marine und die Schiffe der Ostindischen und der Westindischen Compagnie gewesen, die Großbritannien zu einer Weltmacht gemacht hatten. Nur so war es zu erklären, dass der Beamte in der britischen Botschaft in Port of Spain, voller Begeisterung für die Schiffe seines Landes und ihre Besatzungen, Maria in ihrem Pass als Stephens Tochter, hatte durchgehen lassen. Vermutlich hatte auch er sie in Wirklichkeit für Stephens Geliebte gehalten.

Marias Heimat, Trinidad und Tobago, waren gerade knapp ein Jahrzehnt zuvor in die Unabhängigkeit entlassen worden, aber noch immer betrachteten viele der ehemaligen Kolonien die junge englische Königin Elisabeth die Zweite als ihr Staatsoberhaupt. Maria kannte sie natürlich auch. Sie hatte oft Bilder von ihr gesehen.

Die Attraktion des Museums war zweifellos die „Victory", die seit nunmehr hundertfünfzig Jahren so unverändert hier am Kai lag; so als wolle sie übermorgen schon wieder auslaufen, um in die nächste Seeschlacht zu ziehen. Sie war das Flaggschiff Admiral Nelsons gewesen, mit dem er einst die Seeschlacht von Trafalgar gewonnen hatte.

An einem anderen Tag fuhren Maria und Stephen mit der Bahn hinüber nach Southampton. Stephen wollte ihr unbedingt den großen Hafen zeigen, von dessen Kais auch die Schiffe an- und abgelegt hatten, auf denen er selber als Matrose gefahren war.

Am Kai der „E&O Line" hatten gerade zwei große Frachtschiffe festgemacht, aber die „Agamemnon", auf der Stephen die vergangenen zwei Jahre zugebracht hatte, gehörte nicht dazu.

„Sieh nur, Maria", sagte er, „genau auf solch einem Schiff bin ich die letzten Jahre gewesen."

Maria fand, dass sie nicht viel anders aussahen als die „Glenfalloch", nur dass diese hier rote Schornsteine hatten, sie hießen, „Hector" und „Menelaos".

Während sie da noch so auf dem Kai standen und fachsimpelten, ertönte urplötzlich hinter diesen beiden Schiffen ein so tiefes und so lautes Schiffstyphon, dass Maria vor Schreck fast ins Wasser geplumpst wäre.

„Komm!", rief Stephen da und rannte auch schon los. „Da kommt etwas ganz Großes!"

Als sie voller Hast an dem Steven des Frachters vorüber waren und freie Sicht über den Hafen hatten, bot sich ihnen ein überaus eindrucksvolles Bild: Ein gigantisch großer Passagierdampfer schob sich just hinter dem Schuppen des gegenüberliegenden Kais vorüber. Das Schiff war so mächtig, dass die Kaischuppen wie Spielzeughäuser aussahen. Es hatte drei gewaltig hohe Schornsteine, so hoch, dass sie sogar die Kirchtürme der Stadt noch überragten.

„Oh, schau nur, Maria", rief Stephen ganz begeistert, „es ist die ‚Queen Mary'!"

Das Schiff kam nun langsam um die Spitze des Kais herum und steuerte auf das geräumige Wendebecken des Hafens zu. Drei im Vergleich winzig wirkende Schlepper eilten ihm entgegen, um die Schlepptrossen zu übernehmen. Aus dem vorderen der drei Schornsteine der „Queen Mary" quoll dichter schwarzer Rauch.

„Sie haben die Turbine umgesteuert", erklärte Stephen, „um die Fahrt aus dem Schiff zu nehmen."

Zusammen beobachteten sie nun, wie der Koloss von den Schleppern, zwei vorne und einer hinten, gedreht wurde. Rückwärts glitt der riesige schwarze Schiffsleib an den langen Kai, an dem die Passagierschiffe gewöhnlich festmachten.

„Die ‚Queen Mary' war bis vor Kurzem noch und über dreißig Jahre lang das schnellste Schiff, das je den Atlantik überquert hat", erklärte Stephen weiter „und war damit Trägerin des *blauen Bandes*. Aber in Wirklichkeit gibt es dieses *blaue Band* gar nicht. Ich glaube, das war eine reine Erfindung der Zeitungen, dem schnellsten Schiff, das den Atlantik von Southampton nach New York überquerte, diese Auszeichnung zu verleihen."

„Ich habe noch nie ein so riesiges Schiff gesehen", staunte Maria, „du sagtest gerade, bis vor Kurzem, welches Schiff ist denn noch schneller?"

„Die ‚United States‘, die ist aber dafür nicht ganz so groß.“

„Ist die ‚Queen Mary‘ das größte Schiff der Welt?“, wollte Maria weiter wissen.

„Nein, die ‚Queen Elizabeth‘ ist noch größer.“

„Booah“, machte da Maria, „aber diese hier trägt meinen Namen!“

„Wie?“, fragte Stephen etwas verwirrt, aber dann hellte sich sein Gesicht auf und er lachte.

„Ja, tatsächlich!“, sagte er. „Sie trägt deinen Namen.“ Er lachte erneut. „Ich wäre da gar nicht drauf gekommen.“

Er fasste Maria mit beiden Händen um die Hüfte und küsste sie auf die Stirn.

„Natürlich“, wiederholte er noch einmal, „sie trägt deinen Namen!“ Jetzt lachten sie beide. „Komm, lass uns hinübergehen und schauen, wie die Passagiere aussteigen.“

Zusammen schlenderten sie also hinüber an den Passagierschiff-Kai, aber sie wurden enttäuscht. Eine völlig übertunnelte Brücke war von der Ankunftshalle hinüber zu der Passagierpforte ausgefahren worden, sodass man die Menschen, die das Schiff verließen, gar nicht sehen konnte.

Stephen und Maria gingen jetzt dichter an die himmelhoch aufragende Bordwand der „Queen Mary“ heran, schauten nach oben und staunten. Maria musste ihren Kopf weit in den Nacken legen, um ganz weit oben die Nock des Schiffes erkennen zu können.

Und just in diesem Augenblick schaute einer der Offiziere zu ihnen herunter.

Maria winkte ihm von tief unten zu und er winkte zurück, so wie man von einem sehr hohen Aussichtsturm den unten Stehenden zuwinkt. Maria dachte, dass Stephen nächstes Jahr vielleicht ebenso in seiner neuen schmucken Uniform auf der Brücke eines Schiffes stehen würde, um ihr selber zuzuwinken.

Als die zwei später zurück zum Bahnhof gingen, fragte Maria:

„Würdest du auch gerne Steuermann auf so einem großen Schiff sein, Stephen?"

Der lachte.

„Nein", sagte er, „richtige Seeleute fahren nicht auf Passagierschiffen."

So wirklich konnte Maria das nicht verstehen, aber dann dachte sie an ihre Überfahrt auf der „Glenfalloch".

„Ja", meinte sie schließlich, „ich glaube, ich weiß, was du meinst. Es ist ein völlig anderes Gefühl."

„Ja", erklärte Stephen, „je größer das Schiff ist, desto mehr hast du das Gefühl, gleichsam von dem Element entfernt zu sein, das dich trägt und dem du ausgeliefert bist. Der richtige Seemann aber möchte sich, nein, er muss sich sogar mit diesem Element verbinden, denn es ist die Liebe zur See, die uns immer wieder hinauszieht, und erst in zweiter Linie die Schiffe."

Etwa vier Wochen später, an einem Sonnabend, setzten Maria und Stephen sich in den Zug, um eine Reise in ihre Hauptstadt zu unternehmen. So eine große Stadt hatte Maria noch nie gesehen und sie war ganz aufgeregt während der Fahrt dorthin.

Stephen selber, sie konnte es gar nicht glauben, war noch nie zuvor in London gewesen.

Ein Kommilitone von ihm hatte ihnen ein „Bed and Breakfast" in einem Vorort namens Dartford vermittelt. Er stammte nämlich von dort.

Als ihr Zug im Waterloo-Bahnhof einfuhr, kam Maria aus dem Staunen gar nicht mehr hinaus.

So viele Menschen? Und alle hasteten durcheinander in der riesigen Bahnhofshalle mit ihrem hohen Glasdach. Maria hielt ganz fest Stephens Hand.

‚Mein Gott, wenn ich bloß nicht hier verloren gehe', dachte sie immer wieder.

Aber Stephen schleuste sie sicher durch das Menschengewirr und nachdem sie schließlich das Themseufer erreicht hatten, atmete Maria erst einmal tief durch.

Sie setzten sich auf eine der Bänke und Stephen zeigte ihr von dort aus alle die Sehenswürdigkeiten am gegenüberliegenden Ufer.

„Dort drüben, das ist ‚The House of Parliament' mit seinem berühmten ‚Big Ben'", erklärte er, „und dort hinten rechts die große Kathedrale mit der runden Kuppel, das ist die ‚St. Paul's Cathedral'. Ihre Kuppel gehört zu einer der größten der ganzen Welt."

Nachdem sie dieses grandiose Panorama der Millionenstadt ausreichend auf sich hatten wirken lassen, erhoben sie sich schließlich und machten sich auf den Weg, die Stadt zu besichtigen. Im Chinesenviertel, in Soho, speisten sie zu Mittag. Maria hatte noch nie in ihrem Leben chinesisches Essen probiert. Als die Gerichte aufgetragen wurden, staunte sie, als Stephen, ohne zu zögern, zwei Stäbchen aus dem Becher fischte, der in der Mitte des Tisches stand, und sich anschickte, damit zu essen. Sie selber aber starrte reichlich hilflos auf ihren Teller.

Stephen grinste sie an und dann winkte er dem Kellner, um eine Gabel bringen zu lassen.

„Oh", sagte er verschmitzt, „ich habe gar nicht daran gedacht, dass du ja nicht mit Stäbchen umgehen kannst."

An seinem Grinsen konnte Maria erkennen, dass er sie nur ein bisschen ärgern wollte. Sie knuffte ihn in die Seite. Aber dann staunte sie doch, wie mühelos er sein

Essen mit den Stäbchen aß, genauso wie all die um sie herum sitzenden Chinesen.

Sie machte schon den Mund auf, um Stephen zu fragen, wo er denn das gelernt habe, aber dann fiel ihr gerade noch rechtzeitig ein, dass er ja jahrelang auf seinen Schiffen die Ostasienroute gefahren war.

Ein bisschen beneidete sie ihn. Das musste schön sein, so von einem Hafen zum anderen zu reisen und die halbe Welt zu sehen. Sie bekam immer mehr eine Ahnung davon, was das war, das die Seeleute immer wieder hinauszog. Vielleicht hatte er sogar einen der schönsten Berufe, die man sich vorstellen konnte, und dabei musste sie unwillkürlich an ihre Überfahrt auf der „Glenfalloch" denken.

Aber dann wurde sie traurig. Genau dies war es ja auch, warum die Frauen der Seeleute monatelang allein zu Hause saßen, um auf die Rückkehr ihrer Männer zu warten. Und gleich darauf musste Maria daran denken, dass auch für sie und für Stephen der Tag nicht mehr fern war, dass er wieder hinaus auf See ging.

‚Warum nur können Frauen nicht ebenfalls Seeleute und bei ihren Männern sein?', überlegte sie einmal mehr. Sie hatte diese Sache ja schon einmal mit Liam diskutiert, aber sie waren zu keinem Ergebnis gekommen.

‚Fischer!', schoss es ihr da durch den Kopf. Liam war Fischer. Und so dachte sie, dass es vielleicht schön sei, wenn Stephen auch Fischer wäre.

Müde vom vielen Gehen setzten sich die beiden am Spätnachmittag schließlich in den Vorortzug, um zurück nach Dartford zu fahren, wo sie ja ihr „Bed and Breakfast" gebucht hatten. Es befand sich in einer ruhigen Gegend, in einem dieser typischen englischen Reihenhäuser. Die Wirtsleute waren sehr nette Menschen, sie bestanden darauf, noch einen späten

Tee zusammen zu trinken und sich mit ihren Gästen zu unterhalten.

„Ohne das geht es nicht in England", erklärte Stephen. Beide hatten inzwischen schon wieder großen Hunger und Stephen wollte am Abend unbedingt noch in den Pub gehen. Sein Kommilitone hatte ihm besonders das „The Malt Shovel" ans Herz gelegt.

„Da musst du unbedingt hin!", hatte er mit großem Enthusiasmus gesagt. „Es ist ein ‚Free House‘ und es gibt mehrere Sorten ‚Strong Ale‘ und alle mit der Handpumpe ausgeschenkt."

„Kannst du mir eins davon besonders empfehlen?", hatte Stephen ihn gefragt.

„Ja, ‚Tangle Foot‘ zum Beispiel", hatte der Kollege gemeint, und nachdem er sich eine Weile besonnen hatte: „Oder noch besser: ‚Bishops Finger‘."

Eine schwülwarme Atmosphäre und ein wüstes Stimmengewirr empfingen sie, als sie den Gastraum betraten. Die Bude war rappelvoll, aber die beiden erwischten in einer Ecke noch zwei freie Plätze an einem Tisch, an dem bereits andere saßen.

Stephen zog Maria einen der Stühle heran und nachdem sie sich gesetzt hatte, verschwand er, um sich mühsam zum Tresen durchzudrängeln. Zurück kam er mit einem Glas Cider für Maria und für sich hatte er einen Pint „Old Speckled Hen" dabei. Dies war zwar keins von den ihm so warm empfohlenen Ale-Sorten, aber ihm hatte der Name gefallen.

Kurze Zeit später winkte ihm der Barkeeper und als sich Stephen dieses Mal seinen Weg zurück durch die Menge bahnte, balancierte er zwei Teller, beladen mit jeweils einer dicken Scheibe „Ham and Egg Pie" mit Chips.

Es wurde ein lustiger und geselliger Abend für ihn und Maria. Er wollte nun auch noch die anderen Sorten Ale probieren. Ihre Tischnachbarn hatten sie sehr bald in ein sehr angeregtes Gespräch verwickelt und als der Barkeeper plötzlich die Glocke schlug und rief: „The last order, Ladies and Gentlemen!", staunten Maria und Stephen nicht wenig, wie schnell die Zeit vergangen war.

Als sie schließlich die einsame Straße zu ihrem Nachtdomizil zurückschlenderten, bemerkte Maria, dass Stephen ein wenig unsicher unterwegs war. Aber sie schmunzelte still in sich hinein und sagte nichts.

Nach einer ruhigen Nacht machten sich die zwei am anderen Morgen auf, um sich noch den „St. James' Park" und den „Buckingham Palast" anzuschauen, bevor sie die Bahn besteigen wollten, die sie zurück nach Hause bringen sollte. Maria war sehr beeindruckt, als sie vor dem großen vergoldeten Flügeltor des Palastes standen.

„Queen Elisabeth ist ja auch deine Königin", meinte Stephen in einem Anflug von Humor.

„Ich weiß", entgegnete Maria.

Ja, aber wer waren sie nun beide, Trinidadians oder Briten oder der eine dies und die andere das? Für Maria war das überhaupt keine Frage.

„Ich bin eine Trinidadian!", sagte sie bestimmt.

„Aber in deinem Pass steht, dass du ebenso eine Britin bist wie ich", lachte Stephen.

„Laut meinem Pass bin ich auch deine Tochter", konterte sie, „aber wir beide und ebenso alle anderen wissen, dass wir auf bestimmte Weise ein Paar sind."

Stephen dachte, dass er vielleicht besser nicht an diese Sache gerührt hätte. Aber ein schneller Seitenblick zu Maria zeigte ihm, dass sie in so aufgekratzter Laune war, um dieses unterschwellig, aber permanent vorhandene Problem nicht an sich heranzulassen.

Am kommenden Montagmorgen ging für beide in Portsmouth der Ernst des Lebens los und so, wie Stephen Maria einst in Port of Spain zur Schule gebracht hatte, begleitete nun sie ihn jeden Morgen zur Bushaltestelle und winkte ihm hinterher, wenn er zur Seefahrtsschule fuhr. Sie war traurig, dass er immer wieder ohne sie fortfuhr und sei es auch nur für etwas mehr als einen halben Tag.

Die Zeit seines Fortseins verbrachte sie mit Hausarbeiten und Einkaufen, und wenn er am Nachmittag zurückkam, tranken sie zusammen Tee und anschließend setzte sich Stephen an seinen Schreibtisch und arbeitete. Er hatte so furchtbar viel zu lernen.

Maria kochte in der Zwischenzeit für sie das Dinner. Manchmal gingen sie aber auch in den Pub an der Ecke oder in den „Fishn' Chips Shop", den sie eines Tages in einer der Seitenstraßen entdeckt hatten.

Eigentlich taten sie das nur, weil sie auch mal unter Leute kommen mussten, wie Stephen sagte, und außerdem wollte er nicht, dass sie immer so viel daheim arbeitete, aber im Grunde ihres Herzens waren sie sich selbst genug.

„Wo hast du eigentlich kochen gelernt?", fragte er einmal.

Das war nicht ganz ernst gemeint, denn er wusste es sehr wohl.

Maria bekam einen Schreck. Mochte er ihr Essen etwa nicht?

„Bei deiner Mutter, Demelza", antwortete sie, „schmeckt es dir nicht?"

„Oh, ganz im Gegenteil", beeilte sich Stephen zu sagen, „es schmeckt sogar ganz besonders gut. Den ganzen Tag über freue ich mich schon darauf."

Maria war richtig rot geworden bei diesem Lob. Es machte sie äußerst stolz.

„Weißt du noch", fragte sie, „als ich noch ein kleines Mädchen gewesen bin und dir das Essen immer an den Kai gebracht habe?"

„Oh ja", meinte Stephen, „sogar sehr gut. Den ganzen Vormittag habe ich mich immer darauf gefreut, wenn ich tief unten in der Luke Kisten, Säcke und Fässer geschleppt habe."

Er versank eine lange Weile in tiefes Nachdenken. „Freilich, es war alles sehr viel bescheidener als dieses hier, aber es war doch auch eine schöne Zeit damals."

Maria fühlte, wie sich ihr Herz verkrampfte bei seinen Worten.

‚Immer wenn es besonders schön ist, müssen wir wieder weiter', dachte sie traurig, aber sie sagte nichts. Und wie würde es mit ihnen weitergehen, wenn er mit seinem Seminar fertig sein würde?

Stephen spürte ihre Stimmung, ja, es war fast, als hätte sie laut gesagt, was sie gerade dachte.

Aber auch er sagte nichts. Was hätte er auch sagen sollen?

Wieder allein

Eines Tages, Maria gerade im Begriff, die Wohnungstür hinter sich zu schließen, traf sie auf eine Frau, die gerade dabei war, die gegenüberliegende Wohnungstür aufzuschließen.

Sie drehten sich zueinander hin.

„Oh", sagte die Frau, „endlich sehe ich dich mal. Hi!"

„Hi!", erwiderte Maria. „Doch, wir haben uns schon einige Male beim *Grocer* gesehen."

„Das stimmt", erinnerte sich die andere, „aber da wusste ich noch nicht, dass du meine neue Nachbarin bist."

Maria lachte.

„Auch wieder wahr."

Die Frau kam nun mit ausgestreckter Hand auf sie zu.

„Ich bin Rose", sagte sie, „was hältst du davon, wenn wir zusammen eine Tasse Tee trinken?"

„Maria", stellte sich jene vor, „ich war gerade auf dem Weg zum *Grocer,* aber das kann warten."

Sie folgte nun der Älteren in den kurzen Flur und war noch nicht ganz drinnen, da hörte sie bereits aus einem der Zimmer, dessen Tür nur angelehnt war, das fröhliche Gekreische von Kindern.

Rose führte sie in die Küche.

„Setz dich", sie deutete auf einen der Stühle.

Maria nahm dankend Platz und sah der anderen zu, wie sie den Tee bereitete.

„Ihr seid also neu hier", setzte Rose das Gespräch fort, nachdem sie den Tee eingeschenkt hatte, „und dazu noch recht jung. Was hat euch ausgerechnet hierher in unser Stadtviertel geführt?"

„Oh, … äh … Mein Fr…", Maria verhaspelte sich, fuhr aber tapfer fort: „… Mein Mann besucht hier die Seefahrtsschule."

„Ein Seemann!", rief Rose da aus. „Du Arme! Die ganze Zeit immer allein, na ja, solange dein Mann nochzur Seefahrtsschule geht, vielleicht noch nicht. Aber vermutlich wird er wohl sehr bald hinausfahren." Es war keine Frage, sondern eine Feststellung. Maria schwieg und rang die Hände in ihrem Schoß.

„Nun, bei mir ist es ähnlich", meinte Rose, „meiner hat mich allerdings sitzen lassen. Ein Weiberheld und Herumtreiber, ich bin nicht sicher, ob ich darüber traurig sein soll." Sie blickte Maria eine Weile prüfend an. „Nun, bei dir ist es etwas anderes, ihr liebt euch sicher, so jung, wie ihr noch seid."

Maria war rot geworden.

„Seid ihr von hier?", fragte sie daher schnell, um vom Thema abzulenken.

„Ja, nicht direkt von hier, aber von hier in der Gegend. Meine Eltern stammen ursprünglich von Barbados, meine Mutter ist ein wenig heller als ich, aber der Vater genauso schwarz. Und du? Kommst du vielleicht aus Puerto Rico?"

„Trinidad!", sagte Maria.

„Ach", entgegnete Rose, „da wäre ich niemals drauf gekommen, du hast *Marrriia* gesagt und nicht *Märaia,* wie die Engländer sagen würden."

„Ich bin so halb und halb", erklärte Maria, „meine Mutter war eine Latina und hieß Dolores, der Vater hat afrikanische Wurzeln."

„Hieß?", hakte Rose nach.

„Ja, sie ist tot."

„Oh, das tut mir aber leid …"

„Danke –"

„Und dann hat dich dein Seemann mit nach England genommen!", mutmaßte Rose.

„So ungefähr", gab Maria zurück.

Das Gespräch war ihr ein wenig unangenehm geworden und sie versuchte nun, das Thema zu wechseln:

„Du hast Kinder?", es war mehr eine Feststellung als eine Frage.

„Ja, man hört es, nicht wahr?" Rose drehte sich um und rief: „Eeeemily, Wiiilliam! Kommt doch bitte einmal her!"

„Jaaha, Mum!", quäkte es aus dem Nebenzimmer und schon kamen die zwei hereingestürmt – ein etwa siebenjähriges Mädchen und fünfjähriger Junge.

„Das ist unsere neue Nachbarin, Maria", stellte Rose vor.

„*Märaia*", rief die Kleine, „oh, das ist aber schön!", und sie gab Maria artig die Hand.

„Das ist Emily", meinte Rose, „komm, William, stell dich auch vor."

Dieser war sichtlich schüchterner als seine große Schwester.

„Ich bin William", sagte er schließlich und reichte Maria die Hand.

„Das ist aber ein schöner Name, William", sagte diese, „wir werden bestimmt gute Freunde, nicht wahr?"

„Kommst du auch aus Barbados?", fragte nun das Mädchen.

„Nein, liebe Emily, ich komme aus Trinidad."

„Kenn ich nicht!", entgegnete die Kleine.

„Oh, da weißt du ja sicherlich, dass Barbados eine Insel ist, nicht wahr?

Emily nickte: „Klar, weiß ich das!"

„Ja, und neben Barbados liegen noch ein paar weitere Inseln und ganz am Ende dieser Inselkette liegt Trinidad", erklärte Maria.

Sie sah, wie es im Kopf des Mädchens arbeitete. Bevor das Gespräch allerdings ausartete, nahm sie einen letzten Schluck und setzte ihre Tasse ab.

„So, nun muss ich aber los, meine Einkäufe machen", beschloss Maria, „wir sehen uns jetzt ja sicher noch öfter."

Sie verabschiedete sich von den dreien und meinte noch im Hinausgehen:

„Das nächste Mal kommt ihr dann aber zu mir zum Tee."

Als Stephen am Nachmittag nach Hause kam, erzählte sie ihm, dass sie heute ihre direkte Nachbarin kennengelernt hatte.

„Das ist aber schön, liebe Maria", sagte dieser, „habt ihr euch gut verstanden?"

„Oh ja, sie hat zwei süße Kinder und sie stammt ursprünglich aus Barbados."

„Na, dann sind wir ja hier in guter Gesellschaft", meinte Stephen. „Wie heißen sie denn?"

„Rose und die Kinder sind Emily und William."

„In der Wohnung unter ihr wohnt eine indische Familie", berichtete Stephen. „Mit einem ganzen Haufen von Kindern." Er blickte Maria an und lächelte: „Ich glaube, dass das auch sehr nette Menschen sind. Wer unter uns wohnt, weiß ich nicht."

„Ja, man hört gar nichts", rätselte Maria.

Inzwischen war der Tee ausgetrunken und Stephen machte sich daran, die Asche herunter- und Holz und Kohlen aus dem Keller hinaufzubringen. Anschließend setzte er sich an seinen Schreibtisch und lernte. Mit jeder Woche wurde der Stapel von Büchern, Schnellheftern und Papieren größer. Es waren Formelbücher und Logarithmentafeln und die Berechnungen, die er auf dem Papier anstellte, schienen kein Ende zu nehmen.

Maria staunte sehr über all diese endlosen Zahlenkolonnen.

„Wenn ich all diese vollgerechneten Blätter Papier sehe, habe ich fast das Gefühl, dass du Mathematiker werden willst und nicht Steuermann. Wofür braucht man das?"

„Oh", sagte Stephen, „das sind Berechnungen, um die Position eines Schiffes auf dem Meer zu bestimmen. Du erinnerst dich sicher an die ‚Glenfalloch', Matthew hat dich ja, wie ich meine, einmal durch den Sextanten blicken lassen."

„Ach, das werde ich nie begreifen, dass man durch ein so komisches Ding gucken muss, um zu sehen, wo man ist. Aber wozu dann noch diese vielen Berechnungen?"

„Mit dem Sextanten misst man den Winkel zwischen der Sonne und dem Horizont oder auch von bestimmten Sternen am Nachthimmel und am Ende ergeben diese Messungen ein gedachtes Dreieck, an dessen linker unterer Spitze sich unser Schiff befindet. Da sich die Erde aber dreht, einmal um sich selber und dann noch einmal um die Sonne, stehen die Gestirne zu jeder Tages- und Nachtzeit an einer anderen Stelle. Man muss also zunächst einmal herausfinden, wo sie gerade stehen, wenn man ihren Winkel zum Horizont misst."

„Da musst du aber gut rechnen können", staunte Maria, „ich würde das nie begreifen."

„Es ist gar nicht so schwer, wie es vielleicht klingt. Freilich muss man ein guter Rechner sein und auch etwas von Winkelfunktionen und Logarithmen verstehen. Aber es wird der Tag kommen, wo auch Frauen auf der Brücke stehen und ein Schiff steuern werden. Stell dir vor, wie schön es wäre, wenn ich als Zweiter Offizier und du als Dritter Offizier auf demselben Schiff sein würden ...", im Moment, da er das sagte, wurde ihm bewusst, dass in dem, was er da sagte, eine Wertung lag, und so beeilte er sich hinzuzufügen: „Oder umgekehrt. Vielleicht mit dir als Kapitän und mir als deinem Ersten. Dann müsstest du nicht immer so lange allein zu Hause sein."

„Oh ja, das wäre wohl fein", sagte Maria, „ich habe ja, wie du weißt, schon selber daran gedacht. Dann könnten wir beide gemeinsam die Welt erkunden. Sie muss unsagbar schön sein!"

„Ja, das ist sie, in der Tat!"

„Ist es in Penang, in Manila oder in Surabaya ebenso schön wie auf Trinidad?", fragte Maria.

Stephen strich ihr über den Kopf.

„Oh, meine Maria", sagte er, „es gibt viele Orte auf der Welt, wo es noch viel, viel schöner ist."

„Das kann ich mir gar nicht vorstellen", meinte sie, „ich wäre schon zufrieden, wenn ich wieder auf Trinidad wäre."

In ihren Worten schwang so viel Traurigkeit, dass Stephen das Herz blutete. Er konnte sie und ihre Sehnsucht und ihr Heimweh so gut verstehen. Aber, was sollte er tun?

Es gab keine Lösung! Oder vielleicht doch? Er hatte schon oft darüber gegrübelt. Warum sollte sie nicht genauso gut auch in Port of Spain wohnen können, wenn er von seinen Reisen zurückkam? Aber es war für ihn als Briten unmöglich, ein Schiff zu finden, das regelmäßig nach Port of Spain fuhr.

Nein! Er würde immer nur auf britischen Schiffen fahren können, denn ganz gleich, wohin sie fuhren, wohin sie mit Sicherheit immer wieder zurückkehrten, war nach Hause, nach Großbritannien. Und in Trinidad und Tobago gab es keine Reedereien.

Er hatte so sehr gehofft, dass Maria sich mit der Zeit an England gewöhnen würde. Nun, zunächst einmal wohnten sie ja hier zusammen, und das würde ja auch noch einige Monate so weitergehen. Dennoch wurde er das Gefühl nie los, dass er einen Fehler gemacht hatte, sie hierher mitzunehmen. Sie würden niemals heiraten und Kinder kriegen können und er wusste, dass es genau das war, was sich Maria nichts sehnlicher wünschte, und ihm selber ging es ja nicht anders. Ein Leben ohne Maria konnte er sich nicht mehr vorstellen.

Aber was hätte er denn tun sollen, als ihre Mutter gestorben war? Sie war doch damals noch ein Kind gewesen. Er hatte von einem Tag auf den anderen allein dort mit dem Mädel gesessen. Was das Entscheidende für ihn gewesen war: Er übernahm die alleinige Verantwortung für sie.

Aber Stephen hatte zunehmend das Gefühl, dass all das nicht wirklich zu Ende gedacht war. Er war so stolz darauf gewesen, wie er das alles so genial eingefädelt hatte. Jedoch hatte er nur bis zu dem Tag gedacht, an dem er Maria bei seinen Eltern würde unterbringen können. Er hatte angenommen, sie würde dort aufwachsen und mit der Zeit selbstständig werden. Und so wäre er auf diese Weise seine Verantwortung für sie im Lauf der Zeit „losgeworden".

Aber dann war ihnen etwas dazwischengekommen. Man konnte es vielleicht Liebe nennen.

Ratlos blickte er auf Maria herunter, wie sie da traurig auf ihrem Stuhl saß. Hatte er wirklich geglaubt, dass sie sich in seinem Zuhause in Mevagissey mit der Zeit einleben würde? Dass sie Freunde finden würde, sich eines Tages in jemanden anderen verlieben würde?

‚Nichts habe ich gedacht', musste er sich eingestehen, ‚gar nichts! Ich habe, so, wie ich das immer tue, einfach gehandelt.'

Traurig blickte er Maria an. Ein warmes Gefühl durchströmte ihn. Liebevoll strich er ihr mit der Hand über ihr schwarzglänzendes Haar.

Und da! Er sollte der Stephen bleiben, der er nun mal war. Ihm fiel immer etwas ein. Ein neuer Gedanke begann in ihm zu keimen. Noch nichts Bestimmtes zwar, aber doch so etwas wie der Anfang eines Weges. Er brauchte Geld. Geld aber hatte er nicht. Zu Geld konnte er nur kommen durch eisernes Sparen. Sparen aber, selbst wenn er es rigoros betrieb, brauchte Zeit, sehr viel Zeit.

‚Es hängt alles davon ab, wie lange Maria das noch aushalten mag', hoffte er, ‚dieses ewige Warten auf den Mann, der nach Monaten immer nur für wenige Tage nach Hause kommt und nur einmal im Jahr für einen ganzen Urlaub.'

In diesem Augenblick schaute Maria zu ihm hoch und lächelte ihn an.

‚Meine kleine Maria', dachte er, ‚meine liebe kleine Maria.'

Diese wiederum kannte ihren Stephen, sie hatte sofort gespürt, dass irgendetwas hinter seiner Stirn vorging. Etwas, was sie beide betraf. Und sie wusste: Ihrem Stephen fiel immer etwas ein. Sie lächelte also still vor sich hin. Der Schatten, der über ihrer beider Schicksal hing, begann sich ein klitzekleines bisschen zu lichten.

„Alles, was wir brauchen, ist Zeit."

Versehentlich hatte er es laut gesagt, denn an ihrem Lächeln sah er, dass sie ihn verstand.

Es nahten nun die Semesterferien. Stephen hatte lange hin und her überlegt, was er zusammen mit Maria in dieser Zeit machen sollte. Sein erster Gedanke war gewesen, mit ihr nach Hause zu seinen Eltern nach Mevagissey zu fahren. Aber dann dachte er, dass es ihr vielleicht gar nicht besonders gefallen würde. Hier lebten sie, zumindest nach außen hin, wie Mann und Frau, aber dort wären sie wieder Vater und Tochter. Niemals mehr würde Maria ohne ihn allein in einem Zimmer schlafen und auch er konnte sich das nicht mehr vorstellen.

Das Beste wäre es wohl, mit ihr zusammen zu einem dieser englischen Seebäder zu fahren, Margate oder Lyme Regis, aber er fürchtete, dass das zu teuer für ihn werden würde.

Die Antwort auf all diese Fragen gab ihm eines Tages sein Studienkollege Howard aus Dartford. Sie hatten sich über die Monate hinweg recht gut angefreundet. Howard war nicht verheiratet, aber er hatte eine feste Freundin, Catherine. Mit dieser wollte er in den Semesterferien Campingurlaub in den nahegelegenen New Forests machen.

„Kommt doch einfach mit", hatte er eines Tages gesagt.

Er besaß einen kleinen Morris und sie würden, wenn sie sich ein wenig zusammenquetschten, sogar vielleicht alle hineinpassen.

„Aber ich habe keine Campingausrüstung", hatte Stephen überlegt.

„Ach, aber was brauchst du schon?", hatte Howard gemeint. „Ein Zelt plus Luftmatratze kann man leihen und einen Campingkocher bekommen wir sicher irgendwo auf dem Trödlermarkt. Mehr braucht es doch nicht!"

Und so geschah es dann auch. An einem schönen Julitag zwängten sich alle vier zusammen in den Morris und fuhren los. Die New Forrests waren ein großes und wunderschönes Naturschutzgebiet, gar nicht so sehr weit von ihrem Wohnort entfernt. Es lag unmittelbar hinter Southampton und nach einer Fahrt von knapp zwei Stunden hatten sie dieses idyllische, weitläufige Landschaftsgebiet erreicht. In der Nähe von Brockenhurst fanden sie einen urigen Campingplatz. Er lag mitten im Wald und es war kein gewöhnlicher Campingplatz: Es handelte sich vielmehr um ein durchaus großes Waldgebiet, von

Wegen durchzogen, wo man frei zelten konnte und es gab nicht einmal einen Zaun drumherum. An der Einfahrt bei der Anmeldung war ein Kiosk, auch Duschen und Toiletten, aber es gab keinerlei abgeteilte Parzellen. Die Campinggäste konnten sich so, wie es ihnen gefiel, einfach einen netten Platz irgendwo in dem parkähnlichen Wald suchen.

Das Leben im Zelt erinnerte Stephen ganz entfernt an ihre Zeit in den Slums von Port of Spain. Aber es war im Grunde nichts als eine Assoziation, denn weder quälten sie größere materielle Sorgen noch die Moskitos.

Das Gelände war so groß, dass sie hier ganz allein und nur für sich waren. Howard und Catherine bauten ihr Zelt in respektvoller Entfernung auf. Niemand sollte sich einander in seinem Liebesglück stören. Es war einfach nur wunderbar, so in den Tag hinein zu leben, ohne ein Gestern und ohne ein Morgen. Maria und Stephen gefiel es, von Sonnenauf- bis -untergang nur so nebeneinander vor ihrem offenen Zelt zu liegen und sich gemeinsam über die Vögel und die Eichkätzchen zu freuen.

Am Abend besuchten sich die zwei Paare gegenseitig und abwechselnd vor ihren Zelten, tranken etwas miteinander und unterhielten sich; und ab und zu unternahmen sie zusammen eine Wanderung. Maria wunderte sich dann stets darüber, dass, wo immer sie auch hinkamen, das Gras, fast wie in einem Park, kurz geschoren war. Sie verstand es nicht, aber als sie das erste Mal einer Herde der hier freilebenden Pferde begegneten, erklärte sich für sie alles. Sie war außer sich vor Freude.

Doch als sie sich anschickte, sich den Tieren zu nähern, um sie zu streicheln, ergriffen diese sogleich die Flucht. Maria war grenzenlos enttäuscht.

„Ja, das sind Wildpferde", lachte Catherine, „man kann sie nicht reiten. Aber warte nur, bis wir Eseln begegnen. Die leben hier zwar ebenfalls frei, aber sie sind zutraulicher als die Pferde. Sie lassen sich gerne streicheln."

Und so geschah es dann auch. Als die Gruppe der Wanderer eben um eine Wegbiegung ging, standen plötzlich drei Esel vor den vieren auf dem Weg.

Zaghaft näherte sich ihnen Maria, streckte vorsichtig ihre Hand aus, um eines der Tiere, das ganz besonders kuscheliges Fell hatte, zu streicheln. Oh, wie sie sich da freute. Der Esel genoss sichtlich ihre Liebkosungen und Maria kraulte ihm auch zwischen seinen langen Ohren und sprach leise mit ihm. Und auf einmal schlang sie in einer Aufwallung beide Hände um seinen Hals und drückte seinen dicken Kopf an sich.

„Oh, was für ein liebes Tier!", rief sie ein ums andere Mal aus, und bevor sie sich schließlich widerwillig von ihm verabschieden musste, denn die anderen drängelten schon, drückte sie ihm noch einen dicken Kuss auf die Nase.

Stephen, der das Ganze lächelnd verfolgt hatte, öffnete sich das Herz vor Freude. So glücklich hatte er Maria schon lange nicht mehr erlebt.

Neben ihren Wanderungen machten Howard und Catherine hin und wieder Ausflüge mit dem Auto, zum Beispiel in das unweit von ihnen gelegene Schloss Beaulieu, nebst der Ruine einer angegliederten Abbey, und zu einem berühmten Automuseum.

Maria zog es vor, bei diesen Touren lieber „zu Hause" zu bleiben, und Stephen, der zwar eigentlich auch ganz gern das Automuseum besucht hätte, blieb natürlich bei ihr.

Maria liebte die Tiere des Waldes. Manchmal sahen sie Rehe oder Hasen ganz dicht vor ihrem Zelt vorüberziehen, beziehungsweise -hoppeln, denn der Platz war ja nicht eingezäunt und das Gelände so groß, dass man andere Zeltnachbarn weder sah, noch von ihnen etwas hörte.

Ganz besonders gern mochte Maria die Vögel. Sie streute ihnen immer etwas Futter vor das Zelt. Mit der Zeit kamen immer mehr und einige wurden sogar richtig zutraulich.

Einmal, es war an einem Regentag, der die Freunde des Campings den ganzen Tag über an ihr Zelt fesselte, lagen Maria und Stephen nebeneinander auf ihren Luftmatratzen und lauschten den Tropfen, die gleichbleibend und leise auf ihr Zelt trommelten. Der Eingang ihres Zeltes stand weit offen, da kam ein ‚Robin', ein kleines Rotkehlchen, bis zu ihnen hineingehüpft und pickte ganz sacht gegen Marias Fuß. Diese war außer sich vor Glück. Sie waren gerade dabei, Tee zu trinken und ein paar Digestive Kekse zu knabbern. Maria zerbröselte einen davon und warf etwas dem Vogel hin, der daraufhin zunächst erschrocken ein wenig zurückflatterte, dann aber nach kurzem Überlegen zögerlich gleich wieder herbei- trippelte. Immer wieder schaute sich das kleine Kerlchen um, aber als es die hingestreuten Krümel erreicht hatte, fing es sogleich eifrig an zu picken. Maria behielt einen Rest der Brösel in ihrer Handfläche und unendlich langsam und achtsam streckte sie ihre Handfläche aus. Ganz leise gab sie lockende Töne von sich und dann kam das Vögelchen wirklich und wahrhaftig sehr, sehr vorsichtig näher. Es schaute dabei immer wieder in alle Richtungen und schließlich aber traute es sich ganz heran, flog mit einem schnellen Flügelschlag auf Marias Hand und begann, ihr die Krümel aus der Hand zu picken. Da ergriff sie ein so unbeschreibliches Glücksgefühl, dass ihre Augen feucht wurden.

Von diesem Tag an kam der Piepmatz regelmäßig bei ihnen zu Besuch.

Die Zeit ging viel zu schnell vorüber.

Als die vier schließlich mit gepacktem Auto ihren Zeltplatz verließen, blickte Maria noch lange zurück.

‚Warum muss man immer, wenn es am schönsten ist, wieder fort?‘, sinnierte sie.

Aber wenn sie dort in Portsmouth auch sehr bescheiden wohnten, freute sie sich dennoch, wieder nach Hause zu kommen. Freilich waren ihre Lebensverhältnisse in ihrer schlichten Wohnung in diesem etwas heruntergekommenen Stadtviertel nicht eben üppig, aber für sie ging es stets nur darum, zusammen mit Stephen leben zu können. Solange sie zusammenblieben, wollte sie leben, wo immer es sie hinzog. Stephen war in dieser Zeit seines Seminares viel zu Hause und materiell ging es ihnen nicht schlechter und nicht besser als damals in ihrer Wohnung in der Prince Street. Und wenngleich Maria ihre Mutter immer noch sehr vermisste, musste sie sich eingestehen, dass in der Prince Street Stephen ja immer nur der Mitbewohner gewesen war. Hier aber „gehörte“ er ihr ganz allein. Das allein zählte und es machte sie unendlich glücklich.

Leider wusste sie aber auch nur zu gut, dass dieses Glück endlich war. Sie mochte gar nicht daran denken, dass Stephen nur zu bald wieder hinausfahren würde.

„Zähle nur die glücklichen Stunden“, hieß es, aber diese vergingen wie im Fluge. Es kam der Tag, da Stephens Studienzeit zu Ende war und er seine Prüfung bestand. Er durfte sich nun Steuermann nennen. Und er war nicht wenig stolz darauf.

Aber es ist wohl oft so im Leben: Des einen Aufstieg ist des anderen Fall.

Stephen begann sich nun nach einem Schiff umzusehen, und dieses Schiff, Maria hatte sich die ganze Zeit davor gefürchtet, würde ihn wieder von ihr forttragen.

Sie teilte dieses Los mit allen Seemannsfrauen dieser Welt. Aber fand man darin Trost?

Stephen hatte sich sowohl bei der „E&O Line" als auch bei der „P&C Line" beworben.

Und eines Tages kam Post aus Southampten. Sie kam von der „E&O Line", und man teilte ihm mit, dass er in vier Wochen auf der „Menelaos" als Dritter Offizier anfangen könne.

„Stell dir vor", sagte er zu Maria, „ich werde Dritter Offizier auf der ‚Menelaos'! Das ist eins von den beiden Schiffen, die wir damals, gleich als wir hier ankamen, in Southampton gesehen haben."

Er strahlte dabei, als hätte er im Lotto gewonnen. Maria hingegen war so unendlich traurig, dass er sie nun wieder verließ, aber dann dachte sie, dass sie vielleicht sehr egoistisch sei. Er freute sich doch so sehr darüber.

„Ja, Lieber, das ist sehr schön", meinte sie daher, „ich freue mich so für dich."

Dieses Mal durfte Maria Stephen zum Abschied bis an sein Schiff begleiten. Er trug seinen Seesack über der Schulter und er sah richtig schick aus in seiner neuen dunkelblauen Uniform mit dem goldenen Streifen an den Ärmeln. Sein neues Schiff, die „Menelaos", lag groß und mächtig am Kai. An der Gangway verabschiedeten sie sich voneinander.

„Denk an mich", sagte Maria.

„Ich schreibe dir", versprach Stephen, „ich komme bald zu dir zurück!"

„Pass auf dich auf!"

Sie küssten sich und dann schritt er behände und sicher, wie nur ein Seemann es konnte, die Gangway hinauf, drehte sich oben angekommen noch einmal zu Maria zurück und winkte ihr. Dann war er auch schon im Inneren des Schiffes verschwunden.

Gleich darauf begannen die Matrosen, die Gangway einzuziehen. Anschließend lief sie nach achtern und schon hörte Maria eine der Festmacherleinen ins Wasser klatschen.

Sie sah jetzt sowohl vorn als auch achtern einen Schiffsoffizier erscheinen, und als sie noch überlegte, wohin sie gehen sollte, entdeckte sie Stephen vorn auf der Back stehen und Befehle erteilen.

‚Ein ungewohntes Bild!', dachte Maria.

War das wirklich ihr Stephen, der da vorn in seiner Uniform stand und das Ablegemanöver leitete?

Klatsch, klatsch, die beiden letzten Leinen fielen, aus dem dicken hohen Schornstein erklang ein fauchendes Husten, und dann wirbelte und brauste am Heck der „Menelaos" mächtig das Schraubenwasser auf. Zentimeterweise, fast wie in Zeitlupe löste sich das große Schiff von der Kaimauer. Es ließ noch einmal sein tiefes Typhon erklingen und dann drehte sich ihr Steven majestätisch in das Wasser des Hafenbeckens.

„Gute Fahrt, lieber Mann", rief Maria, „komm bald wieder!", während ihr die hellen Tränen aus den Augen strömten.

Aber er konnte sie schon nicht mehr hören.

Maria blickte dem Schiff nach, bis es aus dem Hafenbecken herausdrehte und hinter den Lagerschuppen langsam verschwand. Lange noch konnte sie den hohen roten Schornstein über den Dächern der Lagerschuppen davonziehen sehen.

Die Seemannsbraut

Maria saß in ihrer Küche, ihr gegenüber am Tisch saß Rose, ihre Nachbarin. Beide hatten es sich mit der Zeit angewöhnt, sich häufig gegenseitig zu besuchen, und auch, die eine für die andere, Besorgungen zu machen. Hier und da, wenn Rose einmal längere Zeit fort war, und das kam schon manchmal vor, nahm Maria ihre beiden Kinder zu sich. Auf diese Weise war eine, ja, man konnte sagen, innige Freundschaft zwischen ihnen entstanden.

Maria mochte die Kleinen sehr. Sie waren muntere Wesen, wie sie hier so oft in ihrer Stube umhertollten. Manchmal aber saßen sie ganz ruhig und dicht bei ihr auf dem Fußboden und schauten zu ihr auf, während sie ihnen etwas vorlas, und nicht selten brachte Maria die Kinder morgens in der Früh zur Schule. Das weckte Erinnerungen in ihr. Sie sah sich dann selber, das zwölfjährige Mädchen, wie Stephen sie auf seinem Weg zum Hafen immer zur Schule begleitet hatte.

Diese Erinnerung entfachte ein zärtliches Gefühl in ihr, aber es machte sie gleichsam traurig. Traurig, nicht weil es eine schöne Zeit gewesen war, die nie mehr wiederkommen würde, sondern weil sie und Stephen niemals eigene Kinder haben durften.

Aber dann fiel ihr rechtzeitig ein, dass Stephen einen Gedanken gefasst hatte, und so, wie sie ihn kannte, würde er nicht ruhen, bis er für sie eine Lösung gefunden hatte. Sie glaubte an ihn.

„War das gestern wieder ein Lärm da unten", sagte Rose gerade. Unter ihr wohnte ja die indische Großfamilie.

Der Himmel mochte wissen, wie diese alle zusammen in ihre kleine Wohnung passten. Die Wände und Decken hier im Haus waren nicht besonders dick und im Grunde hörten alle alles mit, was bei den Nachbarn vor sich ging.

Der Mieter der Wohnung unter Maria war glücklicherweise ein alleinstehender Mann, ein Engländer. Er mochte zwischen sechzig und siebzig Jahren sein und hatte hier ganz in der Nähe in der Marinewerft gearbeitet. Nun war er aber bereits seit ein paar Jahren in Rente. Seine Frau war vor etwa zehn Jahren gestorben und er lebte hier nun allein. Nur seine Tochter besuchte ihn ab und zu einmal.

Regelmäßig, zweimal in der Woche, besuchte er das Pub an der Ecke.

Er tat Maria ein bisschen leid.

„Ja", antwortete sie jetzt, „die haben wieder irgend so ein indisches Fest gefeiert. Geht nicht eins ihrer Mädchen zusammen mit Emily in eine Klasse?"

„Ja, nicht nur das", sagte Rose, „sie sitzen sogar nebeneinander. Sie ist ein nettes Mädchen. Apropos nettes Mädchen: Emily feiert nächste Woche Mittwoch ihren Geburtstag. Es werden viele Kinder kommen und es wird wohl ein wenig eng werden bei uns. Wie wär's, wenn wir unsere beiden Wohnungstüren offenstehen lassen, es ist doch Sommer, und in beiden Wohnungen feiern?"

Maria war zunächst nicht so sehr begeistert von dieser Idee. Ihre Wohnung, die aus allen ihren Winkeln die gemeinsamen Stunden mit Stephen atmete, sie konnte es sich einfach nicht vorstellen sie von so vielen Menschen bevölkert zu sehen. Zwar hatte sie schon häufig die beiden Kleinen bei sich gehabt, aber eine ganze Meute? Sie betrachtete ihre Wohnung als eine Art Refugium, ein Ort nur allein für sich und Stephen. Doch dann dachte sie:

‚Ach, aber das sind Kinder, es wird dir sicher guttun, ihr Toben und Lachen in deinen Räumen zu erleben und zu hören.'

So sagte sie also schließlich:

„Gute Idee, wir könnten bei mir in der Stube die Kuchentafel abhalten und anschließend lassen wir die Kinder gegenüber bei dir ihre Spiele machen."

Und so kam es, dass Maria am Tag vor Emilys Geburtstag mit Rose zusammen in ihrer Küche stand, um Kuchen und Kekse zu backen.

Am Morgen des großen Ereignisses, als die Kinder noch in der Schule waren, trug Maria gemeinsam mit Rose den Tisch aus deren Küche zu ihr hinüber, stellte ihren eigenen daneben und schaffte alles, was sie an Stühlen und Sesseln fand, heran. Anschließend schmückten sie das Kaminzimmer mit Papiergirlanden und bunten Lampions. Drüben bei Rose in der Wohnung packten sie am Ende noch ein paar Matratzen zu den wenigen Sesseln und schufen auf diese Weise eine Spielwiese.

Pünktlich am Nachmittag trudelten die kleinen Gäste ein. Die Erste, die kam, war Jayanna, Emilys Sitznachbarin, und so nach und nach füllte sich Marias Stube. Ach, war das ein munteres Lachen und Geplapper! Als alle Platz genommen hatten, stimmte Rose ein Geburtstagslied an, und dann kam Maria mit einem großen Topf Kakao und einer Kelle aus ihrer Küche. Acht Kinder waren gekommen und sie bildeten zusammen ein so buntes Völkergemisch, wie Maria es nicht einmal in Port of Spain erlebt hatte. Es herrschte ein unglaublicher Trubel in ihrer sonst so stillen Stube und sie saß mitten unter ihnen allen und freute sich mit ihnen.

Doch während sie so zusammen in munterer Runde feierten, dachte Maria plötzlich an den einsamen Mann in der Wohnung unter ihr. Wahrscheinlich fühlte er sich gestört durch das ständige Trappeln der kleinen Füße und das sich nach einer Weile des Beisammenseins unweigerlich ausbreitende Gekreische der

Kinder. Sie flüsterte kurz zu Rose und dann erhob sie sich und verließ das Zimmer. Sie stieg die zwei Treppen hinunter zu dem alleinstehenden Mann und klingelte an dessen Tür. Nach einer Weile näherten sich von drinnen schlurfende Schritte. Sie hörte den Schlüssel sich im Schloss drehen, die Tür öffnete sich einen Spalt und dann lugte das Gesicht des Nachbarn daraus hervor. Als er Maria erkannte, öffnete er ganz. „Ach, du bist es", sagte er, „ganz schön was los bei euch da oben." Er brachte ein etwas schiefes Grinsen zustande.

„Ja, es ist wohl ein wenig laut", meinte Maria entschuldigend. „Wir feiern Kindergeburtstag. Wenn du möchtest, komm doch eine Weile zu uns hinauf und trink einen Tee oder Kakao mit uns."

Der Mann, schon im Begriff, beide Hände zu heben und hastig abzuwehren, ließ diese wieder sinken und dann verklärte ein frohes Leuchten sein verwittertes Gesicht.

„Ach, ich störe doch nur", sagte er, aber Maria sah, dass er in Wirklichkeit ganz gerührt war von dieser Einladung.

„Aber gar nicht!", widersprach sie mit Nachdruck. „Komm nur, wir drei Erwachsenen setzen uns an den kleinen Beistelltisch, trinken unseren Tee und schauen den Kleinen zu. Mit großer Unterhaltung wird es ja wohl sowieso nichts bei dem Lärm."

Immer noch etwas zögernd folgte ihr der Mann schließlich in das Treppenhaus, zog die Tür hinter sich zu, nicht ohne vorher seinen Schlüssel abgezogen zu haben, und stieg hinter Maria die Treppenstufen hinauf.

Rose hatte bereits für eine Person mehr gedeckt und kam just in dem Augenblick, als Maria mit dem Nachbarn die Stube betrat, mit der Teekanne aus der Küche.

„Hallo George", begrüßte sie ihn und diesem fiel nun ein, dass er sich bei Maria bisher noch gar nicht vorgestellt hatte.

„Ich bin übrigens George", sagte er überflüssigerweise.

„Ich bin Maria."

„Freue mich, dich endlich einmal kennenzulernen, *Märaia.*"

Und während nun die Kinder aßen und tranken, sich neckten und sich überkreuz über beide Tische hinweg unterhielten, wenn man das Getöse, was sie veranstalteten, so bezeichnen konnte, saßen Rose, Maria und George an ihrem Katzentisch und versuchten sich in einer Unterhaltung.

Nachdem alles weitgehend verputzt war, erlaubte Rose den Kindern nun, in die andere Wohnung gegenüber zu stürmen, um zusammen Spiele zu machen.

„Geh du nur mit den Kindern hinüber", sagte Maria zu Rose, „ich räume derweil ab."

Rose hatte noch einige Einwände, aber Maria scheuchte sie am Ende einfach aus dem Raum.

„Irgendjemand muss ja bei den Kindern sein", meinte sie.

George bot sich an, ihr das ganze schmutzige Geschirr in die Küche zu tragen, während sie selber abwusch, und so hatten sie die Arbeit auch bald geschafft.

Anschließend komplimentierte Maria den Gast noch einmal in ihre Stube und schenkte sich und ihm ein Glas Sherry ein. Der Nachbar taute mit der Zeit sichtlich auf und wurde richtig redselig. Er erzählte aus seinem Leben als Werftarbeiter.

„Und jede Woche, am Donnerstag und Sonnabend, gehe ich ins ‚The Ship Inn' an der Ecke und gönne mir ein oder zwei Glas Bitter", sagte er gerade, als ein paar aufgeregte Kinder in die Stube gestürmt kamen.

„Du *Märaia,* ich glaube, Rose geht es nicht gut!", rief Jayanna.

Da sprang Maria auch schon auf, um gefolgt von George in die Wohnung gegenüber zu eilen.

Sie fanden Rose stöhnend und sich vor Schmerzen krümmend auf dem Sofa vor.

„Rose! Was ist mit dir?", fragte Maria und setzte sich zu ihr auf die Sofakante.

„Oh, ich habe so schreckliche Schmerzen im Unterleib", wimmerte Rose.

„Ganz plötzlich?"

„Ja, ich hatte das auch früher schon ein paarmal, aber so schlimm wie jetzt war es noch nie."

Sie krümmte sich erneut vor Schmerzen und stöhnte abermals laut auf.

„Wir müssen einen Krankenwagen rufen!", tönte da eine Stimme hinter Maria. Es war George.

„Nein, nein!", keuchte Rose. „Das geht schon wieder vorbei."

Maria war ratlos. Was sollte sie tun?

„Auf gar keinen Fall", widersprach George, „sofort Krankenwagen." Er blickte sich im Zimmer um.

„Wo ist das Telefon?", fragte er.

Rose konnte nicht antworten vor Schmerzen.

„Wir haben kein Telefon!", rief Emily.

George wandte sich an Maria, die hilflos und überfordert immer noch auf der Sofakante saß und Roses Hand hielt.

„Wo ist dein Telefon?", wollte er wissen.

„Was?", Maria schien nicht zu begreifen.

„Wo ist dein Telefon?", wiederholte George ein wenig lauter.

„Ich habe kein Telefon", sagte nun auch Maria.

George drehte sich wortlos um und stürmte, irgendwelche Flüche murmelnd, aus der Tür, die Treppe hinunter in seine Wohnung.

Nach einer Weile erschien er wieder im Türrahmen.

„Er ist in spätestens zehn Minuten hier", sagte er, „ich gehe schon mal hinunter."

„Aber ich kann doch nicht ins Krankenhaus", jammerte Rose, „was soll denn aus meinen beiden Kindern werden, wer wird sich um sie kümmern?"

Da fasste Maria mit beiden Händen ihre Hand und drückte sie entschlossen.

„Keine Sorge, liebe Rose, ich kümmere mich um sie. Ich werde sie behüten, als wären es meine eigenen."

Die Mutter brachte ein gequältes Lächeln zustande, während sie sich erneut unter Krämpfen wand. Da hörte man aber auch bereits die Sirene des Krankenwagens. Das Geräusch kam näher und näher, wurde lauter und erstarb unter ihnen an der Haustür. Kurze Zeit später kamen die zwei Sanitäter die Treppe hinauf. Ein Notarzt folgte ihnen auf den Fuß.

„Wo tut's denn weh?", fragte er, während er seine Arzttasche öffnete.

Er befühlte Roses Unterleib, drückte hier und da. Beim dritten Mal schrie die arme Frau auf.

„Okay", sagte der Arzt, maß kurz ihren Puls und gab den Sanitätern ein Zeichen. Diese betteten die Arme vorsichtig auf die mitgebrachte Trage und transportierten sie vorsichtig die Treppen hinunter zum Wagen.

„Alles wird wieder gut!", rief ihr Maria noch hinterher.

Der Arzt wandte sich nun an Maria:

„Wir werden sie operieren müssen." Er blickte Maria prüfend an: „Kommen Sie klar hier mit den Kindern? Wir werden sie wohl einige Wochen behalten müssen."

„Oh, keine Sorge", gab Maria zurück. „Die Kinder sind gut versorgt."

„Das beruhigt mich", meinte der Arzt und reichte ihr die Hand.

„Goodbye, Ma'am", verabschiedete er sich und schon machte er sich auf den Rückweg, die Treppe hinunter. Kurz darauf hörte Maria den Wagen unter Sirenengeheul davonbrausen.

Als sie in die Stube zurückkehrte, fand sie die Kinder ratlos sitzend und schweigend vor. Alle hatten ganz erschrockene Gesichter. Jetzt kam auch Jayannas Mutter von unten hochgeeilt.

„Was ist passiert?", fragte sie.

Maria klärte sie auf.

„Ich helfe dir", beschloss die Mutter.

Dann wandte sie sich an die Kinder:

„Liebe Kinder", sagte sie, „es ist wahrhaftig schade um eure schöne Geburtstagsfeier. Aber nun geht ihr alle schön wieder nach Hause, nicht wahr. Ihr habt ja alle eine wundervolle Zeit zusammen gehabt. Rose ist krank, aber sie wird bald wieder gesund werden."

Beide Frauen standen nun rechts und links der Tür und verabschiedeten die Kinder, die eins nach dem anderen die Wohnung verließen.

„Halt!", rief plötzlich Jayannas Mutter. „Du nicht!"

In seiner Aufregung war der kleine William ebenfalls im Begriff, die Wohnung zu verlassen.

„Du wohnst doch hier!", meinte sie schmunzelnd.

Da kehrte der Kleine um und setzte sich neben seine Schwester, Emily, auf das Sofa, wo sie nun dicht nebeneinander mit traurigen Augen kauerten.

Maria setzte sich zwischen sie und legte ihre Arme um sie.

„Keine Angst", sagte sie, „eure Mutter wird schon wieder gesund werden und bis es so weit ist und sie wieder zu euch zurückkommt, werde ich mich um euch kümmern."

Die Mutter Jayannas, sie trug einen Sari, wandte sich nun an Maria:

„Übrigens, ich bin Manju, wir haben uns ja noch gar nicht vorgestellt."

„Maria."

Manju wandte sich nun an ihre Tochter:

„Du kannst uns dabei helfen, hier aufzuräumen."

Alle drei begannen nun, die Möbel hin und her zu tragen, die Dekoration abzunehmen und allgemein alles zu ordnen. Emily half ihnen fleißig dabei und bald war wieder alles in den Normalzustand gebracht. Manju lud Maria und die Kinder noch für später zu sich zum Abendessen ein, bevor sie mit Jayanna wieder zu sich hinunterging.

Maria schaute sich kurz in der Wohnung um. Die Wohnungen auf dieser Seite des Hauses waren größer als ihre eigene und die von George. Es gab ein Zimmer mehr, das von den beiden Kindern bewohnt wurde. Es hatte zwei Türen, eine, die in den Flur führte, und eine zweite, zu Roses Schlafgemach.

Für Maria bedeutete es, dass sie wohl für kurze oder auch für längere Zeit hier hinüberziehen musste, da ihre Wohnung insgesamt ja nur aus zwei Zimmern bestand. Es wäre auch besser für die beiden Kinder, wenn sie sie in der ihnen vertrauten Umgebung beließ.

„Komm, Emily", ermunterte Maria das Mädchen, „hilf mir, mein Bettzeug herüberzutragen und was ich sonst noch so brauche, ich werde jetzt bis auf Weiteres bei euch wohnen."

Als die Zeit fürs Dinner gekommen war, gingen alle drei eine Treppe tiefer zu Manju, um dort zusammen mit ihrer Familie zu essen.

Manju hatte einen Mann und vier Kinder, Jayanna war die Älteste von ihnen. Maria hatte noch nie zuvor indisch gegessen. Als sie mit den beiden Kindern eintrat, fand sie den Tisch bereits gedeckt vor.

Manjus Mann erhob sich und begrüßte Maria auf indisch, indem er die Handflächen aneinandergelegt vor seine Brust hob und sich dabei leicht verbeugte. Den beiden Kindern winkte er zu und sagte: „Willkommen", und: „Hello", ertönte es aus vier Kinderkehlen. Es waren außer Jayanna noch zwei weitere Mädchen und ein Junge.

Der große runde Tisch in der Stube war gedeckt mit einer Anzahl von Schüsseln und Tellern, die mit allerlei verschiedenen Speisen gefüllt waren. Dazu gab es eine große Schüssel mit Reis und einen weiteren großen Teller gehäuft mit Scheiben gewürzten Fladenbrotes.

Manju klärte sie über die verschiedenen Inhalte der Schüsseln und Teller auf.

„Nun dann", sagte der Vater. „Guten Appetit, allerseits!"

Maria glaubte, noch nie in ihrem Leben so köstlich gegessen zu haben. Aber dann fiel ihr das chinesische Mahl in Soho wieder ein, das sie zusammen mit Stephen in London gehabt hatte. Auch dieses hatte sie als ausgesprochen köstlich in Erinnerung, wenn es auch von völlig anderer Art gewesen war. Sie nahm von allem nur ein bisschen und es war nicht eine Speise dabei, die ihr nicht wundervoll geschmeckt hätte. Was sie ganz besonders begeisterte, war, dass jedes einzelne Gericht irgendwie eigen gewürzt war. Eines hatten sie indes gemeinsam: Alles besaß eine solche Schärfe, dass Marias Zunge brannte und ihr nach einer Weile der kalte Schweiß ausbrach. Daran musste man sich wohl erst gewöhnen.

Der Vater gab ihr den Rat, zwischendurch immer ein, zwei Gabeln Reis zu essen. Das neutralisiere die Schärfe, erklärte er ihr.

Emily und der kleine William mochten sich allerdings mit all den verschiedenen Gerichten so gar nicht anfreunden. Es war ihnen ungewohnt und einfach viel zu pikant, und daher begnügten sie sich mit ein paar Happen von dem in Kichererbsenmehl gebackenem Gemüse und etwas Reis. Der Reis war gelb, mit Safran gewürzt und es waren Rosinen darin. Das war fein. Es waren die einzigen Sachen, die nur mild abgeschmeckt waren.

Es war natürlich ausgesprochen nett von der Familie, sie an einem solchen Tag einzuladen, und am Schluss bedankten sich alle artig und gingen wieder nach oben, zurück in Roses Wohnung.

Um die Kleinen zu zerstreuen, spielte Maria mit ihnen noch ein Gesellschaftsspiel, bei dem man würfeln musste und dann die Kegel auf einem Brett um die Zahl weitersetzen, die der Würfel zeigte. Maria verlor jedes Spiel. Das heiterte die Kleinen ein wenig auf. Zu gegebener Zeit brachte sie die beiden zu Bett, setzte sich noch für knapp eine Stunde in die fremde Stube und las in ihrem Buch.

Fast vier Wochen vergingen auf diese Weise. Maria bereitete für alle das Frühstück, achtete darauf, dass die Kinder sich auch ordentlich wuschen und nach dem Essen die Zähne putzten, und dann brachte sie Emily in die Schule und den kleinen William in die *Nursery School*. Wenn sie mit ihnen an der Hand die Straßen entlangging, dachte sie an die Zeit, als sie selber jeden Morgen von Stephen zur Schule gebracht worden war, und eine unendliche Traurigkeit überkam sie.

War das nicht erst vor Kurzem gewesen?

Sie dachte an ihre aus Brettern und rostigen Wellblechplatten zusammengezimmerte Hütte, in der sie mit ihrer Mutter gewohnt hatte.

Sie hatten irgendwelche Reste von Lebensmitteln gegessen, die andere weggeworfen hatten, und sie waren niemals richtig satt geworden. Erst von dem Tag an, als Stephen in ihren alten Verschlag eingezogen war, hatte es richtige Mahlzeiten gegeben. Und trotz allem, immer wieder hatte sie das Gefühl, dass genau dies die glücklichste Zeit ihres Lebens gewesen war.

Sie mochte es sehr gerne, die Kinder ihrer Nachbarin zu versorgen und mit ihnen zu wohnen.

Es verdrängte ihr unsägliches Heimweh, das sie jeden Abend aufs Neue überfiel, wenn sie allein in ihrem Wohnzimmer saß.

Wie hatte Stephens Vater gesagt: „Man soll eine tropische Blume nicht verpflanzen!"

Der alte Branok, nie aus seinem Fischerdorf herausgekommen, verstand die Welt besser als mancher allzu hochnäsige, vermeintlich „weltoffenere" Großstädter.

Dann aber sinnierte Maria, dass es vielen anderen hier im Haus, Rose mit ihren Kindern und Manju, vielleicht ja auch nicht anders ging. Auch sie träumten sicher von ihrer Heimat. Aber die hatten ihre Kinder und die eine sogar einen Mann. Sie selber hatte ja auch einen „Mann", einen, den sie mehr liebte als alles andere, aber dieser Mann war, wenn er mal für wenige Tage zu Hause war, zu schnell wieder viel zu lange fort. Maria war nun, wie viele andere auch, eine Seemannsbraut.

Am Tag, nachdem Rose mit flackerndem Blaulicht von der Ambulanz abgeholt worden war, war Maria noch zu dem Krankenhaus gefahren, wo man Rose hingebracht hatte. Sie war operiert worden und Maria durfte nicht zu ihr, aber die Schwester hatte gemeint, es sei alles gutgegangen und bald werde Rose auch wieder nach Hause kommen.

Maria selbst hatte es gar nicht so eilig damit. Die Kinder wuchsen ihr mit der Zeit richtig ans Herz. Und auch sie wurden ihr gegenüber immer zutraulicher. Sie umarmten sie und kosten mit ihr, als wäre sie ihre leibliche Mutter. Das machte Maria sehr glücklich.

Sie hatte Stephen davon geschrieben, dass sie ganz plötzlich, sozusagen über Nacht, Ersatzmama von zwei Kindern geworden war. Stephen schrieb ihr zurück; er nahm es mit Humor, aber natürlich war ihm nur zu bewusst, dass ihm die Zeit davonlief.

Nach etwa drei Wochen wurde Rose aus dem Krankenhaus entlassen und Maria zog zurück in ihre eigene Wohnung.

Die beiden Kinder umarmten sie zum Abschied und der kleine William sagte:

„Warum kannst du nicht immer bei uns bleiben, *Märaia*?"

Und es dauerte fast noch weitere fünf Wochen, bevor Stephen wieder zurück war. Er hatte ihr geschrieben und ihr den Tag genannt, wann sein Schiff in Southampton einlaufen würde. Maria fuhr hinüber, um ihn abzuholen. Er hatte ihr einmal erzählt, wie sehr er das all die Jahre vermisst habe, und nun sei es das allererste Mal, dass sie auf dem Kai stehen würde, wenn sein Schiff festmachte.

Er freute sich ganz wahnsinnig, als er sie dort erkannte, und winkte ihr völlig ausgelassen zu. Zusammen fuhren sie mit der Regionalbahn zurück nach Portsmouth.

Alle schauten aus ihren Haustüren, als sie mit ihm die Treppen hinaufstieg: George, Manju und Rose, und Maria war ganz stolz auf „ihren" Stephen, wie er da in seiner schmucken Uniform vor ihr herging.

Sie hatten fünf Tage zusammen, gingen am Freitag gemeinsam ins „The Ship Inn", Fish and Chips essen, und dann musste er auch schon wieder fort.

Würde sie sich je daran gewöhnen können?

Noch einmal, nach weiteren dreieinhalb Monaten, brachte Maria ihn auf sein Schiff und holte ihn nach dem Ende seiner Reise wieder ab.

Beim dritten Mal wollte er plötzlich nicht mehr, dass sie ihn begleitete. Das machte sie traurig, hatte er sich doch sonst immer so gefreut, sie auf dem Kai zum Abschied winken zu sehen. Aber sie fragte nicht, warum.

Sie blieb allein zu Hause auf dem Sofa sitzen und weinte.

Diese, seine dritte Reise war kürzer als die beiden vorhergegangenen, sie dauerte nur zwei Monate und als er wieder nach Hause kam, sagte er:

„Dieses Mal bleibe ich länger, liebe Maria, ich habe abgemustert, um mit dir zusammen in Urlaub fahren zu können."

Er schaute ihr dabei in die Augen und sah eine stille Freude darin. Der Überschwang war ihr während der vergangenen neun Monaten abhanden gekommen.

‚Ach', dachte er, ‚das wird schon wiederkommen.'

„Fahren wir wieder zusammen in die New Forrests?", fragte sie hoffnungsvoll. „Es war so schön dort und vielleicht können ja dieses Mal nur wir beide allein fahren."

„Lass uns erst einmal deinen Geburtstag feiern", meinte er, „ich habe eine kleine Überraschung für dich."

Es vergingen noch knapp zwei Wochen, bis der besagte Tag kam. Da absolut niemand Marias tatsächliches Geburtsdatum kannte, hatten sie dafür jedoch das Datum gewählt, dass in ihrem Pass

eingetragen war. Stephen hatte damals dem für die
Ausstellung von Pässen zuständigen Beamten so aus
dem Stegreif irgendein Datum genannt.

Maria hatte zunächst gedacht, dass sie zu ihrem
Geburtstag sehr gerne all ihre Nachbarn einladen
würde. Sie hatte sie in den langen Monaten ihrer
Einsamkeit sehr liebgewonnen, ganz besonders die
Kinder, aber dann entschied sie sich dafür, doch lieber
ganz allein nur mit Stephen zu feiern.

Damit sie an diesem Tag nicht auch noch in der Küche
stehen sollte, hatte er ihr eine große Geburtstagstorte
bestellt und am Abend wollte er mit ihr in die City
fahren und einmal ganz nobel essen gehen. Aber Maria
sagte, sie würde am liebsten, so wie stets, mit ihm um
die Ecke zum „Fish and Chips Shop" gehen.

Als die Torte gebracht wurde, schickte Stephen Maria
in die Küche, dort solle sie bleiben, bis er sie rufen
würde.

Sie musste nicht lange warten. Als sie in die Stube trat,
sah sie ihn ihr liebevoll entgegenblickend neben dem
Tisch stehen. Ein großer Blumenstrauß stand in dessen
Mitte und auf ihrer Geburtstagstorte leuchteten
Kerzen. Es waren zweiundzwanzig, für jedes ihrer
Lebensjahre eine. Stephen hatte zu dem in ihrem Pass
eingetragenen Datum einfach noch zwei Jahre
dazugezählt.

An der Blumenvase lehnte ein dicker Briefumschlag.

„Oh, wie schön!", rief Maria und ihre Augen strahlten.
„Danke, mein lieber Stephen."

„Nun musst du die Kerzen ausblasen", sagte der, „aber
alle auf einmal."

Maria holte tief Luft und dann blies sie, ohne
zwischendurch Luft zu holen, auf einen Rutsch alle
Kerzen aus.

„Bravo", rief Stephen, „das bringt Glück!"
Und dann umarmten und küssten sie sich.

„Und nun musst du dein Geschenk aufmachen", sagte er, „es ist nichts Besonderes, wie du siehst, es ist nur dieser Umschlag."

Maria wurde auf einmal ganz komisch zumute, es lag etwas in Stephens Augen, es schien ihr gleichsam etwas wie ein Versprechen zu sein.

Mit fliegenden Fingern öffnete sie das Kuvert. Sie hatte das Gefühl, als wollte ihr Herz stehenbleiben. In dem Augenblick, als sie den Umschlag aus seiner Hand entgegengenommen hatte, wusste sie, dass es damit etwas ganz Großes auf sich haben würde.

Sie fühlte nicht erst mit den Fingern, was darin sein konnte, sondern drehte den geöffneten Umschlag einfach um und schüttete seinen Inhalt auf den Tisch.

Heraus fielen zwei Schiffstickets für eine Reise von Liverpool nach Port of Spain und das Schiff, das gebucht war, hieß „Glenfalloch".

Das Geburtstagsgeschenk

Sie hatten noch etwas über zwei Wochen Zeit bis zur Abfahrt der „Glenfalloch". Stephen und Maria packten zusammen, was sie für eine Reise in die Tropen brauchten, es war ja nicht viel. All die warmen Sachen mochten zu Hause bleiben. Es war Ende August und Stephen meinte, für die paar Tage auf dem Schiff, da es noch etwas kühl werden könnte, brauchten sie vielleicht keine Extrakleidung.

Maria konnte es kaum noch erwarten.

Ja, und dann kam der Tag, dass es losgehen sollte. Stephen schloss die Tür zu ihrer Wohnung hinter sich und klopfte gegenüber bei Rose.

„Soll's losgehen?", fragte diese und wandte sich an Maria: „Freust du dich?"

„Ganz wahnsinnig!"

Stephen übergab ihr die Wohnungsschlüssel.

„Für alle Fälle", meinte er und zwinkerte ihr dabei zu.

„Ja, dann …", sagte Rose, schlang ihre Arme um Maria und drückte sie fest an sich.

„Alles, alles Gute, liebe Maria."

„Aber wir sind ja bald wieder zurück!" Sie wandte sich an Stephen, denn nun fiel ihr plötzlich ein, dass sie gar nicht wusste, für wie lange sie fort sein würden.

Auf ihre Frage antwortete er ihr ein wenig geistesabwesend:

„Äh, weiß ich gar nicht so genau, etwa zwei Monate oder so ähnlich."

„So lange?", Maria kreischte es fast. „Oh, ich bin ja so glücklich!"

„So, nun aber marsch, fort mit euch", drängte nun Rose, „sonst fährt euer Schiff womöglich noch ohne euch ab."

Nun verabschiedete sich auch Stephen, Maria herzte die beiden Kinder, die dazugekommen waren.

„Komm bald zurück", sagte William.

„Ja, komm bald wieder!", rief auch Emily und dann wandten sich Maria und Stephen ab, um die Treppe hinunterzusteigen.

„Sie geeeehen!", rief Rose so laut sie konnte ins Treppenhaus hinunter und wie abgesprochen öffneten sich eine Etage tiefer beide Wohnungstüren. Aus der rechten erschienen Manju und Jayanna und aus der linken lugte George hervor. Auch diese verabschiedeten sich überaus herzlich und wünschten ihnen eine gute Reise.

Als sie schließlich, ihre Koffer in der Hand, zur Bushaltestelle gingen, sagte Maria:

„Sie alle haben uns verabschiedet, als würden wir nie mehr wieder zurückkommen", und lachte.

„Da siehst du, wie lieb sie dich alle gewonnen haben in den letzten zweieinhalb Jahren", meinte Stephen.

Der Bus brachte sie zum Bahnhof und von dort nahmen sie den Zug nach Liverpool. Die Fahrt dauerte einige Stunden, aber Maria war die ganze Zeit über so hibbelig, sie schaffte es einfach nicht, länger als eine Minute stillzusitzen.

Auf dem Weg vom Bahnhof zum Hafen lief sie fast und verhielt erst wieder ihren Schritt, als sie um die Ecke eines Lagerschuppens kamen und plötzlich die „Glenfalloch" vor ihnen aufragte. Ihre Ladebäume waren ausgefahren und die Luken standen offen. Sie waren noch beim Laden. Das beschäftigte Stephen aber nicht weiter. Er ging mit Maria an Bord und führte sie in die Mannschaftsmesse.

„Lass uns unsere Koffer vorerst hier abstellen", sagte er.

Sie hatten noch etwa eine Stunde bis zur Abfahrt des Schiffes. Hugh und Michael saßen am Tisch und tranken Kaffee. Als die beiden hereinkamen, sprangen sie förmlich auf und begrüßten sie überschwänglich.

„Dass wir uns noch einmal wiedersehen!", rief Michael.

Sie umarmten sich abwechselnd und Maria bekam von Hugh sogar einen Kuss auf jede Wange.

„Wie ist es euch ergangen all die Jahre?", fragte Michael.

Stephen lachte: „Mensch, Michael, wir haben fast drei Wochen Zeit, um uns darüber zu unterhalten."

„Okay, okay", sagte dieser lachend.

Stephen winkte nun Hugh, ihn vor die Tür zu begleiten.

„Wir haben etwas zu besprechen", erklärte er Maria und Michael.

Nach einer Weile kamen beide wieder zurück. Stephen wandte sich jetzt an Maria: „Ich gehe nochmal kurz an Land, meine Liebe, ich habe noch etwas zu erledigen. Bleibe auf jeden Fall hier in der Messe, liebe Maria, und lass dich keinesfalls an Deck sehen, bis ich dich hier wieder abhole", beschwor er sie, küsste sie kurz auf die Stirn und verschwand. Seltsamerweise trug er dabei seinen Koffer, den er vor der Tür zur Messe hatte stehen lassen, in der Hand. Nachdem er die Gangway hinuntergeschritten war, ging er über den Kai hinüber zu einer „Kaffeeklappe", in der die Hafenarbeiter Pause zu machen pflegten. Er holte sich einen Kaffee und setzte sich vor die Tür. Von hier aus beobachtete er, wie nach etwa einer weiteren halben Stunde die Luken geschlossen und die Ladebäume eingefahren wurden. Etwa zehn Minuten später sah er den *Immigration Officer* mit seinem Aktenkoffer kommen und seinen Platz oben auf dem Schiff am Ende der Gangway einnehmen. Stephen wartete, bis die ersten Passagiere eintrafen und sich anschickten, an Bord zu gehen. Dann erhob er sich und schlenderte lässig zur „Glenfalloch" hinüber. Zügig enterte er die Gangway und übergab dem Officer seinen Pass. Dieser musterte ihn kurz, suchte seinen Namen auf der Passagierliste und machte einen Haken dahinter. Daraufhin stempelte er Stephens Pass und reichte ihn zurück.

„Gute Reise!", wünschte er und wandte sich dem Nächsten zu.

Stephen nickte dem Ersten Offizier kurz zu, der sich mit einem breiten Grinsen im Gang bereithielt, um die Passagierliste nach Ende der Abfertigung an sich zu nehmen, und suchte schnurstracks wieder die Mannschaftsmesse auf.

Maria schaute ihm ängstlich entgegen.

„Da bin ich wieder", sagte er.

Sie sprang auf und fiel ihm in die Arme.

„Ich hatte Angst, dass du nicht rechtzeitig zurückkommst", klagte sie.

„Alles gut, meine Liebe", beruhigte sie Stephen, „dachtest du etwa, dass ich dich allein nach Trinidad fahren lasse?" Er lachte.

Maria schmiegte sich an ihn. „Warum bist du denn nochmal von Bord gegangen?"

„Ach, ich hatte noch etwas zu erledigen", meinte er ganz leichthin, „etwas, was mit meiner Reederei zu tun hat. Aber nun komm, lass uns jetzt zu unserer Kabine gehen."

Beide stiegen also hoch auf das Sonnendeck, wo die Kabinen für die Passagiere lagen.

Ein Steward erwartete sie bereits im Gang. Stephen zeigte ihm ihre Tickets. Der Steward nickte, nahm ihnen die Koffer ab und ging voraus. Vor einer der Türen stellte er das Gepäck ab, öffnete und ließ sie eintreten.

Da hüpfte Maria das Herz: Es war dieselbe Kabine, in der sie vor vielen Jahren zusammen mit Stephen in eine ungewisse Zukunft, nach England gefahren war!

Nun aber wohnten sie hier ganz offiziell als Passagiere.

„Mein Gott", sagte sie, „ist die Zeit so schnell vergangen? Da war ich noch ein junges Mädchen gewesen und voller Ungewissheit, was mich erwarten würde."

Sie konnte es gar nicht fassen. Der Steward stellte die Koffer in der Mitte der Kabine ab und verabschiedete sich. In der Tür drehte er sich noch einmal um:

„Um fünf Uhr gibt es Tee und um sechs Uhr dreißig Dinner."

„Ach, wir werden lieber in der Mannschaftsmesse essen!", rief Maria hinter ihm her.

„Ich fürchte, das wird nicht gehen, Madame", entgegnete er.

Aber Maria lächelte nur. Der Steward schaute sie an, als wolle er noch etwas sagen, drehte sich aber schließlich um und verschwand.

„Schau nur", rief Maria da auch schon wieder, „wir haben die gleiche Kabine!" Als sie jedoch Stephens Grinsen sah, begriff sie: „Ach so! Das hätte ich mir natürlich denken können, dass das kein Zufall ist."

Sie fiel ihm so stürmisch um den Hals, dass sie beide übereinander in die untere der beiden Kojen fielen und sich so leicht wie spontan küssten.

„Oh, wie schön ist doch die Welt", sagte sie leise in sein Ohr, „und wie schön ist das Leben. Ein Moment des Glückes und alles, der Kummer und das, was gewesen ist, ist vergessen."

Natürlich wusste sie sehr wohl, dass alles Schöne sehr bald auch wieder ein Ende hatte. Aber sie wollte nicht an die Zukunft denken. Jetzt nicht!

Nachdem sie ihre Sachen eingeräumt hatten, gingen sie an Deck, um rechtzeitig beim Ablegen dabeisein zu können. Als sie bemerkten, dass sich jetzt auch andere Passagiere auf dem Sonnendeck versammelten, stiegen sie ein Deck tiefer auf das Bootsdeck.

„Musst du nicht allmählich zum Ablegen auf die Back?", fragte Maria Stephen neckend.

„Aber Maria!", hub Stephen an. „Ich bin doch jetzt …", aber dann unterbrach er sich und knuffte sie und beide lachten übermütig.

„Ich weiß gar nicht, ob ich mich überhaupt in der Rolle eines Passagiers zurechtfinden kann", sagte er dann, „es ist ein völlig neues Gefühl für mich."

„Du, Stephen?", wandte sich Maria nach einer Weile des Schweigens wieder an ihn. „Wir werden doch mit den anderen in der Mannschaftsmesse essen, nicht wahr?"

„Aber klar!", meinte er. „Natürlich tun wir das."

„Das wäre schön", sagte Maria, „es soll alles wieder so sein wie damals."

Sie schaute mit schwärmerischem Gesichtsausdruck über das Achterschiff. So viele Erinnerungen waren hiermit verknüpft.

Und nun folgte die ewig gleiche Zeremonie, wenn ein Schiff sich anschickte, seinen Hafen zu verlassen: Es begann mit dem Klatschen, mit dem die achtere Spring ins Wasser fiel. Kurz danach folgte die vordere und nun ließ die „Glenfalloch" ihr tiefes Horn erklingen. Jetzt fiel auch die Vorleine und ihr Steven begann sich langsam und behäbig von der Pier zu lösen und ins Hafenbecken zu drehen. Nun durchlief ein Zittern das Schiff und ein fauchendes Husten begleitet von einer schwarzen Wolke kam aus dem großen runden Schornstein. Die Maschine war gestartet worden und als Letztes fiel nun die Achterleine. Am Heck brauste das Schraubenwasser auf und nun begann die „Glenfalloch" in einem sanften Bogen der Ausfahrt des Hafenbeckens zuzustreben. Aber heute stand keine einsame Frau auf der Pier, um ihrem Liebsten hinterherzuschauen, der wie viele Male zuvor wieder einmal für zwei oder drei Monate aus ihrem Leben verschwinden würde.

Doch einige Menschen waren schon dort unten versammelt, um einer Handvoll Passagieren zu winken, die nun fortfuhren für Monate, für Jahre oder vielleicht für immer …

Maria hakte sich bei deren Anblick bei Stephen unter und kuschelte sich an ihn. Oh, wie unendlich glücklich war sie, dass sie heute nicht zu denen gehörte.

Die Passagiere suchten jetzt so nach und nach wieder ihre Kabinen oder den Salon auf und auch Maria und Stephen verließen das Bootsdeck und stiegen hinunter auf das Hauptdeck. Sie wandten sich auf der Suche nach „ihrer" Bank Richtung Achterdeck und hier stand sie noch wie eh und je, stummer Zeuge romantischer Abende auf hoher See. Hier ließen sie sich nun nieder und blickten zurück auf die langsam verschwindende Stadt.

Nachdem die „Glenfalloch" die Mündung des River Mersey hinter sich gelassen hatte, wurde es kühl und Stephen und Maria rückten noch näher aneinander, aber zumindest war es hier hinten ein wenig windgeschützt. Maria ließ ihren Kopf auf seine Schulter sinken und träumte vor sich hin.

Wieder einmal dachte sie: ‚Ach, wenn doch diese schönen Momente des Lebens niemals enden mögen.'

Sie schauten zu, wie die Matrosen die Luken verschalkten und anschließend hinunterkletterten, um die Ladung zu sichern. Das Wohl und Wehe des Schiffes hing davon ab, wie sorgsam all diese Arbeiten ausgeführt wurden.

„Seltsam", sagte Stephen zu Maria, „wie wenig ich mich diesen Matrosen und ihrer Arbeit nach nur etwas mehr als neun Monaten als Dritter Offizier noch zugehörig fühle."

„Ja, wirklich seltsam", meinte Maria, „auch ich kenne dich ja ausschließlich als Matrose diesen Menschen zugehörig, hier an Deck und mit ihren Arbeiten. Ich habe dich ja nie als Dritten Offizier erlebt."

Sie lachte auf einmal auf und stieß ihm ihren Ellenbogen in die Seite.

„Ich hoffe, du warst immer anständig zu den Decksleuten."

„Nein", entgegnete Stephen trocken, „ich habe herumgebrüllt und sie zur Arbeit angetrieben."

Beide lachten. So konnte sich Maria ihren Stephen nun gar nicht vorstellen.

Als sich die Uhrzeiger von seiner Armbanduhr der Fünf-Uhr-Marke näherten, verließen sie ihren Platz und fanden sich zum Tee in der Mannschaftsmesse ein.

Außer den zwei bekannten Gesichtern, Michael und Hugh, waren Maria noch drei weitere vertraut, aber der Rest war ihr unbekannt. Auch der Steward war ein anderer. Als der Bootsmann in Begleitung des Zimmermanns hereinkam, sprang Stephen plötzlich von seinem Sitz auf.

„Richard!", rief er voller Freude. „Du hier? Mein Gott, wie lange haben wir uns nicht mehr gesehen."

„Stephen!", rief auch der Bootsmann. „Was machst du denn hier?"

Sie schüttelten sich die Hände und fielen sich in die Arme.

„Richard ist einer von den vier Menschen, die zusammen mit mir die Havarie der ‚Ajax' vor Manila überstanden haben", erklärte er, indem er sich den anderen und Maria zuwandte. „Er war derjenige, der sich neben mir und Matthew als Ausguck auf der Brücke aufhielt und der sich am Handlauf der Brücke an mir vorbei nach oben zur Steuerbordtür gehangelt hat."

Das aber wollten jetzt alle genauer wissen, und wie sie nun zusammen am Tisch Platz genommen hatten, musste Stephen die ganze Geschichte noch einmal erzählen.

Nach wenigen Tagen, als die „Glenfalloch" die Biskaya hinter sich gelassen hatte, wurde es jetzt mit jedem Tag wärmer und kurz darauf baute der Schiffszimmermann unter Mithilfe von zwei Matrosen das Wasserbecken auf. Anschließend wurde es bis knapp unter seinem Rand mit Meerwasser aufgefüllt.
Jetzt endlich war Marias große Stunde gekommen, denn natürlich hatten sie beide auf dieser Reise ihr Badezeug parat.
„Hast du inzwischen in Mevagissey Schwimmen gelernt?", fragte Stephen Maria.
„Nein, mein Lieber", antwortete sie ihm, „Liam wollte es mich lehren, aber da du auf unserer letzten Fahrt hier auf diesem Schiff gesagt hast, du wollest es mir irgendwann beibringen, habe ich auf diesen Moment gewartet." Sie machte eine bedeutungsvolle Pause und fuhr fort: „Und nun ist er gekommen."
„Oh, meine liebe Maria", sagte Stephen gerührt, „nun denn, lass es uns versuchen!"
Sie eilten in ihre Kabine, um sich ihr Badezeug anzuziehen.
Stephen stieg als Erster hinein. Das Wasser reichte ihm bis zur Brust.
„Oh!", stellte er fest. „Das ist aber noch recht kalt. Aber es wird schon gehen."
Er rief Maria zu, nun von außen die Leiter emporzuklettern und sich oben auf den Rand des Beckens zu setzen. Als Erstes zeigte er ihr, wie es ging, dass man durch einfaches Wassertreten nicht unterging.
„Schau, es ist ganz einfach."

Er machte es ihr noch einmal vor und dann kam er zu ihr hin und streckte ihr seine Arme entgegen. Maria nahm allen Mut zusammen und stieß sich ab, wurde aber sogleich von seinen Armen aufgefangen.

„Nun mach es mir nach", sagte er, „so wie ich es dir gezeigt habe."

Maria strampelte munter drauflos.

„Ruhiger!", mahnte er. „Viel ruhiger!", und als er spürte, wie ihre Bewegungen sie trugen, ließ er sie vorsichtig los.

Sie sank nicht.

„Siehst du, es geht schon!", lobte er. „Immer schön ruhig bleiben."

Und nach einer Weile: „Und dabei ganz gemächlich mit den Armen rudern, so! Ja, so!"

Es ging für den Anfang schon sehr gut.

„Du darfst niemals Angst vor dem Wasser haben", riet er, „du musst dich diesem Gefühl der Schwerelosigkeit hingeben, eins werden mit diesem Element, leicht wie ein Fisch."

„Nun halt dich erst einmal da an der Leiter fest", sagte er dann, „und nun, schau!"

Er stieß sich ab und machte ein paar Schwimmzüge.

„Schau auf meine Beine!", rief er. „Und dann auf meine Arme."

Schließlich stellte er sich wieder hin. „Los, stoß dich ab, mach es wie ich! Ich halte dich."

Maria stieß sich ab, und als sie seine starken Arme unter ihrem Bauch fühlte, versuchte sie, die gleichen Bewegungen zu machen, die er ihr gerade gezeigt hatte. Im ersten Moment geriet sie mit dem Gesicht unter Wasser und schluckte einiges davon. Aber dann merkte sie, wie sie mit jedem Stoß ihrer Beine vorwärtskam, immer im Kreis herum, und jedes Mal, wenn sie sich mit den Beinen abstieß, holte sie weit mit den Armen aus, wie sie es bei Stephen gesehen hatte.

„Achtung", rief jetzt dieser, „ich lass dich los!"

Es war ein komisches Gefühl, plötzlich ohne seine stützenden Arme zu sein, aber sie schwamm; viel zu hektisch, aber sie schwamm und sie kam vorwärts! Doch dann geriet sie erneut mit dem Kopf unter Wasser und bekam Panik. Und sogleich fühlte sie sich von Stephen wieder gestützt.

Er schob sie nun sanft auf die Leiter zu und ließ sie herausklettern.

„Das ging doch schon richtig gut", strahlte er, nachdem er ihr hinterhergeklettert war. „Du sollst mal sehen, wie schnell das geht, und in ein paar Wochen schwimmen wir dann schon zusammen in der Maracas Bay."

Hurtig trockneten sich beide ab, denn es war noch nicht warm genug, um sich von der Sonne trocknen zu lassen, und ließen sich auf der Bank nieder.

Als es Abend wurde und die Arbeit an Deck getan war, gesellten sich, einer nach dem anderen, die Decksleute und auch einige der Maschinisten, zu ihnen, genau wie früher.

Mit jedem Tag wurde es wärmer und schließlich war es wieder so heiß, dass selbst sie, Maria, ein Kind der Tropen, sich des Nachts im Bett wälzte und wegen der Hitze nicht schlafen konnte. Und doch liebte sie diese Hitze. Sie zog die feuchtwarme Luft in ihre Lungen und konnte sich gar nicht wieder einkriegen vor Glückseligkeit.

Und dann kam der Tag, da Maria an der Reling stand und plötzlich ausrief:

„Die Luft riecht wie zu Hause!"

Stephen roch es auch und er bemerkte ebenso, wie von einem Tag auf den anderen die Seevögel die Masten des Schiffes umflogen.

„Schau, Maria!", rief er und zeigte nach oben. „Sie bringen uns Grüße von der Küste Trinidads!"

„Oh, wie schön!", Maria klatschte in die Hände. „Sind wir bald dort?"

„Ja, in zwei Tagen."

Diese zwei Tage vergingen wie im Flug und es kam die Stunde, da sie ihre Koffer gepackt hatten und auf das Einlaufen der „Glenfalloch" in die Bucht von Port of Spain warteten.

Maria konnte es gar nicht erwarten, ihre alte Heimat wiederzusehen. Sie drängte Stephen, sich mit ihr an die Reling zu stellen, um das Festmachen des Schiffes zu beobachten. Aber der hielt gar nichts davon. Er hatte schon vor einer halben Stunde ihre Koffer in die Mannschaftsmesse gebracht und tat nun dasselbe wie bei ihrer Abfahrt in Liverpool: hieß sie in der Mannschaftsmesse warten. Maria schmollte, sie verstand ihn nicht.

„Hör zu, liebe Maria", beschied er sie, „ich erkläre dir alles später, aber ich muss erst einmal alleine an Land gehen. Ich habe etwas für uns beide sehr Wichtiges zu erledigen."

Er blickte sie ernst an.

„Bitte, tu mir den Gefallen, tu *uns* den Gefallen und bleibe hier in der Messe, bis ich zurückkomme und dich abhole. Es ist für uns beide äußerst wichtig. Später wirst du es verstehen."

Sicherheitshalber bat er den Messesteward, auf Maria aufzupassen, damit sie sich auf gar keinen Fall an Deck sehen ließe. Dann schnappte er sich beide Koffer und verließ die Messe.

Der Steward war sehr freundlich, er holte für sie beide einen Kaffee und ein Stück Kuchen und leistete Maria Gesellschaft. Sie versuchte ihn auszuhorchen, was der Grund für dieses seltsame Verhalten von Stephen sei, aber er gab vor, es nicht zu wissen.

Es verging etwa eine Stunde, als die Tür zur Messe aufgerissen wurde und Stephen strahlend dastand.

„Alles ist gut!", rief er: „Wir können jetzt an Land."

Als sie an Deck kamen, waren bereits die Hafenarbeiter dort und die Luken geöffnet. Maria sah Michael und Hugh an den Controllern auf den Deckhäusern stehen und die Ladebäume ausfahren.

Sie winkte ihnen.

„Alles Gute, Maria!", riefen sie ihr zu und sandten ihr Kusshände.

Sie folgte Stephen die Gangway hinunter und dann standen sie auf dem Kai. Beide hatten das Gefühl, nie fortgewesen zu sein. Für einige Sekunden war Maria wieder das kleine Mädchen, das Stephen sein Mittagessen brachte, und Stephen der Hafenarbeiter, der gerade aus seiner Luke gekommen war. Er selber war nun damit beschäftigt, nach allen Seiten zu grüßen; einen Großteil der Hafenarbeiter kannte er noch, das waren ja vor einigen Jahren seine Kumpels gewesen. Seinen Freund Dick aber konnte er nirgendwo entdecken.

Vor dem Hafenbüro hatte er ihre Koffer deponiert. Nun winkte er ein Taxi heran. Bevor sie einstiegen, schauten sie noch einmal zum Schiff zurück. An allen Luken surrten die Winschen und setzten eine Hieve nach der anderen auf dem Kai ab.

„Zum Woodford Square", sagte Stephen zum Taxifahrer.

Hier angekommen, nahmen sie erst einmal an einem der Tische des kleinen Kiosks Platz, der immer noch dort war, und Stephen holte ihnen zwei Flaschen Limonade.

Maria breitete ihre Arme aus.

„Zu Hause!", rief sie.

Stephen betrachtete ihr glückliches Gesicht und freute sich mit ihr.

Sie beobachteten all die Menschen um sich herum, die Männer, die in der Hitze der Mittagszeit der Länge nach auf dem Rasen unter den großen Bäumen lagen, so, als hätten sie sich in all den Jahren niemals fortbewegt; Frauen mit ihren Einkaufstaschen, die auf den Bänken saßen, und die Kinder, die ungeachtet der Hitze fröhlich herumtollten.

Nachdem sie ihre Limonade ausgetrunken hatten, spazierten sie die Prince Street hinunter. Stephen erinnerte sich daran, dass es dort vor Jahren ein kleines Hotel gegeben hatte, und kurz bevor sie die Stelle erreichten, sahen sie es auch schon.

Sie nahmen sich ein Zimmer und trugen ihre Koffer hinauf, denn einen Portier gab es hier nicht. Zwei Betten, ein Schrank und zwei verschlissene Sessel mit einem Beistelltisch vervollständigten die Einrichtung und dazu der obligatorische Ventilator oben an der Decke, der träge seine Flügel kreisen ließ. Ein Blick aus dem Fenster zeigte die lärmende Prince Street. Maria legte ihren Arm um Stephen.

„Sieh nur", sagte sie, „es ist wie der Ausblick über unserem kleinen Laden", und dann kullerten ihr doch tatsächlich ein paar Tränen aus den Augen.

Stephen drückte sie fest an sich, er musste sich stark zusammenreißen, um nicht ebenfalls ein paar Tränen zu vergießen.

Die zwei packten nur das Nötigste aus, denn Stephen meinte, dass sie nur zwei oder drei Tage bleiben würden.

Er sah es ihrer Miene an, was sie dachte. Er lachte und legte seinen Arm um ihre Schulter.

„Oh, du Arme", tröstete er sie, „ich weiß, was du jetzt denkst. Wir fahren nicht gleich wieder mit der

‚Glenfalloch' zurück. Natürlich bleiben wir ein wenig länger. Ich dachte nur, dass wir vielleicht lieber unsere Zeit an der Küste verbringen würden. Wir können ja jederzeit mit dem Bus in die Stadt fahren, wenn uns danach ist."

Er spürte, wie sie hörbar aufatmete, und drückte sie liebevoll.

„Nun aber lass uns erkunden, wie es hier nach all den Jahren ausschaut."

Es war gar keine Frage, wohin sie als Erstes ihre Schritte lenkten, schließlich hatten sie selber ja hier am Ende der Straße einmal gewohnt. Schon von Weitem sahen sie, dass es „ihren" Gemüseladen immer noch gab. Als sie näher kamen, bemerkten sie eine alte Frau auf einem Hocker hinter der Auslage hocken.

„Ist Olivia nicht da?", fragte Stephen.

„Sie ist oben", sagte die Alte mürrisch.

Und so gingen sie um das Haus herum und stiegen die Treppe hinauf. Stephen klopfte an die Tür. Sie hörten drinnen schlurfende Schritte und dann wurde geöffnet.

Sie war älter geworden und hatte noch einmal beträchtlich an Umfang zugenommen, aber es war zweifellos Olivia.

„Mariiia!", rief sie voller Überraschung. „Ich kann es ja nicht glauben! Was macht ihr denn hier in Port of Spain? Seid ihr etwa zurückgekommen?"

„Nein, wir sind nur auf Urlaub hier", sagte Maria.

„Mein Gott, was bist du groß geworden!", staunte Olivia. „Kommt herein. Ihr kennt euch ja wohl noch hier aus."

Sie lachte und ließ die beiden vorgehen. Maria wollte in die Küche, aber Olivia bremste sie.

„Nein, kommt in die Stube", meinte sie und hielt ihnen die Tür auf.

„Nehmt Platz, ich mache nur eben schnell Tee für uns.

Als sie mit dem Tablett zurückkam und sich zu ihnen gesetzt hatte, musterte sie noch einmal Maria.

„Mein Gott!", sagte sie ein zweites Mal. „Du bist ja eine richtig schöne junge Frau geworden. Als ich dich das letzte Mal gesehen habe, bist du noch zur Schule gegangen. Wie alt bist du denn inzwischen?"

„Ich bin gerade zweiundzwanzig geworden", antwortete Maria.

Stephen erkundigte sich nun, ob der Laden gut laufe, aber dann mussten sie beide erzählen, wie es ihnen in all den Jahren ergangen war.

„Hier bei uns steht die Zeit praktisch still", sagte Olivia dann, „jeden Tag das gleiche, Jahr für Jahr. Aber wir haben unser Auskommen und das ist die Hauptsache!"

Nach etwa einer Stunde verabschiedeten die zwei sich schließlich. Maria wollte zuvor aber gern noch einmal in ihr altes Zimmer schauen. Sie waren damals so glücklich gewesen, der baufälligen Hütte aus Latten, rostigen Wellblechplatten und alten Lkw-Planen entronnen zu sein.

Und dies war dann auch ihr nächstes Ziel. Schließlich hatte Maria die längste Zeit ihres Lebens dort verbracht.

Zusammen schritten sie über die Brücke des „Trocknen Flusses", kreuzten die Picadilly Street und betraten das Gebiet der Slums. Beide kannten sie noch die alten ausgetretenen Pfade und bald darauf standen sie vor ihrer ehemaligen Behausung. Der Verschlag, der einst Marias Zimmer gewesen und in den später Stephen eingezogen war, schien inzwischen noch ein wenig windschiefer geworden zu sein, aber es gab ihn immerhin noch. Das Dach wurde nun zusätzlich durch eine alte, ehemals blaue Plane vor den heftigen Regenfällen während der Regenzeit geschützt. Das aus zwei Wellblechplatten zusammengestückelte Dach war wohl mit den Jahren undicht geworden. Die größere Hütte, direkt nebenan, machte auch keinen besseren Eindruck. Zwei halbnackte Jungen spielten in dem mit Gerümpel überladenen, winzigen Hof und aus der offenen Tür drang das Gekeife einer mittelalten Frau in einer unglaublich schmutzigen Schürze, die offenbar mit einem weiteren Kind schimpfte.

Maria und Stephen waren stumm geworden, langsam schritten sie weiter, den Weg, der zur Pumpe führte. Der Matsch dort im Umkreis schien ebenfalls noch ein wenig bodenloser geworden zu sein, aber vielleicht kam es ihnen auch nur so vor.

Stephen kam es jetzt im Nachhinein unglaublich vor, dass er einmal hier fast zwei Jahre lang gewohnt hatte. Für Maria war die Erinnerung noch tiefgreifender, denn hier war sie groß geworden, mit einem herrschsüchtigen, zur Gewalttätigkeit neigenden Vater, der dann eines Tages, ohne sich zu verabschieden, verschwunden war und sie allein dort in dem Elend und Dreck zurückgelassen hatte. Sie beide, sowohl die Mutter als auch sie selbst, waren darüber jedoch eher froh gewesen.

Maria war so entsetzt über diese nun wieder greifbare Erinnerung an ihre Kindheitstage, dass sie sich im Stillen vornahm, wenn sie erst wieder zurück in Portsmouth wären und sie wieder wochen- und monatelang allein in ihrer Wohnung hockte, dankbar zu sein und nicht zu klagen. Sie hatte ihre Kindheit immer in einem so rosigen, verklärten Licht gesehen. Doch hier erlebte sie rückwirkend zum ersten Mal wirklich die brutale Realität.

Schweigend verließen beide bald diese Stätte ihrer Vergangenheit.

Stephen führte Maria jetzt in ein indisches Restaurant, um dort zu Abend zu essen. Sie musste sich allerdings von ihm die Speisekarte erklären lassen.

Aber dennoch erzählte sie ganz stolz, dass sie zu Hause in Portsmouth schon einmal indisch gegessen habe, nämlich eine Etage tiefer bei Manju.

Noch während das Essen aufgetragen wurde, sah Maria durch die große Glasscheibe, wie es draußen mit der für die Tropen so plötzlichen Geschwindigkeit dunkel wurde.

Es war zu früh, um anschließend in ihr Hotel zurückzukehren, deswegen schlug Stephen vor, noch für eine Weile zum Woodford Square zu gehen, um dort den Calypso-Sängern zu lauschen.

Am nächsten Morgen, gleich nach dem Frühstück, machten sie sich auf den Weg zum Friedhof, um das Grab der Mutter zu besuchen. Die beiden irrten eine ganze Weile umher, bis sie es endlich entdeckt hatten. Sie fanden es schließlich in einem recht gepflegten Zustand vor. Olivia hatte Wort gehalten und sich darum gekümmert.

Auf dem Grabstein standen der Name, Dolores, und das Jahr ihres Todes, sonst nichts.

Maria kniete sich nieder, stellte die Vase mit den Blumen, die sie vorher gekauft hatten, auf das Grab und dann hielt sie Zwiesprache mit ihrer Mutter. Stephen war in stiller Andacht einige Schritte zurückgetreten, um Maria nicht zu stören.

Als diese sich nach langer Zeit wieder erhob, hatte sie Tränen in den Augen. Er legte beschützend seinen Arm um ihre Schulter und so standen sie noch eine lange Weile still vor dem Grab.

Als sie zum Hotel zurückkamen, war es noch früh am Tag und so schlug Stephen vor, ihre Sachen zu packen und weiterzuziehen.

„Lass uns zur Küste fahren, wir können ja jederzeit zurück in die Stadt, wenn der Sinn uns danach steht."

Mit den Koffern in der Hand zogen sie also bald darauf zum Busbahnhof.

Stephen ging zu dem Fahrkartenhäuschen und Maria sah ihn dort eine ganze Zeit mit dem Verkäufer reden. Als er zurückkam, hielt er zwei Billette in der Hand.

„Unser Bus fährt in einer Stunde", sagte er und so setzten sie sich auf eine Bank, um auf ihre Abfahrt zu warten. Es dauerte dann allerdings noch einmal eine halbe Stunde länger, bis der Bus endlich startete.

„Maracas Bay / Las Cuevas" stand oben an seinem Fahrtanzeiger. Jedem Trinidadian war der Name Maracas Bay ein Begriff, es war das Strand- und Badeparadies von Port of Spain oben an der Nordküste von Trinidad. Stephen war schon einige Male dort gewesen, aber Maria hatte bisher nur davon träumen können. Bevor er in ihr Leben getreten war, hatte sie nicht einmal von dessen Existenz gewusst.

Als der Bus nach etwa einer dreiviertel Stunde Fahrzeit oben am Steilufer hielt, an der Stelle gleich nach der Haarnadelkurve, von wo man den berühmtesten aller Blicke über die Bay und den Ozean hatte, stiegen alle Passagiere aus, um zu schauen und zu fotografieren. Auch Stephen und Maria gesellten sich zu den anderen und blickten über das Meer und den tief unter ihnen liegenden palmenbestandenen Badestrand. Nach einigen Minuten rief der Fahrer alle Passagiere zusammen, hieß sie einsteigen und ihre Plätze wieder einnehmen.

Der Bus setzte nun bergab mit einer Haarnadelkurve nach der anderen seine Fahrt durch den tropischen Regenwald fort. Unten angekommen kamen die ersten Häuser von Maracas Village in Sicht. Auf einem Platz in der Mitte des Ortes hielt der Busfahrer und rief: "Maracas Village!"

Nahezu alle Passagiere drängten sich im Mittelgang, um auszusteigen, bis der Fahrer rief, dass alle, die zum

Strand wollten, erst an der nächsten Haltestelle aussteigen sollten. Daraufhin entstand ein unbeschreibliches Gedränge und Hin und Her, bis sich alle wieder halbwegs sortiert hatten und der Bus schließlich weiterfuhr. Nach wenigen Minuten sahen Maria und Stephen direkt zu ihrer linken Seite den malerischen Strand liegen. Der Bus folgte noch etwa einen Kilometer der Straße parallel zum Strand und bog dann in eine Haltebucht ein.

„Maracas Bay!", rief jetzt der Busfahrer und die Passagiere drängten dem Ausgang zu.

Nur Stephen blieb sitzen.

„Müssen wir denn nicht auch aussteigen?", fragte Maria.

„Nein, meine Liebe", sagte er, „wir fahren noch weiter."

Nachdem alle Fahrgäste, bis auf drei oder vier, die offenbar ebenfalls noch weiterwollten, ausgestiegen waren, drehte der Bus um und fuhr zurück, durch Maracas Village und all die Haarnadelkurven hoch, bis sie wieder oben an der Steilküste ankamen. Kurz nach der Aussichtsstelle, wo sie zuvor noch angehalten hatten, fuhr der Bus, statt der letzten Serpentine zu folgen, geradeaus weiter. Sie folgten nun etwa zwanzig Minuten einer Straße durch den dichten, üppig grünen Tropenwald und es ging die ganze Zeit leicht bergab, bis sie zu einem zweiten Ort kamen, kleiner als Maracas Village.

Der Bus kurvte durch enge Straßen, bis er an einem Platz halt machte, auf dem eine schöne alte Kirche stand.

„Las Cuevas!", rief der Busfahrer und nun stiegen Stephen und Maria aus.

Las Cuevas schien ein beschaulicher pittoresker Ort zu sein, seine Kirche stammte noch aus der Zeit der Spanier. Nachdem sie sich umgeschaut hatten, nahmen sie ihre Koffer auf und folgten einer der schmalen, bergab führenden Straßen. Der Ort zog sich mit seinen Ausläufern den Hang hinunter bis auf Strandhöhe. Die Straße, auf der sie beide entlanggingen, beschrieb dort unten eine Kurve um weiter der Linie des Strandes zu folgen. Dort unten, gleich nach der Kurve, bog Stephen in einen schmalen Fußsteig ab, der direkt auf den Strand führte, und marschierte unbeirrt voran. Maria fand das ausgesprochen seltsam. Wollte er jetzt etwa, ohne sich zunächst in einer neuen Bleibe anzumelden, mit den schweren Koffern an den Strand? Sie fand das ein wenig verrückt, sagte aber nichts. Er schien wohl so sehr von dem Gedanken beseelt, ihr als Allererstes die bilderbuchhaft schöne Bucht zu zeigen, dass er an nichts anderes mehr dachte. Ein Quartier würde sich wohl immer noch finden.

Und richtig! Am Ende, wo der Weg in den weichen Sand des Strandes auslief, stellte er seinen Koffer ab und hieß sie, dasselbe zu tun. Und dann standen sie zusammen und schauten über die herrliche Bucht mit ihren Palmen und dem türkisblauen Wasser. Was sich hier vor ihnen ausbreitete, war das Paradies schlechthin.

Stephen legte Maria seinen Arm um die Hüfte und sie lehnte ihren Kopf an seine Schulter.

„Es ist wunderschön!", sagte sie.

Sie befanden sich hier am westlichen Ende der Bucht, die etwa hundert Meter rechts von ihnen an einem steil aufragenden Felsmassiv endete. Unterhalb dieses teilweise bewachsenen und teilweise bebauten Felsens fiel Marias Blick nun auf ein einfaches kleines Häuschen aus unverputzten hellen Ziegeln mit einem flachen Dach und einem seitlichen Anbau. Auf den Sand gezogen lagen einige Fischerboote. Sie waren ganz anders als die, die Maria von Mevagissey her kannte. Sie waren von einer geradezu kühnen

Formgebung und einem hochgezogenen, fast stromlinienförmigen Steven. Maria konnte sich gar nicht sattsehen an diesem schönen Gesamtbild. Schließlich aber nahm Stephen wieder seinen Koffer auf.

„Komm, wir wollen weiter", sagte er und wandte sich nach rechts.

Er strebte jetzt dem Ende des Strandes zu, wo sich das unscheinbare Häuschen an den Fels schmiegte. Maria blieb nichts anderes übrig, als ihm zu folgen und mit ihm durch den feinen, fast weißen Sand zu stapfen. Stephen steuerte unbeirrt auf die Tür dieses Hauses zu. Maria blieb fast das Herz stehen. Sollten sie etwa hier in diesem idyllisch gelegenen Domizil ihren Urlaub verbringen? Es schien ihr schlichtweg die Erfüllung all ihrer Träume zu sein.

Und wirklich! Stephen stellte seinen Koffer auf der Schwelle ab und angelte einen Schlüssel aus seiner Tasche.

Maria begann jetzt zu ahnen, warum er unbedingt noch vor ihr hatte an Land wollen. Sicher hatte er irgendwo diesen Schlüssel abgeholt, um sie zu überraschen.

Sie betraten direkt einen mittelgroßen Raum, der so etwas wie eine Mischung aus Küche und Wohnzimmer darstellte. Es gab nur ein Fenster, das gleich links des Eingangs zum Strand ging. Rechts an der Wand standen ein Kühlschrank, ein Elektroherd und ein gusseisernes Spülbecken mit Wasserhahn. Links hinten sah Maria jeweils zwei Türen – eine an der Rückseite und die andere an der Längsseite des Zimmers.

Stephen stellte seinen Koffer in der Mitte des Raumes ab und Maria tat es ihm nach.

„So", sagte er, „da wären wir!"

Maria blickte sich mit strahlenden Augen um, wandte sich dann Stephen zu und fiel ihm um den Hals.

„Es ist einfach herrlich hier", sagte sie leise an seinem Ohr, „einfach unvergleichlich herrlich!"

Stephen drückte sie fest an sich.

„Meine liebe Maria", erwiderte er nur.

Als sie sich wieder voneinander gelöst hatten, schlug er vor: „Komm, lass uns die anderen Räume ansehen." Er öffnete zunächst die Tür nach hinten hinaus. Hier kamen sie in ein kleineres Zimmer. Die Rückwand bestand aus nacktem Fels. Ein Fenster an der rechten Seite ließ grünliches Licht hinein. Das lag an dem üppig tropischen Bewuchs der sich neben dem Haus am Hang hinaufwucherte. Das Zimmer war komplett leer.

Nun öffnete Stephen die seitliche Tür, nur einen halben Meter entfernt von der anderen, durch die sie gerade getreten waren. Sie führte in einen kleinen quadratischen Vorraum, so klein, dass gerade eben zwei Personen darin Platz hatten. Er hatte an jeder seiner vier Wände eine Tür. Stephen öffnete zuerst die linke, die ebenso wie die Eingangstür direkt hinaus zum Strand führte. Er machte eine einladende Bewegung und ließ Maria den Vortritt. Die Tür gehörte zu dem niedrigeren Anbau, den Maria vorhin beim Näherkommen wahrgenommen hatte. Sie ging zwei Schritte in den feinen Sand hinaus, verhielt dort und schaute völlig überwältigt auf den Strand und die Bucht von Las Cuevas.

„Mein Gott, ist das schön!", entfuhr es ihr.

Etwa sechs Meter vor ihr lag eines dieser schnittigen Fischerboote. Als sie ihren Blick nach rechts gleiten ließ, bemerkte sie an der Längswand des Anbaus eine einfache Bank unter einem vier bis fünf Meter langen Vordach. Maria konnte sich gar nicht mehr einkriegen. Sie steuerte sofort auf die Bank zu und setzte sich nieder.

„Wie herrlich!", rief sie aus. „Hier können wir morgens Kaffee trinken und überhaupt: alle unsere Mahlzeiten einnehmen." Sie neigte ihren Kopf seitlich und schien zu überlegen. „Aber wir brauchen einen Tisch. Vielleicht schaffen wir einfach den Küchentisch hierher."

Neben der Bank, gerade so hoch, dass ihre Hüfte bis zur Fensterbank reichte, entdeckte sie ein weiteres Fenster.

„Komm", lud sie Stephen ein, „lass uns schauen, zu welchem Zimmer dieses Fenster gehört."

Sie gingen zurück in den kleinen Vorraum, wo Stephen die dritte Tür aufstieß und sie eintreten ließ. Es war ein niedriger rechteckiger, eher ein wenig länglicher Raum, in dem zwei Betten und ein Schrank standen.

„Aha!", sagte Maria. „Das ist also das Schlafzimmer." Sie blickte sich um. „Hier werden wir wunderbar schlafen – hör nur die Brandung." Und sie fuhr nach einer kleinen Pause fort: „Nun fehlt nur noch die vierte Tür."

Diese führte in einen langen schmalen Raum, von der gleichen Breite wie der Vorraum und so lang, wie das Schlafzimmer breit war. An der rechten Wand waren hintereinander aufgereiht ein Waschbecken, eine Dusche und am Ende schließlich die Toilette, eng, aber praktisch.

Nachdem sie nun alles angesehen hatten, gingen sie zurück in die Wohnküche. Maria lief voller Übermut aus der offenen Tür auf den Strand hinaus. Voller Entzücken betrachtete sie das unweit vor ihr liegende Fischerboot.

„Schau nur, Stephen!", rief sie da. „Das Boot heißt genauso wie ich!"

Groß und mit blauer Farbe gemalt, prangte der Name „Maria" an seinem Steven.

Als sie hinter sich nichts hörte, drehte sie sich um. Da stand Stephen und hatte einen geradezu vielsagenden Ausdruck im Gesicht.

Maria blickte ihm tief in die Augen, und was sie dort las, ließ urplötzlich ihr Herz schneller schlagen. Unendlich langsam dämmerte ihr, dass hier und jetzt irgendetwas ganz Bedeutendes vor sich ging.

Maria hielt unwillkürlich den Atem an.

Nein, das konnte doch nicht sein?

Sie drehte sich ganz zu ihm um und flog geradezu in seine Arme, die er jetzt mit einem breiten Lachen im Gesicht für sie öffnete.

Und da wusste sie es:

Niemals mehr würden sie wieder von hier fortgehen müssen!

Sie waren zu Hause.

Epilog

Am Abend saßen Maria und Stephen nebeneinander auf der Bank vor ihrem neuen Heim.

Er hatte einen Haufen Treibholz gesammelt und ein kleines Feuer entzündet. Beide träumten so vor sich hin. Sie träumten den Traun von einem langen, glücklichen Leben – das Mädchen aus dem Slum und der Überlebende des Taifuns vor Manila. Maria hatte ihren Kopf an seine Schulter gelehnt. Es gab nichts mehr zu sprechen. Sie waren endlich angekommen. Manchmal kommt es vor, dass Träume wahr werden. Über den beiden Menschenkindern, die hier so innig vereint vor ihrem Haus saßen und über die weite Bucht von Las Cuevas schauten, stand ein gütiges Schicksal in Form eines einsamen Sterns am dunklen Nachhimmel.

Aber eines gab es für Stephen noch zu tun.

Nach einiger Zeit erhob er sich und ging in ihr Häuschen. Als er zurückkam, hielt er etwas in der Hand.

Maria, die ihm entgegensah, durchfuhr ein eisiger Schreck. Es war ihr britischer Pass, den er in den Händen hielt. Die andere Wirklichkeit hatte sie wieder eingeholt. An den Pass und daran, dass sie für alle Zeiten dazu verdammt war, auf dem Papier Stephens Tochter zu sein, hatte sie bei all den so überirdisch schönen Erlebnissen der letzten Tage überhaupt nicht mehr gedacht.

Indes, wie sie ihm jetzt mit Augen voller Furcht entgegensah, schien ihr Stephens Miene ausgesprochen heiter. Er schaute eine Weile tiefsinnig auf den Pass in seiner Hand und warf ihn dann plötzlich, mit einer fast achtlosen Gebärde ins Feuer.

„Den brauchen wir jetzt nicht mehr", sagte er.

Als er Marias bestürztes Gesicht sah, lächelte er.

„Meine Tochter hat England niemals verlassen", klärte er Maria auf, „die Frau, die hier vor mir auf der Bank sitzt, ist Maria, das Mädchen ohne amtlichen Namen, aus den Slums."

Beglückt bemerkte er einen Ausdruck allergrößter Freude in ihre Augen zurückkehren.

„Unser guter Stern hat sogar einen Namen", fuhr er daraufhin fort: „Und er heißt Matthew Longfellow. Dieser hat irgendwie vergessen, dich in die Passagierliste der ‚Glenfalloch' einzutragen …"

Ein ganz dickes Dankeschön an meine treue Mitarbeiterin und Lektorin Carolin Kretzinger!
Ohne sie, wäre ich so manches Mal verloren gewesen.
Dierk Breimeier.

Von Dierk Breimeier sind ebenfalls erschienen:

Zwei Wochen für ein ganzes Leben

Eine lange Reise, ein kühnes Unterfangen – ein Experiment fürs Leben. Welches so unerwartete Spuren hinterlässt.
Raimund Petersen ist ein junger weltgewandter Mann. Jene hat er bereits als Matrose auf See bereist und sucht nun als Theaterregisseur Inspiration in der Herausforderung: ein Winter in Lappland – einsam, abgeschieden in einer Hütte auf einer kleinen Insel im Flussdelta.
Ungeplant findet er Anschluss im entfernten Dorf der Samen. Und spürt schon bald diese unerklärliche Verbundenheit zu … Lilija.
Zwei Leben, zwei Kulturen, zwei Welten – eine Liebe. Wird – ja, kann diese bestehen?
(Roman, 228 Seiten)

Der lange Weg

Wo ist Heimat, was bedeutet Glück?
Raimund Petersen bereist als Seemann die Welt. Immerfort unterwegs, empfindet er sich wohl auch eher unbewusst stets auf der Suche nach ... ja, nach was? Als leidenschaftlicher Violinist und zeitweise Theaterregisseur – hofft er, vielleicht in diesen Künsten Antworten zu finden? Allerorts begegnet er Menschen und regelmäßig auch der Liebe. Die es offenbar nicht gut mit ihm meint. Doch eine besondere, längst verflossene lässt ihn so gar nicht los.
Raimund geht seinen Weg – reflektierend, hadernd, aber nie unverzagt. Und macht sich schließlich auf zu seiner letzten Reise – in seine Vergangenheit.
Wohin wird sie ihn führen?
(Roman, 281 Seiten)